黒い睡蓮

ミシェル・ビュッシ
平岡　敦 訳

集英社文庫

黒い睡蓮

わたし	ジヴェルニー村に住む老女
ステファニー・デュパン	ジヴェルニー村の小学校教師
ジャック・デュパン	ステファニーの夫
ジェローム・モルヴァル	眼科医
パトリシア・モルヴァル	ジェロームの妻
ローランス・セレナック	ヴェルノン署の署長
シルヴィオ・ベナヴィッド	ローランスの部下
ベアトリス	シルヴィオの妻
ローランタン	元警視
ファネット	ジヴェルニー村の少女
ポール	ファネットの友人
ヴァンサン	ファネットの友人
カミーユ	ファネットの友人
マリ	ファネットの友人

ジャッキー・ルーカスの思い出に

「モネの絵によってわれわれは現実の世界を見るのではなく、その形象をとらえるのである。」

F・ロベール＝カンプ『曙光』一九〇八年

「いや、いや、モネにとって黒は存在しない。黒は色ではないのだ」

ジョルジュ・クレマンソー、クロード・モネの棺の前で。

ミシェル・ド・デケール、『クロード・モネ』二〇〇九年

この作品では、ジヴェルニーの村をできるだけ正確に描くよう心がけた。オテル・ボーディ、エプト川、シェヌヴィエールの水車小屋、ジヴェルニー小学校、サント＝ラドゴンド教会、墓地、クロード・モネ通り、ロワ街道、イラクサの島、そしてもちろんバラ色をしたモネの家や、睡蓮《すいれん》の池も、すべて実在するものである。近隣の場所、例えばヴェルノン美術館やルーアン美術館、コシュレル集落についても同じだ。

クロード・モネについての記述も、彼の生涯や作品、相続人に関する限り事実である。ほかの印象派の画家たち、特にセオドア・ロビンソンやウジェーヌ・ミュレルについても同様だ。

また、ここで言及されている美術品盗難も現実の事件だが……

そのほかのことについては、すべてわたしの想像である。

ある村に、三人の女がいた。

ひとり目は意地悪で二人目は嘘つき、三人目はエゴイストだった。

彼女たちの村にはジヴェルニーという、かわいらしい庭のような名がついていた。

ひとり目の女は、ロワ街道に沿った小川のわきに立つ大きな水車小屋に住んでいた。二人目の女はブランシュ・オシュデ＝モネ通りで、小学校の近くに屋根裏部屋を借りていた。三人目はシャトー＝ドー通りの、壁のペンキが剝がれた小さな家で、母親といっしょに暮らしていた。

三人は歳も違っていた。そう、まったくばらばらだ。ひとり目は八十歳を超えた寡婦《かふ》。というか、ほとんど寡婦になりかけのところ。二人目は三十六歳で、夫を裏切ったことは一度もない。今のところはだが。三人目はもうすぐ十一歳になる。同級生の少年たちはみな、彼女を恋人にしたいと思っていた。ひとり目はいつも黒い服を着て、二人目は好きな男のために化粧をし、三人目はおさげ髪を風になびかせていた。

もうおわかりだろう。三人の女はそれぞれ、とても違っている。それでも彼女たちには、ひとつ共通点があった。秘密、と言ってもいい。三人とも、旅出ちを夢見ていたのだ。そう、ジヴェルニーを出ることを。その名を聞いただけで、誰もが訪れたいと願う村。そこで数時間、散歩をするために、はるばる海を越えてやって来たいと思う村を。

人気の理由はよくご存じのはずだ。印象派の画家たちゆえである。

いちばん年寄りのひとり目の女は、きれいな絵を一枚持っていた。二人目は芸術家に関心を抱いていた。いちばん若い三人目は、絵を描くのがうまかった。それはもう、とてつもなくうまかった。

なのにジヴェルニーを離れたいなんて、奇妙な話だと思われるだろう。三人とも、この村は監獄だと思っていた。広々とした美しい庭はあるけれど、囲いがめぐらされている、病院の庭みたいなものだと。騙《だま》し絵の村。絵は結局、額からはみ出すことはない。本当のところ、いちばん若い三人目の女は、父親を探していた。どこか別のところに。二人目は愛を求めていた。そしていちばん年寄りのひとり目は、あとの二人についていろいろなことを知っていた。

それでも十三日間、たった十三日間だけ、公園の柵がひらいた。もっと正確に言うならば、二〇一〇年の五月十三日から五月二十五日のあいだだけ、ジヴェルニーを囲む鉄柵の扉が彼女たちのためにあいたのだった。わたしたちだけのために、と三人は思った。しかしルールは残酷だった。三人のうち逃げられるのはひとりだけ。あとの二人は死ななければならない。

そういうことだ。

その十三日間は三人の人生で、カッコにくくられたような特別な時としてすぎた。あまりに短く、残酷なひととき。カッコは一日目、殺人とともにひらき、最終日、もうひとつ別の殺人とともに閉じる。奇妙なことに、警察官たちが注目したのは、いちばん美しい二人目の女だけだった。いちばん無垢《むく》な三人目の女は、ひとりで調査をしなければならなかった。いちばん目立たないひとり目の女は、そっとみんなを観察することができた。そして、殺すことさえも。

それは十三日間続いた。逃走の時だ。

ある村に、三人の女がいた。

三人目の女はもっとも才能豊かで、二人目はもっとも狡猾で、ひとり目はもっとも意志が固かった。

さてあなたは、三人のうち誰が脱出に成功したと思うだろうか？

いちばん若い三人目の女はファネットといい、二人目の名前はステファニー・デュパン、いちばん年寄りのひとり目の女、それはこのわたしだ。

タブロー1　印象

一日目　二〇一〇年五月十三日（ジヴェルニー）

——群衆

1

澄んだ川の水に、薄紅色の小さな筋がいくつもついていた。絵筆を洗った噴水の水が、束の間、パステルカラーに染まるように。

「だめよ、ネプチューン」

色は水が流れるにつれて薄まりながら、土手から垂れさがる緑の雑草や、ポプラと柳の茶色い根にこびりついた。

ほんのりとした、微妙なグラデーション。

嫌いじゃないわ。

欲を言うならこの赤色が、画家が川で洗ったパレットから流れ出たものならよかったのに。でもその出所は、ジェローム・モルヴァルの叩き割られた頭だった。ぱっかりと割れた頭はエプト川に浸かり、頭蓋骨のてっぺんにあいた深い裂け目から血が噴き出している。

飼い犬のシェパードが近寄り、臭いを嗅いだ。わたしはもう一度、今度はもっときっぱりと叫んだ。

「だめよ、ネプチューン。戻ってらっしゃい」

死体はほどなく発見されるだろう。まだ朝の六時とはいえ、きっと誰か通りかかる。画家、散歩やジョギングをする人、煙草の吸殻《すいがら》を拾う男……そして死体に行きあたるはずだ。

わたしはそれ以上近づかないように気をつけ、杖で体を支えた。この先は土がぬかるんでいる。ここ数日、雨が降ったので、川岸は軟らかくなっていた……もう八十だ。幅一メートルもないちっぽけな川でだろうと、スイマーを気取る歳じゃない。川の水量の半分はモネの庭の池に流れこむよう、水路が引かれていた。もっとも今では睡蓮の池へ続く地下水道があるので、水路へ流れこむ水量はさほど多くないけれど。

「さあ、ネプチューン、行くわよ」

わたしは犬にむかって杖をふった。犬が上着の穴に鼻先を突っこむのを、やめさせるかのように。

そう、ジェローム・モルヴァルの灰色の上着には、大きな穴があいていた。それが第二の傷口だった。心臓をひと突き。

「離れなさい。ここをうろついてたらいけないわ」

わたしは最後にもう一度、目の前の洗濯場を眺め、それからまた小道に沿って歩き始めた。言うことなしだわ。小道は整備が行きとどいている。邪魔な木々は短く伐採され、土手の雑草も除去された。なにしろ、毎日何千人もの観光客がこの道を行きかうのだ。ベビーカーも通れば、車椅子も通る。杖をついた老人も。そう、わたしのように。

「ほら、いらっしゃい、ネプチューン」

わたしは少し先で曲がった。そこでエプト川は二股に分かれ、いっぽうは堰《せき》に、もういっぽうは滝に続いている。むこう岸にモネの庭が見えた。睡蓮、日本風の太鼓橋、温室……わたしは一九二六年、ここで生まれた。くしくもクロード・モネが亡くなった年だ。モネの死後何年も、ほとんど五十年間、この庭は閉鎖され、忘れられ、見捨てられてきた。今日《こんにち》、運命の輪は大きくまわった。日本人やアメリカ人、ロシア人、それにオーストラリア人と、毎年何万人もの観光客が、ジヴェルニーをそぞろ歩きするただそれだけのために、地球を半周してくるのだ。モネの庭は聖地に、大聖堂になった……今日もほどなく、たくさんの巡礼者たちが押し寄せるだろう。

腕時計を見ると、午前六時二分だった。まだ数時間、ゆっくりしていられる。

わたしは歩き続けた。

ポプラの木と生い茂る雑草のあいだから、クロード・モネの像が怒った隣人のような険しい目でわたしをにらみつけていた。もじゃもじゃのあごひげに、大きな帽子。どうやらあれは、麦わら帽子らしい。この胸像は二〇〇七年に設置されたと、象牙《ぞうげ》の台座にあった。わきに添えられた木の板には、巨匠は《草地》を見守っていると説明が付されている。モネの草地！　小川からエプト川まで、エプト川からセーヌ川まで広がる畑、ポプラ並木、穏やかな波のように揺れる緑の小丘。彼が描いた魔法の土地。侵すべからざる聖域……それらの輝かしい絵は、いつまでも美術館の壁を飾るだろう。

朝の六時なら、たしかにまだこの場所には不思議な魅力が漂っている。わたしは目の前にひらけた地平線を眺めた。麦やトウモロコシ、ひなげしの畑が広がる、昔のままの光景を。けれども嘘はつくまい。実のところモネの草地は、日中ほとんど駐車場と化していた。正確に言うなら、アスファルトの茎のまわりに並ぶ四つの駐車場。まるでコンクリート製の睡蓮だ。わたしほどの歳になれば、こんな嫌味のひとつくらい、口にしたってかまわないだろう。年々景色が変わっていくのを、ずっと見てきたのだから。モネの愛した草地だって、今ではスーパーマーケットのようなありさまだ。

数メートルあとをついてきたネプチューンが、まっすぐ前に走り出した。駐車場を横ぎって木の柵におしっこをし、さらに畑を走って、エプト川とセーヌ川の合流点へむかう。二本の川にはさまれたこの一角は、イラクサの島という奇妙な名で呼ばれている。

わたしはため息をついて歩き続けた。この歳になると、犬を追いかけて走るわけにはいかない。犬が遠ざかっては、まるでわたしを嘲《あざけ》るようにまた戻ってくるのを、ただ眺めているだけだ。犬を呼ぶのはためらわれた。まだ、朝早い。犬は麦畑にもぐりこんだ。このごろネプチューンはそんなふうに、いつもわたしの百メートルも前を走っている。ジヴェルニーの住民はみんなこの犬と顔なじみだが、わたしの飼い犬だと知っている者はそう多くない。

駐車場に沿って進み、シェヌヴィエールの水車小屋へむかった。わたしはそこに住んでいる。人が出始める前に、家に帰ったほうがいいだろう。シェヌヴィエールの水車小屋はモネの庭の近くで、もっとも美しい建物だ。小川のほとりには、ほかに家らしい家もないし。けれども草地が鉄板とタイヤの原と化してからは、なんだか自分が檻《おり》に閉じこめられた絶滅危惧種の動物にでもなったような気がした。物見高い観光客がやって来ては、じろじろ眺めたり、写真を撮ったりする。駐車場から小川を越えて村に行く橋は、四つしかない。そのうちのひとつが、わが家の真ん前にかかっていた。そんなわけで午後六時までは、敵軍に包囲されているようなものだった。やがて村が静まると、草地は柳のものとなり、クロード・モネの像はブロンズの目をひらく。排気ガスの臭いにむせかえり、ひげのなかで咳きこむ心配もなく。

目の前を一陣の風が吹き抜け、赤いひなげしの花びらが散った緑の水面《みなも》に、小麦の穂のような小さなさざ波を立てた。もしこの場面をエプト川に沿った正面から誰かが眺めていたならば、印象派の絵を思い浮かべたことだろう。オレンジ色の朝日。背景の小さな黒い点。その明暗が見事に調和している。

黒い点とは、くすんだ色の服を着た老女、つまりわたしだ。

そこはかとない憂鬱《ゆううつ》な色調。

わたしはまた叫んだ。

「ネプチューン」

わたしはそこにじっとたたずんだまま、かりそめの静けさを味わっていた。ジョギング愛好家がやって来るまで、どれくらいかかるかはわからないが、少なくとも、まだ何分かあるはずだ。やがて男がひとり、イヤホンでＭＰ３プレーヤーを聞きながら目の前にあらわれた。Ｔシャツにバスケットシューズ。男の姿は草地の風景にそぐわなかった。彼を皮切りに、この絵を台なしにする人々がこれから次々にやって来る。わたしが軽く会釈をすると、むこうも会釈を返し、イヤホンからしゃかしゃかと音をさせながら走り去った。男はモネの胸像や小さな滝、堰のほうへ曲がった。きっと彼も道端の泥を避け、小川に沿って戻ってくるだろう。

わたしはベンチに腰かけ、その後のなりゆきを待った。避けられないなりゆきを。

警察の車があわただしくやって来て、ロワ街道の端、洗濯場と水車小屋のあいだにとまったとき、草地の駐車場にはまだ一台の車もなかった。そこからほんの二十歩のところに、ジェローム・モルヴァルの死体が横たわっている。

わたしは立ちあがった。もう一回ネプチューンを呼ぶのは、ためらわれた。やれやれ、まあいいわ。犬はひとりでも帰れる。シェヌヴィエールの水車小屋はすぐそこだ。わたしは車から降りてくる警官たちのことを、最後にもう一度思い返し、家に戻った。水車小屋の五階にあたる塔の窓からは、周囲の出来事がとてもよく観察できる。

人目につかず、こっそりと。

2

ローランス・セレナック警部はまず、死体の周囲数メートルに警戒線を張ることから始めた。幅広の黄色いビニールテープが、川岸の木々の枝にめぐらされる。

　犯行現場のようすから見て、面倒な捜査になりそうだ。ヴェルノン署の電話が鳴ったとき、勘が働いたからな。やれやれ、部下の三人を連れてきたのは正解だった。ひとり目の部下ルヴェル巡査のおもな任務は、小川に沿って集まり始めた野次馬を近づけないことだった。まったく驚きだ。警察車両が人気《ひとけ》のない村を走り抜けた数分後には、村中の人々が殺人現場に集まったのではと思うほどだ。なんといっても、殺人事件だからな。それはトゥールーズの警察学校に三年間通うまでもなく、ひと目でわかった。セレナックはあらためて、死体を観察した。左胸の大きな傷、ぱっくりと割れた脳天、水に浸った顔。科学捜査にかけてはヴェルノン署いちの専門家と目されるモーリー巡査は、死体のまわりに残っている足跡に目印をつけ、速乾性の石膏《せっこう》で型を取っていた。まずはむやみに近づかず、ぬかるんだ地面の状況を保持するよう、セレナックが命じたのだ。死体を調べるのはそのあとでいい。どうせ、もう助けてやれるわけじゃない。蘇生措置を施すにも遅すぎる。犯行現場を写真に撮り、手がかりになりそうなものをビニール袋に集め終えるまでは、足を踏み入れるなどもってのほかだ。

シルヴィオ・ベナヴィッド警部が橋のうえにあらわれ、ひと息ついた。ジヴェルニーの住民たちは、彼を通すために道をあけた。被害者の写真を手に、ジヴェルニーの村までひとっ走りして、とりあえず手がかりを集めてくるようセレナックが命じたのだ。被害者の身もとがわかれば、それに越したことはない。セレナック警部がヴェルノン署に赴任したのは最近のことだったが、ベナヴィッドが熱心に命令をこなす男であるのはすぐにわかった。まずは計画を立て、それを綿密に実行する。いわば理想的な部下だ。脇役にまわらねばならないのは、ベナヴィッドだって面白くないだろう……しかしそれは能力不足ゆえではなく、控えめすぎるからだとセレナックは直感した。要は、忠実な男なのだ……警察官の職務に忠実な男。どのみちベナヴィッドには、ローランス・セレナック警部のことがさっぱり理解できなかった。トゥールーズの警察学校を出たばかりの上司は、彼にとってUFOみたいなものなのだ……四か月前、セレナックは警視でもないのに、いきなりヴェルノン署の署長に任命された。だからってここ、セーヌ川北部の地で、三十歳そこその若造が信頼されるだろうか？　犯罪者にも部下にも同じ南仏訛《なま》りで話しかけ、斜に構えたようすで殺人現場を眺めるこの変わり者が。

まあ、無理だろうな、とセレナックは思った。北の連中は、みんなストレスが溜まりすぎている。警察のなかだけじゃない、いたるところでだ。ヴェルノンなんか、もっとひどい。パリ郊外と言いながら、ほとんどノルマンディだから。地図でたしかめると、イル＝ド＝フランス地方の境界線はジヴェルニーの近くを通っている。ここから数百メートル、川の主流の反対側を。しかしこのあたりの住民は、パリっ子というよりノルマンディ人だ。しかもそれを誇りにしている。一種のスノビズムだろう。あのちっぽけなエプト川だって、かつてはフランスとアングロ＝ノルマン王国を分かち、長い歴史のなかでムーズ川やライン川より多くの死者を出したのだと、大真面目に話す者もいるくらいだ。

　馬鹿馬鹿しい。

「警部」

「ローランスと呼んでくれ……いつも言ってるじゃないか」

　シルヴィオ・ベナヴィッドはためらった。セレナック警部ときたら、なにもここで蒸し返さなくてもいいじゃないか。ルヴェルやモーリー、十数人の野次馬たち、おまけに血まみれの死体まで前にして、タメ口問題を議論するにはちょうどいい機会だとでもいうように。

「ああ、はい、そうですね、ボス……ここはひとつ、慎重にいかないと……被害者の身もとは簡単にわかりました。村ではみんなが知っている有力者です。ジェローム・モルヴァル。有名な眼科医で、パリ十六区のプリュードン通りで診療所をひらき、クロード・モネ通り七十一番に、村きっての大邸宅をかまえています」

「かまえていた……と言うべきだな」セレナックは訂正した。

　シルヴィオはじっと耐えている。まるでロシア戦線行きが決まった兵士のような顔で。いや、北フランスに転属された役人……ノルマンディに赴任した警察官みたいな顔かな……そう思ったら、セレナックはおかしくなった。仏頂面《ぶっちょうづら》をしたくなるのは部下のシルヴィオではなく、おれのほうなんじゃないか。

「オーケー、シルヴィオ、ご苦労さん」とセレナックは言った。「さしあたり、そんなところでいい。被害者のことは、あとでじっくり調べよう」

セレナックは黄色い警戒線をはずした。

「リュド、足跡はもういいか？　スリッパをはかずに近づいても大丈夫かい？」

リュドヴィック・モーリーはうなずき、石膏の型をいくつも抱えて遠ざかった。そのあいだにセレナック警部のほうは、川岸の泥に足を沈めた。片手で近くのトネリコの枝につかまり、もう片方の手でぐったりした死体を指さす。

「ほら、来てみろよ、シルヴィオ。妙だと思わないか？　この殺しの手口」

ベナヴィッドは近づいた。ルヴェルとモーリーもふり返り、眺めている。まるで上司の昇進試験に立ちあっているかのように。

「みんな、傷口を見てみろ。モルヴァルは上着のうえから、鋭利な刃物でぐさりとやられている。凶器はナイフか、それに類するものだな。心臓をひと突きだ。検死医の見解を聞くまでもない。これが死因だろうと予想がつく。ところが泥についた跡をよく見てみると、遺体は水際まで数メートル引きずられたのがわかる。どうしてそんな手間をかけたのだろう？　なぜわざわざ死体を動かしたんだ？　さらに犯人は石か何か重い物をつかんで、被害者の脳天とこめかみを殴打している。そんなことをする理由が、あるだろうか？」

ルヴェルがおずおずと手をあげた。

「モルヴァルがすぐに死ななかったので、とどめを刺そうとしたのでは？」

「なるほど」とセレナックは歌うような口調で言った。「心臓に達しているから、そうは思えないがね……それに、もしモルヴァルが生きていたのなら、どうしてその場でもうひと突きしなかったんだ？　わざわざ川まで引きずっていって、頭蓋骨を叩き割る必要もないだろう」

シルヴィオ・ベナヴィッドは黙ったままだった。リュドヴィック・モーリーは現場を眺めた。川のほとりに血のついた、サッカーボールくらいの石がある。彼はその表面から、手がかりになりそうな試料をすべて採取しておいた。もしかして、こうは考えられないだろうか？

「たまたまそばに石があったからでは？　犯人は手近な凶器をつかんで……」

セレナックの目がきらりと光った。

「その意見にも賛成できないな、リュド。みんなもよく見てみろ。ほら、おかしいじゃないか。川岸に何がある？」

ベナヴィッド警部と二人の巡査は土手を目で追ったが、セレナックの意図がわからなかった。

「川に沿って二十メートルにわたり、ほかに石はひとつもない。それにこの石をよく観察すれば、どこかその辺から持ってきたのは明らかだ。もともとここにあったのなら、乾いた泥がこびりついているはずだからな。石の下敷きになっている草も、まだ新しいし……しからばこの奇跡の石は、いかにしてここにあらわれたのか？　犯人が運んできたとしか、考えられないじゃないか」

ルヴェル巡査はジヴェルニーの住民たちを、小川の右岸へ下がらせようとした。村の側、橋の手前へと。しかしセレナックに、野次馬を気にしているようすはなかった。

「そこで犯行の状況は、次のようにまとめることができるだろう」と警部は続けた。「ジェローム・モルヴァルは道で胸をひと突きされた。おそらく即死だったろう。それから犯人は川まで六メートルも、彼を引きずっていった。犯人は完璧主義者だったのか、さらに道沿いから石を見つけ出した。二十キロ近くもあるしろものだ。それを抱えて戻ると、モルヴァルの頭を叩き割ったのだ。しかし、まだ終わりじゃない。死体の位置をよく見たまえ。頭部はほとんど完全に、川に浸かっている。こんなかっこうは、不自然だとは思わないか？」

「でも、今ご自分で言ったじゃないですか」とモーリーは、いささか苛立たしげに答えた。「犯人は川岸で、モルヴァルの頭に石を叩きつけたって。そのあと被害者は、川のなかにずり落ちたんです」

「そんなふうにいくものかね」セレナック警部は皮肉っぽく言った。「脳天に一撃を受けたモルヴァルが、川に頭を突っこんでいるんだぞ……いやいや、きみたち、賭けてもいい。なんなら石をつかんで、モルヴァルの頭蓋骨をかち割ってみろ。ここ、この土手で。それだけで死体の頭が水の底にずり落ちるなんてことは、千にひとつもあるわけがない。十センチの浅瀬に、完璧に浸るなんてことはな。なに、謎解きの答えはもっと単純だ。いわばこれは、同じひとりの人物に対する三重殺人なんだ。ひとつ、心臓を刺す。二つ、頭を割る。三つ、川で溺れさせる……」

セレナックは口もとに冷笑を浮かべた。

「つまり犯人には、強い動機があったんだ。そうとう執拗な性格だな。ジェローム・モルヴァルを激しく憎悪していた」

「続けて三度も殺されるなんて、われらが眼医者にとっちゃ大迷惑だったろうが、別々に三人を殺すよりはましってもんだ。そうだろ？」

セレナックは、ますますきまり悪げなベナヴィッド警部にウィンクをした。

「村に恐慌を巻き起こしたくはないんだが」と彼は続けた。「この犯行現場にあるものは、どれも偶然の産物ではない。なぜかはわからないが、すべてがひとつにまとまって、一幅の絵を演出しているような気がするんだ。まるで個々の細部《ディテール》が、選び取られたもののように。場所はこのジヴェルニー。そして犯行の手順も、ナイフで心臓を刺して、石で頭を割り、最後に溺れさせるときて……」

「復讐ですかね？」とベナヴィッドは言ってみた。「あるいは殺人の儀式とか？　そうお考えなんですか？」

「さあ」とセレナックは答えた。「捜査のなりゆき次第だろう……今のところわけのわからないことばかりだが、少なくとも犯人にとっては意味があったに違いない」

ルヴェルは見物人を橋のうえまでゆっくりと押し戻した。シルヴィオ・ベナヴィッドは無言で、じっと考えこんでいる。挑発的なセレナックの言葉から、汲《く》むべきものを篩《ふるい》にかけているかのように。

突然、ポプラの茂みから茶色い影が飛び出し、黄色い警戒線の下をくぐって土手の泥を踏みつけた。モーリー巡査はあわてて制止しようとしたが、うまくいかなかった。

シェパード犬だ。

犬は大喜びで、セレナックのジーンズに体をこすりつけた。

「おや、さっそく証人が名乗り出てきたぞ……」

セレナックは、橋のうえにいるジヴェルニーの住民たちをふり返った。

「どなたか、この犬をご存じの方は？」

「知ってます」と年配の男が迷わず答えた。ビロードのズボンにツイードの上着というかっこうからして、どうやら画家らしい。「ネプチューンといって、村の人気者ですよ。みんな、道で顔を合わせてます。村の子供たちや観光客のあとを、ついて歩いてます。言うなれば、風景の一部ですね」

「ほら、おいで」セレナックはネプチューンの顔の高さにしゃがんで、声をかけた。「じゃあ、きみが第一の証人かい？　犯人を見たんだね？　知っているやつだったか？　あとで証言に来てくれよ。われわれはもう少し、仕事が残っているんでね」

警部は柳の枝を折ると、数メートル先に投げた。ネプチューンは遊びに応え、遠ざかってはまた戻ってくる。シルヴィオ・ベナヴィッドは上司が犬と戯《たわむ》れるのを、呆気《あっけ》にとられたように眺めた。

ようやくセレナックは立ちあがると、周囲をじっくり検分した。小川の真正面に、レンガと荒壁土《あらかべ》の洗濯場。川にかかった橋のすぐうしろには、二階のうえに三階建ての塔を戴く、木骨造り《ハーフティンバー》の奇妙な建物があり、《シェヌヴィエールの水車小屋》と壁面に名前が記されていた。セレナックは何ひとつゆるがせにすまいと、脳裏にそれを刻みこんだ。近隣にくまなく聞きこみをしなければ。犯行時刻は朝の六時くらいだが、目撃者がいないとは限らない。

「ミシェル、見物人を下がらせろ。リュド、ビニール手袋をくれ。眼医者のポケットを調べる。足が濡れるのはしかたない。死体を動かしたくないからな」

セレナックはバスケットシューズと靴下を脱ぎ、ジーンズの裾をふくらはぎの途中までまくりあげると、モーリー巡査に渡された手袋をはめて、素足で水に入った。左手でモルヴァルの体を支えながら、右手で上着のポケットを探る。彼は革の札入れを取り出し、ベナヴィッドに手渡した。部下はそれをあけて、身分証を確認した。

間違いない。たしかにジェローム・モルヴァルだ。

セレナックはさらに死体のポケットを探った。ハンカチ。車のキー。それらは手袋をはめた手から手へと渡り、最後に透明なビニール袋に収められる。

「おや、これはいったい……」

セレナックの指が上着の外ポケットから、しわくちゃになった厚紙を引っぱり出した。警部はその紙に目を落とした。それはただの絵葉書だった。絵はモネの『睡蓮』。青い色調の習作だ。同じような絵葉書が、世界中で何百万枚と売られているだろう。セレナックは裏返した。

ひと言《十一歳の誕生日、おめでとう》と、タイプライターで打ってある。

そのすぐ下には、本から切り抜いたらしい紙切れが張りつけてあった。こちらには、《夢見ることは罪かもしれないと、わたしは認めよう》と書かれていた。

これはいったい……

踝《くるぶし》まで浸かった川の水が、まるで鉄の手錠のように、にわかに冷たく感じられた。顔をあげると、正面に見物人が見えた。川岸の洗濯場に、バスでも待つみたいに集まっている。警部は声を張りあげた。

「モルヴァルさんには、子供がいましたか？　十一歳の子供が？」

ビロードとツイード姿の画家が、またしても真っ先に答えた。

「いいえ、署長さん。いなかったはずです」

これはいったい……

誕生日祝いのカードが、ベナヴィッド警部に手渡される。セレナックはあたりを見まわした。洗濯場。橋。水車小屋。目覚め始めたジヴェルニーの村。少し奥には、モネの庭があるはずだ。そして草地、ポプラの木。

木々が生い茂る丘に、雲がかかっている。

セレナックの脳裏には、あの言葉がこびりついていた。

夢見ることは罪かもしれないと、わたしは認めよう。

彼は突然、確信した。まるで絵葉書のような、この印象派風の景色には、どこか場違いなところがあると。

3

わたしはシェヌヴィエールの水車小屋のうえから、河原を見おろしていた。

リーダー役の警官はジーンズの裾をまくって水に入り、残りの三人は川岸にいた。まわりには、間抜け面《づら》の野次馬がひしめいている。その数、すでに三十人近く。みんな観劇気分で、この場面を見守っていた。そう、これは街頭演劇《テアトル・ド・リュ》、もっと正確に言うなら、小川の演劇《テアトル・ド・リュ》だった。

わたしは思わずくすっと笑った。自分で自分にこんな駄洒落《だじゃれ》を飛ばすなんて、馬鹿みたいかしら？　でもあの野次馬たちに比べれば、わたしのほうがまだましでは？　だってわたしはバルコニー席にいるのだから。間違いないわ。最高の特等席だ。ここからなら、誰にも見られず観察できる。

わたしはためらっていた。そんな自分がおかしくて、苛立たしげに笑った。

どうしたらいいのだろう？　警官たちは白い小型トラックから、大きなビニール袋を出した。そのなかに死体をしまうのだ。

頭のなかで、まだ疑問がうずまいていた。どうしたらいいだろう？　警察に行くべきか？　そしてヴェルノン署の警官たちに、知っていることをすべて話そうか？

警官たちは、気の触れた老女のたわ言を信じてくれるだろうか？　それならむしろ黙ったまま、じっと待ったほうがいいのでは？　数日間、ほんの数日間だけ待ったほうが。そして子ネズミみたいにうろちょろ走りまわり、観察するんだ。事態がどう動くかをたしかめるために。それにジェローム・モルヴァルの妻パトリシアに、話さなくてはいけない。そうだわ、もちろんそれはしなくては。

でも、警官に話すとなると……

河原では三人の警官が身をのり出し、ジェローム・モルヴァルの死体をビニール袋まで運んでいた。まるで血の滴《したた》る大きな解凍肉の塊《かたまり》だ。かわいそうに、三人とも必死だった。そのようすは、大きすぎる魚を釣りあげてしまった新米漁師を思わせた。四人目の警官は、まだ水に足を浸けたまま部下を眺めている。うえから見ると、やけに愉快そうだ。少なくとも笑っているようだった。

結局、いくら頭を悩ませようと、あまり意味はないのかもしれない。どうせパトリシア・モルヴァルに話せば、みんなに知れ渡るのだろうから。とりわけ警官たちには。おしゃべりだもの、あの女は……いっぽうわたしのほうは、まだ寡婦ではない。かなり近づいてはいるけれど。

わたしは一分ほど目を閉じた。

そして心を決めた。

警官に話すのはやめよう。目に見えない、黒いネズミになろう。少なくとも、あと数日のあいだは。どのみち警察がわたしを見つける気なら、簡単にできるのだから。この歳では、そんなに速く走れないし。むこうは、ネプチューンのあとを追うだけでいい……わたしは目をあけ、犬を見た。

ネプチューンは、警官たちから数十メートル離れたシダの茂みにうずくまっていた。犬も犯行現場の光景を、何ひとつ見逃すまいとしているのだろう。

そうだ、あと数日、待つことにしよう。少なくとも、本当の寡婦になるまでは。それがしなみというもの、最低限の節度だわ。あとはまた、臨機応変にやっていけばいい。状況に応じて……昔、とっても奇想天外なミステリ小説を読んだことがある。舞台はイギリスのお屋敷かどこかだけど、なんと全編猫の目を通して語られるのだ。ええ、嘘じゃないわ。物語の視点は猫というわけ。猫は出来事を逐一《ちくいち》見ているけれど、誰も注意は払わない。そして猫は自分なりに、事件を調べる。耳をそばだてたり、観察したり、証拠を探したりして。とってもよくできた小説で、もしかしたら犯人はこの猫なんじゃないかと思うくらいだった。読者の楽しみを奪わないよう、結末は明かさないでおくわ。機会があったら、自分で読んでちようだい……ここで言いたかったのは、これからわたしが何をするつもりなのかだ。お屋敷の飼い猫みたいに誰にも怪しまれず、この事件の証人になろう。

わたしはもう一度、小川をふり返った。

モルヴァルの死体はビニール袋にすっぽりと収められ、もうほとんど見えない。ふくらんだ袋は、まるでたらふく食べたあとの大蛇だ。閉めきられていないファスナーのあいだから、頭の一部だけがわずかに覗いている。土手にいる三人の警官は重労働を終え、喘《あえ》いでいるようだ。ボスの合図を待って、煙草を取り出そうとしている。うえから見ると、ちょうどそんな感じだった。

二日目　二〇一〇年五月十四日（シェヌヴィエールの水車小屋）
――なれなれしさ

4

病院では、書類のことでうんざりさせられた。わたしは食堂のテーブルに、色とりどりの印刷物を積みあげた。処方箋《しょほうせん》、保険の証明書、住民票、検査証などなど。それを分けて茶封筒に入れる。なかのいくつかは病院用だった。けれど全部ではない。ヴェルノンの郵便局で重さをはかり、送ることにしよう。使わない書類は白いファイルにしまった。まだ全部は記入を終えていなかった。わけのわからない書類もある。病院に行ったら、看護師にたずねてみよう。今ではみんな、わたしの顔を覚えている。昨日の午後から夕方すぎまで、病院でずっとすごしたから。

百二十六号室では、死にかけている夫の心配をしている寡婦予備軍を演じた。医者や看護師たちの励ましや慰めの言葉を聞きながら。つまり、彼らの嘘を聞きながら。

夫はもう助からないと、わたしにはわかっていた。でも、そんなことはどうでもいい。わたしの気持ちを、病院のみんなが知ったなら！

さっさと終わって欲しいわ。それだけが望みだ。家を出る前に、玄関ドアの左にある剝げた金枠の鏡に歩み寄り、やつれてしわだらけの、冷ややかな顔を映してみた。大きな黒いスカーフを、束ねた髪にかぶせる。ほとんどチャドル（イランの女性が頭から体全体を覆う布）のようだ。村の老女たちは、ヴェールの着用を強いられている。誰も彼女たちの顔を見たいとは思わないから。ジヴェルニーでさえも、そうなのだ。ジヴェルニーだからこそかもしれない。光と色彩の村だからこそ、老女たちは陰に、闇に、夜へと追いやられる。彼女たちが通りすぎたとたん、みんなもう忘れている。

わたしにとっては好都合だ。

最後にもう一度ふり返ってから、天守閣の階段を降りかけた。シェヌヴィエールの水車小屋に立つ塔を、ジヴェルニーでは天守閣と呼んでいる。部屋が散らかっていないかと、無意識のうちにたしかめている自分の愚かしさに腹が立った。ここに入ってくる者は、もう誰もいないのに。もう誰も来やしない。それなのに、少しでも物の位置がいつもと違うと、気持ちが落ち着かなくなるのだ。よくテレビで言っている、強迫性障害の一種かもしれない。そんなこと、気にする人などいないだろう。わたし以外は。

部屋の薄暗い片隅で、何か引っかかった。壁に掛けた絵が、梁《はり》に対して少しずれている。わたしは部屋をゆっくりと横ぎり、額の右下を押して位置をなおした。

わたしの睡蓮の絵だ。

真っ黒な睡蓮。

絵はどの窓からも見えない位置に掛けてあった。水車小屋のうえに建てられたノルマンディ式小塔のてっぺんなのだから、窓から覗く者などいるはずはないのだけれど。

わが隠れ家……

絵はいちばん薄暗い片隅に掛けてあった。死角に、というのがぴったりだろう。灰色の水に浮かぶ黒い陰影を、闇がいっそう不気味にしている。

弔《とむら》いの花。

かつて描かれた、もっとも悲しい花……

わたしは苦労して階段を降り、外に出た。中庭でネプチューンが待っていた。服にじゃれついてくる前に、杖で追い払う。わたしがだんだん転びやすくなっているのが、犬にはどうしてもわからないらしい。何分もかけて三つの重々しい錠に鍵をかけ、鍵束をバッグに収めると、鍵がすべてきちんとかかっているかどうか、もう一度たしかめた。

そしてようやく、中庭をふり返った。大きな桜の木は、最後の花を散らせていた。樹齢百年にもなるらしい。この木はモネのことも知っていたのだ。ジヴェルニーでは桜が愛されている。アメリカン・アート美術館（ここは一年前から、印象派美術館になっていた）でも、駐車場に沿ってずらりと植えられている。聞いた話では、日本の桜だという。こぢんまりとして、まるで盆栽《ぼんさい》だ。そんな木をわざわざ外国から持ってくるなんて、なんだか奇妙な気がする。村には木が足りないと言わんばかりだわ。でも、まあ、そういうものだろう。春にはアメリカ人観光客が、ピンク色の花に大喜びする。もし誰かに訊かれたら、わたしはこう答えるつもりだ。駐車場の地面や車がピンク色の花びらに覆われたさまは、ちょっと派手で俗っぽすぎると。けれども、わたしに意見を求める者などいなかった。

わたしは封筒を胸に抱きしめた。さもないと、ネプチューンがずたずたにしかねない。コロンビエ通りをのぼるのが、またひと苦労だった。時間をかけてゆっくり歩き、木蔦《きづた》に覆われた民宿のポーチでひと息ついた。ヴェルノン行きのバスが出るのは二時間後だ。まだ間はある。黒い子ネズミを演じる間は。

わたしはクロード・モネ通りを左に曲がった。石造りの家並みに沿ってタチアオイとオレンジ色のアイリスが、アスファルトの隙間から小さな麦畑みたいに茂っている。これぞジヴェルニーだ。わたしは八十すぎの老女らしい足どりで、歩き続けた。いつものように、ネプチューンはずっと先へ行ってしまった。ようやくオテル・ボーディまでたどり着いた。ジヴェルニーでもっとも有名な建物の窓ガラスには、展覧会やギャラリー、フェスティヴァルのポスターが張られていた。しかもガラス一枚の大きさは、ちょうどポスターとぴったり同じ。よく考えると、奇妙な話ではないか。わたしはよく自問したものだ。これは偶然の一致だろうか？　それともポスターのサイズを、わざとオテル・ボーディの窓ガラスに合わせたのか？　はたまたオテル・ボーディの設計者には、先見の明があったということか？　すでに十九世紀、広告ポスターのスタンダードサイズが将来どうなるかを予見して、窓の図面を引いたのかしら。

しかしそんな謎には、誰も興味はないだろう。オテル・ボーディのむかいにある広場のテラス席では、数十人の観光客が緑色のスチールチェアに腰かけ、オレンジ色のパラソルの下で食卓を囲んでいた。いまから一世紀以上前、このホテルに投宿したアメリカ人画家の一団と同じ感動を求めて。これもよく考えると、奇妙なことだ。前世紀、このノルマンディの小村にやって来たアメリカ人画家たちは、落ち着いて集中できる環境を求めていた。だとしたら、今のジヴェルニーとは正反対だ。わたしには今のジヴェルニーが、さっぱり理解できない。

空いている席に腰かけ、ブラックコーヒーを頼んだ。給仕してくれたのは、新しいウェイトレスだった。臨時のアルバイトだろう。彼女は丈の短い服と、印象派風のぴっちりした胴着《ベスト》を着ていた。ベストの背には、薄紫色の睡蓮が描かれている。

薄紫色を背負っているなんて、これも奇妙よね？

この村が変貌するのをずっと見てきたわたしには、ジヴェルニーが大きなテーマパークにでもなったように感じられた。印象派パーク。それがコンセプトだ。わたしは席に腰かけたまま、ため息をついた。ひとりでぶつぶつと言っている、わけのわからない意地悪な老女らしく。周囲を見まわすと、実に雑多な人々がいた。緑のガイドブックを仲よくいっしょに読んでいる恋人たち。砂利《じゃり》道では五歳にも満たない子供が三人、なにやら喧嘩をしている。その親たちは、蛙だらけの池よりプールのほうがよかったなどと思っていることだろう。しなびた顔のアメリカ人女性が、ハリウッド流のフランス語でリエージュ風コーヒーを注文している。

彼ら二人もそこにいた。

わたしの席からテーブル三つ分、十五メートルほど離れたところに。そう、彼らだ。さっき水車小屋の窓から、カーテンの陰に隠れて見おろした河原。あそこにいた警官たちだ。ひとりは小川に足を浸し、ジェローム・モルヴァルの死体に近づいた警部。もうひとりは、内気そうな部下。

もちろん、二人はよそを見ている。年老いた黒ネズミではなく、若くてかわいいウェイトレスのほうを。

5

セレナック警部はオテル・ボーディに目をむけた。サングラス越しに眺めるベルエポック様式の建物は、ほとんどセピア色に見えた。きれいなウェイトレスの脚も、こんがり焼けたクロワッサンのようだった。

「オーケー、シルヴィオ。小川に沿って、もう一度徹底的に調べてくれ。もちろん、証拠品はすべてラボに送った。足跡も、石も、モルヴァルの死体も……しかし、まだ何か見落としているかもしれない。はっきりはわからないが、洗濯場や木々のあいだ、橋のうえとか。現場に戻ってあたりを歩き、目撃者がいないかどうかもあたるんだ。おれのほうはしかたない、妻に会いに行くとしよう。パトリシア・モルヴァルに……ジェローム・モルヴァルについて、もう少しわかったことは？」

「はい、ロー……ラン……いえ、ボス」

シルヴィオ・ベナヴィッドはテーブルの下からファイルを取り出した。セレナックはウェイトレスを目で追っている。

「何か飲むか？　パスティス、それとも白ワイン？」

「ああ、いえ、何も」

「コーヒーも？」

「いや、けっこうですから……」

ベナヴィッドは口ごもった。

「じゃあ、紅茶にしろ……」

ローランス・セレナックは有無を言わせない勢いで、ウェイトレスにむかって手をあげた。

「紅茶と白ワインを。ガイヤック産はあるかい？」

それから彼は、部下をふり返った。

「そんなに難しいかな？　かしこまらずに話すのが。シルヴィオ、おれがどうだっていうんだ？　階級は同じ警部だし、歳だってさほど違わない。おれが四か月前からヴェルノン署の署長だからって、敬語を使う必要なんかないんだ。南仏じゃあ、新入りだって警視にタメ口だぞ」

「北では、そう簡単にいかないんです……そのうち、おいおいに……」

「そうだな。おれのほうが慣れなきゃいけないんだろう……ただ、部下に《ボス》と呼ばれると、背中がむずむずするんだ」

シルヴィオは上司に言い返すのをためらっているかのように、指をよじった。

「でも、いいですか、それは北と南の違いとは限りませんよ。例えばわたしの父はもう引退していますが、ポルトガルとフランスでずっと家を建ててきました。施工主は若くても父に対してくだけた口調でしたが、父は一貫して相手に敬語で接していました。思うにそれは、ホワイトカラー対ブルーカラーの歴史から来てるんじゃないですか？　わかりますか、わたしの言いたいこと？」

ローランス・セレナックは両手を広げて革ジャンの前をひらき、グレーのTシャツを見せた。

「シルヴィオ、おれのどこがホワイトカラーだっていうんだ？　二人とも、ただのデカじゃないか……」

彼は朗らかな笑い声をあげた。

「まあ、きみの言うとおり、時間をかけるしかないのかもしれないな……ほかは何も変わりようがない。謙虚を装うポルトガル系二世のほうが、おれはつき合いやすいかもな。それはともかく、モルヴァルはどんな男だったんだ？」

シルヴィオはうつむき、せっせとメモを読み始めた。

「ジェローム・モルヴァルはこの村の出身です。出世頭のひとりでしょうね。ジヴェルニーで生まれ育ちましたが、一家は彼がまだ子供のころ、パリに引っ越しました。父親も医者でした。なんでもこなす一般医でしたが、稼ぎはさほどよくなかったようです。ジェローム・モルヴァルは若くして、パトリシア・シェロンと結婚しました。二人がまだ、二十五歳にもなっていないころです。その後の人生は順風満帆で、眼科医の勉強をしたジェロームは、まずアニエールで仲間五人とクリニックを開設し、その後父親が亡くなると、小金をはたいてパリ十六区に、眼科外科クリニックをひとりで立ちあげました。どうやらそれが、うまくいったのでしょう。わたしが調べたところでは、彼は白内障の専門家として有名なようです。したがって患者は、比較的高齢な人たちですね。そして十年前、生まれ故郷に戻って、オテル・ボーディと教会のあいだに、ジヴェルニーでも一、二を争う邸宅を買いました」

「子供は？」

ウェイトレスがやって来て注文の品を置き、立ち去った。セレナックは部下の言葉をさえぎり、こう言った。

「かわいいじゃないか、あの娘《こ》。なっ？　スカートの下からこんがり日焼けしたきれいな脚が伸びていて」

ベナヴィッド警部はうんざりしたようなため息と気まずそうな笑いと、どちらを取るかでためらった。

「ええ……まあ……ともかくモルヴァル夫妻に、子供はいませんでした」

「けっこう。それじゃあ敵は？」

「モルヴァルは地元の名士らしい活動も、あまりしていませんでした。政治には関わらないし、団体や協会などの責任者を引き受けることもなく……友達づき合いもありませんでした。しかし彼には……」

「こりゃ驚いた。やあ、おまえか……」

ベナヴィッドは、何か毛むくじゃらのものがテーブルの下をすり抜けるのを感じた。そして今度は、はっきりとため息をついた。セレナックが差し出した手に、ネプチューンはじゃれついた。

「元気かい、ネプチューン」とセレナックは小声で言った。「今のところ、おまえだけさ、証人は」

自分の名前を呼ばれたものだから、犬は警部の脚にすり寄り、紅茶の受け皿にある角砂糖をもの欲しそうに眺めた。

「ほら、おとなしくしてろ。いま、ベナヴィッド警部の報告を聞いているところなんだぞ。途切れてしまったじゃないか。で、シルヴィオ、何の話だったかな？」

シルヴィオはメモに注意を凝らし、淡々と続きを読んだ。

「しかしジェローム・モルヴァルには、情熱を傾ける対象が二つありました。まさに飽くことなき情熱を。彼はそのために、空いている時間すべてを費やしていました」

セレナックはネプチューンを撫でている。

「捜査はちゃくちゃくと進んでるな……」

「二つというのは、要するに……絵画と女です。絵画について言うなら、モルヴァルは本物のコレクターでした。独学ながら知識も豊富で、もちろん好みは印象派。噂で聞いたところでは、モネの絵を手に入れたいと切望していたそうです。しかもモネなら何でもいいというわけではなく、睡蓮の絵を一枚、見つけ出したいと思っていました。あの眼科医は、そんなことを考えていたんです」

セレナックは犬の耳にむけて、口笛を鳴らした。

「いやはや……モネとはね。たとえ十六区じゅうのブルジョワ女たちの目を治したって、『睡蓮』の絵には手が届かないだろう……情熱の対象が二つと言っていたが、表は印象派の絵、裏は女ってわけか」

「いろいろと噂が立ってました……モルヴァル自身、あまり隠し立てしていませんでしたし。隣人や同僚は、もっぱら奥さんの立場について話してくれましたよ。パトリシアは若くしてジェロームと結婚し、経済的には夫に頼っていました。ですから離婚もできず、目をつぶるしかなかったんです。わかりますよね、つまりわたしが言いたいのは……」

ローランス・セレナックは白ワインのグラスを空けた。

「これがガイヤック産だって？」と彼は顔をしかめながら言った。「ああ、わかるとも、シルヴィオ。ともあれその眼医者、なかなか面白いやつじゃないか。それできみは、犯行の動機がある愛人や寝取られ亭主の名前を、いくつか手に入れてきたんだろうな？」

シルヴィオはティーカップをソーサーに置いた。ネプチューンが潤んだ目で、それを見つめている。

「いえ、まだ……しかし愛人についても、ジェローム・モルヴァルにはどうしても手に入れたい品があったようです」

「ほう、難攻不落の城ってわけか？」

「まあ、そんなものです……驚かないでくださいよ、なんと村の小学校の先生なんです。どうやらこのあたりでは、いちばんの美人らしくて。モルヴァルは彼女を獲物に加えようと心に決めたんでしょう」

「それで？」

「いま、わかっているのはこんなところです。モルヴァルの同僚、秘書、つき合いのある三人の画廊経営者から聞き出した話ですがね……言うなれば、モルヴァルの……」

「結婚しているのか、その先生は？」

「ええ、ことのほか嫉妬深い夫がいるそうです」

セレナックはネプチューンをふり返った。

「おい、またまた捜査は前進だ。すごいだろ、シルヴィオは？　見かけはちょっとさえないが、その実、捜査の達人なんだ。コンピュータ並みの頭脳の持ち主さ」

セレナックは立ちあがった。ネプチューンも通りのむこうに去っていった。

「シルヴィオ、エプト川の底を漁《あさ》るのに、長靴と網を忘れなかったろうな？　おれはモルヴァルの妻にお悔やみを言いに行くが……クロード・モネ通り七十一番で間違いないか？」

「ええ、間違いようもありません。ジヴェルニーは、丘の側面に立っている小さな村ですから。並んで走る二本の長い通り。簡単に言ってしまえばそれだけです。村を突っ切っているクロード・モネ通りと、谷の底を小川に沿って走る県道ロワ街道です。あとはこの二本の通りをつなぐ、小さな坂道がいくつかあるだけで」

ウェイトレスの脚がクロード・モネ通りを横ぎり、バーのカウンターにむかった。オテル・ボーディの前に植わったタチアオイが、レンガとテラコッタの壁をちらちらと撫でている。陽光の暖炉で燃え立つ、パステルカラーの炎のように。なんてきれいな光景だろう、とセレナックは思った。

6

シルヴィオの言ったとおりだった。クロード・モネ通り七十一番は間違いなく、通りでもっとも美しい建物だった。黄色いよろい戸、正面《ファサード》の半ばを覆う野ブドウ、切り石と木骨造り《ハーフティンバー》の巧みな組み合わせ。ゼラニウムがあふれるように生い茂る素焼きの大きな植木鉢が、窓に並んでいる。なんとも印象派的な建物だ。パトリシア・モルヴァルは庭仕事が上手なのだろう。あるいは有能な庭師の一団を、見事に指揮しているのかもしれない。ジヴェルニーなら、庭師に事欠かないはずだ。

鎖の先についた小さな銅の鐘が、木の門扉《もんぴ》に下がっていた。セレナックが鐘を鳴らすと、ほどなくパトリシア・モルヴァルが戸口に顔を出した。どうやら彼を待っていたらしい。警部が門扉を押しあけると、屋敷のなかに姿を消した。勝手に入ってこい、という意味なのだろう。

セレナック警部はこの瞬間が、捜査のなかでとりわけ好きだった。はたして第一印象は？　相手の心理をその場に応じて巧みに捉えねばならない瞬間だ。彼女はどんな女なんだろう？　愛する夫を亡くし、悲嘆に暮れている妻？　冷ややかでそっけないブルジョワ女？　苛酷な運命を耐え忍ぶ恋人？　それとも、大喜びしている寡婦？　お金には困らない。ようやく自由も手に入ったし、浮気夫への恨みも晴らせた。夫の死を悲しむふりをして見せるつもりだろうか？　今はまだ、何とも言えなかった。パトリシア・モルヴァルの赤い目は、分厚いレンズの大きな眼鏡で隠れているから。

屋敷に入ると、そこは廊下のように細長い大きな玄関ホールになっていた。セレナックははっと驚いて、足を止めた。両側の壁全体を五メートル以上にわたって、二枚の大きな絵が覆っている。それは睡蓮の絵の忠実な模写だった。赤と金の色調で、空も柳の枝も描かれていない。セレナックの記憶が確かならば、モネが晩年、一九二〇年以降に描いた最後の連作の模写だろう。そう推測するのは、なにも難しいことではなかった。モネが『睡蓮』を制作する際の考え方は、とても単純だったから。ひたすら目を凝らすこと。背景は無視して池の一点、数平方メートルのなかに視線を集中させること。ついにはその奥まで、見透そうとするかのように。セレナックは、この奇妙な装飾のなかを進んだ。どうやら、オランジュリー美術館の壁画を真似ているらしい。延べ百メートルにわたってパリの美術館に展示されている『睡蓮』とは、比べものにならないけれど。

セレナックは居間に入った。内装は古典的だが、山ほど並べられている置物には統一感がなかった。とりわけ来客の注意を引くのは、飾ってある絵だろう。その数、十枚ほど。どれも本物だ。セレナックの知識によれば、芸術的にも市場的にも価値を高めつつある名前もちらほら見受けられた。グルボンヴァル、ヴァン・ミュイルデル、ガバール……どうやらモルヴァルは趣味がよく、投資にも長《た》けていたようだ。ニスの臭いを嗅ぎつけたハゲワシどもを無事追い払えれば、妻は先々生活に困らない。

セレナックは腰かけた。パトリシアはじっとしていられないのか、きれいに並んでいる品々を苛立たしげに動かしていた。赤いスーツが、くすんだ乳白色の肌と対照的だった。歳は四十代だろうか。いや、もう少し若いかもしれない。決して美人ではないが、堂々として落ち着いた物腰が、ある種の魅力を醸《かも》している。気品があるというより古風という感じだな、と警察官は思った。色香には乏しいが、まったく失っているというわけではない。

「警部さん、殺されたっていうのは間違いないんですか？」

彼女は刺々しい、少し耳ざわりな声で言った。

そしてこう続けた。

「状況については、すでに話を聞きました。事故だとは考えられないんですね？　岩や尖った石のうえに落ちたとか、誤って溺れたとか……」

「ありえないことではないでしょう、奥さん。まだ何も断定はできません。検死医の報告を待たなければ。でも捜査の現状からすると、殺人事件の可能性が高いと言わざるをえませんね。ええ、圧倒的に高いです……」

パトリシア・モルヴァルは、サイドボードに置いてあった小像を指で弄《もてあそ》んだ。狩りの女神ディアナの青銅像だ。セレナックは事情聴取に取りかかった。パトリシア・モルヴァルは彼の質問に、ほとんど《はい》《いいえ》としか答えなかった。高くて鋭い声の調子もあまり変わらない。

「敵はいなかったと？」

「はい」

「ここ最近、ご主人のようすに何か変わった点は？」

「いいえ」

「ずいぶん大きなお屋敷ですが、ご主人もここに住んでいらしたんですか？」

「はい……いいえ……」

このときばかりはセレナックも、どちらでもいいというわけにはいかなかった。パトリシアの言うニュアンスが理解できない。

「ジェロームは週末以外、あまりここには帰ってきませんでした。パリのクリニックからすぐのところに、部屋がありましたから。十六区のシュシェ大通りです」

警部は住所をメモしながら、モネのコレクションで知られるマルモッタン美術館の近くだと気づいた。偶然ではないだろう。

「つまりご主人は、よくよそにお泊まりになっていたというわけですね？」

沈黙が続く。

「はい」

パトリシア・モルヴァルは切り取ったばかりの花を、細長い日本風の花瓶に生けている。指の動きが苛立たしげだ。セレナックはふと脳裏に浮かんだイメージを、拭い去ることができなかった。花はやがて茎のうえで枯れ、死がこの部屋を捕らえるだろう。そして時が埃のように、色彩のハーモニーを覆いつくす。

「お子さんはいないんですか？」

「ええ」

しばらく間があく。

「ご主人のほうにも？　つまり、よそにもということですが」

パトリシア・モルヴァルはいちオクターブ下がった声の響きで、ためらいを埋め合わせた。

「ええ」

セレナックはひと呼吸置いた。そしてジェローム・モルヴァルのポケットから見つかった

『睡蓮』の絵葉書のコピーを取り出し、妻に見せた。《十一歳の誕生日、おめでとう》とタイプライターで打ってあるのが、嫌でもパトリシア・モルヴァルの目に入った。

「この絵葉書は、ご主人のポケットから見つかったものです」と警部は説明した。「もしかして、甥ごさんでもいらっしゃるのでは？　あるいはお友達のお子さんとか？　ともかくご主人がこのバースデーカードを送るような相手に、心あたりはありませんか？」

「いいえ、わかりません。本当に」

セレナックはそれでもパトリシア・モルヴァルに考える時間を与えてから、またたずねた。

「では、その下の引用文については？」

二人は葉書に目をむけ、あとに続く奇妙な文を読んだ。

夢見ることは罪かもしれないと、わたしは認めよう。

「いえ、なんのことやら。すみませんが、警部さん」

彼女はまったく無関心そうだった。セレナックは絵葉書をテーブルに置いた。

「コピーですから、持っていてください。オリジナルはこちらでおあずかりしておきます。よく考えてくださいね……もし、何か思い出したら……」

パトリシア・モルヴァルは、あまり部屋のなかを動きまわらなくなった。ガラス瓶に閉じこめられ、もう逃げられないと悟った蚊のように。セレナックは続けた。

「お仕事の関連でも、ご主人に恨みを抱いているような人はいませんでしたか？　外科手術がうまくいかなかったとか、逆恨みをしている患者とか。苦情が来たことはありませんか？」

彼はにわかに攻撃的になった。

「いいえ、一度も。何がおっしゃりたいんですか？」

「それならいいんです。本当に」

セレナックは壁の絵を見まわした。

「ご主人は絵画に対し、たしかな鑑識眼をお持ちだったようですね。もしかしてご本人も知らないうちに、密売や盗品隠匿《いんとく》に関わってしまったとは考えられませんか？」

「どういうことなんです？」

寡婦の声が、再びかん高くなった。前よりもっと不快な声だった。よくあることだ、と警部は思った。パトリシア・モルヴァルは殺人事件の可能性を、必死に否定しようとしている。夫は殺されたのだと認めれば、彼を殺したいほど憎んでいた人間がいたことも認めざるをえなくなる……それはある意味、夫の罪を認めることだから。セレナックにはその気持ちがよくわかった。パトリシア・モルヴァルの反感を買わないようにしながら、被害者の裏の顔に光をあてねばならない。

「なにもご主人を非難しようというのではありません。本当です、奥さん。わたしはただ、手がかりを探しているだけです。聞いたところによると、ご主人にはその……ぜひ手に入れたいものがあったとか。モネの絵を所有するのが……」

「そのとおりです、警部さん。それが彼の夢でした。クロード・モネのことなら何でも知ってると、ジェロームは認められていました。ええ、夢でした。モネの絵を手に入れることが。

そのために、せっせと働いていたんです。有能な眼科医として。モネの絵を持つにふさわしかったでしょうように。情熱の人だったんです。どんな絵でもいいというわけではありません。彼が求めていたのは、睡蓮の絵です。ご理解いただけるか、わかりませんけれど。ここ、ジヴェルニーで、彼の生まれ故郷で描かれた絵なんです」

妻の長広舌が続くあいだに、セレナックはすばやく頭を回転させた。第一印象はどうだろう！　パトリシア・モルヴァルと話して数分、夫の死を知った彼女の心中が徐々につかめ始めた。予想に反してその印象は、捨てられた女の冷めた無関心というより、燃えさかる情熱と傷ついた愛を強く感じさせるものだった。

「お気に障《さわ》ったら申しわけありません、奥さん。でもわたしたちは、同じ目的を追っています。ご主人を殺した犯人を見つけるという目的を。そこでいくつかおたずねしたいのですが……とても私的なことがらを」

パトリシア・モルヴァルは凍りついた。正面の壁に飾ってあるガバールの裸体画と、そっくりのポーズだった。

「ご主人は必ずしもあなたに、その……忠実だったわけではありませんよね。あなたはそれを……」

セレナックはパトリシアの動揺を感じとった。まるで彼女のなかに溜まっていた涙が、胸を焦《こ》がす火を消し止めようとしているかのようだった。

パトリシアは警部の言葉をさえぎった。

「わたしと夫はとても若いころに知り合いました。彼はずっと言い寄っていました。わたしにも、ほかの女の子たちにも。何年もそんな状態が続いて、ようやくわたしは彼を受け入れたんです。若いころの夫は、女の子をうっとりさせるようなタイプではありませんでした。どう説明したらいいのか、彼は少し真面目すぎて、退屈だったんです。女性に対して自信がなかったのでしょう。そういうことは、はたからも感じとれますからね。やがて時とともに、彼はとても自信家に、とても魅力的で面白い人間になりました。それには、わたしも一役買っていると思うんですよ、警部さん。彼はまた、お金をたくさん稼ぐようにもなりました。大人になったジェロームは、いままで女性にもてなかった雪辱《せつじょく》を果たそうとしたんです。ええ、わたしにではなく、ほかの女たちを相手に。でも、わかっていただけるかどうか」

わかっているつもりですよ、とセレナックは心のなかで答えた。相手の名前や事実関係、日付を調べあげねば。

それは、これからだ……

パトリシア・モルヴァルは続けた。

「あなたには、うまくことを進めていただきたいんです、警部さん。ジヴェルニーは人口数百人の小さな村ですからね、ジェロームを二度殺すようなことをして欲しくありません。彼の名に泥を塗らないでください。それではあんまりかわいそうです」

ローランス・セレナックは相手をなだめるように、大きくうなずいた。

第一印象か……彼ははっきりと確信した。そう、パトリシア・モルヴァルはジェロームを愛している。彼女が金のために夫を殺すなんて、ありえないだろう。

しかし愛憎がらみとなると、まだわからないぞ……

最後にもうひとつ、セレナックの注意を引いたもの、それは日本風の花瓶に生けられた花だった。それを見て、彼は確信した。この家では、時が止まっている。掛け時計は昨日壊れてしまった。この居間のいたるところに、ジェローム・モルヴァルの、ジェロームひとりの情熱の跡がまだ鮮明に残っている。それは永遠に変わらないだろう。壁の絵がはずされることはない。書架の本も、もう二度とひらかれない。すでに忘れられた男に捧げられた、人気《ひとけ》のない美術館のように、すべてがぐったりとして、生気をなくしたままだ。この美術愛好家が、後世に遺すものは何もないだろう。この女たらしの死に、涙する者は誰もいないだろう。ただひとり、彼がなおざりにしてきた妻を除いては。

それは子孫を残さず、複製だけを積みあげた一生だ。


クロード・モネ通りに注ぐ日差しが、警部の顔を照らした。三分も待たずして、通りの端にシルヴィオがあらわれた。長靴ははいていないが、ズボンは泥だらけだ。それを見てセレナックは面白がった。シルヴィオ・ベナヴィッドは気のいい男だ。几帳面《きちょうめん》な性格ゆえに誤解されやすいが、頭の切れも悪くない。ローランス・セレナックはサングラスの陰から、部下のスマートな体つきをじっくりと眺めた。家並みの外壁に沿って、影が長く伸びている。厳密に言えば、シルヴィオは痩せているのではない。幅が狭い、という表現が正確だろう。

チェックのシャツは首までぴっちりボタンを留め、裾はベージュ色のコットンパンツにつっこんであるが、その下に隠れた体はそろそろ太り始めているのがよくわかる。シルヴィオは前から見るより横むきのほうが幅がある、と言ってローランスは笑った。まるでシリンダーだ。だからといって、不格好なわけではない。それどころか、曲げても折れない若木のように柔軟で滑らかでありながら、どこか危うい感じを醸していた。

シルヴィオは口もとに笑みを浮かべ、近づいてきた。彼は短いごわごわの髪が気になるらしく、しょっちゅううしろや横に撫でつけていた。ぴしっとした分け目は、まるで神学生のようだ。少なくとも部下の見た目に関して、ローランスがいちばん不満なのはそこだった。いっそさっぱりスポーツカットにでもしてしまえば、ずいぶんと感じも変わるのに。シルヴィオ・ベナヴィッドはセレナックの前まで来ると、立ちどまって腰に手をあてた。

「で、ボス……妻のほうは？」

「それはもう、いかにも寡婦って感じだったさ。きみのほうは？」

「目新しいことは何も……付近の聞きこみをしましたが、事件のあった朝はまだ寝ていて、わからないそうです。ほかの手がかりについては、あとで検討しましょう。すべてガラスケースやビニール袋に収めてあります。じゃあ、引きあげましょうか？」

セレナックは腕時計を見た。午後四時三十分。

「ああ……きみだけ帰れ。おれは大事な約束があるんでね」

びっくりしている部下を前に、彼はつけ加えた。

「下校時間に遅れたくないんだ」

シルヴィオ・ベナヴィッドはなるほどと思った。

「もうすぐ十一歳の誕生日を迎える子供を捜そうっていうんですね？」

セレナックはシルヴィオに、いたずらっぽくウインクをした。

「まあ、そういうことだ……ついでに印象派の逸品を、ちょいと拝もうかと思ってね。ジェローム・モルヴァルがモネの絵に劣らずご執心だったという女教師を」

7

役場と小学校前の小さな広場に立つ菩提樹《ぼだいじゅ》の下で、わたしはバスを待っていた。そこは村でもいちばん木陰の多いところだった。クロード・モネ通りから数十メートルのぼったところだ。ほかにはほとんど人はいなかった。本当にこの村は、見知らぬ土地になってしまった。なんの変哲もない通りの端を何メートルか歩くだけで、観光客でいっぱいの美術館や画廊に並ぶ群衆から、鄙《ひな》びた村の閑散とした小路へと風景が一変する。バス停は小学校のすぐ前だった。鉄柵のむこうでは、子供たちが校庭で遊んでいる。ネプチューンは少し離れた菩提樹の下で、子供たちが柵から放たれるのを辛抱強く待っていた。ネプチューンは、子供たちのうしろを走ってついていくのが大好きなのだ。

公立小学校の正面には、アートギャラリー・アカデミーのアトリエがある。壁に書かれた標語は、《想像力豊かな観察を》。これがすべてのプログラムだ。カンカン帽やパナマ帽をかぶったよぼよぼの退職者たちが、絶え間なくアトリエから出てきては、村へ散っていく。すばらしいインスピレーションを求めて。赤い会員バッジをつけ、イーゼルを載せたカートを押して村を歩けば、必ずやインスピレーションが見つかるはずだ。

なんともおかしな光景ではないか？　どうしてこの村では干し草や木々の小鳥、川の水までもが、よそと違った色をしているのか、いつかぜひ説明してもらいたいものだ。

まったくわけがわからない。きっとわたしの頭が悪すぎるのだろう。あまりに長いあいだ、ここで暮らしてきたせいかもしれない。きっとそうだ。どんなにハンサムな男だって、長年いっしょに暮らしていると、ありがたみが失せてくるものだから。いずれにせよ、あの侵入者たちはほかの観光客と違って、午後六時になってもバスで立ち去ってはいかない。暗くなるまで歩きまわり、村に泊まってまた翌朝、夜明けとともに通りに出てくる。彼らはほとんどがアメリカ人だ。わたしはこんな馬鹿騒ぎを、かすんだ目で眺めている老女にすぎない。しかし老画家の一群が、年中小学校の前に集まっていたら、村の子供たちに影響を及ぼすと思うのは、無理からぬところだろう。そう、子供たちの頭にさまざまな考えが芽生えたとしても不思議はない。

警部は菩提樹の下にいるネプチューンに気づいた。どうやらこのひとりと一匹は、切っても切れない仲になったらしい。警部は撫でたりふざけて取っ組み合ったりして、犬をからかった。

わたしは漆黒《しっこく》の彫像のように、じっとベンチに腰かけていた。わたしのような老女が、そんなふうにジヴェルニーの村中を歩きまわっているのに、ほとんど誰ひとり注意を払わないのは、奇妙なことだと思われるかもしれない。警察官ならなおさらだと。だったらぜひ、自分で試してみればいい。どこか通りの片隅に立ってみよう。パリの大通り、村の教会前広場、どこでもいいから人がたくさんいるところに。そうやって十分ほど、道行く人を数えてみると、老人がたくさんいるのに驚くはずだ。しかも毎回決まって、老人のほうがそれ以外の人々より数が多い。というのもひとつには、耳にタコができるほど聞かされているとおり、老人は世界中でどんどん増えているからだ。それに老人は通りをうろつくくらいしか、やることがないから。そもそも日ごろは、誰も老人など目に入っていない。若い女がおへそを出して歩いていればふり返るだろうし、足早に歩く重役風の男や歩道を占領している若者グループには道をあけるだろう。ベビーカーを押している母親やなかの赤ちゃんには、ちらりと視線をむけるはずだ。けれども老人は、誰の目にもとまらない。とてもゆっくり歩くので、風景にほとんど溶けこんでしまうのだ。立ち木や街灯のように。わたしの言うことが信じられないなら、試してみればいい。ほんの十分間だけでも立ちどまって、あたりを眺めてみればいい。

それはともかく本題に戻るなら、わたしには人から見られずに観察できるという利点があった。だからはっきり告白しよう。あの若い警官には不思議な魅力があったと。それはたしかに認めねばならない。革ジャン、細身のジーンズ、無精ひげ。ぼさぼさの金髪は、まるで嵐のあとの麦畑だ。彼が頭のおかしい村の老女より、憂いに満ちた女教師に関心があったとしても、なんの不思議もないだろう。

8

ローランス・セレナックは最後にもう一度、たっぷりネプチューンを撫でてやると、ひとりで学校へむかった。ドアから十メートルのところまで来たとき、年齢もさまざまな子供が二十人ほど、歓声をあげながら前を通りすぎた。まるで彼に追い払われたかのように。放たれた野獣さながらだ。

十歳くらいの女の子が、おさげ髪を風になびかせ、先頭を走っていく。ネプチューンはバネに弾かれたみたいに、そのあとを追って走り出した。ほかの子供たちもうしろに続いて、ブランシュ・オシュデ＝モネ通りを疾走し、クロード・モネ通りへ散っていった。にわかに活気づいた役場前の広場に、またもとの静けさが戻った。警部はさらに数メートル進んだ。

ずっとあとになってローランス・セレナックは、この奇跡を思い返すだろう。一生のあいだ、いく度となく。そのときの音も、ひとつひとつ吟味するはずだ。子供たちの歓声や、莟提樹を揺らす風の音を。さらにはひとつひとつの匂いや、光のきらめきも。白い石造りの役場。玄関に続く七段の階段。手すりに絡まった昼顔……

彼は予期していなかった。本当に予想外の出来事だった。

ずっとあとになって、セレナックは理解するだろう。あのとき彼の胸を打ったのは、コントラストだったと。ほんの数秒間だけの、わずかなコントラスト。ステファニー・デュパンは小学校のドアの前に立っている。けれど彼の姿は目に入っていない。一瞬、ローランスは、子供たちにむけられた彼女の視線の先を捉えた。子供たちは女教師の夢を鞄に入れて運んでいるかのように、笑いながら走り去っていく。

はかない蝶さながらの、かすかな憂い。

そのあとすぐ、ステファニーは訪問者に気づいた。彼女は薄紫色の目を輝かせてにっこりと微笑んだ。

「何かご用ですか？」

ステファニー・デュパンは見知らぬ訪問者にも、さわやかな風を送った。一陣の風が四方へ吹き抜ける。芸術家が愛する景色へ、物見高い観光客へ、エプト川の岸辺で笑う子供たちへ。けれど彼女は自分のために、何ひとつ残そうとしなかった。すばらしいことじゃないか。

そう、あのコントラストが、ローランス・セレナックの心をかくも揺さぶったのだった。

秘められた、そこはかとない憂い。彼は一瞬、宝の洞窟を垣間見たような気がした。そして入り口を見つけることとしか、考えられなくなった。

彼も微笑んで、口ごもりながら答えた。

「ヴェルノン署のローランス・セレナック警部です」

女はほっそりした手を差し出した。

「ステファニー・デュパン。ひとクラスしかない村の小学校の、たったひとりの教師です」

にこやかな目をしている。

美人だった。いや、それ以上だ。睡蓮を思わせるパステルカラーの目は、太陽の光によって青にも薄紫にも見えた。薄紅で染めたように、ほんのり色づいた唇。軽やかなワンピースの襟ぐりから覗く白い肩。陶器のような肌。頭のうしろでひとつにまとめた明るい栗色の髪は、少し乱れかけている。

抑制された独創性とでも言おうか。

ジェローム・モルヴァルはたしかにいい趣味をしている。絵画に対してだけでなく。

「どうぞ、お入りください」


小学校のなかは心地よく、通りの暑さとは対照的だった。小さな教室に案内され、机のうしろにならぶ二十脚ほどの椅子を見たとき、突然なつかしさがこみあげて、ローランスは胸が揺さぶられるような気がした。壁には大きな地図が三枚、掛かっている。フランス、ヨーロッパ、全世界。適度に古びた、立派な地図だ。教卓のわきに張ってあるポスターに、警部はふと目をとめた。

若き画家たちのための国際絵画コンクール
ロビンソン財団
ブルックリン美術学校、ペンシルバニア美術アカデミー（フィラデルフィア）

話のきっかけにはちょうどいい。

「あなたの生徒さんたちも、応募するんですか？」

ステファニーは目を輝かせた。

「ええ、毎年。ここではほとんど伝統になってます。セオドア・ロビンソンはジヴェルニーでクロード・モネと絵を描いた、最初のアメリカ人画家のひとりです。誰よりも長く、オテル・ボーディに住んでたんですよ。のちにアメリカへ帰って、後進の指導にも尽力しました……ですからジヴェルニーの子供たちが、彼の財団が主催するコンクールに応募するのは当然ですよね」

セレナックはうなずいた。

「入賞者には、どんなご褒美があるんですか？」

「賞金を何千ドルか……それに権威ある美術学校で、数週間の研修を受けられます……ニューヨーク、東京、サンクトペテルブルク……場所は毎年変わりますが」

「そいつはすごい……ジヴェルニーの子供が入賞したことは？」

ステファニー・デュパンはいかにもおかしそうに笑って、ローランス・セレナックの肩をぽんと叩いた。

無邪気なしぐさだったけれど、警部はぞくっとした。

「いえ、一度も……だって、そうでしょう、世界中の何千という学校から参加するんですよ。でも、挑戦してみなければね。クロード・モネの子供、ミシェルとジャンも、この学校で勉強したんだし」

「セオドア・ロビンソンは、その後、再びこのノルマンディに来ることはなかったんですよね……」

ステファニー・デュパンはびっくりしたように、セレナックの顔を見つめた。警部は大きく見ひらいた彼女の目に、賞賛の光が宿ったような気がした。

「警察学校でも、美術の授業があるのかしら？」

「いえ……でも、美術好きの警察官がいたっていいじゃないですか」

ステファニーは顔を赤らめた。

「一本とられたわ、警部さん」

磁器のように白い頬が、野バラの色に染まった。そこにそばかすが点々と浮いている。ライラック色の大きな目は、部屋を満たさんばかりだった。

「おっしゃるとおり、セオドア・ロビンソンは一八九六年、四十三歳のときに喘息の発作をこじらせ、ニューヨークで亡くなりました。ジヴェルニーにもう一度行く準備をしていると、友人のクロード・モネへの手紙で書いた二か月後です……フランスの地を再び見ることはありませんでした。相続者たちは彼が死んだ数年後に財団を設立し、この国際絵画コンクールを始めました。でもこんな話、退屈ですよね、警部さん。なにも授業を受けにいらしたわけではないでしょうし……」

「いいえ、とっても楽しいですよ」

セレナックがそう言ったのは、ステファニーがもっと顔を赤らめるところを見たいがためだった。期待以上にうまくいった。

セレナックはさらにたずねた。

「で、ステファニーさん、あなたも絵を描くんですか？」

またしても女の指が宙を舞い、警部の胸に近づいた。ほとんど触れそうなほどだった。彼女は教師だからな。子供たちのうえに身をのり出し、目を見て話したり、体に手をあてたりするのは条件反射にすぎないのだろう。セレナックはそう自分に言い聞かせた。

悪意のない放火犯ってところだ。

おれも彼女ほど赤面していなければいいが。

「いいえ、わたしは描きません。だって……才能がありませんから、ぜんぜん」

一瞬、瞳の輝きが曇った。

「あなたのしゃべり方、ヴェルノン風の訛りがありませんね。それにローランスというお名前も、このあたりでは珍しいですし」

「ええ、そのとおり……ローランスというのは南仏語でロランのことなんです。それにわたしの訛りは、正確に言うとアルビのものでして。こちらへは、最近赴任してきました」

「ようこそ、警部さん。アルビですか？　それじゃあ、あなたの美術好きはトゥールーズ＝ロートレック仕込みですね。各地にお国の画家がいるものです」

二人は笑い合った。

「あなたがおっしゃることも、まんざら間違いじゃありませんね。アルビの人間にとってロートレックは、ノルマンディ人にとってのモネみたいなものでしょう」

「ロートレックがモネについて何と言っているか、ご存じですか？」

「ご期待に応えられず残念ですが、その二人が知り合いだったことも初耳でした」

「ええ、そうなんです。でもロートレックは印象派を、野蛮人呼ばわりしていましたからね。クロード・モネのことなんか、馬鹿扱いです。ええ、文字どおり馬鹿《コン》っていう言葉を使ってます。せっかくの豊かな才能を、人間ではなく風景を描くことに浪費しているからって」

「ロートレックは早死にしてよかったですよ。モネが隠者みたいにジヴェルニーにこもり、三十年間もひたすら睡蓮を描き続けるのを見ずにすんだわけだから……」

ステファニーはまたしてもおかしそうに笑った。

「そんな見方もできるでしょうね。たしかにロートレックとモネは、対照的な運命の選択をしたと言えます。トゥールーズ＝ロートレックは放蕩にあけくれた束の間の人生で、欲深い人間の心を追求し、モネは長い生涯で自然を一心に眺め続けました」

「それは対立というより、互いに補い合うものでは？　本当にどちらかを選ばねばならないんでしょうか？　両方を取ることはできないのですか？」

ステファニーの笑顔に、セレナックは胸がどきりとした。

「あらまあ、ごめんなさい。さっき自分で言ったばかりなのに。あなたは絵の話をしにいらしたわけじゃ、ありませんよね。ジェローム・モルヴァルが殺された事件を、調べてらっしゃるんでしょ？」

ステファニーはそう言うと、セレナックの腰ほども高さがある教卓にひょいっと腰かけ、無造作に脚を組んだ。ワンピースの裾が太腿の近くまでまくれ、ローランス・セレナックは思わず息を呑んだ。

「でも、わたしに何の関係が？」女教師の無邪気な声が、ささやくように言った。

9

バスが役場前の広場にとまった。ハンドルを握っているのは女性運転手だった。男まさりだとか、トラック野郎みたいだとか、そんな感じはまったくない。看護師か秘書でもやっていそうな、ごく普通のかわいい女の子だ。お気づきかどうかはわからないが、大型の車を運転する女性は、どんどんと増えている。とりわけ田舎では。昔はバスの女性運転手なんて、見かけなかったのに。きっと田舎の村では、もう老人や子供しかバスに乗らないからだろう。

だからもう、バスの運転手は大の男がする仕事ではなくなってしまったんだ。

わたしは苦労してバスのステップに足をかけ、運転手の女に料金を払った。彼女は銀行の出納係みたいな慣れた手つきで、お釣りを返した。わたしは前の席にすわった。席は半分ほどしか埋まっていなかったけれど、ジヴェルニーの出口でたくさんの観光客が乗って来るのは、経験的にわかっている。その大半が、ヴェルノン駅で降りるのだ。そのあと、ヴェルノン病院の先までバス停はない。けれどもたいてい運転手は、わたしの脚が悪いのを見て、バス停の手前で降ろしてくれる。これでおわかりだろう、女性運転手も悪くないと。彼女たちはこんなふうに、融通を利かせてくれるから。

わたしはネプチューンのことを考えた。昨日、ヴェルノンから戻るのにタクシーを使った。料金は三十四ユーロ。十キロもない距離なのに、けっこうな金額だわ。夜間料金なんです、とルノー・エスパスの運転手は言った。人の弱みにつけこんで。午後九時をすぎるとジヴェルニー行きのバスがなくなるのを、よく知っているんだ。ついでに言うなら、タクシーの運転手は決まって男だ。女性運転手は見たことがない。もしかするとあいつら、ハゲタカみたいにひと晩じゅう病院のまわりをうろついて、運転のできない老婦人が出てくるのを狙っているんじゃないだろうか。あの時間なら、客も値切ったりしないとふんでいるんだ。やれやれだわ……そうは言っても、今日の帰りは一台見つかるといい。医者の話では、今晩がやまになりそうだから。つまり、遅くまでかかるかもしれないということだ。

ネプチューンをずっと外に放っておくのは心配だった。

10

ジヴェルニー小学校の教室では、ローランス・セレナック警部が女教師の素足に目を引きつけられまいと、必死に抗《あらが》っていた。ぎこちなくポケットを漁る警察官を、ステファニー・デュパンは無邪気に見つめている。いま彼女が取っている、教卓に腰かけ脚を組むポーズは、ごくごく自然なものだとでもいうように。普段、生徒たちはこれを見ても、からかわれているとは思わないだろう。そう、普段なら……

「それで」と女教師はまたたずねた。「わたしに何の関係が？」

ようやく警部の指が、『睡蓮』の絵葉書のコピーを引っぱり出した。

十一歳の誕生日、おめでとう

彼はコピーを手渡した。

「ジェローム・モルヴァルのポケットから、こんなものが見つかりましてね」

ステファニー・デュパンは、注意深くその一文を読んだ。彼女が前かがみになって少し横をむくと、窓から射しこむ陽光が白い紙に反射して顔を照らした。その姿はフラゴナールの絵にある、光輪に包まれて読書する女を思わせた。あるいはドガか、フェルメールかもしれない。一瞬、セレナックは奇妙な印象を抱いた。この女のふるまいは何ひとつ、自然なものではない。ひとつひとつのしぐさが、あまりに完璧すぎるじゃないか。これは計算しつくされている。彼女はおれに見せるため、ポーズを取っているんだ。ステファニー・デュパンは優雅に立ちあがると、バラ色の唇をそっとひらいた。そして目に見えない息で、警部の馬鹿げた疑惑を埃のように吹き払った。

「モルヴァル夫妻に子供はいません。それであなたは学校に……」

「ええ……そこが謎なんです。あなたのクラスに十一歳の生徒はいますか？」

「もちろん、何人もいますよ。わたしは六歳から十一歳まで、ほぼすべての年齢の生徒を受け持ってます。でも、わたしの知る限り、ここ数日、数週間のうちに誕生日を迎える子はいないはずですが」

「正確なリストを作っていただけますか？　住所、誕生日、そのほか参考になりそうなこともあれば添えて……」

「殺人事件に関係あるんですか？」

「あるかもしれないし……ないかもしれない……今のところ、捜査は進んでいません。ですから、さまざまな手がかりを追っているんです。ちなみにこちらの一文に、思いあたることは？」

　セレナックは葉書の下部を指さした。ステファニーは軽く眉をしかめ、考えこんだ。そうしたしぐさのひとつひとつが、セレナックにはたまらなく魅力的に感じられた。

　彼女はまだ絵葉書を見つめている。ぱちぱちと瞬きし、口をかすかに震わせ、首をかしげて。何かを読んでいるときの女は、いつでもセレナックの妄想を掻き立てた。よくもまあこのおれを、翻弄してくれるじゃないか。どうしておれの弱みがわかったんだろう？

夢見ることは罪かもしれないと、わたしは認めよう。

「どうです？　何も思いあたりませんか？」セレナックは口ごもるようにたずねた。

ステファニー・デュパンはさっと体を起こし、本棚に歩み寄って身をのり出すと、笑顔でふり返った。そしてセレナックに、白い本を差し出した。彼は女教師の胸がワンピースの下で、はじけ飛びそうなほど高鳴っているような気がした。鳥籠の扉があいているのに、外に出るのを決めかねて震えているスズメのようだ。どうしてそんなおかしな想像をしたのか、自分でも不思議だった。ともかく、仕事に集中しよう。

「ルイ・アラゴンよ」とステファニーは明るい声で言った。「ごめんなさいね、警部さん。でもまた、授業口調になるかも……」

「いえ、さっきも言ったとおり、とても楽しいですよ」

彼女はまた笑った。

「あなたは絵のことほど、詩には詳しくないようですね。絵葉書に書かれているのは、ルイ・アラゴンの詩の一節なんです」

「驚いたな。何でもご存じなんですね」

「いえ、いえ、そんなことはありません。そもそもルイ・アラゴンは、ジヴェルニーにゆかりがあるんです。彼はクロード・モネが一九二六年に死んでからも、村を訪れ滞在を続けた数少ない芸術家のひとりでした。それにもうひとつ、この有名な詩は一九四二年、ヴィシー政府によって発禁処分を受けた最初の作品なんです。本当に授業みたいで申しわけないんですが、題名を聞けばわかってもらえるでしょう。どうして毎年この詩を覚えさせるのが、村の小学校の伝統になっているのかが」

「『印象』という題名ですか?」

「残念。惜しかったわ。アラゴンはこの詩を、『水の精の神殿《ナンフェ》』と名づけたんです。もちろん、睡蓮《ナンフェア》にちなんで」

ローランス・セレナックは情報を選り分け、整理しようとした。

「今のお話によりますと、ジェローム・モルヴァルもこの奇妙な一節の出典を、もともと知っていたことになりますね……」

彼はどんな態度を取ったものかと、一瞬考えこんだ。

「おかげで助かりました。さもないと、何日も頭をひねっているところでした。今のところ、ここからどんな進展があるのかはわかりませんが」

警部はくるりと女教師をふり返った。彼女は目の前に立っている。二人の顔は三十センチほど離れて、ほぼ同じ高さにあった。

「ステファニーさん……そう呼んでもかまいませんよね。あなたはジェローム・モルヴァルとお知り合いでしたね?」

薄紫色の目が、じっとセレナックを見つめている。彼はほとんどためらわずに飛びこんだ。

「ちっぽけな村ですからね、ジヴェルニーは」とステファニーは言った。「住民の数は数百で……」

それはもう知っている！

「答えになってませんよ、ステファニーさん」

沈黙が続いた。二人の距離は二十センチ。

「ええ、わかってます」

薄紫色の瞳に、光があふれた。セレナックは水上に浮かびあがった。あと、もうひとがんばり。さもなければ呑みこまれてしまう。いつもの安っぽい冷笑《シニスム》は、何の役にも立たないだろう。

「噂がありましてね……」

「お気になさらなくてけっこうです、警部さん。もちろん、わたしも知っていますから。噂っていうのは、ジェローム・モルヴァルが女たらしだっていう話ですよね？　ええ、彼がわたしにも言い寄ってきたのを、否定する気はありません。でも……」

彼女の目は睡蓮の池を思わせた。その水面《みなも》が揺れている。そよ風が立っていた。

「セレナック警部、わたしには夫がいます。それに、村の小学校教師です。モルヴァルだって、いわば村の医者でした。ですから、そんな突拍子もない手がかりを追うなんて馬鹿げてます。ジェローム・モルヴァルとわたしのあいだには、何もありませんでした。こんな小さな村ですから、いつも他人のようすをうかがって、あることないこと言いふらし、秘密をでっちあげる人がいるものなんです……」

「失礼しました。お気に障りましたら、申しわけありません」

ステファニーは警部のすぐ目の前で、彼ににっこり笑いかけた。それから、いきなりまた本棚にむかった。

「どうぞ、警部さん。あなたは芸術に理解がおありなので……」

見れば驚いたことに、ステファニーがまた別の本を差し出している。

「よろしければ、暇なお時間にでもどうぞ。『オーレリアン』、ルイ・アラゴンのもっともすばらしい小説です。なかでも重要な場面は、ジヴェルニーを舞台にしているんですよ。六十章から六十六章まで。あなたもきっと、お気に召すと思います」

「それは……どうも」

警部はほかに答えようもなく、何も言えない自分を心のなかで罵った。ステファニーには不意を突かれた。そもそもこの事件に、アラゴンがどう関わってくるんだ？　何か見落としているような気がした。おれは自制心を失い、暴走しているんじゃないか？　セレナックはわざと自信ありげに本をつかんで小脇にはさむと、ためらいがちにぶらぶらさせていた手をステファニーに差し出した。女教師はセレナックの手を握った。

少し強すぎるくらいに。

少し長すぎるほど。

ほんの一、二秒かもしれない。セレナックの想像力が駆けめぐるのには、ちょうどぴったりの時間だ。いま、おれはステファニーの手を握っている。その手はおれにしがみつき、こう叫んでいるかのようだ。《放さないでください。わたしを見捨てないで。あなただけが頼りなんです、ローランス。わたしを奈落の底に落とさないで》と。

ステファニーは彼に笑いかけた。目がきらきらと輝いている。

おれは夢を見ていたんだ。もちろん、そうに違いない。頭がおかしくなりそうだ。ノルマンディで最初の捜査を始めたばかりだというのに、早くも見さかいをなくしている。

この女は、何も隠していない……

ただ美しいだけだ。それに人妻じゃないか。

あたりまえだ！

セレナックはあとずさりしながら、口ごもるように言った。

「それじゃあ、ステファニーさん……生徒たちのリストをお願いします。数日したら、部下に言って、取りに来させますから……」

しかし、二人ともわかっていた。セレナックは部下に頼まず、自分でまた来るということを、彼女もそれを望んでいるということを。

11

ヴェルノン行きのバスはクロード・モネ通りに入り、教会のほうへむかった。このあたりは村のなかでも、観光客の群れがあまり多くないところだ。まあ、比較の問題だろうけど……わたしはこんなふうにバスに乗り、前の座席にすわって村を走り抜けるのが好きだった。フロントガラスに村の景色が、次々に映し出される。何軒もの画廊や不動産屋、オテル・ボーディ、民宿クロ＝フルリにむかうディム通り。鞄を背負って通りを歩いている子供たちの一群を、バスは追い抜こうとした。運転手がクラクションを鳴らすと、子供たちはタチアオイやアイリスをためらいもなく踏みつけながらわきによけた。

その少し先を、二人の子供が走っていた。オテル・ボーディの先に広がる畑を、駆け抜けようとしている。わたしもよく知っている二人だ。名前はポールとファネット。二人はいつもいっしょだった。ネプチューンもいた。二人のわきについて、干し草のあいだを走っている。ネプチューンは子供たちを見逃さなかった。とりわけ、おさげ髪の少女ファネットのことは。

まったくもう、馬鹿みたいったらないわね。老犬のことをさんざん心配していたというのに、犬はわたしがいなくても、村の子供たちといっしょに楽しくやっているのだから。

通りの端に次のバス停が見えると、わたしはため息をつかずにはいられなかった。大移動の始まりだ。二十人以上の客が待っていた。キャスター付きのスーツケースにリュックサック、シュラフ、それにもちろんのこと、クラフト紙に包んだ大きな絵を持って。

12

ファネットはポールの手を取った。二人は広い畑に積みあげた干し草の陰に隠れていた。ロワ街道とクロード・モネ通りのあいだ、ちょうどオテル・ボーディのむかいあたりだ。

「しっ、ネプチューン。どきなさい。見つかっちゃうじゃないの……」

犬は今年十一歳になる二人の子供を見つめた。何を言われているのか、わからないらしい。体じゅう、麦わらだらけだ。

「ほら、あっちへ行って！」

ポールはぷっと吹き出した。だぶだぶのシャツは前があいている。彼は学校の鞄をわきに投げ捨てた。

好きだわ、ポールの笑い声、とファネットは思った。

「あいつら、あそこにいるわよ」と少女は叫んだ。「通りの端に。さあ、来て！」

二人は逃げ去った。ポールはかろうじて鞄を拾う間があった。彼らの足音がクロード・モネ通りにこだまする。

「ポール、もっと速く」ファネットは少年の手をつかんで、さらに声を張りあげた。

おさげ髪が風に揺れる。

「あそこよ」

ファネットはサント＝ラドゴンド教会のところで急に曲がると、そのままスピードを緩めずに砂利道をのぼり、分厚い生垣の裏で身を伏せた。今度はネプチューンもついてこなかった。犬は道の反対側の溝で臭いを嗅ぐと、軒の低い家におしっこをかけた。丘の斜面に建っているので、なんだか地面に埋もれているみたいだった。ポールは馬鹿笑いをした。

「静かに、ポール。あいつら、すぐにやって来るわ。あなたのせいで、見つかっちゃうじゃない」

ポールは少しあとずさりして、うしろの白い墓石に腰かけた。お尻の半分はクロード・モネに捧げたプレートに、もう半分は二人目の妻のアリスに捧げたプレートに乗った。

「気をつけて、ポール。モネのお墓にすわってるじゃないの」

「ああ、ごめん……」

「まあ、いいわ」

ポールのことも大好きよ。わたしが叱るとしゅんとなって、おずおずと謝るときなんか。

今度はファネットが吹き出した。ポールはそろそろと歩き出したけれど、モネの家族たちが葬られている墓に、寄りかからないわけにいかなかった。

ファネットは枝の隙間からようすをうかがった。足音が聞こえる。

あいつらだ！

カミーユ、ヴァンサン、そしてマリ。

ヴァンサンが最初に着いて、注意深くあたりをうかがった。彼は疑り深げな顔でネプチューンを見つめると、大声で叫んだ。

「ファアアネット！　どおこだああ？」

ポールがまた吹き出した。ファネットはあわてて彼の口に手をあてた。

カミーユもはあはあと息を切らしながら、教会までたどり着いた。ヴァンサンより小柄で、腕は肉づきがよく、前をあけたシャツからお腹が突き出ている。ちびででぶ。グループに必ずひとりいるタイプだ。

「見えたか？」

「いや。もっと遠くへ行ってしまったんだ……」

二人の少年は先に進んだ。ヴァンサンがさらに大声で叫ぶ。

「ファアアネット！　どおこだああ？」

マリのきんきん声が、遠くから響いた。

「待ってよ！」

マリがようやく教会の前で立ちどまったのは、カミーユとヴァンサンが一分も前に立ち去ったあとだった。少女は十歳のわりに大柄だった。眼鏡の下の目が、涙で潤んでいる。

「二人とも、待ってよ。ファネットなんかほっときなさい。待ってちょうだい」

マリは墓石をふり返った。ファネットは反射的に、ポールのうえに覆いかぶさった。マリは気づかなかったらしく、ぷりぷりしながらまっすぐクロード・モネ通りを進んでいった。サンダルばきの足を、アスファルトに引きずって。

「どうしてあいつらに会いたくないんだ？」とポールはたずねた。

「いらいらするのよ、あいつらといると。あなたはそうじゃないの？」

「うん、まあ、ちょっと」

「だって、ほら……カミーユときたら、頭がいいのをいつもひけらかして。《えっへん、おっほん、ぼくはクラスでいちばんなんだ。ぼくの話を聞け》ってね。ヴァンサンはもっとひどいわ。うっとうしいったらありゃしない。うんざり、うんざり、うんざりよ。しょっちゅうわたしにつきまとって、息もできないわ。マリはもう問題外。めそめそするか、先生にごまをするか、わたしの悪口を言うか、ほかに何にもないんだわ……」

「きみに嫉妬してるんだよ」とポールは穏やかに言った。「で、ぼくは？　そんなにつきまとったりしてないよね？」

ファネットは黄楊《つげ》の葉で、ポールの頬をくすぐった。

「ポール、あなたは違うわ。どうしてかはわからないけれど、ほかの人とは違っている。

「馬鹿ね、わかってるでしょ。わたしが好きなのはあなたよ。これからもずっと……」

ポールは瞼《まぶた》を閉じて、喜びを味わった。ファネットが続ける。

「少なくとも、いつもはつきまとってるなんて思わないわ。でも、今日はついてきちゃだめよ」

少女は立ちあがり、敵が去ったかどうかをたしかめた。ポールは目をくるくるさせた。

「どうしたのさ？　ぼくも置き去りか？」

「まあね。待ち合わせがあるのよ。トップ・シークレットの」

「誰と？」

「トップ・シークレットだって言ったでしょ。ついてこないでね。いっしょに来ていいのはネプチューンだけ」

ポールは激しい不安を隠そうとするかのように、指や手から、腕までよじった。

あの殺人事件のせいだわ。今朝から村は、その話でもちきりだ。警官が通りを歩きまわっている。わたしたちにも危険が迫っているかのように……

ファネットは念を押した。

「約束よ」

ポールはいやいやながら答えた。

「わかった、約束する」

三日目　二〇一〇年五月十五日（ヴェルノン病院）

——推理

13

ベッドのうえで蛍光色を発する目覚まし時計は、午前一時三十二分をさしている。わたしは眠れなかった。最後に看護師が来てから、もう一時間以上になる。看護師はわたしが眠っていると思っただろう。眠るですって？　お笑いぐさだわ。こんなすわり心地の悪い椅子で、どうすれば眠れるっていうの？

柔らかい洋ナシ型のビニール袋から落ちる滴を、わたしはじっと見つめていた。点滴の効果で、このままあとどれくらいもたせることができるのだろう？

数日？　数か月？　それとも数年？

夫も眠っていない。昨日から言葉は話せなくなっていた。少なくとも、医者はそう言った。筋肉を動かすこともできないけれど、目だけはじっとあけている。看護師の話では、すべてわかっているのだそうだ。看護師は何度もわたしに繰り返した。話しかけたり、本を読んであげたりすれば、ちゃんと聞こえているのだと。《それがご主人を元気づけるのに、大切な

ことなんですよ》

ナイトテーブルには山ほど雑誌が置いてある。看護師がいるときは、大声で読んでいるふりをした。けれども看護師が病室を出ていくと、すぐに黙ってしまう。

夫は何でもわかっているというなら、思い知らせてやろう……

わたしはまた、滴を見つめた。何に役立つのだろう、この点滴は。これで生命を維持しているのだと看護師は説明したけれど、細かいことは忘れてしまった。

一分、また一分と時がすぎていく。ネプチューンのことも心配だ。かわいそうに、ジヴェルニーでひとりきりなんて。でもわたしは、ひと晩じゅうここにいるつもりはなかった。

看護師は悲観的だった。夫は十分前から、瞬きをしていないはずだ。わたしの顔を、ひたすら凝視し続けている。頭がおかしくなりそうだわ。

午前二時十二分。

また看護師がひとり、やって来た。眠ったほうがいいですよ、と彼女は言った。わたしは従うふりをした。

決心はついていた。

少し待ってから、わたしは耳を澄ませた。廊下でなんの物音もしないことを、はっきりたしかめるために。わたしは立ちあがり、さらに少し待ってから、震える指で点滴をはずした。ひとつ、またひとつと。点滴は全部で三つあった。

夫はぎらぎらした目でわたしを見ている。わかったのだ。少なくとも、この一撃は。間違いない、彼にはわかった。

夫は何を予期していたのだろう？

わたしは待った。

時間はどのくらいかかるだろう？　十五分？　三十分？　椅子のうえの雑誌を取る。《ノルマンディ・マガジン》。今年の夏、《ノルマンディ印象派》の作品を一堂に集める計画があると、雑誌には書かれていた。六月から、みんなの話題はきっとこれ一色になる。わたしはこれ見よがしに読んだ。声に出さずに！　かたわらで彼が死にかけていることなんか、どうでもいいかのように。実際、そのとおりだったし。

ときおり雑誌越しに、夫のようすをうかがった。夫は目を飛び出さんばかりにして、わたしの顔をにらんでいる。わたしもしばらく彼を見返し、また雑誌を読み始めた。目をやるたび、夫の顔はいっそう激しく歪んでいった。それは本当に、とても恐ろしかった。

午前三時ごろ、夫は本当に死んだようだ。目はあいかわらずあいているけれど、凍りついたように動かない。

わたしは立ちあがって、何事もなかったかのように点滴をつなぎ始めた。でも、考えなおしてまた抜き、呼び出しボタンを押した。

さっそく看護師が駆けつけた。さすがプロだ。

わたしはパニックに陥っているふりをした。あまり大袈裟にならないよう気をつけて。眠りこんでしまった、はっと目を覚ましたら、夫がこんなことになっていたと説明した。

看護師は、はずれたチューブを調べた。まるでそれが自分の責任であるかのように、彼女は困った表情をしていた。

彼女に迷惑がかからなければいいのだが。いずれにせよ、わたしは騒ぎたてるつもりはなかった。

看護師は医者を呼びに走った。

なんだか奇妙な感覚だった。まだ覚めやらない怒りと、解放感が混ざり合ったような。

それに、まだ迷っていることがあった。

これからどうしよう？

警察に行ってすべてを話そうか？　それともジヴェルニーの通りで黒いネズミを演じ続けようか？

14

警察署の机に、五枚の写真が並べられていた。ローランス・セレナックは手に茶封筒を持っている。

「いやはや」とシルヴィオ・ベナヴィッドは言った。「いったい誰がこんなものを送りつけてきたんでしょうね？」

「さあな……今朝届いた郵便物のなかに、この封筒があったんだ。昨晩、ヴェルノンのポストに投函されている」

「写真だけだったんですか？　手紙とかメモの類は？」

「説明は何もなかったが、明々白々じゃないか。ここにはジェローム・モルヴァルの愛人たちが、一堂に集まっている。言うなればザ・ベスト・オブ……ほら、シルヴィオ、見てみろ。おれはもう、じっくり楽しませてもらったから……」

シルヴィオ・ベナヴィッドは肩をすくめ、写真のうえに身をのり出した。五枚とも、ジェローム・モルヴァルが写っていた。しかしいっしょにいる女は、それぞれ違っている……どの女も、モルヴァル夫人ではない。机の陰にいるジェローム・モルヴァル。女のうえにのしかかり、熱烈なキスを交わしている。女はクリニックの秘書らしい。ナイトクラブのソファに腰かけたジェローム・モルヴァル。スパンコールのドレスを着た女の胸に手をあてている。上半身裸で砂浜に寝そべるジェローム・モルヴァル。かたわらには白い肌の女。背景からして、アイルランドのようだ。何枚も絵のかかった部屋に立つジェローム・モルヴァル。どうやら自宅の居間らしい。スカートの女はひざまずいて眼科医とむかい合っているが、カメラには背をむけている。ジヴェルニーを見おろす高台の小道を歩いているジェローム・モルヴァル。サント゠ラドゴンド教会の鐘が見える……手をつなぎ合っている相手は、ステファニー・デュパンだ。

シルヴィオ・ベナヴィッドはひゅうっと口笛を吹いた。

「こりゃすごい。プロの手際ですね」

セレナックはにっこりした。

「おれもそう思う。眼科医のやつ、なかなかやるじゃないか。二枚目っていう面《つら》じゃないのにな……」

ベナヴィッドは戸惑ったように、ちらりと上司を見た。

「モルヴァルのことじゃありません。写真を撮った人物です」

セレナックは部下にウィンクをした。

「きみには驚かされるよ、シルヴィオ。決まって期待どおりの反応をしてくれる。いや、失敬、続けてくれ」

ベナヴィッドは顔を赤らめ、口ごもりながらまた話し始めた。

「つまり、これは……プロの私立探偵の仕事に違いない。そう言いたかったんです。ほら、ひと目でわかります。少なくともオフィスと居間の写真は、窓越しにズームで撮ったものです。下手なパパラッチには手が出ないような、高性能のズームレンズですよ」

セレナックはあらためてじっくりと写真を検分すると、わざとらしいくらい顔をしかめた。

「そうかな。ちょっと評価が甘いんじゃないか。室内の写真はぼやけてるぞ。いやなに、けちをつけるつもりはないさ。なかなか楽しそうな仕事だし。見てのとおり、モルヴァルは魅力的な女ばかり選んでいる。おれは警官より、私立探偵になるべきだったかもしれないな」

シルヴィオは聞き流した。

「こんな写真を撮るなんて、奥さんが依頼したとしか思えませんよね？」と彼はたずねた。

「どうだろうな。パトリシア・モルヴァルにたずねてみなければ。でもおれが会ったときには、夫の浮気について口が重かったけれど。この事件では、明らかなことほど疑ってかからねばならないような気がするんだ」

「といいますと？」

「例えば、きみも気づいただろうが、五枚の写真は意味合いが同じじゃない。ナイトクラブと居間、オフィスの写真では、モルヴァルと女ができているのは明らかだが……」

ベナヴィッドは眉をしかめた。

「ああ、わかってる」とセレナックは言った。「ちょっと話を急ぎすぎたようだ。胸を撫でたりいちゃついたりするくらい、モルヴァルは女と親しかった。しかし砂浜の写真や、とりわけジヴェルニーの高台の写真では、女がモルヴァルの愛人だとは言いきれない」

「それに最後の写真だけは」ベナヴィッドが言い添える。「女が誰なのかわかってます。村の小学校教師、ステファニー・デュパンですよね。違いますか？」

セレナックはうなずいた。シルヴィオが続ける。

「でも、ボス、結局のところモルヴァルの艶聞《えんぶん》ヒットパレードに、どんな意味があるんでしょう？　どう思います？　浮気は浮気、違いますか？」

「どんな意味があるかっていえば、おれは匿名《とくめい》のプレゼントなんかもらいたくない、まっぴらだってことさ。密告者が送りつけてきたものをもとに、殺人の捜査を進めるのもごめんだ。

いいか、おれにだって分別はある。姿を見せない誰かに、どこそこを捜せなんていう指図を受ける気はない」

「要はどういうことなんです？」

「例えばステファニー・デュパンが写真に写っているからといって、彼女がモルヴァルの愛人とは限らないってことだ。もしかしたら何者かが、そんなふうに同一視させようとしているのかもしれない……」

シルヴィオ・ベナヴィッドは頭を搔きながら、上司が披露した仮説を検討した。

「なるほど。その点はわかりました。だからといって、この写真を無視するわけにはいかないでしょう……」

「ああ、無視はできないさ……事件はまだ謎だらけなんだし。驚くなよ、シルヴィオ。写真の裏を見てみろ」

セレナックは机に並べた五枚の写真を、一枚ずつ裏返した。どれも裏面には、数字が書かれている。

オフィスの写真には二三―〇二。ナイトクラブの写真には一五―〇三。砂浜の写真には二一―〇二。居間の写真には一七―〇三。ジヴェルニーの小道の写真には〇三―〇一。

「これはまた」ベナヴィッドは、またひゅっと口笛を吹いて言った。「どういう意味なんでしょう？」

「見当もつかん……」

「日付じゃないですか？　写真を撮った日では？」

「どうかな……だとすると、すべて一月から三月までのあいだということになる。白内障の王様は精力絶倫ってわけか？　それに砂浜の写真は、どう見ても冬に撮ったものじゃない」

「それじゃあ？」

「もちろん、調べるのさ、シルヴィオ。そうするしかない。しつこく嗅ぎまわるんだ。ところでちょっと、ゲームをしたくないか？」

ベナヴィッドは警戒するような笑みを浮かべた。

「別に、したくないですが……」

「まあ、そっちに選択の余地はないんだが……」

セレナックは五枚の写真をひとまとめにして裏返し、トランプみたいにシャッフルしてから扇状に広げて、シルヴィオに差し出した。

「順番に行くぞ、シルヴィオ。一枚ずつ写真を引いたら、二人それぞれ捜査を開始する。女の名前、経歴、モルヴァルが殺された日のアリバイを調べるんだ。二日後、どっちが成果をあげたか勝負しよう」

「あなたときたら、妙なことを考えるもんだ……」

「いや、いや、シルヴィオ、これがおれのやり方さ。この女たちが何者かを探るのなんて、願ってもない任務じゃないか？　夢の女を狩り出すのを、モーリーやルヴェルにまかせられるか？」

セレナックは大声で笑い出した。

「よし、きみが決まらないなら、おれから行くぞ」

ローランス・セレナックは、オフィスで女にのしかかっているジェローム・モルヴァルの写真を引いた。

「ボスとお医者さんごっこをしている私設秘書ってわけか。よしよし。じゃあ、そっちの番だ……」

シルヴィオはため息をついて、差し出された写真を引いた。

「インチキをするなよ。番号は見ちゃだめだぞ」

シルヴィオは写真を表にした。ナイトクラブの写真だった。

「ついてるじゃないか！」とセレナックは叫んだ。「スパンコールの女だ」

シルヴィオは顔を赤らめた。次にローランス・セレナックが引いたのは、居間でひざまずいている女だった。

「うしろむきの女か。何が出てくるかわからない、シェフの気まぐれ料理ってところだな。さあ、次だ……」

セレナックは残りの二枚をベナヴィッドに示した。部下が引いたのは、砂浜の写真だった。

「アイルランドの浜辺に寝そべる謎の女か」とセレナックは言った。「うまく切り抜けたな」

シルヴィオ・ベナヴィッドは机のうえの写真を軽く叩くと、皮肉っぽい笑みを浮かべて上司を見つめた。

「見くびらないでくださいよ、ボス。どんな手を使ったのかは知りませんが、あなたはステファニー・デュパンの写真が残るよう、最初から仕組んでいたんですよね」

セレナックは微笑み返した。

「すべてお見とおしってわけか？　手品のネタは明かせないが、ご名答。上司の特権さ。美人女教師は自分用に取っておいた。それからシルヴィオ、一五―〇三とか二一―〇二とかいう裏の番号にはあんまりこだわるな……あとの四人の名前がわかれば、番号の意味もおのずとわかるに違いない。おれはそう思ってるんだ」

セレナックは写真を机の引き出しにしまった。

「じゃあ、ほかの手がかりを検討しようか？」

「オーケー、始めましょう。でもその前に、おみやげを持ってきたんです。そっちはわたしを騙すことばかり考えているようですが、ほらこのとおり、ちっとも恨んじゃいませんからね」

セレナックが言いわけする間もなく、ベナヴィッドはさっと立ちあがり、部屋を出ていった。そして数分後、白い紙袋を手に戻ってきた。

「どうぞ、焼きたてです」

シルヴィオ・ベナヴィッドは、テーブルのうえで袋を逆さにした。チョコクッキーが二十個ほど、こぼれ落ちる。

「わたしが妻のために焼いたんです」とシルヴィオは言った。「いつもは妻の大好物なんですが、二週間前から何も食べられなくて。わたしの自家製カスタードソースをつけてもね」

　セレナックはキャスター付き肘掛け椅子に、どたりとすわりこんだ。

「きみは本当に、おれの母親代わりだな、シルヴィオ。思いきって告白するけれど、おれがこの忌わしい北国に異動を願い出たのも、もっぱらきみを部下にしたかったからなんだ」

「そんな、お世辞はやめてください……」

「これでも褒め足りないさ」

　セレナックは部下を見あげた。

「赤ちゃんの予定日は？」

「もうすぐです。正確に言うと、五日後のはずなんですが、こればかりはわかりませんからね」

　セレナックは最初の一枚を齧《かじ》った。

「こりゃすごい。なんておいしいんだ。奥さん、間違っているぞ」

　シルヴィオ・ベナヴィッドは、椅子に立てかけたファイルに身をのり出した。彼が体を起こすと、上司は立ちあがっていた。

「コーヒーといっしょなら、なおさらだ」とセレナックは続けた。「ひとっ走り下に降りて、持って来よう。きみも要るかい？」

「ああ、いいえ、けっこうです」

　シルヴィオが手にしていた書類が、床に落ちた。

「本当に、何も要らない？」

「じゃあ、紅茶を、砂糖抜きで」

数分後、セレナック警部は紙コップを二つ持って、戻ってきた。テーブルに散らばってい
たチョコクッキーの屑は、きれいに片づいていた。セレナックは少し休めと言わんばかりに、
ふうっとため息をついた。彼が腰かけるや、ベナヴィッドは捜査の経過報告を始めた。

「では、手短にまとめますよ。検死報告書によれば、モルヴァルはまず胸を刺されました。

ほとんど即死だったと思われます。それから石で頭を叩き割られ、川に顔を沈められました。

犯行はこの順番で行われたと、検死医は断言しています」

セレナックはクッキーをコーヒーに浸し、にやりとしながら言った。

「眼科医のやつ、派手にやってたようだからな、嫉妬に狂った夫三人が、手を組んだんだ。

寝取られ亭主の会結成。これで手口の説明がつく。『オリエント急行殺人事件』みたいなも
のだ」

ベナヴィッドは呆気にとられて、上司の顔をまじまじと見つめた。

「冗談だって、シルヴィオ。ただの冗談さ……」

クッキーをコーヒーに浸す。

「じゃあ、少し真面目にいこう。思うにこの事件には、何か妙なところがある。いろんな要
素が、うまくひとつにつながらないんだ」

シルヴィオの目に光が射した。

「まったくそのとおりですよ、ボス……」

彼はそこで少したためらい、こう続けた。

「ところで、お見せしたいものがあるんです。あなたをびっくりさせるものが」

15

ファネットは小学校を出ると、いつものように走り始めた。クラスメートたちを引き離し、ヴァンサン、カミーユ、マリとまた顔を合わせないよう、ジヴェルニーの裏道でかくれんぼをした。たやすいことだわ。裏道はすべて、熟知しているもの。今日もポールは、いっしょに行きたがった。ほかの連中は連れてかない、ぼくだけだからと。殺人犯が村をうろついているかもしれないから、ひとりにさせたくないんだ、と彼は言った。けれどもファネットは頑として拒み、何も明かさなかった。

これはわたしだけの秘密だもの！

さあ、もうすぐだ。橋を渡ると洗濯場や、気味の悪い塔がついた不格好な水車小屋が見えた。

約束するわ、ポール。明日には教えるって。一週間前から秘密の待ち合わせをしている相手が誰なのかを、明日には教えてあげる。

さもなければ、あさってには。

ファネットは草地にむかって、道を歩き続けた。

ジェイムズが、そこで待っていた。

彼は少し先の、麦畑のなかにいた。穂はジェイムズの膝のうえくらいまでしかない。まわりにイーゼルが四つ、立ててあった。ファネットは足音を立てずに歩み寄った。

「わたしよ」

ジェイムズは白ひげの顔をくしゃくしゃにさせて笑った。そしてファネットを両手で抱きしめた。ほんの一瞬だけ。

「さあ、急いで取りかかりなさい。ほどなく、日が陰り始めるぞ。終わるのが遅いんだな、きみの学校は」

ファネットはイーゼルのひとつにむかった。彼女の背丈に合わせ、いちばん小さいのをジェイムズが貸してくれたのだ。ファネットは絵具箱に身をのり出した。ニスでつやつやと光る、木製の大きな絵具箱だった。チューブと絵筆も、自由に使わせてもらった。

一週間前に出会ったこの老画家のことは、よく知らなかった。知っているのはアメリカ人で、名前はジェイムズ、ここでほとんど毎日、絵を描いているということくらいだ。きみはわたしがこれまで会ったなかで、もっとも画才に恵まれた女の子だ、と彼はファネットに言った。世界中で、たくさんの子供たちを見てきたんだ。アメリカでは絵の先生もしていたからね。でもおしゃべりばかりしてないで、もっと集中しなくちゃいけない、とジェイムズは繰り返し注意した。モネを見習うんだ。観察すること、想像することを学ばなくては。それから、すばやく描くことも。だからこそジェイムズは、四つもイーゼルを立てていた。景色の隅に光が射したらすぐ、影が動いたらすぐ、色が変わったらすぐ描けるようにと。モネはイーゼルを六つ持って、畑を歩きまわっていたんだぞ、とジェイムズは言った。ファネットくらいの歳の子供を雇って、朝早くから夕方遅くまで、荷物を運ばせていたのだそうだ。

うまいこと言って！　ずるいわね。そうやってわたしにも、荷物を運ばせようっていうんでしょ。ファネットはわかっていたけれど、老人の話を信じるふりをした。ジェイムズは親切だけど、老モネを気取りすぎるきらいがあった。

そしてわたしのことを、無知な小娘だと思っているふしが。

「ぼんやりしてないで、ファネット。絵を描くんだ」

少女は洗濯場や小川にかかる橋、そのわきの水車をカンバスに再現した。もう長いこと取り組んでいる絵だった。

「セオドア・ロビンソンって知ってる？　どんな人なのかしら？　学校の先生から聞いたんだけど……」

「それで？」

「先生はクラスのみんなを、コンクールに登録したの。世界コンクールよ、ジェイムズさん。ええ、そう、世界コンクール……ロビンソン賞っていうの。優勝したら、外国に行けるわ。日本、ロシア、オーストラリア……どこにしようかしら」

「すごいじゃないか」

「賞金だって出るのよ」

ジェイムズはパレットをそっと絵具箱のうえに置いた。あごひげがときどき絵の具に触れてしまう。毎度のことだ。今日は緑色だった。

わたしって、ちょっと意地悪ね。ジェイムズさんのひげが絵具まみれでも、けっして教えてやらないんだから。だって、おかしくてたまらないんだもの。

ジェイムズが近寄ってくる。

「いいかね、ファネット。もし本気で、自信を持って描けば、そのコンクールで優勝できるチャンスは大いにあるぞ」

彼がちょっと怖いこともある。

ファネットがちらちらひげを盗み見しているのに、ジェイムズは気づいたのだろう。彼が指でこすったせいで、緑の絵具はさらに広がった。

「冗談でしょ？」

「冗談なものか。前にも言っただろ。きみには才能がある。持って生まれた才能だからな、自分でどうにかできるものじゃない。きみもよくわかっているはずだ。うまい絵を描くやつはいくらでもいるが、きみはそれを超えている。真の天才なんだ。だがその才能も……」

「練習しないと、開花しないっていうのね？」

「ああ、練習は必要だ。なくてはならないものさ。さもないと……それっきりだ。だが、わたしが言いたかったのはそこじゃない」

ジェイムズはゆっくりと移動した。小麦を押しつぶさないよう、穂のうえをまたいでいる。そして空の太陽がいきなりラストスパートをかけたとでもいうように、イーゼルの位置を変えた。

「わたしが言いたかったのは、そう、どう説明したらいいだろう、いくら天才でも自分勝手《エゴイスト》になれなくては、何の役にも立たないってことなんだ……」

「自分勝手《エゴイスト》に？」

ジェイムズさんはときどき、わけのわからないことを言う。

「そうさ、ファネット。天才は、才能のない連中など眼中にない。つまり、ほかの人々のことは、ほとんど天才の目に入っていないんだ。才能はきみが愛する人々を遠ざけ、そのほかの人々を嫉妬させる。わかるかね？」

ジェイムズさんはひげをこすった。絵具が広がるのもおかまいなしだ。気づいてもいないのだろう。ジェイムズさんは老いぼれだ。どうしようもない老いぼれだ。

「いいえ、わからないわ」

「じゃあ、言葉を変えて説明しよう。わたし自身を例にとるなら、ジヴェルニーで絵を描くこと、モネの風景をこの目で見ることが、どうしてもかなえたい夢だったんだ。きみには想像もつかんだろうが、わたしはコネチカットの村でモネの複製を眺めながら、何時間もすごしたものさ。ジヴェルニーの景色が、いく度夢に出てきたことか。ポプラ、エプト川、睡蓮、イラクサの島……でもそれに、六十五歳で妻子、孫を見捨てるだけの価値があるだろうか？

どっちが大事だろう？　画家としての夢を追うことと、ハロウィンや感謝祭を家族とすごすこととでは……」

「そうね……」

「きみは迷ってるな。でも、わたしは迷わなかった。それに、ファネット、少しも後悔していない。ここで、ほとんどホームレスみたいな暮らしをしているけどね。才能だって、きみの半分もないし……わたしが自分勝手《エゴイスト》と言った意味が、これでわかったかね？　どうだ？　モネの時代、オテル・ボーディにやって来た最初のアメリカ人たちが、危険を冒さなかったと思うのかい？　彼らもすべてを捨ててきたと思わないか？」

ジェイムズさんがこんなふうに話し始めるのは嫌だった。言っているのと正反対のことを考えているような気がした。本当は後悔していて、死ぬほど退屈しているような、そしてアメリカの家族のことをいつも考えているような気がした。

ファネットは絵筆を取った。

「ジェイムズさん、ともかく絵に戻るわ。ごめんなさい、自分勝手《エゴイスト》で。ロビンソン・コンクールで優勝したいから」

ジェイムズはぷっと吹き出した。

「きみの言うとおりだ、ファネット。わたしはただの愚痴っぽい老人だ」

「それに耄碌《もうろく》もしてる。ロビンソンが何者か、まだ説明してないわ」

ジェイムズは前に進み出ると、目を細めてファネットの絵を見つめた。

「セオドア・ロビンソンはアメリカ人で、合衆国ではもっともよく知られた印象派の画家なんだ。モネと親しい友人になれた、唯一のアメリカ人芸術家でもある。モネはほかの連中を忌み嫌っていたからね。ロビンソンはジヴェルニーに八年間滞在して……クロード・モネのお気に入りの継娘シュザンヌと、若いアメリカ人画家セオドア・バトラーとの結婚式の絵も描いているくらいだ。しかも、ファネット、ロビンソンのもっとも有名なもう一枚の絵は、なんと今きみが描いている風景とまったく同じなんだよ」

ファネットは危うく絵筆を落としかけた。

「何ですって！」

「そう、本当に同じ風景なんだ。一八九一年の古い有名な絵で、エプト川とそのうえにかかる橋、シェヌヴィエールの水車が描かれている。背景にはワンピースを着てスカーフで髪を縛った女が……小川の真ん中には馬に水を飲ませている男がいる。絵のタイトルは『トロニヨンおじさんと橋の上の娘』。馬を連れた男はジヴェルニーの住人で、そういう名前だったのさ……トロニヨンおじさんという」

ファネットは笑わないようぐっとこらえた。

ジェイムズさんときたら、本当にわたしを馬鹿にしてるわ。

トロニヨン（果物や野菜の芯）おじさんだなんて、よく言うわね！

ジェイムズはまだ少女の絵を見つめている。老画家のあごひげは、ほとんど彼女の目の下まで垂れさがっていた。まだ乾いていない絵に、ジェイムズの太い指が数ミリまで近づいた。

「すばらしいじゃないか、ファネット。特にいいのは、水車小屋のまわりに差すこの影だな。運命の兆しを感じさせる。きみはセオドア・ロビンソンの絵と同じ風景を、彼よりずっとうまく描いているぞ。わたしの言葉を信じなさい。きっときみはコンクールで優勝する。一生のうちには二、三度、逃してはならないチャンスがめぐってくる。まさしく、そこにかかっているんだ、人生は」

ジェイムズはまたイーゼルを移動させに行った。絵を描いているより、イーゼルを動かしている時間のほうが長いんじゃないか、彼よりも太陽のほうがすばやいんじゃないかと思うほどだ。

でも本人は、気にしていないらしい。

一時間がすぎたころ、ネプチューンがやって来た。シェパード犬はいぶかしげに絵具箱の臭いを嗅いでから、ファネットの足もとに寝そべった。

「きみの犬かね？」とジェイムズはたずねた。

「いいえ、そういうわけじゃなくて……村じゅう、みんなで飼っているようなものね。でも、家族だと思っているわ。いちばんなついているのは、わたしだもの」

ジェイムズはにっこりして、イーゼルの前に置いたスツールにすわった。ファネットが見るたび、老画家はカンバスに鼻先を突っこんでいる。今にひげは七色になるだろう。こらえきれずに、笑ってしまいそうだ。

だめ、だめ。集中しなければ。

ファネットはシェヌヴィエールの水車小屋の習作を続けた。木骨造り《ハーフティンバー》の小さな塔はデフォルメし、粘土や屋根瓦、石とのコントラストを強調した。この水車小屋のことを、ジェイムズは《魔女の水車小屋》と呼んでいた。老婆が住んでいるからだ。

魔女……

ジェイムズさんったら、わたしのことを本当に小娘扱いしてる。

そうはいってもファネットは、少し怖かった。どうしてあの家があんまり好きではないのか、ジェイムズは説明してくれた。あの水車のせいで、モネの『睡蓮』の絵はこの世に存在しなかったかもしれないんだ、と彼は言った。水車とモネの庭は、同じ川沿いに作られた。モネは池に水を引くため、堰や水門を設置しようとした。ところが村人たちはみな、病気が広がるとか、沼地ができるとかの理由で賛成しなかった。とりわけ隣人たち、水車小屋の住人は猛反対し、大騒動になった。モネは怒りを爆発させた。お金も使ったし、知事や友人に手紙も書いた。友人はクレマンソーといって、ファネットの知らない人物だった。こうしてモネは、とうとう睡蓮の池を手に入れたのだった。

本当に危ないところだった。

だからといってこの水車小屋を嫌うなんて、ジェイムズさんも馬鹿みたいだわ。モネと近所の住人との争いは、ずっと昔のことじゃないの。

ときどき、馬鹿みたいなこと言うんだ、ジェイムズさんは。

ファネットは身震いした。

でも水車小屋には、たしかに魔女が住んでいる。

ファネットはさらに何十分も描き続けた。日が陰ると、水車小屋はさらに不気味に見えた。

ファネットはそのさまも大好きだった。ジェイムズはさっきからずっと眠っている。

突然、ネプチューンが飛び起き、怒ったようにうなり始めた。ファネットはさっとふり返り、すぐうしろのポプラの茂みに目をやった。同い年くらいの少年が、身を潜めている。

ヴァンサンだ。虚ろな目で、こっちを見ている。

「そこで何してるのよ?」

ジェイムズもはっと飛び起きた。

「ヴァンサン、こそこそスパイするなんて、最低だわ。いつからそこにいたの?」

ヴァンサンは何も言わず、ファネットの絵を、水車小屋や橋の絵を見つめていた。まるで催眠術にかけられたかのように。

「犬なら一匹いるわ。もうネプチューンがいるから、それで充分。そんなふうにわたしを見ないでくれる?　気味が悪いじゃないの……」

ジェイムズがごほんと咳《せき》をした。

「ああ……二人いてくれたら、ちょうどいい。だいぶ暗くなってきたからな。そろそろ道具を片づける時間だ。手伝ってくれないか。モネも言っていたよ。太陽とともに起きて寝るのが賢明だってね」

ファネットはヴァンサンから、じっと目を離さなかった。

気味が悪いわ、ヴァンサンは。こんなふうに、どこからともなくあらわれて、わたしのうしろにいるなんて。わたしをスパイしているみたいに。頭がどうかしてるんじゃないかって、思うこともあるくらいだわ。

16

ローランス・セレナック警部のカップが、手のなかで凍りついた。部下の態度は、自宅でやった課題を恐る恐る教師に見せようとしてしゃちほこばっている生徒さながらだった。ベナヴィッドは右手を分厚いファイルに入れ、A4サイズのメモ用紙を取り出した。

「さあ、これを。もう少し見とおしが利くよう、こんなふうに始めてみました……」

セレナックはもう一枚チョコクッキーをつまんでコーヒーに浸すと、びっくりしたように身をのり出した。シルヴィオは説明を続けた。

「頭のなかを整理するときは、いつもこんなふうにするんです。まあ、癖みたいなものですね。メモを取りながら、まとめていきます。ときには、絵も描いたりして。ほら、このとおり、まずはページを三つのパートに分けました。わたしなりに考えた、追うべき三つの手がかりです。ひとつ目は痴情がらみの線。つまりは、モルヴァルの愛人に関連した線です。となると、もちろん被害者の奥さんや寝取られた夫、捨てられた女に疑いがかかってきます……手がかりはたくさんあるでしょう」

セレナックは部下にウィンクをした。

「密告者に感謝だな。続けてくれ、シルヴィオ」

「二つ目は絵画がらみ。モルヴァルの絵画コレクション、彼が探し求めていたモネの『睡蓮』に関わる線です。盗品隠匿や闇取り引きに、事件が関わっているかもしれません。とかく美術や金の問題は……」

セレナックはもうひとつチョコクッキーを齧《かじ》ると、コーヒーを空けた。ベナヴィッドは反射的にテーブルに散ったかすを集め、ひとつにまとめた。彼は目をあげ、壁に掛かっている十枚ほどの複製画を眺めた。トゥールーズ＝ロートレック、ゴーギャン、ルノワール……セレナックが着任早々、どうしてもと言って飾ったのだ。

「ついてたというか」とシルヴィオは続けた。「絵画はあなたの得意分野ですよね、警部」

「ただの偶然さ、シルヴィオ……ヴェルノンに異動になったとき、まさかジヴェルニーの川に浸かった死体を、いきなり調べることになるとは思ってもいなかったからな。警察学校に入る前から美術には興味があったので、研修もパリの美術犯罪捜査班でやらせてもらったけど」

警察にそんな部署があったなんて、ベナヴィッドは初耳だったらしい。

「きみは芸術に詳しくないのか？」

「もっぱら料理だけですね」

　セレナックは笑った。

「違いない！　それはおれも太鼓判を押すさ。口いっぱいにほおばりながらね……美術品部門で同僚だった連中に、ちょっと問い合わせてみた。盗難、隠匿、怪しげなコレクションに裏市場……謎の多いビジネスだからな。当時はいろいろ経験させてもらったよ。信じられないだろうが、何百万、何千万っていう金が動くんだぞ。今、美術品部門の返事を待っているところだ。それで、三つ目は？」

　シルヴィオ・ベナヴィッドは紙に目をやった。

「笑わないでくださいよ。わたしは三つ目の手がかりが、子供にあると思っています。十一歳の子供です。こちらもいろいろと、状況証拠があります。まずはあのバースデーカードの絵葉書と、アラゴンの引用文。モルヴァルは十二年前に愛人と関係を持ち、奥さんに知られたくない子供がいたのでは……しかしひとつ、つじつまの合わない点があります。鑑定によると、モルヴァルのポケットから見つかった絵葉書の紙は、とても古いものでした。少なくとも十五年以上前のものだとか。タイプで打った《十一歳の誕生日、おめでとう》という文字も、同じ時期のものだそうです。ところがアラゴンの一節は、もっとあとになって張りつけられたらしいと……奇妙ですよね？」

　セレナック警部は感心したように、ひゅうっと口を鳴らした。

「やっぱり思ったとおりだ、シルヴィオ。きみは理想的な部下だよ」

そして笑いながら、さっと立ちあがる。

「いやはや、細かいっていうか、こせこせしてるっていうか。でもまあ、おれと足して二で割れば、ちょうどいいかな」

彼はドアにむかった。

「さあ、シルヴィオ、場所を移そう。ラボに行くぞ」

ベナヴィッドは黙ってついていった。廊下をいくつも抜け、薄暗い階段を降りる。セレナックは歩きながら、何度も部下をふり返った。

「まずやるべきこととして、《目撃者を捜す》とその紙に書いておいてくれ。だって、信じられないじゃないか。朝から晩までみんなが絵を描いている村で、モルヴァル殺しの日には誰も目撃者がいないなんて。すなおに証言を申し出たのは、下劣な写真を送ってきた匿名のパパラッチと、頭を撫でてもらいに寄ってくる犬だけなんだぞ。洗濯場のわきの家は調べたのか？　あのおかしな水車小屋のことは？」

セレナックは赤い防火扉をあけるため、ポケットから鍵を取り出した。扉には《ラボ・資料室》と書かれている。

「まだ、調べてません」とベナヴィッドは答えた。「時間ができ次第、行ってみるつもりです」

警部は赤い扉をあけた。

「ついでにもうひとつ、署をあげての任務《ミッシヨン》を考えているんだ。そのために、たくさんの人員を動員して……まあ、シェフの気まぐれ料理だ」

薄暗い部屋に入ると、手前のテーブルに段ボール箱が置いてあった。セレナックは箱をあけ、石膏で取った靴底跡の型を出した。

「サイズは四十三」と彼は自慢げに言った。「長靴の靴底だ。同じものは世界に二つとない。モーリーが言うには、指紋並みに正確だそうだ。モルヴァル殺しの数分後にエプト川の土手の泥から取った、まだ新鮮な足跡だからな。細かな説明は省くが、この長靴の持ち主は少なくとも事件を目のあたりにしただろう……ずばり犯人だってことも、大いにありうるぞ」

シルヴィオは目をまん丸にした。

「で、これをどうするんですか？」

セレナックは笑った。

「《シンデレラ作戦》開始だ」

「はっきり言って、ボス、ついていけませんね、あなたのユーモアには」

「なに、シルヴィオ、そのうち慣れるさ。心配するな」

「心配なんかしてませんよ。正直、どうでもいいですよ。それで、《シンデレラ作戦》っていうのは？」

「今回の作戦は泥と沼地式の田舎ヴァージョンでね……ミッションは、ジヴェルニーの住民三百人が自宅に持っている長靴を、すべて集めること」

「それだけですか？」

「おいおい、いったい何足になると思っているんだ?」セレナックは続けた。「百五十か? 多ければ二百になるかも……」

「いやあ、警部、よく思いつくもんですね、そんな現実離れ《シュールレアリスム》したことを」

「まさしく! そこが気に入ったんだよ」

「でも、うまくいきますか。犯人は自分の長靴を、捨ててしまいますよ。よほど間抜けじゃない限り、警察に言われるまま、おとなしく出すものですか」

「そのとおりさ……そのとおり。だから消去法でいくんだ。家に長靴がないとか、なくしてしまったとか言う者、たまたま昨日買ったばかりみたいな真新しい長靴を提出した村民を、容疑者リストの上位に載せるのさ」

石膏の靴裏を眺めているうち、ベナヴィッドの顔に笑みが広がった。

「失礼ながら、ボス、あなたは本当に突拍子もないことを思いつきますね。しかも悪いことに、それで捜査が進展するかもしれないと来てる。でも、モルヴァルの葬式は二日後ですよ。もし大雨にでも見舞われたら、ジヴェルニーじゅうの人たちから恨まれますよ」

「ノルマンディでは、長靴をはいて葬式に出るのか?」

「ええ、大雨だったら……」

ベナヴィッドはそう答えて、大笑いした。

「シルヴィオ、言わせてもらうが、きみのユーモアだってしんどいぞ」

ベナヴィッドはそれを聞きながし、手にした紙をいじくった。

「長靴が百五十か」と彼はつぶやいた。「これはどのパートにメモしておいたらいいでしょうね？」

二人はしばらく黙ったままだった。セレナックは薄暗い部屋を見まわした。部屋の四つの壁のうち、分厚い棚が三面を占めていた。隅には応急の実験器具が積み重ねてあり、壁の第四面は資料置き場になっている。ベナヴィッドは赤い空《から》の書類箱を取って、側面に《モルヴァル》と書いた。書類はそのつど、ここに集めておこう。

「ところで、十一歳の生徒のリストは、学校からもらってきたんですか？　三番目のパートに書きこみますから……今のところ、中身がいちばん寂しいんで……」

セレナックは相手をさえぎった。

「いや、まだだ。ステファニー・デュパンが用意してくれることになっている。モルヴァルの愛人ヒットパレードの写真から判断するに、彼女はもう第一容疑者とは言えないだろう」

「でも、彼女の夫ジャック・デュパンについてわかったことがあるんですが」ベナヴィッドは顔をしかめて言った。「彼のほうは、申し分のない人物とはほど遠いようです」

セレナックは眉をひそめた。

「詳しく話してくれ。どういうことなんだ、申し分のない人物じゃないっていうのは？」

ベナヴィッドはメモをたしかめた。

「どうです……ときには役に立つでしょう。こせこせした部下がいるのも」

セレナックはそう言われて、大いに愉快そうだった。

「ジャック・デュパン。歳は四十前。ヴェルノンで小さな不動産屋をしています。狩りが趣味で、ジヴェルニーの仲間とよく出かけているようです。そして奥さんのことでは、病的に嫉妬深いとか。どう思いますか、これを？」

「そいつを見張れ。ぴったりとな」

「本気ですか？」

「そうとも……まあ予感みたいなもんだ。いや、むしろ胸騒ぎと言ったほうがいい」

「どんな？」

セレナックは棚の段ボール箱を指で追った。E、F、G、H……

「言っても、きみは気に入らないだろうな、シルヴィオ」

「だったらなおさらです。どんな予感なんですか？」

指はさらにI、J、K、Lと追い続けた。

「次なる悲劇が準備されているような予感さ……」

「もっと詳しく説明してください。そもそもわたしは、警官が抱く予感とやらは信用できなくて。しつこいくらい証拠物件にこだわるほうが、性に合っているんです。それでも、あなたの話は気にかかります」

「ステファニー・デュパン……彼女に危険が迫っている」

シルヴィオ・ベナヴィッドは眉をしかめた。なんだか部屋が、いっそう暗くなったような気がした。

「どうしてそう思うんです？」

「だから言ったじゃないか、予感だって……」
Q、R、S、T。ローランス・セレナックは苛立たしげに足を踏み鳴らし、ポケットから三枚の浮気写真を取り出した。そしてステファニー・デュパンの写真をテーブルに投げた。石膏の靴裏のすぐわきあたりに。部下がいぶかしげな顔をする前で、セレナックはこう続けた。
「自分でもよくわからない。やけにじっと見つめられ、手を強く握られているような気がした。助けを求められていると感じた。そういうことなんだ」

ベナヴィッドは前に進み出た。彼はセレナックより小柄だった。

「手を強く握られた……助けを求められたですって……直截な物言いがお好きなようだから、失礼ながらはっきり言わせてもらいますよ。あなたはまともじゃない、まったく正気を失っているんだ」

シルヴィオはテーブルの写真をつかみ、モルヴァルと手をつないでいるステファニー・デュパンの優美な姿を長々と眺めた。

「お気持ちはわかりますがね、賛同までは求めないでくださいよ、ボス」

五日目　二〇一〇年五月十七日（ジヴェルニーの墓地）

――埋葬

17

雨が降っている。ジヴェルニーで葬式が行われるときは、いつも決まってそうだった。蕭条《しょうじょう》と降る冷たい雨。

わたしはひとり、墓石の前にいる。掘り返されたばかりの土がまわりに積まれ、まるで見捨てられた工事現場のようだ。泥水が大理石の墓標に流れ落ち、いくつもの茶色い筋をつけた。《わが夫に。一九二六―二〇一〇》と墓標には記されている。

すぐ近くに、灰色のコンクリートの壁があるおかげで、少しは雨がしのげた。ここはかなりうえのほうだ。ジヴェルニーの墓地は、教会の裏にある丘の斜面に、段々状に造られている。死者たちが少しずつ丘を齧りとっているのだ。有名人、金持ち、偉人は下方に埋葬される。教会の近く、村の近く、モネの近くに。

つまりは恵まれた場所に。

貧者と混ぜこぜにされることはない。芸術庇護者《メセナ》、コレクター、ここで永遠の眠りを得るために大金をはたいた有名無名の画家たちは、それぞれひとまとめにされた。

馬鹿な連中だわ。

満月の晩、亡霊たちのなかで内示展《ヴェルニサージュ》でも行おうというのだろうか……わたしは心のなかを覗きこむ。


ずっと下にさがった、墓地のむこう端では、ジェローム・モルヴァルの埋葬が終わろうとしている。立派な墓石は、しかるべき位置にたてられた。まわりにはヴァン・デル・ケンプ（フランスの美術館学芸員。二〇〇一年ジヴェルニーで死去）やブランシュ・オシュデ＝モネ（フランスの画家。モネの義理の娘）、ボーディの墓などがある。ほとんど村中の人々が、モルヴァルの埋葬に立ち会った。黒い服を着た百名もの村人が、雨のなか、帽子もかぶらずに。

むこうは百名。そして墓地のこちら側で、わたしはたったひとりだった。老人が死んだからといって、誰も気にとめない。結局のところ、死んで涙されるには、若く、栄光のさなかにあるうちがいいんだ。たとえ最低のゲス野郎でも、真っ先にくたばれば惜しまれるだろう。司祭は夫のために、三十分も費やさなかった。ガスニーから来た若い男で、初めて見る顔だった。モルヴァルのほうは、エヴルーの司教に頼むことができた。おそらく妻のつてだろう。そして式には、二時間近くも費やされた。

ええ、わかっているわ。同じ墓地の、ほんの数十メートルしか離れていないところで行われた二つの葬儀。しかも同じ雨の下で。奇妙なことだと思うだろう。偶然にしては気にかかる。できすぎではないだろうか？　それならひとつだけ、断言しておこう。この一連の事件に、偶然の一致はひとつも存在しない。この事件では、何も偶然にまかされてはいないのだ。むしろ、すべてが結びついている。ひとつひとつの要素が、しかるべき場所、しかるべき時に収まっているのだ。犯罪の歯車は、すべてきちんと嚙み合っている。夫の墓に誓って本当だ。もう何も、それを止めることはできない。

　わたしは顔をあげた。うえから見ると、たしかにこの景色は、一見の価値がある。パトリシア・モルヴァルは悲嘆に暮れたようすで、夫の墓前にひざまずいている。ステファニー・デュパンも目を潤ませ、沈痛な面持ちで少しうしろに立っていた。夫は彼女を支えるように、腰に手をまわしていた。むっつりしたその顔は、太い眉も口ひげも水浸しだった。彼らのまわりには、名も知れぬたくさんの人々がいた。親戚、友人、女たち。セレナック警部も来ていた。少しさがった教会のわき、モネの墓の近くにたたずんでいる。司教は死者への献辞を終えた。

　柳で編んだかごが三つ、草のうえに置かれていた。参列者はみな、なかの花を一輪取って、墓穴に収められた棺のうえに投げ入れるのだ。タチアオイ、撫子《なでしこ》、リラ、チューリップ、矢車菊……まだまだある。こんな悪趣味なことを思いつくのは、パトリシア・モルヴァルしかいないわ。『印　象《アンプレッシオン》、日の出《ソレイユ・ルヴァン》』ならぬ、『印　象《アンプレッシオン》、太陽の死《ソレイユ・ムラン》』ってところだ……

　モネだって、あえてこんな光景は……

　大きな花崗岩のプレートには、ごていねいに灰色の睡蓮まで彫ってあった。

蓼《たで》食う虫ってことね……

少なくとも、光は手に入らない。かの有名なジヴェルニーの光もこれで最後。あとは黒い穴が待つばかりだ。何でもかんでも、お金で買えるわけじゃないわ。結局それは、神様が存在するという徴《しるし》なのだろう。

掘ったばかりの墓の土が、茶色い泥水になって足もとから流れ始めた。墓石のあいだに穿《うが》たれた道に沿って……

もちろん、下に集まったジヴェルニーの村民は、誰ひとりとして長靴をはいていなかった。セレナック警部は墓地の片隅で、さぞかしおかしがっていたことだろう。楽しみは人それぞれだ……

わたしは髪を覆っていた黒いスカーフを振った。スカーフもびしょ濡れだった。絞ったほうがいいくらいだ。

少し離れた墓の前には、子供たちの姿があった。親がついている子もいれば、そうでない子もいる。何人かは知った顔だ。ファネットは泣いている。そのうしろでヴァンサンは、慰めの声をかけかねていた。みんな、深刻そうな顔をしている。十一歳にして、死とは理不尽なものだと知ることは耐えがたいとでもいうように。

雨はやや弱まった。

こんな光景を眺めていると、奇妙な話が脳裏によみがえった。子供のころ、よく夜話の話題になった謎のひとつだ。ひとりの男が親戚の葬式に行った。その数日後、男は別の親戚を、確たる理由もなく殺したのだ。殺人の動機は何なのかが、みなの好奇心を掻き立てた。いろいろ疑問をぶつけ合っては、何時間もすぎていった。男はその親戚をほとんど知らなかった。復讐をしようとしたんじゃないし、金銭がらみの犯罪でもない。家族の秘密にかかわることでもない……そんなふうにしてひと晩中、侃々諤々《かんかんがくがく》議論し、暗闇のなかでシーツにくるまってからも、話は続いた……


雨はやんでいた。

三つの花籠は空っぽだった。

大理石の墓標を、水滴がそっと伝っていく。

下では、参列者たちがようやく散り始めた。ジャック・デュパンはまだ妻の腰を抱いている。ステファニーの長い髪から滴る水は、乳房に張りついた黒いドレスの丸いふくらみを濡らした。二人はローランス・セレナックの前を通りすぎた。警部はステファニー・デュパンから、一瞬たりとも目を離さなかった。

あの貪欲そうな目ゆえだろうか、子供時代の謎のことを思い出したのは。わたしは議論に疲れた夜明け、答えを見つけたのだった……男は葬式の日、見知らぬ女に激しい恋をしたのだ。けれども女は、彼が近づく前に姿を消してしまった。彼女に再び会う方法はただひとつ。葬式の場にいた親戚の誰かを殺せば、次の葬儀にもあの見知らぬ、美しい女があらわれるだろう……男はそう思ったのだ。何時間も謎解きに興じた者たちは、馬鹿馬鹿しいだのペテンだのと言って、取り合わなかった。でも、わたしは違う。この事件、この犯罪の抗しがたい論理は、わたしを魅了した。記憶というのは奇妙なものだ。思いがけないきっかけでよみがえる。わたしは何年もずっと、この事件について思い返したことはなかった。夫が埋葬されるときまでは。


最後の人影が遠ざかっていった。

今なら言える。だってわたしには、よくわかっているのだから。

いい機会だわ。舞台背景も理想的だし。

死が再びジヴェルニーを襲うだろう。

魔女の約束だ。


わたしはまだ待っていた。夫の墓のまわりに積まれた軟らかい土を、じっと見つめながら。ここには二度と来ないだろうと、確信していた。少なくとも、生きて来ることはない。もう、何もすることはない。参列すべき葬式はもうない。数分がすぎた。もしかしたら、何時間かもしれない。

わたしはようやく帰途についた。

墓地の前で、ネプチューンがおとなしく待っていた。わたしはクロード・モネ通りを歩いた。静かに日が暮れていく。壁際の花が、街灯の下で水を滴らせていた。才能豊かな画家ならば、薄明かりに包まれた雨あがりの村から、何かすばらしいものを引き出すことができるだろう。

小さな家々の窓に、明かりが灯り始めた。わたしは途中、小学校の前まで行ってみた。その隣、丸い屋根窓のある屋根裏部屋に、ステファニーとジャック・デュパンは暮らしていた。屋根窓は明るかった。びしょ濡れになった服を乾かしながら、何をし、何を話しているのだろう？

できれば屋根裏部屋の下にそっと忍び寄り、なかをうかがいたいところだが、さすがにそんなこと、できるわけもない。いくら真剣に黒いネズミを演じているからといって、雨樋をよじのぼるなんて無理な話だ。

わたしは数秒間、足を緩めただけで、また歩き続けた。

18

ローランス・セレナックは一歩進むたびにきしる砂利の音を頼りに、闇のなかをそろそろと歩いた。シルヴィオ・ベナヴィッドの家を見つけるのは、少しも難しくなかった。部下に教えられた道順を、忠実にたどっていけばいい。ユールの谷に沿ってコシュレルまで行き、橋を渡ったあと、教会にむかって左側の坂道をのぼる。夜十時をすぎると、村で明るく照らされている建物は教会だけだった。セレナックは愛用のバイク、タイガー・トライアンフT一〇〇のライトで、郵便受けに部下の名が書かれているのをたしかめると、大きな植木鉢のあいだに駐車した。ところが、そのあとが厄介だった。呼び鈴もなければ、明かりもない。砂利の小道が五十メートルほど続く先に、建物の影がぼんやり浮かぶだけ。そこでセレナックは、あてずっぽうに歩き始めた……

「くそっ！」

セレナックは闇のなかで罵りの声をあげた。正面にあったレンガの壁に、膝がぶつかったのだ。高さは一メートルに満たない。そっと手で探ると、冷たい石や鉄のグリル、ざらっとした埃の感触があった。バーベキューのコンロだと気づいた瞬間、遠くで光がきらめき、すぐに広いテラスが明るくなった。彼の叫び声に、近所の人々もぎょっとしたのだろう。庭を包む薄明かりに照らされ、ガラス扉の前にシルヴィオの姿が浮かんだ。

「砂利道に沿って、まっすぐ来てください。バーベキューのコンロに気をつけて」

「ああ、わかった」セレナックは不満げにつぶやいた。そういうことは、先に言ってくれよ。

彼は耳と足と部下の指示を頼りに、暗い砂利道をまた歩き始めた。しかし三メートルも進まないうちに、脚が別の壁に激突した。体を二つに折って前のめりになったとたん、今度は肘が四角い鉄の塊にぶつかった。セレナックは苦痛のあまり、またしても大声で叫んだ。

「大丈夫ですか、ボス？」シルヴィオが心配そうにたずねる。「コンロに気をつけてって、言ったじゃないですか」

「ちくしょうめ」セレナックは体を起こしながらうなった。「いくつもあるなんて、知るわけないいだろ。いったいバーベキューのコンロを、何台持っているんだ？ コレクションでもしてるのか？」

「十七台ですよ」とシルヴィオは自慢げに答えた。「ご明察のとおり、コレクションしてるんです。父といっしょに」

呆気にとられた上司の顔は、暗くてシルヴィオにはよく見えなかった。セレナックはテラスにたどり着いても、まだぶつくさ言っていた。

「おれをからかってるのか？」

「からかってるですって？」

「バーベキューのコンロをコレクションしてるなんて、信じられるわけないだろ」

「何か問題でもありますかね。昼間に見れば、わかりますよ。フュジカルノフィルは全世界に何千人といるんですよ……」

ローランス・セレナックは腰をかがめて、膝をさすった。

「そのフュジカル何とかっていうのは、《バーベキューコンロのコレクター》っていう意味なのか？」

「そうですよ。辞書に載っているかは、わかりませんがね。わたしなんか、まだまだひよっこです。アルゼンチンには、世界百四十三か国から集めた三百ものバーベキューコンロを持っている人もいるくらいですから。いちばん古いものは、紀元前千二百年のものだそうです」

　セレナックは痛む肘のマッサージに移った。

「真面目に話してるのか？　かついでるんじゃないだろうな？」

「わたしのことは、もうおわかりでしょう。でまかせでこんなことを言う男だと思いますか？　人類は火を使うようになって以来、世界中で焼いた肉を食べています。われわれは焼き肉に心惹かれ、興味を掻き立てられるんです。バーベキューほど古く、普遍的な行為もほかにありませんよ」

「だからって、庭に十七台もバーベキューコンロを……いやまあ、きみの言うとおりだ。別におかしなことじゃないさ。庭に妖精の人形を並べるよりは、しゃれてるってもんだ」

「しゃれていて、文化的で見栄えもよく、おまけにご近所を招待するのに便利です」

　セレナックは髪を掻きむしった。

「おれは変人の国にやって来ちまったようだな……」

　シルヴィオはにっこりした。

「いえいえ、そんな……いずれ南仏の伝統や、カタリ派とセヴェンヌ地方のバーベキューの違いについてもお話ししますよ」

　彼はテラスの階段をのぼった。ステップは三段だけだった。

「さあ、入ってください。ここはすぐにわかりましたか？」

「最後の二十メートルを除けばね。きみのバーベキューコンロを別にすれば、いいところじゃないか。水車小屋に藁《わら》ぶき屋根の家……」

「ええ、とても気に入ってます。とりわけ、テラスの前に広がる景色は最高です」

セレナック警部も階段をのぼった。

「このとおり、夜になると大したものは見えませんが」とシルヴィオは説明した。「昼間はすばらしいんですよ。それにコシュレルは変わった一角でして」

「フュジコフィルのクラブより変わってるのか？　そりゃ、話を聞かなくちゃな」

「フュジカルノフィルです。まあ、それはどうでもいいでしょう。実はですね、このあたりはかつてたくさんの死者が出た場所なんです。百年戦争のとき、むかいの丘で大きな戦闘が行われ、何千人もの戦死者が出ました。そして第二次大戦のときにも、それは繰り返されました。ところが、なんとも奇妙なことに、すぐ裏の教会の墓地に誰が埋葬されていると思いますか？」

「ジャンヌ・ダルクとか？」

ベナヴィッドはにやりとした。

「アリスティド・ブリアンです」

「ほう？」

「どういう人物か、ご存じないと思いますが」

「歌手だろ」

「いいえ、それはアリスティド・ブリュアン。みんな、よく間違えるんです。アリスティド・

ブリアンは政治家です。平和主義者のね。ノーベル平和賞受賞者ですよ」

「きみは偉いよ、シルヴィオ。そうやっておれにノルマンディのことを、せっせと教えてくれるんだから」

彼は光に照らされた木骨造り《ハーフティンバー》の家を眺めた。

「話を戻すが、一介の警部にしては、ずいぶんと立派な家じゃないか。給料だって、ささやかなもんだろうに」

シルヴィオは褒め言葉に胸を張り、テラスの屋根と天然木の梁を見あげた。鉄線が張りめぐらせてあるのは、ブドウの蔓《つる》が伸びて絡まるようにするためだった。テラスの床を一メートルほど抜いて、そこにブドウの木が植わっているのだ。

「実は廃屋《はいおく》を買ったんです。もう五年以上前に。それから、手作業で改修し……」

「へえ、きみは何を？」

「すべてです……」

「まさか？」

「本当ですよ……そういうことは、遺伝子に組みこまれているんです。ポルトガル人だろうが、警官だろうが。だから南北問題なんて……」

セレナックは部下の話を笑いとばして、革ジャンを脱いだ。

「びしょ濡れじゃないですか」

「ああ、いまいましいノルマンディの埋葬のせいさ」

「さあ、こちらに。遠慮なさらず、乾かしてください」

二人はテラスを進んだ。ローランス・セレナックは椅子の背に、ジャンパーを掛けた。プラスチックの椅子はその重みで、危うく倒れそうになった。セレナックが隣の椅子に腰かけると、ベナヴィッドは申しわけなさそうに言った。

「たしかに、プラスチック製の椅子やテーブルなんて、あまり快適とは言いがたいですけれどね。従兄弟の家からもらってきたものなんです。おかげで、助かりましたよ。警視に昇進したあかつきには、ユールの谷の骨董屋でも覗いてみるつもりですが」

ベナヴィッドも笑って腰かけた。

「で、葬式はどうでした？」

「変わったことは何もなかったな。雨……たくさんの参列者。ジヴェルニーじゅうの人たちが来ていたよ。老人から若者まで、あらゆる世代にわたってね。モーリーに写真を撮っておいてもらったので、何か手がかりがあるか、あとで検討しよう。きみも来ればよかったのにな。花崗岩《かこうがん》のプレートに睡蓮が描かれて、花籠が用意され、エヴルーの司教までやって来て。ジヴェルニーの住民は、誰ひとり長靴をはいてなかった。みんなお上品なことだ」

「長靴といえば、署で確認しました。ルヴェルがすべて整理中です。明日には、とりあえず何かつかめるでしょう」

「そうか……容疑者が絞れるといいんだが」とセレナックは言って、手を温めようとするかのようにこすり合わせた。「うんざりするほど長い葬式だったけれど、少なくともひとつ利点もあったさ。おかげで、お気に入りの部下の家で残業する機会を得られたからな」

「それなら、ちょうどよかった。こんな機会、めったにないでしょうからね。すみません、わざわざお越しいただいて。夜はベアトリスをひとりにしておきたくないんで」

「わかってるさ。気にしなくていい。それで葬式の話だが、パトリシアは最初から最後まで泣き続けだったな。正直、もしあれが嘘泣きだったら、アカデミー賞の主演女優賞に推薦したいくらいさ。けれどもモルヴァルの愛人《メトレス》は、見たところひとりも墓前で涙を流しに来てなかったようだ」

「でも小学校の女教師《メトレス》、ステファニー・デュパンは別ですよね」

「ユーモアのつもりか？」

「わざとじゃないんです、本当に……」

ベナヴィッドは目を伏せ、控えめに笑った。

「よくわかってますよ、ちょっときわどかったのは」

「やれやれ、お気に入りの部下は気が緩んだんだろう。自宅だからな、ここは。きみの質問に答えるなら、シルヴィオ、たしかにステファニー・デュパンは葬式に来てた。ついでに言ってしまえば、濡れそぼったその姿はいっそう美しかった。おかげで雨も心地よく思えるほどに。でも彼女は、嫉妬深い夫の腕にずっと抱かれたままだった」

「でも、気をつけてくださいよ、ボス」

「ご忠告、ありがとうよ。でもおれだって、子供じゃない」

壁の継ぎ目は非の打ちどころなく、梁はきれいに磨かれている。砂岩の縁石は白く光っていた。

「おれもさ」

ローランス・セレナックはちょっとばつが悪そうにあたりを見まわし、テラスを観察した。

「真面目に言ってるんです」

「本当に全部、自分でやったのか？」

「週末とヴァカンスはすべて、父と大工仕事です。二人でのんびりやりましたよ。楽しみながらね」

「まったく、きみには驚きだな、シルヴィオ。おれなんか、こんなくそったれな北の天気に耐えられるのは、家族から八百キロも離れていられるからなのに」

二人は笑った。シルヴィオは心配そうに目をぐるぐるさせた。騒ぎすぎたかと思ったのだろう。

セレナックはジェローム・モルヴァルの愛人を写した写真三枚を、プラスチックのテーブルに並べた。シルヴィオも自分が担当する二枚を置き、意気消沈したような目で眺めた。

「よく奥さんを裏切れるもんだと、個人的には思いますね。わたしには理解できませんよ」

「奥さんと知り合って、どれくらい？」

「七年です」

「浮気をしたことは？」

「一度もありません」

「奥さんはうえで寝てるんだろ？」

「ええ。でも、それは関係ありません」

「どうして浮気をしなかったんだ？　奥さんが世界一の美人だから？　ほかの女が欲しくなる理由なんか、何もなかったから？」

シルヴィオの手が写真を弄んだ。こんな話題をセレナックに振ってしまったことを、彼は早くも後悔していた。

「やめてくださいよ。わざわざ来ていただいたのは、なにも……」

「じゃあ、どっちなんだ、奥さんは？」とセレナックはさえぎった。「美人じゃないって、言いたいのか？」

シルヴィオは両手のひらを、ぴたりとテーブルにつけた。

「美人かどうかは問題じゃありません。そういうことではないんです。世界一の美人と結婚したいなんて、馬鹿げた望みですよ。そんなこと、意味がない。結婚は美人コンクールじゃないんだから。いっしょに暮らしている女よりもっと美人が、必ずどこかにいるもんです。それに、たとえミス・ワールドを手に入れたからって、ミス・ワールドもいつかは歳をとります。だったら毎年新たなミス・ワールドを、ベッドに連れてこなくちゃならないんですか？」

ローランス・セレナックは部下の長広舌には答えず、ただ曖昧に笑っただけだった。何だか奇妙な笑みだぞ、とシルヴィオは思った。それにおれの肩越しに、廊下に通じるドアのあたりをうかがっているようだ。

「それじゃあ、わたしはいちばん美人じゃないのね？」

シルヴィオはさっとふり返った。首を固定しているねじが緩んで、頭がぐるぐるまわりだしたみたいに。

顔は真っ赤だった。

シルヴィオの妻ベアトリスは、夫の背後からタイルのうえを滑るかのように、音も立てずに近づいてきた。なんて魅力的なんだ、とローランスは思った。いや、そんな言葉じゃまだ足りない。驚異的とでも言うべきだろう。すらりと背が高く、瞳は褐色。まだ眠気が覚めやらないその目を、長い黒髪と睫毛がカーテンのように覆っている。薄いクリーム色のショールを肩にはおり、丸いお腹に垂れたプリーツが古代彫刻のような曲線を際立たせていた。ほのかにピンクがかった、白い柔らかそうな肌は、ほとんどコットンのショールと見分けがつかない。ベアトリスは、皮肉っぽく目を輝かせた。彼女はいつもこんなに美しいのだろうか、とセレナックは思った。それともこの美しさは、彼女が身ごもっていて、数日後には母親になろうとしているからこそなのか？　妊娠の充足感、体内を満たす幸福感が、こうしてにじみ出ているのでは？　よく雑誌にも、そう書かれている。でも、とセレナックはしばし考えこんだ。でも女性に対しこんな感慨を抱くなんて、おれも歳をとったものだ。数年前だったら、お腹の大きい女をセクシーだなんて思っただろうか？

「あなた」とベアトリスは椅子を引きながら言った。「フルーツジュースか何か、一杯持ってきてくれるかしら？」

シルヴィオは立ちあがって、キッチンにむかった。くるくるまわりすぎるスツールみたいに、縮こまらせた体を揺すりながら。ベアトリスはショールを肩に掛けなおした。

「それじゃあ、あなたがあのローランス・セレナックさんなのね？」

「《あの》というのは、どうして？」

「夫からよく話を聞いてますから。よほどあなたのことが驚きみたいで。あわてふためいているって感じかしら。あなたの前任者は、もっと……昔ながらのタイプだったので」

キッチンからシルヴィオが叫んだ。

「パイナップルジュースでいいかい？」

「いいわ」

二秒後、また声が響く。

「もう口をつけたのか？」

「ええ、昨日」

「じゃあ、だめだ」

沈黙が続く。

「地下室に何かあるか、見てくるから……」

セクシーだな、身ごもっている女は。でも、けっこう手がかかりそうだ。右肩に沿ってシヨールがずり落ちた。ベアトリスの体つきは、もとからこんなに肉感的なんだろうか？　でも、そんなふうに思うのは、青臭い考えなんだろう。彼女はセレナックをふり返った。

「彼って、すばらしいでしょ。最高の男性だわ。ローランスさん、わたしはシルヴィオに、ずっと前から目をつけていたの。《わたしにぴったりの人だ》って思ってたわ」

「彼のほうだって、いつまでもあなたに抗しきれなかったでしょう。あなたはとても魅力的だから……」

「それはどうも」

ベアトリスはずり落ちたショールをまた引っぱりあげた。

「お世辞でも嬉しいわ。特にあなたの口から聞くと」

「わたしの口から？」

「ええ、そう。あなたは女性を見つめるのがうまいから」

そう言うベアトリスの目には、まだ皮肉っぽい光が宿っていた。当然のごとく、ショールがまたずり落ちる。セレナックはさっと目を背け、シルヴィオが父親と仕上げた手仕事を感心したように眺めるしかなかった。梁、レンガ、ガラス……

「わたしもシルヴィオのことは好きですよ」とセレナックは言った。「彼のチョコクッキーやバーベキューコンロのコレクションのためばかりじゃなく」

ベアトリスはにっこりした。

「彼もあなたが好きなんです。でも、それがいいことなのかどうか」

「どうして？　わたしが悪い影響を与えるとでも？」

ベアトリスはショールを巻きなおして、プラスチックのテーブルに置かれた写真に身をのり出した。

「あなたは容疑者のひとりに、特別な興味を抱いているとか」

「シルヴィオから聞いたんですか？」

「そこが彼の唯一の欠点ね。内気な人ってみんなそうだけど、寝物語ではやけに饒舌になるんです」

「マンゴージュースでいいかい？」地下室からシルヴィオの声が響いた。

「ええ、それしかないなら。よく冷えたのにしてね」

ベアトリスはセレナックに微笑みかけた。

「人づかいが荒いなんて思わないでください、ローランスさん。あと数日は、こうさせてもらってもいいでしょう？」

警部は謎めかすように、黙ってうなずいた。とてつもなくセクシーで、とてつもなく手がかかるな、妊婦っていうのは。

「彼みたいな男は、ほかにいませんよ。あなたはそれを、うまく見つけ出した」

「そういうことね、警部さん」

「ちょっと面白みに欠けるけれど？」

「そんなことないわ」

シルヴィオが大きなカクテルグラスを手に、戻ってきた。ストローと小さなヤシの葉、オレンジの輪切りがあしらってある。ベアトリスは彼の唇にやさしくキスをした。

「びしょ濡れになったせいかな、喉は乾いていないんだ」とセレナックは言った。

「じゃあ、別なものでも？」

「何がある？」

「ビールはどうです」

「ああ、それでいい。冷えたのにしてくれ。ついでにストローとヤシの葉も添えて」

ベアトリスは片手でショールを押さえ、片手でストローをつまんでジュースを吸った。

「ふざけるなって、言ってやんなさいよ」

ベナヴィッドは破顔一笑した。

「ビールは何がいいですか？　黒？　ラガー？　それとも白？」

「黒を頼む」

シルヴィオは再び家に入った。ベアトリスはまた写真のうえに身をのり出した。

「これね。小学校の先生でしょ？」

「そうです」

「あなたが気に入るのも、よくわかるわ。彼女は本当に……エレガントで、すてきな人ですもの。ロマンチックな絵から抜け出てきたみたいで。ちょっと気取っているけれど」

その言葉に、セレナックははっとした。ステファニーに会ったとき、なぜか彼も同じことを感じていたから。ベアトリスはほかの写真もじっくりと眺め、目の前に垂れた髪を払ってそっと眉をひそめた。

「警部さん、ひとつ教えてあげましょうか？」

「事件と関係のあることですか？」

「ええ、写真を見ればひと目でわかる、少なくとも女ならば簡単に見抜けることです」

19

ステファニー・デュパンは丸い屋根窓から、雨に濡れてジヴェルニーを歩く最後の人影をもう何分も眺めていた。やがて彼女は、一メートルほどうしろにさがった。黒い喪服のドレスが、体に沿って滑り落ちる。ジャックは上半身裸で、わきのベッドに寝そべっていた。彼はレ・ザンドリ郡の売り家リストの冊子から目をあげた。夫婦の部屋は屋根裏だった。柏《かしわ》の梁に吊るした小さな電球が、木の温もりがあるほのかな光で部屋を照らしている。

ステファニーの素肌はマホガニー色に染まっていた。彼女は再び屋根窓に身をのり出し、通りや役場前の広場、菩提樹や校庭が闇に包まれるのを眺めた。

みんなに見られるじゃないか、とジャックはリストから目をあげて思った。でも、何も言わなかった。ステファニーはタイルに肌を押しあてている。身に着けているのはブラジャーと黒いスリップ、灰色のストッキングだけだった。

彼女は疲れきった声でささやいた。

「お葬式の日って、どうしていつも雨なのかしら？」

ジャックはリストの冊子を置いた。

「さあね。ジヴェルニーは年中、雨が降ってるからな。葬式のときもそうなんだろう。ほかの日よりよく覚えているぶん……印象が強いのさ」

彼は長々と妻を見つめた。

「こっちへ来て、横になれよ」

ステファニーは黙ったままゆっくり数歩あとずさりし、体をまわして屋根窓に斜め横から映る自分を眺めた。

「わたし、太ったでしょ。そう思わない？」

ジャックは微笑んだ。

「そんなにおかしいかしら。あなたは……」

ジャックは今の感じを言いあらわすのに、いちばんぴったりの言葉を探していた。すらりと伸びた蜂蜜色の、背にかかる長い髪。体の曲線をそのままになぞる影。

「まさに聖母《マドンナ》だ……」

ステファニーはにっこりして手を背中にまわし、ブラジャーのホックをはずした。

「違うわ、ジャック……聖母《マドンナ》が美しいのは、子供がいるからよ」

下着をハンガーにかけ、梁に吊るす。そしてジャックから目をそむけたまま、ベッドのはしに腰かけた。ステファニーがストッキングを太腿に沿ってくるくると巻き取っているあいだに、ジャックはシーツの下にそっと手を入れ、妻の平らな腹まで引っぱりあげた。彼女は身をかがめ、太腿の下から膝、踝へとストッキングを脱いでいく。それにつれて、乳房が腕に押しつけられた。

「気になる男でもいるのか、ステファニー?」

「いないわ、そんな人。わたしが誰を気にするっていうの?」

「ぼくだ……ステファニー。ぼくを気にしてくれ」

ステファニーは黙ってシーツの下に体を滑りこませた。ジャックはしばらくためらっていたが、思いきってこう言った。

「いけ好かなかったな、あの警官の目つき。モルヴァルの葬式のあいだじゅう、じっときみを見つめてた。まったく……」

「その話はもうやめて……お願いだから」

ステファニーは夫に背をむけた。彼女の穏やかな息づかいを、ジャックはじっと聞いていた。

「明日、フィリップとティトゥから狩りに誘われているんだ。夕方ごろ、マドリ台地へ行かないかって。かまわないかな?」

「ええ、もちろんよ」

「本当に? 家にいなくてもいいかい?」

息づかい。妻の背中と息づかい。

それだけなんて、やりきれない。

彼はベッドの足もとにリストの冊子を置くと、こうたずねた。

「本を読んでから寝るかい？」

ステファニーはナイトテーブルにちらりと目をあげた。本が一冊だけ、載っている。ルイ・アラゴンの『オーレリアン』。

「いいえ、今夜はやめとくわ。明かりを消していいわよ」


闇が部屋を包んだ。

黒いスリップが床に落ちる。

ステファニーは夫のほうにむきなおった。

「子供が欲しいわ、ジャック。お願いよ」

20

セレナック警部はベアトリスの顔から、じっと目を離さなかった。皮肉っぽい笑みの裏に何が隠れているのか、容易には見抜けそうもない。テラスはにわかに取調室の様相を帯びてきた。シルヴィオ・ベナヴィッドの妻は、ショールの下で震えている。

「それじゃあ、ベアトリスさん、あなたはこのいかがわしい写真からどんな確信を得たっていうんです？」

「あなたがご執心の女教師のことだけど。名前は何と言ったかしら？」

「ステファニーです。ステファニー・デュパン」

「そう、ステファニー。夫の話では、この美人さんに心をぐっとわしづかみにされてしまったとか……」

　セレナックは眉をひそめた。

「彼女はジェローム・モルヴァルとやらと、つき合っていなかった。それはもう、絶対に確実よ」

　ベアトリスはプラスチックのテーブルに置かれた五枚の写真を、一枚一枚じっくりと検分した。

「間違いないわ。モルヴァルとキスもしたことがなかったのは、五人のうちステファニーだけね」

「どうしてそう言えるんです？」セレナックは、負けじと謎めいた笑みを浮かべながらたずねた。

　答えは呆気にとられるほど簡単明瞭だった。

「だってモルヴァルは、彼女のタイプじゃないから」

「ほう……じゃあどういうのが、彼女のタイプなんです？」

「あなたみたいな人よ」

怖いものなしだな、妊婦っていうのは。

シルヴィオがギネスと、ブランドロゴが入ったジョッキを持って戻ってきた。彼はそれを上司の前に置いた。

「お仕事のあいだ、わたしもご一緒していいかしら？」とベアトリスがたずねた。

シルヴィオはおどおどした目をむけた。セレナックはビールの泡に息を吹きかけている。

「まあ、同じことでしょう。どのみちシルヴィオは、すぐにみんな話してしまうんだから」

ベナヴィッドは何も言い返さなかった。上司は一枚目の写真を、すっとテーブルに滑らせた。

「じゃあ、始めよう」とセレナックは言った。

ベアトリスとシルヴィオは、セレナックが示した写真を覗きこんだ。散らかった机のうしろで、ジェローム・モルヴァルが女の膝にのしかかって、熱烈な口づけを交わしている。

「捜査の視点からすれば、これはまあウォーミングアップみたいなものだな。写真はジェローム・モルヴァルのクリニックで撮られたもので、女の名はファビエンヌ・ゴンカルヴ。秘書のひとりだ。若くて淫乱な秘書。うえは白いブラウス、下はレースのパンティってタイプさ」

シルヴィオは妻の肩におずおずと腕をまわした。ベアトリスのほうは、面白がっているようだ。

「彼女の友人から聞いたところでは、二人の関係は五年前から続いていたらしい。ファビエンヌは当時、独身だったけれど、今は結婚している」

「愛憎がらみの犯罪だとすると、五年というのはちょっと短いのでは？」シルヴィオが言った。

彼は写真を裏返した。

「裏面に書かれた記号のことは？　二三―〇二という……」

「見当もつかないな。まだ何のとっかかりもない。誕生日でもなければ、出会った日でもなさそうだ。うしろの数字が、月を示しているのでないことだけは確かだが……」

「ちょっといいですか。わたしも同じところで、行き詰まってしまいました。女の名前はわかったんですが。記号の意味はさっぱりわかりません。〇三―〇一、二一―〇二、一五―〇三。これは写真を撮った私立探偵が資料に振っている整理番号なのでは？」

「そうかもしれないが……だとしても、何か決まった規則に従っているはずだ。問題の私立探偵が見つからず、パトリシア・モルヴァルも写真を送ったのは自分ではないと言い張れば、そこで行き止まりだ。まあいい、それについてはあとで考えよう。じゃあ、今度はきみだ」

シルヴィオはベアトリスの肩に手をかけたままだった。ショールがずり落ちないようしっかり押さえながら、体をねじって写真をつかむ。ナイトクラブで撮ったらしい写真だ。女はブロンドでこんがりと日焼けし、足指の爪まで化粧を決めていた。ラメドレスの胸もとからはみ出さんばかりの乳房に、ジェローム・モルヴァルが手をあてている。ベアトリスは目を輝かせた。

「アリーヌ……マレトラスです」シルヴィオは咳払いをしてから、口ごもるように言った。「三十二歳。美術の業界では公然の仲だとか。離婚歴あり。モルヴァルがつき合っている女のなかで、関係はいちばん長いようです。自立した女ってやつでしょう。パリの画廊の常連です」

「公然の仲か。たしかに、人目をはばからないというか……」とセレナックは皮肉った。「写真を見る限り、ハイヒールのセクシー美女ってところだな。直接、会ってみたのか？」

ベアトリスはすっと姿勢を正した。危険の臭いを嗅ぎつけた雌オオカミみたいに。シルヴィオはとっさにショールをつかんだ。

「いえ、九か月前からアメリカにいるとかで。コネチカット州のオールド・ライムです。お聞きになったことがあるかどうかわかりませんが、印象派の根城《ねじろ》だったそうです。言うなれば、ジヴェルニーのアメリカ版ですね。ボストンからも、そう遠くありません。電話で問い合わせようとしたんですが、今のところ連絡が取れていません。でも知ってのとおり、わたしはしつこいですから」

「なるほど……アリーヌが高飛びしたのは、きみの奥さんのせいだったなんてことにならなきゃいいがね」

ベアトリスはシルヴィオの膝に手をあてた。

妊婦っていうのは、セクシーで手がかかって、おまけに甘え上手だな。

「変なこと言わないでくださいよ」シルヴィオはふくれっ面をした。「アリーヌ・マレトラスがボストンで働いている先は、どこだと思います？」

「ヒントをもらえるか？　服を着た仕事？　着ない仕事？」

シルヴィオは上司の言葉を無視した。

「アリーヌ・マレトラスはロビンソン財団で働いているんです」

「驚いたな……またしても、いまいましい財団の登場か。シルヴィオ、何としてでもその女を見つけ出せ」セレナックはそう言うと、ベアトリスのほうを心配げにちらりと見た。「これは命令だ……いいな、上司としての命令だ」

次の写真が手から手へまわされた。青い上っ張りとスカート姿の女が、ズボンを踝までずりさげた眼科医の前にひざまずいている。シルヴィオはベアトリスをふり返った。もう休んだほうがいいと妻に言ったものか、迷っているようだ。結局彼は、黙ったままだった。

「残念ながら」とセレナックは続けた。「ここで行き詰まってしまった。女の顔が写っていないので、何者なのかはわからないんだ。場所がモルヴァルの自宅なのは間違いない。クロード・モネ通りにある屋敷の居間だ。壁の絵に見覚えがあるからな。青いチェックの上っ張りという服装からして家政婦だと思われるが、その点についてパトリシア・モルヴァルは何も話そうとしない。彼女は家政婦を次々に追い出しているし。そのうえモーリーによれば、印画紙の質から見て写真は少なくとも十年以上前のものだそうだ」

「モルヴァルはどんなふうに殺されたの？」ベアトリスが突然たずねた。

「ナイフで刺され、頭を割られ、それから水に沈められて」とセレナックは機械的に答えた。「わたしだったら、玉も切り取ってやるわ」

セクシーで手がかかって、おまけに甘え上手……首に巻きつく蛇のように……

シルヴィオは間の抜けた笑みを浮かべ、こう言った。

「そろそろ休んだらどうだい、ベイビー?」

ベイビーは何も答えなかった。セレナックはおかしくてしかたなかった。

「つまり関係は十年前に遡るってわけですね」とシルヴィオは言った。「もし女がそのとき妊娠していたら、子供は今……」

「十歳になる。そのくらいの計算は、おれだってできるさ。何を言いたいかはわかってるが、まずは女の正体を突きとめなくては。彼女に子供がいるかどうかは、それからだ。じゃあ次は、そっちの番だ。浜辺に寝そべるアイルランド女……」

「ちょっと長くなりそうなんで。先にボスのほうで、続けてくれませんか?」

セレナックは驚いたように目をあげた。

「そのほうがよければ、かまわないが。おれのほうはすぐ終わるし」

写真がまわされる。ステファニー・デュパンとジェローム・モルヴァルが、小道沿いを歩いている写真だ。おそらくジヴェルニーのうえの小道だろう。二人は寄り添い、手をつないでいる。

「見てのとおり、既婚者同士の関係としては、つつましいほうじゃないか」とセレナックは言った。「そうですよね、ベアトリスさん？」

シルヴィオはびっくりした。ベアトリスは静かにうなずいている。

「そうですね」とシルヴィオが応じる。「ただこの写真がほかの四枚といっしょになると、どうしたって同じように……」

「まさしくそこなんだ！　安易なレッテル張りには気をつけろって、習わなかったのか？　この仕事の基本だぞ。とりわけそれが、匿名の篤志家《とくしか》から寄せられたときはな。写真の女について、あとはすべてわかっている。ステファニー・デュパン、村の小学校教師。明日、また会って、ジヴェルニーの子供たちのリストをもらうつもりだ。それでシルヴィオも満足だろう。ついでにモルヴァル殺しの朝、彼女の夫がどこで何をしていたかも確認しておこう」

セレナックはベアトリスの口から励ましの言葉でもないかと期待したが、彼女は夫の肩に頭をもたせかけ、まぶしそうに目を細めただけだった。シルヴィオはショールを彼女の肩まで引きあげた。

「それじゃあ、アイルランド女のほうは？」

「名前はアリソン・ミューラー」シルヴィオは睫毛一本動かさずに、小声で説明し始めた。「でも最初に言っておきますが、彼女はアイルランドではなくイングランドのダラム出身です。イギリスの北、ニューカッスルの近くの。それから、写真の砂浜もアイルランドではなくサーク島です」

「アイルランドじゃないのか、サーク島っていうのは？」

「いえ、もっとずっと南です。イギリスとノルマンディのあいだ、ジャージー島の近くにある小島ですよ。あのあたりでは、いちばんきれいな島だとか」

「で、アリソンは?」

ベアトリスは目を閉じた。シルヴィオのうなじに彼女の息がかかると、金色の産毛がかすかに揺れた。

「話せば長いのですが」とシルヴィオはささやくように言った。「エヴルーの司教には気の毒ながら、彼女にはジェローム・モルヴァルの死後の名誉を守ろうという気持ちは、さらさらないようです」

六日目　二〇一〇年五月十八日（シェヌヴィエールの水車小屋）

21

——恐慌

すでにおわかりのとおり、わたしの寝室と浴室は、シェヌヴィエールの水車小屋の上階にある。天守閣と呼ばれる、木骨造り《ハーフティンバー》の四角い塔だ。ちっぽけな二つの部屋。こんなところに暮らそうなんて思うのは、頭のおかしい老婆くらいなものだ。

わたしは髪をゆっくりと束ねた。決心はついている。午前中のうちに、パトリシア・モルヴァルに会いに行こう。床板の黒い染みを見ていたら、気分が落ちこんできた。昨日、葬式に着ていった服は、まだほとんど濡れている。服からはひと晩じゅう、水が滴っていた。疲労のあまり何も考えず、そのまま部屋に干しておいたから。朝、起きると、水たまりができていた。いくら拭いても、濡れた木の跡が残った。ただの水だ、木はいずれ乾くとわかっていたけれど、染みのことが頭から離れなかった。しかもそれは、わたしの黒い『睡蓮』の真下にあった。

おまえは病んだ老婆だ、と言われそうだ。それはたしかに間違いじゃない。わたしは窓に近寄った。この天守閣にも、ひとつだけ利点がある。ジヴェルニーじゅうどこを探しても、こんなにいい見張り台はないだろう。この鷲の巣から、エプト川や草地、イラクサの島、モネの庭、ロワ街道、ロータリーまで見渡せた。

ここはわたしの監視塔だ。ときには何時間も、ここですごすこともある。

うんざりだわ。

日がな一日すりガラスの陰に隠れて、隣人や見知らぬ人、観光客のようすをうかがってすごす意地悪な老女。わたしがそんなふうになってしまうなんて、誰が思っただろう？

村の管理人。

ぎすぎすした気難し屋。

そういうことだ。

ときにはロワ街道に途切れなくあふれる車やバス、自転車、歩行者に、飽き飽きすることもある。印象派の巡礼者たちが進む苦難の道。その最後の数十メートルだ。

ときには思いがけない驚きに、胸躍らせることもある。たった今のように。

スピードを緩めて通りすぎたあのバイク。水車小屋のすぐ先でコロンビエ通りへ曲がり、村へむかおうとしている。見逃しようもないわ。

ローランス・セレナック警部。

わたしはバイクを目で追った。誰もわたしには気づかないし、怪しみもしない。たとえ覗き趣味を知られたからって、それがどうだっていうの？　金魚鉢を一周するたび、すべて忘れてしまう赤い出目金みたいに、一年中毎朝あたりをうかがっているゴシップ好きの婆さんなんて、珍しくもない。

警戒するに値しない目撃者だ。

やがて警官のバイクはコロンビエ通りに入った。こうしてセレナック警部は、破滅にむかって再び進み始めた。

22

ローランス・セレナックは役場前広場の菩提樹の下にバイクをとめた。今度は何ひとつなりゆきにまかせず、下校時間のすぐあとに学校の前に着くよう見計らっておいた。クロード・モネ通りで、たくさんの生徒とすれ違った。みんなセレナックのタイガー・トライアンフT一〇〇に目を見張っている。子供にとってそれは、すばらしい宝物だった。

ステファニーは彼に背をむけたまま、生徒たちの絵を大きな紙袋にしまっていた。彼女がふりむく前に、自分から話しかけよう、とセレナックは思った。無限に広がる景色のような、あの目がこちらをむく前に。それが口ごもらずにすむ、最良の方法だ。

「こんにちは、ステファニーさん。お約束どおり、子供たちのリストをいただきに来ました」

女教師は率直そうな笑みを浮かべて、すべすべした手を差し出した。面会室に呼び出された囚人みたいな笑みだな、とセレナックは思った。どうしてそんな想像をしたのか、自分でもよくわからなかった。

「こんにちは、警部さん。用意できてますよ。机のうえの封筒に、すべて入っています」

「それはどうも。実は部下のひとりが、子供たちのことを調べるべきだって言い張るもんですから。ジェローム・モルヴァルのポケットから見つかったバースデーカードが気にかかると」

「警部さんは違うんですか？」

「さあ、どうだか。そこはあなたのほうがよくわかるでしょう。ジェローム・モルヴァルは十一年前、奥さん以外の女に子供を産ませたんじゃないかというのが、部下の推理なんです。でも、そんなことが……」

「すごい想像力ね」

「じゃあ、信じがたい話だと？　生徒さんたちのなかに、あてはまりそうな子はひとりもいませんかね？」

ステファニーは白い封筒をつかむと、警部の胸に押しあてた。

「さあ、子供たちの私生活を詮索するのは、警部さんのお仕事です。わたしの仕事じゃないわ」

セレナックはそれ以上言い張らず、言葉を探しているふりをして教室を見まわした。実際は、これから何を話そうか、完璧に考えてあった。ヴェルノンからジヴェルニーへ来るあいだ、チューインガムでも嚙むみたいに何度も頭のなかで言ってみたほどだ。彼はパステルカラーのポスターに目をとめた。《若き画家たちのための国際絵画コンクール》。よく見ると、教室に張ってある別のポスターにもロビンソン財団の名がある。それはシスレーが描いた荒地の景色を背景に、カーディフ国立美術館のすばらしさを謳《うた》った英語のポスターだった。計算しつくされた沈黙のあと、セレナックはこう切り出した。

「ステファニーさん、あなたはこの村のことをよくご存じですよね？」

「ええ、ここで生まれましたから」

「ガイド役を探しているんです……何というか、ジヴェルニーを感じとり、理解しなければならない。さもないと、捜査が進展しないような気がして」

「《観察と想像》というわけね？　画家のように」

「そのとおりです」

二人は微笑み合った。

「オーケー。ご協力しましょう。ちょっと待っててください。何かうえにはおってきますから」

ステファニー・デュパンは藁色のワンピースのうえに、ウールのジャケットを着てきた。

二人は話しながら、クロード・モネ通りに沿って進んだ。グラン＝ジャルダン通りをくだり、ミリュー通りへ曲がる。ロワ街道の反対側、シェヌヴィエールの水車小屋のすぐ前で、小川を渡るために。ステファニーは生徒たちを連れて、ジヴェルニーじゅうの通りを何百回となく歩いてきた。彼女はあらゆる逸話を知っていて、それを警部に語って聞かせた。この村の風景は通りの片隅や家、木々にいたるまでほとんどすべて、額に入ったきれいな絵となって、地球の反対側のどこか立派な美術館に飾られているんですよ、と彼女は言った。

原産地呼称統制ワインならぬ、原産地呼称統制絵画というわけだ。

ジヴェルニー産、ジヴェルニー近郊産、ノルマンディ産というふうに。

「ここでは石や花が旅をするんです。住民じゃなくて」とステファニーは奇妙な笑みを浮かべて言った。

二人はロワ街道を横ぎった。川は橋の下から、レンガ造りのアーチ型トンネルに流れこんでいく。水辺の涼がかすかに感じられた。ステファニーは水車小屋の数メートル手前で立ちどまった。

「この奇妙な家には、なぜかいつも心が惹かれるの……」

「ひとつ思いついたのですが」とセレナックは言った。

「何かしら？」

「ほら、この前、本を貸してくれましたよね。アラゴンの『オーレリアン』。夜はせっせと、あれを読んでいるんです。オーレリアンとベレニスの……不可能な愛の物語を。ジヴェルニーを舞台にした章で、ベレニスは水車小屋に住んでます。アラゴンははっきり書いていませんが、描写を忠実に追ってみると、まさしくここじゃないかと思うんです」

「本当に？　アラゴンはこの水車小屋を舞台にしたと？　メランコリックなベレニスはここで、二つの愛、理性と絶対とのあいだに引き裂かれ、待ちわびていたと？」

「しっ……結末は話さないで」

二人は木の大きな門へ近づいた。門扉はあいていた。そよ風が谷を吹き抜ける。ステファニーは少し震えていた。セレナックは彼女を抱きしめたい欲求と必死に闘った。

「アラゴンには申しわけないけれど、わたしの内に眠るデカ根性にとってこの水車小屋は、ジェローム・モルヴァル殺しの現場にいちばん近い家なんです」

「犯人捜しはあなたにおまかせするわ……わたしにできるのは、ガイド役だけ。この水車小屋には、長い歴史があるんですよ。そもそもこれがなかったら、モネの庭も『睡蓮』の絵も存在しなかったでしょうね。この小川は、中世の修道士たちが水車小屋まで水を引くために造った導水路だったんです。小川は当時、もう少し上流の、畑のなかを通っていました。数世紀後、モネがそこを買って池に水を引いたというわけ」

「それから？」

「水車小屋は長年、ジョン・スタントンというアメリカ人画家のものでした。まあ、絵筆よりもテニスのラケットを握るほうがうまい人だったようでしたが。なぜかはわからないけれど、村の子供たちは昔からここを魔女の水車小屋と呼んでいます」

「へえ……」

「ほら、見て、警部さん……わたしの指の先を」

ステファニーはセレナックの手を取った。彼はうっとりとしながら、されるがままになった。

「大きな桜の木があるわよね、庭の真ん中に。樹齢百年になる木です。庭に忍びこんで桜の実を盗むのが、ジヴェルニーの子供たち代々の遊びなのよ」

「警察は何をしてるんだ！」

「まあまあ、もう一度よく見て。葉っぱのあいだで、何かきらきら光ってるでしょ。あれは銀紙なんです。銀紙を細長く切って、吊るしてあるの。鳥が近づかないようにって。桜にとっては、近所の子供よりも危険な捕食動物ですからね、ああしておくと、鳥よけになるんです。でも、村の少年たちにとっては、桜の実をくすねるよりも騎士道精神にあふれた遊びは……」

ステファニーは薄紫色の目を、少女みたいにいたずらっぽく輝かせた。モネが描いた『睡蓮』のなかでも、もっとも光にあふれた一枚を思わせる目だった。メランコリーな表情は、すっかり消え失せている。彼女は警部に答える間を与えず、こう続けた。

「騎士は銀紙を何枚か盗んできて、意中の王女様に捧げるんです。彼女がそれで髪を結ぶようにと」

ステファニーは笑いながら、セレナックの手を束ねた髪へと導いた。

「証拠品よ、警部さん」

セレナックの指が栗色の髪のなかに消えた。手を動かしていいものか、彼はためらった。そんな困惑など、ステファニーは気づいていないようだ。どういうつもりだろう？　とっさに思いついたことなのか、それともあらかじめ考えてあったのか？

女教師の髪を束ねている銀のリボンが、指の下できしんだ。セレナックは熱いものにでも触れたかのように、さっと手を引っこめた。さぞかし間の抜けた表情だったろう。彼は笑って、口ごもるように言った。

「ステファニーさん、あなたには驚かされますよ、本当に。不躾《ぶしつけ》ながらおたずねしますが、あなたにそれを捧げた騎士はどなたなんですか？」

彼女は髪をさりげなくなおした。

「ご心配なく。ジェローム・モルヴァルではありませんから。そんなロマンティックな少年みたいなこと、彼の趣味じゃありません。でも、ありもしない謎を、勝手に想像しないでくださいね。女の先生にプレゼントしたがる男の子は、クラスにいっぱいいるんですよ。さあ、もう少し歩きましょうか」

小川に沿ってしばらく進むと、洗濯場のすぐ前に着いた。数日前、ジェローム・モルヴァルの死体が水に浸かっていた場所だ。

嫌でもそのことを考えてしまう。

沈黙が続いた。ステファニーはわざと別な話題をふった。

「この洗濯場は、クロード・モネが村に寄贈したものなんです。村にたくさんある、ほかの洗濯場も。モネはそうやって、農民たちに受け入れられようとしたんでしょう」

セレナックは黙ったままだった。一歩下がって、小川の奥に茂る水草を面白そうに目で追っている。やがて彼は声を張りあげた。

「ステファニーさん、ひとつ言っておかねばなりません。あなたのだんなさんは、事件の重要な容疑者となりつつあります」

「何ですって?」

怯えた小鳥が飛び去るように、気まぐれな少女の面影はすっかり消えていた。

「あなたにきちんとお伝えしておきたかったんです。あなたとモルヴァルのあいだにある噂……だんなさんはとても嫉妬深くて……」

「馬鹿馬鹿しいわ。どういうつもりなんです、警部さん? 前にもお話ししたように、わたしとモルヴァルのあいだには……」

「わかってますよ。でも……」

セレナックはつま先で土手の泥をつついた。昨日の雨で、足跡はすっかり消えていた。

「だんなさんは長靴を持っていますか?」

「あなたはいつもおかしな質問をするんですね」

「すみません、警官としての質問です。それで、答えは?」

「もちろん、ジャックは長靴を持っています。みんなと同じようにね。きっと今、この瞬間にもはいてるでしょう。友達と狩りに出てますから」

「でも、狩猟シーズンではないはずですが……」

女教師の答えはそっけなく、簡潔だった。

「ハイキングコースからうえの丘は、パトリック・ドロネーさんの地所なんです。ドロネーさんはシーズン外に、禁猟区でウサギを駆除する許可を得ています。石灰土壌の芝生地では、ウサギがものすごい勢いで繁殖しますからね。県の農林課にある書類を調べていただければわかります。関連する区画のリストや有害動物による被害状況、ドロネーさんが駆除のための協力者として申請したハンターの名前が載ってますよ。夫も含め、ジヴェルニーの友人全員ですけど。きちんと協議したうえで、毎年合法的に銃を撃っているんです」

セレナックは眉をひそめた。メモを取らなくても、すべて覚えていられるとでも言いたげな表情で。

「どうも。では、確認しておきましょう。あとで部下をうかがわせます。ご心配なく。わたしよりずっと、礼儀をわきまえていますから。ところでだんなさんは、事件の朝、何をしてましたか？」

ステファニーは土手に近づき、柳の葉をつまんだ。

「ここに来ようと誘ったのは、犯行現場で訊問するためだったんですか？　わざとわたしの精神状態を、何というか……」

セレナックは口ごもった。

「そ、それは誤解です……」

「ジャックはあの朝も狩りに出かけていました」ステファニーは相手をさえぎって続けた。「朝早くから。この時期、天気がよければ珍しいことではありません。夫にはアリバイがないけれど、動機だってありません。ジェローム・モルヴァルがわたしに言い寄っていたからって、そんなもの動機にならないわ。モルヴァルとはときどき、近所を散歩してました。今、あなたとこうしているように。二人で絵の話をしていたんです。彼は面白くて、教養のある人でした。でも、ジェローム・モルヴァルとの関係はそこまでです。殺人の動機になるようなことは、何もありません」

ステファニー・デュパンは川の流れを目で追い、そしてローランス・セレナックに視線をとめた。

心の内を見せない目だった。

「例えばですよ、警部さん。わたしは湿った土で足を滑らせ、あなたの腕に倒れこむかもしれません。誰かがそれを見ているかもしれません。観察すること、想像すること。さらにわたしたちの写真を撮ることだってありえます。ここでは、珍しくありません。でも、わたしたちは口をそろえて言うはずです。二人のあいだには何もなかったと」

セレナックは思わず周囲を見まわさずにはいられなかった。遠くの草地を歩く人影が、ちらほら見えるだけだった。シェヌヴィエールの水車小屋を除けば、家は一軒もない。彼は口ごもって答えた。

「すみません、ステファニーさん。ほかに手がかりがないもので……《重要な容疑者》という表現は、言いすぎだったかもしれませんが」

彼は一瞬、先を続けるのをためらった。

「実は、その……部下のベナヴィッド警部は、ジェローム・モルヴァル殺しの動機として三つの可能性が考えられるというんです。なるほど、とわたしも思いました。複数の愛人に絡む嫉妬。絵画好きが高じた美術作品の闇取引。子供に関する秘密です」

ステファニーは少し考えこんだ。そして、やけに皮肉っぽい口調で言った。

「お話をうかがっていると、重要な容疑者はわたしのほうじゃないですか。三つの動機すべてに関わってますから。わたしはときどきモルヴァルと話していたし、絵画コンクールへの応募も企画している。それに村の子供たちのことは、誰よりもよく知っているのだから」

彼女はバラ色の唇をすぼめると、手錠をどうぞとでもいうように、握った両手を突き出した。

セレナックは作り笑いをした。

「とんでもない。あなたを疑う理由など、何もありませんよ。わたしが確認した限り、あなたはモルヴァルの愛人ではありませんでした。絵も描かないし、お子さんもいませんからね」

ぞんざいなその言葉は、突然警部の喉もとで凍りついた。ステファニーの目に、さっとヴェールがかかったのだ。セレナックの言葉に、激しい苦悩を掻き立てられたかのように。張りつめていた緊張の糸が、ついに切れてしまった。

そこまで茶番を続けられなかったということか。セレナックは自分が言った言葉を思い返した。

あなたはモルヴァルの愛人ではありませんでした。

絵も描かないし、

お子さんもいません。

ステファニーの態度からして、おれは何か間違ったのだろう。三つのうちどれかひとつは、事実と違うのだ。

少なくともひとつは。

だったら、どれが？　それはこの事件の真相に、関わっているのだろうか？　またしてもローランス・セレナックは、沼地を歩いているような気がした。互いに無関係なことがらのなかで、身動きがとれなくなっているような気が。

二人は黙ったまま、小学校にむかってコロンビエ通りをゆっくりと遡っていった。なんとも言えない気まずさから、体も離れがちだった。

「ステファニーさん、規則にのっとりお願いしますが、警察からいつでも連絡できるところにいてください」

セレナックはにこやかに言った。ステファニーもわざと明るく答えた。

「ええ、いいですよ、警部さん。わたしを見つけるのは簡単です。学校にいるか、自宅にいるかですからね。家は校庭のすぐ手前です」

ステファニーは、マンサード屋根にあいた丸窓を目で示した。

「見てのとおり、わたしの世界なんてちっぽけなものです。ああ、でもあさっての午前中は、村の子供たちを連れてモネの庭を見学に行きます」

ステファニーが校舎のほうへ走り去ったあとも、薄紫色の瞳はセレナックの脳裏からいつまでも消えなかった。今、聞いたばかりの話が非現実的な、乱れた絵筆で描きなぐった奇妙な絵のように思えた。

ステファニー・デュパン。

彼女はこの事件で、どんな役割を演じているのだろう？

容疑者？　それとも被害者？

おれはあの女に翻弄されている。だとしたら、自らこの事件を放棄するのが分別ある態度じゃないだろうか？　予審判事に電話して、シルヴィオか誰か別の警官に、すべてまかせたほうがいいのでは？

それでもひとつ、ひとつだけ、彼を引きとめる確信があった。

自分でも説明のつかない直感、胸の奥にこびりつく印象が。彼はステファニー・デュパンが助けを求めているような気がしてならなかった。

23

わたしの天守閣からなら、一部始終がすべて見て取れた。

そぞろ歩きをする二人が、桜の木陰にいる。銀のリボンで髪を束ね、靴を泥だらけにして、犯行現場のすぐ前に。

わが家の前に！

だったら、見ずにはおれないだろう。なんともはや凡庸で、わかりやすい物語だ。いずこからともなくあらわれたハンサムな警部と、助けを待つ女教師の恋物語《ロマンス》。二人はまだ若く美しく、洋々たる前途を手にしていた。

すべてが、しかるべきところに収まっている……

あと何回か二人が会うのに、しばらく時間がかかるだろうが……それからのことは肉体に導かれるがままだ。

わたしは塔をあとにした。思わず悪態が口をついた。階段を一段降りるのにも、何秒、何十秒とかかったから。さらに何分もかけて、三つの錠に鍵をかけた。柏のドアを閉めるのにもひと苦労だった。ドアは重いうえ、わたしに劣らず古ぼけていたから。蝶番《ちょうつがい》はひと晩で錆《さ》びついてしまうかのようだ。まあ、しかたない。みんなそれぞれ持病がある。

わたしはまた警官と女教師のことを考えた。そう、あの二人は絵を突き破ろう、額縁から抜け出ようと夢見ている。彼らの遁走《とんそう》は、クロムメッキされたぴかぴかのバイクと共にある。女なら誰でも、こんな逃走劇にあこがれるはずだ。

もちろん、思わぬ偶然に妨げられなければだが。

何者かが、物語を書きかえようとしなければ。

「行くわよ、ネプチューン」

わたしは歩いた。ひたすら歩いた。いつものように、元アメリカン・アート美術館の駐車場を突っきり、建物の前を通った。いつものように、七〇年代パビリオン風の醜悪な建物にひとりでぶつぶつと文句をたれた。美術館を隠すために広い庭が計画されていたことは、もちろんわたしだってよく知っている。数年前、建物の前にイボタノキやクロベで迷路が造られた。それは印象派庭園と呼ばれている。けっこうなことだわ……しかし近所には、生垣を望まない人々もいた。そして今、フランス人がアメリカ人からここを買い戻して、印象派美術館になった。いずれこのあたりは、一新されるだろう。それについて意見を求められたら、賛成するつもりだ。

どのみち、その前にわたしは死んでいる。今のところは、美術館の裏手に昔なつかしい積みわらを四つ置いただけ。あとは熊手があれば完璧だ。クロベのうしろにまぐさの山なんて、ちょっとおかしな気もするが、結局のところ、みんな気に入っているようだ。前に立ってポーズをとる観光客もよく見かけた。

もっと若かったころは美術館の裏手、ギャラリー・カンブールの先までのぼっていったものだ。美術館の緑豊かなテラス屋根を見おろす眺めは、観光客にはあまり知られていないが見事なものだった。なんといってもいちばん美しいのは、給水塔のうえの丘から見た景色だけれど。脚はすっかり弱ってしまったが、記憶力はまだ衰えていない……


わたしはさらに歩いた。杖がよろよろと石畳をこする。五人のグループが、追い越していった。みんな年寄りだが、わたしほどではなさそうだ。話しているのは英語だった。ウィークデーのジヴェルニーはいつもこんなものだ。ほかの村と変わらず閑散としている。団体旅行のバスを別にすれば……バスから降りてくる観光客の四分の三は英語を話した。クロード・モネ通りを教会まで行き、また戻ってくるのがお決まりのルートだった。往路でギャラリーを覗き、復路で買っていく。ウィークエンドはまた違って、パリジャンたちが押し寄せる。近隣のノルマンディから来る人たちも少しいた。

前を行くグループに引き離されようとも、わたしは自分のペースで歩いた。でも、ギャラリー・カンディの前を通るときは、足を速めたかった。アマドゥ・カンディは、ジヴェルニーでもっとも古いアートギャラリーの経営者だ。

彼とはもう五十年も、通りで顔を合わせているが、そのたびにうんざりさせられる。

落ちこぼれ野郎め！

カンディの店は、アリババの洞窟さながらだ。彼はわたしを見かけると、さっそく戸口に姿をあらわした。

「やあ、あいかわらず村をうろついてるのか。幽霊みたいにさ」

「こんにちは、アマドゥ。ごめんなさい、急いでるの……」

巨漢のセネガル人らしい大きな笑い声が響いた。彼はわたしの知る限り、村で唯一のアフリカ人だ。ときには彼と、もう少しゆっくり話をすることもあった。彼は仕事について語った。いつかおれもモネの絵を扱ってみたいもんさ。大当たり《ジャックポット》といきたいね……『睡蓮』の絵なら、なんでもいいんだが……ときにはシェヌヴィエールの水車小屋のあたりで、彼の姿を見かけることもあった。アマドゥ・カンディはジェローム・モルヴァルと、不正な取引も数多くしていたらしい。気をつけなければ。ずいぶん前に、警察沙汰になったという話も聞いていた。

わたしは歩き続けた。クロード・モネ通りは日ごと、長くなるような気がした。なかなか端まで行きつかない。観光客たちが道をあけ、わたしを通してくれた。なかには、わたしを写真に撮ろうとする馬鹿者もいた。まるでわたしが風景の一部であるかのように……

七十一番。

着いたわ。

わたしは郵便受けの名前をじっくり眺めた。《ジェローム・モルヴァル、パトリシア・モルヴァル》とある。まるで夫婦がまだ、ひとつ屋根の下で暮らしているかのように。パトリシアの気持ちはよくわかる。夫が死んだからといって、表札から消し去るのは忍びないのだろう。

わたしは呼び鈴の鐘を鳴らした。何度も繰り返し。パトリシアがあらわれた。驚いているようすだった。

無理はないわ。パトリシアとはもう何か月も、ほとんど言葉を交わしていないもの。通りで顔を合わせれば、挨拶をする程度だ。わたしはなかに入って彼女に近づき、耳もとにささやきかけた。

「話があるの、パトリシア……あなたに言わねばならないことが。わかったこともあるし、推測したこともあるけど……」

パトリシアはわたしを通した。そのとき、彼女が蒼ざめているのに気づいた。長い廊下に掛けられた二枚の大きな『睡蓮』の絵を見て、わたしはめまいがした。それでも、パトリシアほどではないだろう。彼女は今にも気絶しそうだった。

いつだってちょっと、か弱いのよ、パトリシアは。

彼女は口ごもった。

「それって……ジェロームの事件と関係があるの？」

「ええ……話したいのは特にそこだわ」

わたしはためらった。これ以上失うものは何もないとはいえ、彼女の顔面にこんな告白をぶつけるのは、やはり容易なことではなかった。同じ立場なら、誰だってそうだろう。わたしはパトリシアが居間の肘掛け椅子にすわるのを待って、こう切り出した。

「ええ、パトリシア。ジェロームの事件に関することよ。わたしは……犯人が誰か知っているの」

24

シルヴィオ・ベナヴィッドはさっきからずっと、睡蓮の池でワニが何をしているんだろうと考えていた。コバモとかいう画家による、自由な解釈ってやつだろうか？　でもその裏には、秘められたメッセージがあるのでは？　待っているあいだの暇つぶしに、彼は絵のなかのワニを数えた。コバモは睡蓮の下にもワニを隠していた。目や鼻の穴、尻尾が、画面のあちこちに覗いている。

背後でギャラリーのドアがあき、ローランス・セレナック警部が入ってきた。ベナヴィッド警部はほっとしたように、アマドゥ・カンディに笑いかけた。

「言ったとおりでしょう、そんなに遅くならないって」

アマドゥ・カンディは両手をゆっくりとあげた。セネガル人のギャラリー経営者は、日本人観光客二人ぶんもあろうかというほど長身だった。ゆったりとした長衣《ブーブー》は、アフリカ風のプリント柄とパステル調の布地をパッチワークした奇妙なデザインだった。

「心配はしてませんでしたよ、警部。わたしよりもあなたがたのほうが、お時間が貴重なのはよくわかっています」

ギャラリー・カンディは、まるで大きなゴミ溜めだ。あらゆるサイズのカンバスが部屋の四隅に積みあげられ、引っ越し中の美術館のような雰囲気を醸している。いかにもいかがわしげなギャラリーだが、案外いい買い物ができるかもしれないと、目ききの観光客も幻想を抱いた。

アマドゥ・カンディは抜け目のない男だった。

二人の警部はそれぞれ、空いている場所に陣取った。シルヴィオ・ベナヴィッドは段ボール箱にはさまれた階段のステップにすわり、ローランス・セレナックはリトグラフや木炭画が詰まった大きな木箱の隅に、お尻の半分だけちょこんと乗せた。

「カンディさん、ジェローム・モルヴァルをご存じですよね？」とセレナックは切り出した。

アマドゥ・カンディは立ったままだった。

「ええ、ジェロームは美術愛好家でした。絵画にとても詳しくて、よく二人で議論したものですよ。わたしからアドバイスもしました。趣味のいい男で……大事な友人を亡くしました」

「それに大事な客も」

初めに攻撃を仕掛けたのは、セレナックのほうだった。お尻が痛いせいで、喧嘩っ早くなっているのかと思うほどだった。カンディはといえば、牧師のように微笑み続けている。

「そこで、いきなり本題に入らせてもらいますが、あなたは『睡蓮』の絵を見つけるようジェローム・モルヴァルから頼まれていましたね？」

「警部さんも、いい仕事をなさっているようだ」カンディはくすっと笑いながら切り返した。

「ええ、ジェロームにはいろんな依頼を受けましたが、とりわけクロード・モネの作品が市場に出ないか注意して欲しいと言われました」

「特に『睡蓮』が？」

「そうですね……でも、ここだけの話、見こみはありませんでした。ジェロームもわかっていましたが、それでも無謀な挑戦をしたかったのです」

「でも、どうしてあなた？」とベナヴィッドはたずねた。

アマドゥ・カンディはふり返った。このとき初めて、二人の警察官のちょうど真ん中に立っていたことに気づいた。

「どうしてとおっしゃるのは？」

「つまり、どうしてほかの画商ではなく、あなたに声をかけたのかということです」

「だったら逆におたずねしますが、どうしてわたしじゃいけないんです？　わたしはそれに値する専門家ではないと？」

カンディは白い歯を剝き出して作り笑いをし、目を大きく見ひらいた。

「ことがプリミティブ・アートなら話はわかるが、印象派についてセネガル人に調査を依頼するなんて、というわけですか？　だったらご安心を、警部さん。ジェロームはガゼルの魔法の角を捜し出して欲しいという依頼も、わたしにしてましたから」

セレナックは伸びをしながら、屈託のない笑い声をあげた。

「あなたはなかなか抜け目のない方だ、カンディさん。部下から話には聞いていましたよ。でもまあ、ここは先を急ぎましょう……」

「さっきは、そんなに急いでいるようには見えませんでしたが」

「さっき？」

「ええ、一、二時間前、店の前を通ったときですよ。お邪魔はしませんでしたけど。あなたはガイドの説明に、耳を傾けているごようすでしたから」

ベナヴィッドは困惑げだったが、セレナックは平然としていた。

「あなたは本当に抜け目がないですね、カンディさん」

「ジヴェルニーは小さな村ですから」とギャラリー経営者は言って、ドアをふり返った。

「通りが二本、それだけです」

「前に誰かも言ってたな」

「それはさておき、警部さん、正直わたしが目をとめたのは、ごいっしょにいたガイド、つまり小学校の美しき女教師のほうでして。あなたを見て思いましたよ、《なんて幸運な人なんだろう》ってね。わたしなんか、ステファニー・デュパンと毎朝顔を合わせる楽しみのためだけに、子供を作って学校まで送っていこうかと思ったくらいですから」

「お友達のモルヴァルも、同じ心境だったようですね」

カンディは腰かけている二人の警察官をいっぺんに眺められるよう、少しうしろにさがった。

「もっとも、ジェロームには子供がいませんでしたけど。いや、あなたも抜け目がないですね、警部さん」

ギャラリー経営者はそう言うと、シルヴィオをふり返った。

「そしてあなたのほうは、詮索好きなタイプってことですか。お二人、実にいいコンビだ。さて、どう言いあらわしたものか……猿とオオアリクイ。そんなところでどうでしょうね？」

セレナックは体を動かし、お尻の位置を変えた。

「アフリカ流の諺《ことわざ》を、即興で作るのがお得意のようですね」

「よくやるんですよ。ローカルカラー豊かなのが、お客さんに受けるんでね。ご夫婦のために、作ってさしあげるんです。だんなさんと奥さんを、それぞれ動物に例えて。ちょっとした商売のこつってわけです。これがけっこううまくいくんですよ」

「だから警官のコンビにもいいだろうと？」

「なに、お手のものです」

セレナックは大いに面白がったが、ベナヴィッドは苛立っているらしく、足で階段のステップをとんとんと踏み鳴らした。

「アリソン・ミューラーをご存じですか？」と彼はいきなりたずねた。

「いいえ……」

「お友達のモルヴァルは知ってましたが」

「ほう？」

「ひとつこんなストーリーを聞いていただきましょうか、カンディさん」

「お話を聞くのは大好きですよ。祖父は夕べのひととき、部族のみんなに語ってくれたものです。テレビ代わりですね。かつてはバッタを焼いて……」

「まあまあ、それくらいにして、カンディさん」

ベナヴィッドは階段の手すりにつかまって立ちあがり、しびれた手足を伸ばすと、ギャラリー経営者に一枚の写真を手渡した。サーク島の海辺にジェローム・モルヴァルと寝そべるアリソン・ミューラーの写真だった。

「ご覧のとおり、あなたのお友達ジェローム・モルヴァルとおつき合いがあった女友達のひとりです」

アマドゥ・カンディは美術品の玄人《くろうと》らしく写真を検分している。セレナックは部下のあとを受けて、話を続けた。

「写真うつりはまずまず悪くないんですが、実のところミューラーさんはあんまり美人とは言えません。見るに堪えないというほどではないですが、魅力に乏しいんです。これでもわれわれは、抜け目のない警察官ですからね」そこでセレナックはシルヴィオにウィンクをした。「抜け目がなくて、詮索好きな警官です。そこでわれわれはこう思いました。ジェローム・モルヴァルがものにしたほかの女たちとアリソンでは、何か違うぞって。だって、妙じゃないですか、カンディさん。どうしてジェローム・モルヴァルは、彼女に言い寄ったのでしょう？　ニューカッスルの保険会社で会計係として働いている、この月並みな女に」

アマドゥ・カンディは写真を警官に返した。

「あなたの審美眼を、頭から信じるというわけにはいきませんね。この女は、イギリス人ですし……」

またしてもセレナックは笑いをこらえきれず、思わずすわっている木箱をひっくり返しそうになった。ベナヴィッドがあとを引き取った。

「カンディさん、よろしければ話を続けましょう。アリソンの身内はほとんど亡くなってしまい、残っているのは祖母のケイト・ミューラーだけでした。彼女はサーク島の漁師小屋に、長年暮らしていました。荒れ果てた、古い家です。家財道具もぼろぼろで、価値のないものばかり。安っぽい置物や装飾品、誰も欲しがらないような絵、使い古された食器、そしてモネの『睡蓮』の複製画も一枚ありました。六十かける六十の小さな油絵です。ケイトはそれらに愛着を持っていました。大した価値はありませんが、それだけが彼女にとって家族をしのぶ思い出の品だったからです。どうしてケイトの話をしたかといえば、ジェローム・モルヴァルがアリソン・ミューラーといっしょに、何度もサーク島を訪れているからです。その折に、彼はアリソンの祖母とも親しくなりました。オオアリクイみたいに詮索好きな警官としては、自問せずにはおれないんですよ。いったいぜんたいジェローム・モルヴァルは、サーク島に暮らすイギリス人老婆の家で、何をしていたんだろうって」

パトリシア・モルヴァルは、背中を丸めた黒い人影が遠ざかるのを眺めていた。老女がシエヌヴィエールの水車小屋へむかって一歩歩くたびに、クロード・モネ通りのアスファルトで杖がきしむ音がした。インモ＝プレスティッジ不動産のあたりで、ネプチューンが彼女に合流した。老女の現実離れした話はどれくらい続いたのだろう、とパトリシア・モルヴァルは思った。

三十分くらいかしら？

せいぜい、そんなところだ。

ああ、神様。

たった三十分で、今まで信じてきたことがすべてひっくり返ってしまうなんて。今、聞いたばかりの話がどんな結果をもたらすのか、パトリシア・モルヴァルは測りかねていた。そもそも、頭のおかしい老女の言うことを、信じていいものだろうか？　わたしはこれからどうしたらいいの？

『睡蓮』の大きな壁画から目をそらしながら、廊下を抜けた。警察に話さなければ。ええ、そうすべきよ……

しかし、彼女はためらっていた。

25

そんなことをしてどうなるだろう？　誰を信用したらいいの？

日本風の花瓶に生けた花は、すでにしおれかけていた。パトリシアはそれをじっと見つめた。セレナック警部が来たときのことは、ひとつひとつ鮮明に覚えている。探るような目、壁の絵を一枚ずつ値踏みするやり方、廊下で『睡蓮』を前にしたときの不快そうなようす……彼女はもう一度、自問した。誰を信用したらいいの？

パトリシアは居間の椅子に腰をおろすと、たった今終わったばかりの会話について、もう一度じっくり考えてみた。結局、問うべきことはひとつしかない。これからでも、取り返しがつくだろうか？　ことの流れを逆方向にむけることはできるのか？

パトリシアは机とパソコンでほとんどいっぱいの、小さな部屋へむかった。パソコンは電源が入ったままだった。デスクトップ画面には、日がさんさんと照るジヴェルニーの風景写真が映っている。パトリシアがインターネットに興味を持ち始めたのは、ほんの数か月前だった。自分がキーボードやディスプレイにこんなに夢中になるとは、思ってもみなかった。ところが始めてみると、面白いのなんのって。それからは毎日、パソコンの前で何時間もすごすようになった。インターネットのおかげで、生まれ故郷の村ジヴェルニーを再発見することができた。まさかクリックしただけで、村の写真が何千枚も出てくるとは。しかもそのどれもが、いずれ劣らぬ魅力的な写真ばかりだ。インターネットをやらなければ、ジヴェルニーを訪れた人々の何千という熱心なコメントが、世界中のネット掲示板に書きこまれているのも知らなかったろう。数か月前、パトリシアは《ジヴェルニュース》というサイトの美しさに、しばしあ然とした。それ以来、詩情にあふれるジヴェルニーの日常をつづったこのすばらしいブログを覗くのが、ほとんど日課のようになった。

でも、今日はそんな場合じゃない。

さっそくパトリシアがネットで探し始めたのは、別なものだった。マウスのカーソルを、《お気に入り》を示す黄色い星印に合わせる。彼女はメニューを広げ、旧友再会《コパン・ダヴァン》ランテルノート・コムというサイトをひらいた。

サイト内の検索欄で、すぐさまジヴェルニーをクリックする。すると探していた写真があらわれた。間違えようもない。このサイトにある戦前のクラス写真は、これ一枚なのだから。

正確に言うならば、一九三六―一九三七年度の写真だ。

たまたまこのサイトに紛れこんでしまったネット愛好家は、どう思うだろう？　パトリシアは一瞬、そんなことを考えた。

こんな大昔のクラス写真が、ここで何をしているんだ？

七十五年も前に教室で机を並べた友達を捜そうとする者なんか、本当にいるんだろうか？

パトリシアは古い写真に写った生徒たちの真面目くさった顔を、いつまでも見つめていた。

ついさっき、頭のおかしな老女が打ち明けた話は、まだ信じられなかった。まさか、そんなことが？　すべてあの女のでっちあげではないか？　ジェロームを殺した犯人は、本当に彼女が名指しした人物なのか？　それはパトリシアがおよそ疑ったことのない人物だった。

写真に写った灰色の顔を見ただけで、全身が震えた。冷たい涙が、目から流れ落ちる。長いあいだためらった末、パトリシアは立ちあがった。

　何をすべきかわかっていた。すでに決心はついている。パトリシアは再び居間を横ぎると、桜材のサイドボードに飾った狩りの女神ディアナのブロンズ像を、無意識に数センチ動かした。

　よく考えれば、今さら何も危険はない。

　彼女はサイドボードの引き出しをあけ、古びた黒い手帳を取り出した。それから革の肘掛け椅子にすわり、コードレスフォンで番号をプッシュした。

「もしもし、ローランタン警視さんですか？　パトリシア・モルヴァルです」

　受話器のむこうで、長い沈黙が続いた。

「ジェローム・モルヴァルの妻です。ほら、ジヴェルニーで眼科医が殺されたモルヴァル事件の……何の話か、おわかりになりますよね……」

　すると今度は、苛立ったような声が答えた。

「ええ……もちろん、わかりますよ。引退はしましたが、まだぼけちゃいませんから」

「そうでしょうとも。だからこそ、お電話したんです。地方紙でお名前はよく拝見していました。あなたを賞賛する記事で。ぜひ力をお貸しください、警視さん。つまり……何というか、再調査をするために。公式の捜査とは別に、調べて欲しいんです」

　二人のあいだに、長い沈黙が割って入った。

賞賛か……

　ローランタンは仕事で関わったさまざまな大事件のことを、思い返さずにはいられなかった。何年間かカナダですごしたときは、モントリオール美術館の事件で捜査に加わった。一九七二年九月。史上もっとも大規模な美術品盗難事件のひとつだ。ドラクロワ、ルーベンス、レンブラント、コローなど、巨匠の作品十八点が盗まれた。一九七四年になって、ヴェルノン署に戻ってきた。その十一年後、引退まであと三年に迫った一九八五年十月にも、大きな捜査に加わった。パリのマルモッタン美術館でモネの絵など九点が盗まれたのだ。なかには、かの有名な『印象、日の出』も含まれていた。そしてローランタンは美術犯罪捜査班こと文化財密売対策本部《OCBC》と協力の末、ついに一九九〇年、コルシカ島ポルト＝ヴェッキオのギャングの家から、盗まれた絵を発見したのだった。この国家的な大事件は、当時新聞紙上をにぎわしたものだ……大昔の話だけれど。

　ローランタンはようやく沈黙を破った。

「わたしはもう引退しました。引退した警視なんて、格別経済的に恵まれていやしませんが、満足してますよ。どうして私立探偵に頼まないんですか？」

「もちろん、それも考えました。でも、こと美術品密売事件に関しては、あなたほど経験豊かな探偵はいないでしょう。この事件では、経験がものを言いますから……」

　ローランタンの声に、いっそう驚きがこもった。

「わたしにどうして欲しいんです？」

「好奇心がうずいてきたようですね、警視さん。正直言って、そこが狙い目だったんです。

絵はわたしが描きましょう。それをどう評価するかはあなた次第です。経験不足の若い警察官では、まともな判断は下せません。そうでしょう？　第一容疑者に、というか第一容疑者の奥さんに、馬鹿みたいに熱をあげてしまうんじゃね。そんなことで客観的に、先見の明をもって、捜査をやり遂げられますか？　真実を浮かびあがらせることができると、信頼していいものでしょうか？」

「でも、部下がついてる。ひとりじゃなく、チームで捜査にあたれば……」

「上司に感化され、率先した行動も取れない部下ではね」

ローランタンは電話のむこうで咳をした。

「すみませんが、わたしはもうすぐ八十になる元警官です。ヴェルノン署にもこの十年、足を踏み入れてません。あなたが何をお望みなのか、やはりわかりかねますね……」

「それじゃあ、あなたの好奇心をもっと刺激しましょうか。あなたはまだ新聞を読んでいるでしょうから、地方版の死亡欄をご覧になってみてください。きっと興味を引かれると思いますよ」

ローランタンの声は皮肉っぽくなった。

「そうしてみましょう、モルヴァルさん。ご推察のとおり、人の性格は変わらないものですからね。あなたの奇妙な謎かけは、数独パズルの代わりになりそうだ。ひとり身の元警官のありきたりな毎日を一変させるような依頼は、そうそうあるものじゃないですし。でもあなたの意図が、まだわからないのですが」

「もっとはっきり言って欲しいと？　そういうことなんですか？　だったら、こう言い換えましょうか。若い警部は絵画に、芸術全般に、『睡蓮』の絵にばかり関心をむけすぎで……老人のことはあまり考えていないのだろうと」

いつ果てるとも知れない沈黙が再び続いたあと、元警視は答えた。

「遠まわしにおっしゃいますね。それもお世辞と受け取るべきなのでしょうが、警察官としての過去は、遠い昔の話です。警察の内情もよくわかりません、本当に。再調査を期待しておられるなら、声をかけた相手が正しかったかどうか。美術犯罪捜査班に問い合わせてください。知り合いの、もっと若い捜査官もいますから……」

「警視さん」とパトリシアはさえぎった。「あなたご自身の捜査を行って欲しいんです。アマチュアとして、先入観なしに。簡単な話じゃないですか。それ以上のことは求めません。いずれおわかりになりますよ……あなたの好奇心をそそる手がかりを、ひとつ差しあげましょう。インターネットで旧友再会《コパン・ダヴァン》というサイトを見てください。お子さんかお孫さんがいれば、きっと知っていると思いますよ。そこでジヴェルニー、一九三六―一九三七と入れて調べるんです。この事件を調べるにあたり、興味深い出発点になるはずです。それを別の角度から見るために」

「あなたの目的は何なんです？　復讐？　そういうことですか？」

「いいえ、とんでもない。むしろ逆の目的でしょうね。そんなこと、人生初めてですが」

パトリシア・モルヴァルはほっとして電話を切った。

窓から太陽が見えた。曲がりくねったセーヌの流れは、遥《はる》か丘のむこうに沈む夕日に照らされ、固まりついていた。それは束の間の、しかし毎日繰り返される、印象派の騙し絵だった。

26

セネガル人の巨漢が目立った反応を示さないのに、シルヴィオ・ベナヴィッド警部は少し驚いた。見れば見るほどアマドゥ・カンディの店は、ギャラリーらしくなかった。普通、画廊の壁は染みひとつなく、地味で落ち着いた雰囲気を醸している。ところが、カンディのギャラリーはどうだ。壁のペンキはひび割れ、ところどころ丸いふくらみもできている。天井から裸電球がぶら下がり、レンガの隙間に詰まっているのは漆喰《しっくい》というより埃の塊だ。アマドゥ・カンディは店を洞窟風に演出することで、効果をあげようとしているらしい。シルヴィオは話を続けた。

「カンディさん、つまり……魅力に乏しい愛人、貧しい祖母、雨の多いアングロノルマンの島の何が、モルヴァルを引きつけたんでしょうね？　不思議じゃないですか？」

「彼の変わり者なところが、好きでした」

「それにサーク島もお好きだったと？」

「どうして?」

「あなたはここ数年のあいだに、六回以上もサーク島に行ってるじゃないですか? ジェローム・モルヴァルがアリソン・ミューラーと出会う数か月前にも、まるで偶然のように」

セレナックは部下のようすを観察していた。シルヴィオのやつ、オオアリクイの動作や鳴き声を真似できるなら、思わずやってるだろうな。ほんの一瞬だが、初めてアマドゥ・カンディはひるんだようだった。額に寄ったしわのせいで、いっきに老けて見えた。ベナヴィッドはこの機に攻めこんだ。

「カンディさん、不躾ながらお訊きしますが、サーク島へ何をしに行ったんですか?」

アマドゥ・カンディはパレードでも始まったかのように、クロード・モネ通りを歩く通行人に目をやると、またベナヴィッドにむき直った。香具師《やし》じみた笑顔が戻っている。

「警部さん、ご存じのとおりサーク島はヨーロッパ最後の租税回避地《タックス・ヘイブン》ですからね。ここだけの話ですが、マネーロンダリングに行っていたんです。ダイヤモンド、象牙、香辛料は、びっくりするくらい儲かるんですよ。魔力があるというガゼルの角はもちろんのこと……イギリスにとってサーク島とは、フランスの海外県・海外領土《DOM-TOM》みたいなものです。言うなれば、植民地の島ですよ」

シルヴィオは肩をすくめて、話の続きにかかった。

「実はアリソン・ミューラーと祖母のケイトは、もとをたどればフランス系でした。祖先のひとりがウジェーヌ・ミュレルだった可能性は大いにあります。ウジェーヌ・ミュレルのことは、もちろんご存じですよね？」

「そう訊くからには、わたしがミュレル・コレクション調査のため、文化事業地方局から指名された専門家だということも、もちろん知っていらっしゃるはずだ」

　ギャラリー経営者は壁に掛かった絵に近づくと、アフリカの景色を描いた絵を注意深くはずした。素朴なタッチだが、色彩豊かな絵だった。彼は嬉しそうに微笑みながら立ちあがると、ひとり言のようにまた話し始めた。

「並みいる印象派の画家のなかでも、ウジェーヌ・ミュレルほど興味深い軌跡をたどった者も珍しいのでは？　若いころから文学や美術に熱中し——残念ながら、お金には恵まれませんでしたが——やがて画家に、そして熱心なコレクターになりました。さらに彼は生活のため、パリとルーアンでお菓子屋も始めました。生前のウジェーヌ・ミュレルは、友人の画家たちより裕福でした。彼はゴッホ、ルノワール、モネを助け、支援したのです。食べさせてやることもありました。実直な男ですよ……自ら絵筆も取りましたが、今日、誰がウジェーヌ・ミュレルを覚えているでしょう？」

　アマドゥ・カンディは二人の警官の前に、アフリカの景色を描いた絵を置いた。

「もうひとつ、ウジェーヌ・ミュレルは一八九三年と一八九五年、アフリカへ絵画制作旅行に行きました。誰の影響を受けたわけでもありません。そしてスーツケースに絵を詰めこみ、戻ってきました。多少なりとも鑑賞眼があるなら、おわかりのはずです。ミュレルはすぐれた色彩画家であり、印象派と素朴派の混合には驚くべきものがあると」

ローランス・セレナックは木箱からお尻を離し、熱心に絵を眺め始めた。シルヴィオ・ベナヴィッドは気をそらされまいと、自分の話を続けた。

「解説、ありがとうございます、カンディさん。ミューラー家の祖先で画家、お菓子屋、コレクターのウジェーヌについて、これでよくわかりました。よろしければここでまた、子孫のアリソンとケイトの話に戻りましょう。二年前、ケイト・ミューラーはサーク島の領主から立ち退きを命じられました。ええ、わたしも驚いたんですが、サーク島ではいまだに領主様が法律なんです。しかたないでしょう、いくら租税回避地でも人生は厳しいですからね。ケイトはご近所や観光客が恥ずかしくなるようなあばら家を改修するか、出ていくかを迫られました。そこにジェローム・モルヴァルが割って入ったのです。彼はケイトの孫娘アリソンのもとに足しげく通い、週末はサーク島の祖母宅ですごすこともありました。ロマンティックなことだと、誰しも思うでしょう。親切なモルヴァルは、ケイト・ミューラーに五万ポンドの援助を申し出ました。こんな大金をただの好意から、利息なしで貸そうというのですから、驚くじゃありませんか？」

「ジェロームはすばらしい男でしたから」

「おや、そうですか？　ケイト・ミューラーは孫娘のアリソンに電話して、恋人のジェローム・モルヴァルは本当に魅力的な人だと伝えました。五万ポンドも貸してくれただけでなく、ケイトが気がねしないように、借金の形《かた》として古い絵をもらっていこうと申し出たのですから。そのなかには、モネの『睡蓮』の模写も入っていたのでした」

「言ったとおりじゃないですか」とアマドゥ・カンディはいたずらっぽく答えた。「機転と寛大さ、それがジェロームらしいところなんです」

セレナックは、アフリカの村を暖かい色合いで描いたミュレルの絵からようやく目を離すと、部下のあとを受けて話し始めた。

「聖人のような男ってわけですか。たしかにそのとおり。ただアリソンは、器量こそ人なみ以下だとはいえ、頭は悪くありません。彼女はモルヴァルの申し出に警戒心を抱き、専門家に鑑定を依頼しました。つまり、あなた以外の専門家に」

ギャラリー経営者は口もとに笑みを浮かべたまま、じっと耐えていた。

「続きをお聞きになりたいですか？」とセレナックがたずねる。

「待ちきれないくらいですよ。お二人とも、お話が実にうまい。ぐいぐい引きこまれますね。隠者の祖父と比べても、ひけを取らないくらいです」

セレナックはおちに取りかかった。

「ケイト・ミューラーの『睡蓮』は模写ではなく、なんと本物だったんです。モルヴァルの申し出より、百倍、千倍の価値がありました」

カンディの馬鹿でかい笑い声は、ギャラリーの壁を揺らすほどだった。

「いやはや、ジェロームのやつ！」

「話の結末はご存じですか？」ベナヴィッドはもう、爆発寸前だった。「もちろんアリソン・ミューラーはこの親切なフランス人紳士と縁を切り、祖母のケイトは孫娘の恋人であり友人でもあったモルヴァルを失いました。彼女は絵を売るのを断り、漁師小屋から追い出されることになりました。二日後、彼女の死体が見つかりました。崖のうえから身を投げたのです。二つに分かれた島を結ぶラ・クペ地峡からね。彼女は死んだあと、何を遺したと思います?」

カンディはミュレルの絵を片づけようと、黙って身をのり出した。

「ベンチですよ」とシルヴィオは大声で言った。「彼女の名前、生年月日、死亡年月日が記されたベンチです。ベンチは彼女が飛びおりた崖のむかいに設置されました。それがサーク島の伝統でしてね。墓地もなければ、墓碑《ぼひ》もない。サーク島の住民が死ぬと、その名を刻んだ木のベンチが自然のなか、海の正面に置かれるんです。ケイトは死ぬ前、絵を寄贈する意思を示していました。そうして、絵はカーディフ国立美術館に展示されることになりました……」

カンディは笑顔のまま、背筋を伸ばした。

「それじゃあ警部さん、ここでひとつ教訓といきましょう。サーク島はベンチを、カーディフの美術館は『睡蓮』を得てジェロームは愛人のなかでいちばんの不美人と手を切る口実を得たというわけです……」

彼は笑いのボリュームを数デシベル下げた。

「カンディさん」とベナヴィッドはむっつりした表情で言った。「あなたはミュレル・コレクションの調査に、ノルマンディの文化事業地方局から正式に指名された専門家なんですよね……」

「それが何か？」

「モルヴァルはあなたに『睡蓮』の絵を見つけて欲しいと依頼した。あなたはミュレル・コレクションに詳しい。あなたは何度もサーク島に行っている。ということは……」

「ケイト・ミューラーの『睡蓮』は模写ではないかもしれないと、わたしが友人の耳に吹きこんだ……あなたはそうほのめかしているんですか？」

「かもしれません」

「そのとおりだったとしても、何か法律に触れることがありますか？」

「いいえ、ありませんよ」

「だったら、なぜ？」

シルヴィオ・ベナヴィッドは階段の三段目までのぼった。そうすると、アマドゥ・カンディと同じ目の高さになった。

「モルヴァル殺しですよ。復讐の動機というか」

「アリソン・ミューラーが怪しいと？」

「いいえ、犯行日の朝、彼女には鉄壁のアリバイがあります。ニューカッスルで窓口業務についていたんですから」

「それなら？」

「それなら？」とベナヴィッドは繰り返した。「モルヴァルがあきらめたとは限らないでしょう。あなたの手を借りて別のかもを見つけ、別の『睡蓮』を手に入れるのをね」

アマドゥ・カンディはシルヴィオから目をそらさなかった。にらみ合いが続く。先に瞬きをしたほうが……

「もし『睡蓮』の絵を見つけていたら、ここでこんなみじめったらしいギャラリーなんかやってませんよ。ダカール沖のカーボベルデで島をひとつ買って独立宣言をし、小さな個人的租税回避地を作ってます」

アマドゥ・カンディは白い歯をむきだして笑うと、さらに続けた。

「わたしに職業上の秘密を明かせと言うんですか?」

「ご友人を殺した犯人を見つけるためにね」

「それなら真面目な話、モネの『睡蓮』をもう一枚、わたしがどこから見つけ出したっていうんです?」

二人の警察官は何も答えないまま、示し合わせたようにさっと立ちあがると、ドアにむかって歩き始めた。

「もうひとつ、つけ加えておきましょう」とセレナックがだしぬけに口をひらいた。「正確に言うなら、ケイト・ミューラーが絵を遺贈したのはカーディフ国立美術館ではありません。正式な所有権を得たのはセオドア・ロビンソン財団でした。そして財団が、ウェールズの国立美術館に展示を委託したのです」

「それで?」

ギャラリーの窓ガラスには、絵のポスターが何枚も張ってある。そのなかに《若き画家たちのための国際絵画コンクール》のポスターがあるのにローランス・セレナックは気づいていた。ステファニー・デュパンの教室にあったのと同じものだ。

「それで、ですか？」とセレナックは答えた。「それで、わたしは思うんですよ。この事件には、セオドア・ロビンソン財団の名がたびたび登場してくるってね」

「当然じゃないですか」とギャラリー経営者は答えた。「ロビンソン財団の活動は根づいていますから。特にここ、ジヴェルニーでは……」

カンディはポスターの前で、しばらく考えこんでいた。

「セオドア・ロビンソン、アメリカ人たち、印象派に対する彼らの熱意、彼らのドル……そうしたものがなかったら、ジヴェルニーはいったいどうなっていたか、想像もつきませんよ」セネガル人は腕をふりながら言った。「どうです、警部さん？」

「ええ、たしかに」

「結局、わたしもウジェーヌ・ミュレルみたいなものです。ここ、この店、ただの何でも屋だ。もし昔に戻れるなら、わたしは何をしたいと思っているかわかりますか？」

「お菓子屋とか？」とセレナックは言った。

アマドゥ・カンディはなんの遠慮もなく爆笑した。

「いやあ、あなたは実に愉快な人だ。それにとても気が利いてる」彼は笑いで喉を詰まらせながら、必死に言った。「詮索好きのオオアリクイさんもね。でも、はずれです。お菓子屋じゃありません。本当は十歳の子供に戻って、きれいな女の先生がいる小学校に通いたいんです。あなたは天才だって褒めてもらい、ロビンソン財団が若い才能を発掘するために行うこのコンクールに、世界中の何百人もの子供たちといっしょに参加したいんですよ」

27

太陽はほどなく丘のむこうに沈むだろう。ファネットはあわてた。早くこの絵を完成させなくては。絵筆はいつになく敏捷に動いて、白や黄土色の塗り跡を残しながら、水車小屋やその不格好な塔を描きあげていった。庭の真ん中に立つ大木には、赤い桜の実と銀紙が光り、水車は勢いよく流れる小川の水を受けている。ファネットは集中していたものの、今日はいつもと違い、ジェイムズのほうからしょっちゅう話しかけてきた。

「友達はいるかね、ファネット?」

あなたはどうなの、ジェイムズさん? 友達はいるのかしら?

「もちろんいるわよ。そう見えない?」

「いつもひとりだから……」

「自分勝手《エゴイスト》になれって言ったのはあなたじゃない。絵を描いていないときは、友達といっしょにいるわ」

ジェイムズはゆっくりと畑のなかを歩き、イーゼルを順番にたたみ始めた。太陽が沈み始めると、彼はお決まりの作業にかかった。

「でも、訊かれたから言うけど、友達といっしょにいると、いらいらするのよね。ヴァンサンなんか、特にそう。この前、会ったでしょ。わたしたちを盗み見していた子よ。うっとうしいったらないわ。糊みたいにべたべたくっついてきて」

「糊よりニスだな」

「ニス？」

「絵を描く女の子に役立つのは、糊よりニスだってことさ」

ときどきジェイムズさんは、わけのわからない冗談を言う。自分では面白いつもりらしいけど。

「それから、カミーユもだわ。彼の話は自慢ばっかり。自分は生まれつき頭がいいと思っているのよ。いるでしょ、そういうやつ。もうひとり、同い年なのはマリ。いつもめそめそしていて、点取り虫で。嫌いよ、ああいうの」

「そんなこと言っちゃいけないな、ファネット」

わたしが何を言ったっていうの？　何も言っちゃいないわ。

「そんなことって？」

「前にも説明したがね、ファネット、きみは豊かな才能を持って生まれた、恵まれた子供なんだ。だが、それに甘えちゃいかん。きちんと自覚しなくては。見た目もかわいいし、頭がよくて、茶目っ気もたっぷりだ。しかも、計り知れない絵画の才能が備わっている。まるで妖精がきみの両肩に、金の粉をふりかけたみたいにな。だが、気をつけなきゃいかん。ほかの連中は、ずっときみに嫉妬するだろうから。みんなが嫉妬するのは、きみよりずっと恵まれない一生を送らねばならないからなんだ」

「そんなわけないでしょ。口から出まかせだわ。ともかく、本当に友達と呼べるのはたったひとり、ポールだけね。あなたはまだ会ったことがないけど、今度連れてくるわ。彼も会いたがってるし。二人でいっしょに、世界じゅうをまわるの。わたしが絵を描けるように、日本、オーストラリア、アフリカ、どこへでも連れていってくれるのよ」

「うんと言う男がいるとは思えんがな……」

ジェイムズさんもよくわたしを苛立たせる。

「いるわよ、ポールが」

ジェイムズがうしろをむいて、絵具箱を片づけているあいだに、ファネットは彼にあかんべをした。

ときおりジェイムズさんは、ものわかりが悪くなる。でも、どうしたんだろう？　ただ、じっとしているだけ。まるで絵具チューブの前から、動けなくなったみたいに。

「気分でも悪いの？」

「いや、大丈夫だ」

ジェイムズさんは奇妙な表情をしていた。ときどき彼はおかしな態度を取る。

「ねえ、ジェイムズさん。ロビンソン財団に出すのに、魔女の水車小屋とは別の絵を描きたいと思ってるの。トロニョンおじさんの絵の二番煎《せん》じじゃ、気がのらないわ」

「そうかな？　セオドア・ロビンソンは……」

「わたしなりに、考えがあるのよ」とファネットはさえぎった。「『睡蓮』の絵を描いたらどうかしら。モネ流の年寄りじみた手法はやめて、若い『睡蓮』の絵を描くっていうのは？」

ジェイムズはファネットをまじまじと見つめた。まるで彼女が最悪の冒瀆《ぼうとく》表現を口にしたかのように。

彼は顔を真っ赤にした。今にも爆発するかと思うほどだわ。

さあさあ、トロニョンおじさんみたいな顔はやめて！

ファネットはぷっと吹き出して、思ったとおりを言った。

「モネの絵が……年寄りじみた睡蓮だとは」ジェイムズは息苦しそうに言った。

彼はひげのなかで咳をすると、教師口調でゆっくりと話し出した。

「ファネット、説明するからよく聞きなさい。知ってのとおり、モネは各地を旅行した。ヨーロッパじゅうをね。彼は世界のあらゆる画家からインスピレーションを得た。だってほら、絵というのはそれぞれ、とても違っているから。そもそも、ものの見方がみんな違うんだ。モネにはそれがよくわかっていた。そして、とりわけ日本の絵画を熱心に研究した。そしていつしか、旅に出る必要もなくなった。別の場所にいかなくとも、彼には睡蓮の池だけで充分だった。なんの変哲もない池が、世界じゅうの絵画を変革するくらい大きなものだったのさ……いや、変えたのは絵画だけじゃない。モネは人間が自然に注ぐまなざしそのものを変革したんだ。普遍的なまなざしをね。わかるかね？　ここ、ジヴェルニーで！　この畑から、ほんの百メートルもないところで！　だから、モネのまなざしは年寄りじみているというのは……」

よくまあ、ぺらぺらとしゃべるわね……

「でも」とファネットの澄んだ声が響いた。「でもわたしは、逆の道を行くわ。そもそもここで生まれたのは、なにもわたしのせいじゃない。まずは『睡蓮』の池から始めて、世界をまわって終わるの。わたしの『睡蓮』は独創的なものになるはずよ。モネその人でさえ、描けなかったものに、虹色の睡蓮に」

突然、ジェイムズはファネットのほうに身をかがめ、彼女を抱きしめた。

またしても、ようすがおかしいわ。いつものジェイムズさんらしくない、あの不安げな表情をしている。

「たしかにそのとおりだな、ファネット。結局、きみは芸術家なんだから。わかっているのはきみ自身だ」

そんなに思いきり抱きしめないで。痛いわ……

「他人《ひと》が何と言おうが、自分の思う道を進めばいい」とジェイムズは続けた。「わたしの言うことだって、聞かなくていいんだ。きみはロビンソン財団のコンクールで優勝する。いいか、きっと優勝する。さあ、もう遅いから帰りなさい。お母さんが待っている。きみの絵を忘れないように」

ファネットは小麦畑のなかを、遠ざかっていった。ジェイムズは彼女に、最後のアドバイスをした。

「きみの才能を殺してはいけない。それは最悪の罪だからね」

ときどきジェイムズさんは、おかしなことを口走る。

ジェイムズはほっそりした人影が走り去るのを眺めながら、再び絵具箱にむかった。そしてファネットが橋のむこうに消えるのを待って、びくびくしながら箱をあけた。ファネットの前ではおくびにも出さなかったが、今は額に玉の汗がにじんでいる。彼はパニックにとらわれていた。年老いた指が思わず震え出し、錆びついた蝶番はかすかにきしんだ。ジェイムズは絵具箱の内側に目をやった。軟らかな木の面に、文字が刻まれている。

彼女はぼくのものだ。

今も、これからもずっと。

そのあとには、二本の線を交差させただけの十字架が刻まれていた。これは脅迫だと、ジェイムズにははっきりとわかった。死の脅迫。彼は痩せた老体に、抑えがたい震えが走るのを感じた。村で起きた殺人事件はまだ犯人が捕まらず、警官たちがいたるところを調べ歩いている。だからといって、ジェイムズは安心できなかった。重苦しい雰囲気に、胸がふさがれる思いがした。

ジェイムズは絵具箱の文字を何度も繰り返し読んだ。いったい誰が刻んだのだろう？　急いだらしく、筆跡はぎこちなかった。ジェイムズが眠っている隙を狙って、こんな忌わしい脅迫文を絵具箱に刻みつけたのだ。なに、難しいことじゃない。ファネットが起こしに来なければ、畑に立てたカンバスの下でしょっちゅう寝ているのだから。これは何を意味するのだろう？　刻んだのは誰か？　この脅迫を真剣に受け取るべきなのか？

ジェイムズは、草地の地平線を覆うポプラのカーテンを見つめた。彼女はぼくのものだ。今も、これからもずっと。この文字は額の柔らかな皮膚に刻まれたかのように、決して脳裏から離れないだろう。もうひとつ、心を苛む疑問があった。こんな脅迫文を書いたのは誰かということより、さらに不安を掻き立てる疑問が。手の震えが止まらない。これでは、絵筆もナイフも持てやしないだろう。

彼女はぼくのものだ。今も、これからもずっと……この言葉が地獄のメリーゴーランドのように、頭のなかでぐるぐるとまわった。

これは誰にむけた脅迫文なのだろう？

ジェイムズはあたりをうかがった。麦の穂のあいだから、今にも怪物があらわれるのではないか。そう恐れているかのように。

危険にさらされているのは誰だ？

ファネットか？　それともこのおれか？

28

わたしはようやく水車小屋の門に着いた。膝が今にも破裂しそうだ。あの忌々しい杖をずっとついていたせいで、右腕もずきずきした。ネプチューンがわきを小走りに駆け抜けた。今日も待っていてくれたんだ。

忠実な犬だわ。

わたしは鍵を取り出した。

そして束の間、パトリシア・モルヴァルのことを思い返した。彼女の夫を殺した犯人について、さっきわたしがした打ち明け話を、よく黙って聞いていられたものだ。彼女は警察に知らせようという誘惑に抗うことができるだろうか？　たとえもう、遅すぎるにしても。今さら誰も救えないにしても……罠はもう閉じてしまった。今となっては警官にも、手出しのしようがなかった。

わたし自身、パトリシアの立場だったらどうしただろう？

わたしは目をあげ、遠くの畑を走り抜け、鉄の橋を渡るファネットの姿を思い浮かべた。アメリカ人画家は、まだ麦の穂に埋もれている。彼はいつものように、水車小屋に住む魔女の話をしたことだろう。人喰い鬼の夫婦や、モネを毛嫌いしている下劣《でんぷん》な地主の話も。彼らはポプラの木を伐り、干し草の山を片づけて睡蓮の池を埋め、草地に澱粉工場を造ろうとしているのだと。馬鹿なやつだ、ろくでもないことばかり言って。いい歳をして、そんな伝説で子供を怖がらせるものじゃないわ……

アメリカ人画家ジェイムズは、毎日あそこにいる。名字が何というか、誰も知らない。彼は毎日、同じ場所、水車小屋の正面にいる。まるで彼もずっと昔から、風景の一部であるかのように。まるで芸術家たる神様が、天から彼を描いたかのように。わたしたちはみな、神様が描いたのだ。そしていつか神様は、すべてを消し去りたいと思うだろう。絵筆をひゅっとひとふりするだけで、たちまち誰もいなくなる。

いつものようにジェイムズは、ファネットが立ち去るのを眺め、明日まで麦畑のなかで眠ることにした。

おやすみ、ジェイムズ。

29

ファネットは家にむかって走った。彼女が通るのに合わせて街灯が次々に灯ると、わくわくした。

魔法みたいだわ！

でも、今日は早すぎた。太陽はまだ沈み始めたばかりだ。ファネットが住んでいるのは、シャトー＝ドー通りの小さなボロ家だった。けれども彼女はそんなことは気にせず、不平も言わなかった。母親が精一杯やっているのはよくわかっていたから。村のブルジョワ家庭をまわり、朝から晩まで家政婦の仕事をしている。

仕事先はたくさんあった。

村の真ん中で、モネの庭から百メートルほどのところに住んでいるのだ。たとえボロ家だろうと、それで充分じゃないか。

母親はファネットを台所の作業台のうしろに立たせた。台といっても、積み重ねたレンガのうえに渡した木の板だけれど。彼女は疲れたような笑みを浮かべた。

「遅かったじゃないの。わかってるでしょ。いつまでも外をほっつき歩いてちゃいけないって。何日か前に、あんな事件があったばかりなのよ。犯人だって、まだ捕まっていないんだし」

ママは年中疲れて、悲しそうな顔をしている。いつもいつも、みすぼらしい青い上っ張りを着て、野菜の皮むきをしたり、一週間分のスープを煮たりしている。手伝い方が足りないとか、その歳でやるべきことはたくさんあるとか、小言もしょっちゅうだ。でも、わたしが描いた絵を見せたら、きっと……

「ママ、できあがったわ」

ファネットはシェヌヴィエールの水車小屋の絵を、作業台のうえにあげた。

「あとにしてちょうだい。手が汚れてるから。あっちに置いといて」

いつもと同じだ……

「どっちみち、もう一枚描くつもりなの。次は、『睡蓮』の絵を。ジェイムズさんが言うには……」

「誰なの、ジェイムズさんって？」

「アメリカ人の画家よ、ママ。前にも話したじゃない……」

「聞いてないわ……」

ニンジンの皮が陶器のボールに雨と注いだ。

「話したわよ」

そうよ、そう。絶対に話したわ。わざと言ってるのね、ママ。さもなきゃ、聞いてないなんて言うはずないもの。

「知らない人たちといっしょにいちゃだめよ。わかった？　うちが片親だからって、外で遊びまわっていいということじゃないのよ。さあさあ、馬鹿みたいにつっ立ってないで、包丁を取りなさい。わたしひとりで料理をしていたんじゃ、あと一時間もかかってしまうわ」

「先生がコンクールの話をしたの。絵のコンクール……」

先生が言うことなんだから、文句はつけられないはずよ。ママはただ蕪《かぶ》を見ている。

ファネットはまっすぐ背を伸ばし、こう続けた。

「ジェイムズさんが……いえ、みんなが言うの。わたしなら優勝できるって。がんばればチャンスがあるって」

「チャンスって？」

そして蕪が手から落ちるんだわ。いつも決まってそう……

「美術学校に行けるのよ。ニューヨークとか……」

「どういうこと？」

蕪のど真ん中を包丁が一撃する。蕪は呆気にとられてる。

「何の話、コンクールって？」

「東京かサンクトペテルブルクか、キャンベラかもしれないけど」

それがいったいどこなのか、ママは知りもしないだろう。でも、名前を聞いただけでもう怯えている……

「賞金も出るのよ……何千ドルも」

ママはため息をついて、次の蕪を切った。

「先生も先生だわ。そんな話を生徒たちに吹きこんだりして。いいかげんにしてくれないんだったら、一度会いに行って……」

勝手にすればいいわ。何を言われたって、わたしはコンクールに参加するから……

「ジェイムズさんとやらにも、ひと言言ってやりたいわ」

母親は腕に力をこめ、野菜を作業台から流しにざっと移した。ニンジンや蕪が水に沈み、青い上っ張りに跳ねをかけた。母親は腰をかがめ、ジャガイモの袋を作業台にのせた。

ママが手伝いなさいとも言わないのは、いい兆しじゃない。ママがぶつぶつと何かつぶやくから、もっと大きな声で繰り返してもらわねばならない。

「じゃあ、この家を出たいっていうこと？　そうなのね？」

さあ、始まったわ。

わたしは爆発しそうだ。頭のなかが爆発寸前よ。ほかの人にはわからないだろうけど、もう爆発しちゃいそう……約束するわ、洗い物をするって。食器の片づけも、テーブル拭きも、雑巾がけもする。ほうきを取りに行って掃除をし、またちゃんと戻すわ。小さな女の子がすべきことは、みんなする。文句や泣き言を言わずに、何でもするわ。何でも。ただ、絵を好きに描かせてくれるなら。わたしはただ、絵を描かせて欲しいだけ。

それが欲張りな望みなの？

ママはあいかわらず疑り深そうな顔で、わたしを見ている。わたしが何もしないと不満だし、余計なことをすると変な目でにらみつける。たぶんニューヨークやほかの町の名を聞いて、我慢しきれなくなったんだ。おまけに日本、ロシア、オーストラリアと、いっぺんにつけ加えたものだから。

「美術学校に三週間行けるの、ママ。でも、三週間なんてすぐだもの、大したことじゃないわ」

ママはわたしをじっと見つめた。娘は頭がおかしいんだ、とでもいうように。

夕食が終わってからも、ママは押し黙っていた。何か考えているらしい。ママが考えこんでいるのは、悪い徴候だ。ママが考えこんだあとに、ろくな話が始まったためしがない。

ファネットはせっせと布巾を片づけた。いつもみたいに絞ったままぽんぽん重ねたりせず、平らに伸ばしてひもに掛け、洗濯ばさみでとめている。そのとき、母親がいきなり立ちあがった。ファネットは、部屋の温度まで下がったような気がした。

「決めたわ。絵画コンクールだとか、アメリカ人画家だとか、そんな話はもうたくさん。おしまいにしましょう。先生にも話しておくから」

わたしは何も言わなかった。泣きもしなかった。ただ、怒りがこみあげるにまかせた。ママがどうしてこんなことを言うのかはわかっている。もう、百ぺんも聞いてるもの。

いつもの決まり文句がえんえんと繰り返される。

わざとらしい嘆きの歌だ。

「わたしと同じ過ちで、人生を台なしにして欲しくないのよ。おまえぐらいの年ごろには、わたしも信じていたわ、そんな類《たぐい》の話を、みんな。わたしも夢を持っていた。まだきれいだったし、言い寄る男たちもたくさんいた。

なのに、このありさまを見てちょうだい。

穴だらけの屋根、カビの生えた壁、湿気に悪臭。思い出しなさい、今年の冬の寒さを。窓ガラスがすっかり冷えきって。この哀れな手をごらん。昔はもっとほっそりとして、魅力的だったのに。天使のような手だなんて、何度言われたことか。そう、おまえの年ごろには、天使のような手だって言われたものだわ。

なのにその手が、今は他人の家のトイレ掃除をしているのよ。

だから、わたしみたいに騙されないで。ほっとくわけにいかないの。わたしの言うことだけを聞きなさい。ほかの人は誰も信じちゃだめ。ジェイムズさんだろうが、先生だろうが、ほかの人は誰も」

ええ、そうする。ママの言うことを聞くわ。ママを信用する。

でもママ、それならわたしにすべてを話して。人が言わないことも、言えないことも、すべて。

ギブ・アンド・テイクよ。

ファネットはスポンジで、灰色の石盤を丹念に拭いた。母親が買い物のリストをメモするのに使っている石盤だ。

ファネットは表面が乾くのを待って、白いチョークをつまんだ。母親が肩ごしに見ているのはわかってる。ファネットは、学校の先生みたいな丸い整った文字で書いた。

パパは誰？

そのすぐ下にも、こう続ける。

誰なの？

背後で母親の泣く声が聞こえた。

どうして出ていったの？

どうして追いかけなかったの？

下がまだ少し空いていた。白いチョークの先がきしる。

誰？
誰？
誰？
誰？
誰？

ファネットは《魔女の水車小屋》の絵を裏返して椅子にのせると、黙って自分の部屋にあがった。下で母親の泣く声が聞こえた。いつものように。

泣くのが答えなのね、ママ。

それも明日には終わっている。二人がこの話を蒸し返すことはないし、母親は石盤の文字を拭き去っているだろう。ファネットにはそれがわかっていた。

夜も更けている。

そろそろ十二時近いかしら。ママはとっくに寝ているはずだ。いつも朝早く、仕事に出かけるから。わたしが起きたときにはもうひと仕事終えて、戻ってきてることもある。

わたしの部屋はシャトー＝ドー通りに面している。急な坂道なので、二階にいても通りから一メートルほどの高さしかない。その気になれば、飛びおりることもできるだろう。よくわたしは、夜、窓越しにヴァンサンと話をする。ヴァンサンは毎晩、村を歩きまわっているけれど、両親は気にしていなかった。ポールは夜、家から出してもらえない。

ファネットは泣いた。

ヴァンサンはどうしたらいいのかわからず、通りからわたしを見ている。そこにいるのがポールならよかったのに。ポールなら気持ちをわかってくれる。何か言ってくれる。ヴァンサンはわたしの話を聞くだけ。それしかできないんだ。

わたしは彼にパパのことを話した。ママは若くして身ごもった。もしかしたらわたしは、画家の娘かもしれない。そう思うこともあった。アメリカ人画家の娘。わたしの才能はパパゆずりなんだ。ママはパパのために、モデルになったのだろう。きっと自然のなかで、裸でポーズを取ったんだ。ママはとってもきれいだった。一階のアルバムに、ママの写真がある。赤ちゃんだったわたしの写真も。けれどパパの写真は一枚もない。

ヴァンサンは聞いていた。そしてファネットが窓からだらんと下げた手を取り、強く握りしめた。

わたしは話し続けた。きっとパパとママは、熱烈に愛し合っていたんだわ。お互いひと目見て、恋に落ちたのよ。雷に打たれたみたいに。美男美女だったから。けれどもパパは、どこかへ行ってしまった。ママは引きとめることができなかった。お腹に子供がいるって、ママは気づいていなかったのかしら？　もしかして、パパの名前も知らなかったとか？　あるいはただ、あまりにパパを愛していたからこそ、引きとめられなかったのかもしれない。パパは善良で誠実な人だから、赤ちゃんができたと知ったら村に残り、わたしを育ててくれただろう。でもママはパパをとても愛していた。だから妊娠を告げて、パパを籠に閉じこめるなんてできなかったんだ。

頭のなかが、もうごちゃごちゃ。でも、ほかに考えられないでしょ、ヴァンサン？ さもなければ、絵を描きたいという欲求が、どこかへ飛び立ちたいという欲求が、どうしてこんなにも激しくわたしのなかに湧きあがってくるの？ この頭をはちきれんばかりに満たす夢は、パパゆずりだとしか思えないわ。

ヴァンサンはファネットの手を握った。とても強く。彼がいつも手首にはめているブレスレットがあいだにはさまり、ファネットの肌に押しつけられた。まるでブレスレットに刻まれている名前を、少女の腕に刻印するかのように。

でも、また別な夜、雲が月にかかるのを見てたりすると、こう思うこともある。パパはブルジョワのでぶ男で、ママはそこの家政婦をしているんじゃないかって。それとは知らずに、わたしはクロード・モネ通りですれ違っている。でもむこうは、わたしのことを知っているのかもしれない。そいつはとんでもないゲス野郎で、ママにキスをし、無理やり汚らわしいことをさせた。今でもこっそり、ママにお金を渡しているかもしれない。ときどき通りで、こっちを横目で見ている男がいる。わたしは頭に血がのぼり、吐き気がしてくる。恐ろしいわ。でもそんな話は、ヴァンサンにしなかった。

その晩、雲は月を隠していなかった。

「パパは行きずりの男だったんだわ」とファネットは言った。

「心配するな、ファネット。ぼくがついてる」とヴァンサンは答えた。

「誰か行きずりの男。わたしもパパと同じように、村を離れて、飛び立たねばならないのよ」

ヴァンサンはさらに強く手を握った。

「ぼくがついてるよ、ファネット。ぼくがついている。ぼくが……」

シャトー＝ドー通りの少し先では、ネプチューンが蛾《が》を追いかけていた。

八日目　二〇一〇年五月二十日（ヴェルノン署）

——対決

30

セレナック警部はご満悦だった。ときおりドアの小窓越しに、一〇一号室の中をちらりと見やった。そこはたいてい訊問室として使われる、ヴェルノン署でもっとも大きな部屋で、今はジャック・デュパンがこちらに背をむけすわっている。デュパンは苛立たしげに、指で肘掛けをとんとんと叩いていた。セレナックはつま先立ちでそっと廊下から立ち去ると、何か企むかのような口調でシルヴィオ・ベナヴィッドにささやきかけた。

「もうちょっと焦《じ》らそう……」

彼は部下の袖を引いた。

「演出に凝るのがおれのやり方でね」とセレナックは続けた。「さあ、ようす見といこうか、シルヴィオ」

二人は再び廊下に戻り、訊問室にむかった。

「いくつある、シルヴィオ？」

部下は思わずにやりとした。

「百七十一足です。モーリーが十五分前に、さらに三足持ってきました」

セレナックは背伸びをして、もう一度一〇一号室を眺めた。ジャック・デュパンが待っている部屋には、昨日、今日とジヴェルニーの村で集めた長靴がすべて置かれていた。部屋の四隅、棚、テーブル、窓のへり、椅子のうえまでずらりと並び、床にも慎重に積み重ねてある。黄色い蛍光色から消防車のような赤まで、色とりどりのビニールが目にまぶしい。何といってもいちばんオーソドックスなのは、カーキ色だけれど。長靴は摩耗の状態やサイズ、メーカーによって選り分けられ、所有者を記した小さなボール紙が付されていた。

セレナックは喜びを隠しきれなかった。

「写真は撮ってあるだろうな、シルヴィオ。たまらんよ。なんともはや、あきれた光景じゃないか。容疑者を追いつめるのに、こんな道具立てはまたとないぞ。まるで現代作家のアート作品だ。庭にバーベキューコンロを十七台もコレクションしているきみとしちゃ、こんなコレクションも悪くないだろ？」

「ええ……」とベナヴィッド警部は、あえて顔を伏せたまま答えた。「美的な観点からして、すばらしいですね。実に斬新だ。いっそ展覧会でもひらきますか。けれども……」

「そんなにマジになるなよ」とセレナックはさえぎった。

「わかってます」

ベナヴィッドは書類を確認し、並べなおした。

「すみませんが、わたしは根っからの警官なんで。あなたは興味があるんですか、捜査に？」

「どうした、今朝はユーモアのセンスがさっぱりだぞ」

「実を言うと、昨夜はほとんど寝てないんです。ベッドで場所を取りすぎるって、ベアトリスに言われて。妻は三か月前から、あおむけに寝なくちゃいけないので、とうとうわたしはソファに移ることになりました」

セレナックは部下の肩を叩いた。

「なに、それもあと一週間で終わりじゃないか。そうしたらきみはパパだ。きみもベアも、寝るどころじゃなくなるぞ。コーヒーでもどうだ？　休憩室で現状分析といこう」

「わたしは紅茶にします」

「ああ、そうそう、忘れてたよ。砂糖は抜きだな。そのあらたまった口調、まだ変える気にならないのか？」

「考えておきますよ、ボス。これでも苦労してるんです、本当に」

セレナックは無遠慮に笑った。

「きみのそういうところが好きさ、シルヴィオ。ついでに、もうひとつ言っておこう。きみひとりで、タルヌ署全体に匹敵する以上の情報を集めてるぞ。南仏人が太鼓判を押す」

「けだし至言ですよ。繰り返しますが、わたしはひと晩じゅう、仕事をしてたんですから」

「ソファで？　女房があおむけに寝て、高鼾《たかいびき》のあいだに？」

「そのとおりです……」

ベナヴィッドは破顔一笑した。二人は廊下を抜けると階段を三段あがり、納戸ほどの小部屋に入った。十平方メートルの《休憩室》には、家具が雑然と並んでいた。くたびれたソファが二つ。そこに長い縁飾りのついた、オレンジ色の布がかかっている。薄紫色の肘掛け椅子がひとつに合成樹脂のテーブルがひとつ。テーブルのうえにはコーヒーサーバーと不揃いのカップがいくつか、錆びたスプーンが並んでいた。天井からは、薄暗い電球がひとつ、下がっているだけ。円筒形シェードはボール紙製で、すっかり変色している。セレナックがコーヒーと紅茶を準備しているあいだに、シルヴィオは薄紫色の肘掛け椅子にすわりこんだ。

「ボス」とシルヴィオは切り出した。「まずは展覧会から始めましょうか。ずいぶんと心惹かれているようなので」

上司は彼に背中をむけている。ベナヴィッドはメモ書きに目をやった。

「というわけで、現在、サイズ三十五から四十六までの長靴が百七十一足あります。三十五より小さいものは集めていません。持ち主のなかには猟師が十五人、狩猟許可証を持っているハンターが二十一人、確認されています。ジャック・デュパンもそのひとりです。また同じく許可証を持っているハイカーも三十人ほどいます。いっぽう、すでにご存じのように、これら百七十一足の長靴は、どれも靴底が現場に残されていた足跡と異なります。ジェローム・モルヴァルの死体の前で、モーリーが石膏型を取った靴跡とは合致しないんです」

セレナックは、コーヒーサーバーに水を注ぎながら答えた。

「そこは想定内さ。犯人が自分から、のこのこ名乗り出るわけないからな。でも逆に言えば、おかげで百七十一人のジヴェルニー村民の無実が証明されたってことだ」

「まあ、たしかに」

「そしてジャック・デュパンは、その百七十一人のなかに入っていない……やつはもう少し不安がらせておこう。そのほかはどうだ？　何かわかったか？」

ベナヴィッド警部は、一ページを三列に分けた例のメモ用紙を広げた。

「きみは本当にマニアックだな、シルヴィオ」

「わかってますよ。わたしはテラスやベランダを自分の手で作ったのと同じように、ひとつひとつ捜査を進めているんです。忍耐強く、正確に……」

「家ではさぞかし奥さんに笑われているんだろうな。職場でおれが笑ってるみたいに」

「まさしく……でも立派なもんです、うちのテラスは」

セレナックはため息をついた。お湯が沸き始める。

「それじゃあ、きみが分けた三つのパートに取りかかろう」

「三つとも、縦に少しずつ埋まっています……愛人、『睡蓮』、子供と……」

「そして三つのパートを結ぶ横の線が見事引けたとき、捜査完了というわけか。今はまったくつながりのない三つのチューブが連結されたときに……ただ現状では、ぬかるみのなかを歩いているようなものだな。百七十一足の長靴では、まだ足りないほど……」

シルヴィオは大あくびをした。薄紫色の肘掛け椅子に、だんだん呑みこまれていくような気がする。

「それじゃあ、シルヴィオ、話を聞こう。今夜のニュースは？」

「第一のパート、眼科医と愛人について、証言が集まり始めてます。しかし情痴がらみの殺人だという証拠は、まだありません。写真の裏に書かれていた数字の意味についても、新たな手がかりはありません。必死に考えてはいるんですけどね。ボストンのアリーヌ・マレトラスに関する調べは進んでいないし、写真に写っていたうしろ姿の女が誰かもまだわかりません」

「居間でモルヴァルの前にひざまずいている、家政婦風の女か？」

「すばらしい記憶力ですね。一度見たものは忘れないってわけですか。ほかの女については、裏切られた夫を嫉妬深さの順に並べてみましたが、やはりジャック・デュパンがリストの先頭に来ますね。ただ皮肉にも、彼の妻が浮気をしていたという決定的な証拠はありませんが。そちらの進捗状況は？　昨日、ステファニー・デュパンに会ったんですよね？」

「ジョーカー！」

シルヴィオ・ベナヴィッドはびっくりして上司を見た。肘掛け椅子に沈みかけた体を起こそうと、必死にもがきながら。

「どういう意味ですか？」

「ジョーカー、最高の切り札。話はそこまでってことさ。おれにSOSを投げかけている薄紫色の目について、蒸し返す気はない。さもないと、きみから予審判事に訴えられちまう。というわけで、ジョーカー。ようす見《ウェイト・アンド・シー》だ。よければ、そっちの捜査はおれが個人的に進める。

だがおれも、きみの分析には賛成だ。ジェローム・モルヴァルとステファニー・デュパンが不倫をしていたという確証はないが、それでもジャック・デュパンは第一容疑者たるに充分な条件を備えている。それじゃあここらで第二のパート、『睡蓮』の件に入ろうか」

「昨日、アマドゥ・カンディに話を聞いたあと、新たな成果はありません。美術犯罪捜査班に問い合わせていただけるんでしたよね？」

「ああ、わかってる。さっそく訊いてみよう。彼らには、明日にでもひと仕事してもらう。そうそう、おれもクロード・モネの庭を覗いてみるつもりだ……」

「ステファニー・デュパンの生徒たちといっしょにですか？」

コーヒーサーバーの湯気が、セレナックのぼさぼさの髪まで立ちのぼっていく。警部は部下を気味悪そうに見つめた。

「驚いたよ。きみは何でも知ってるんだな、シルヴィオ。われわれみんなの電話に盗聴器を仕掛けて、毎晩せっせと聞いてるんじゃないか？」

シルヴィオは大きなあくびをした。

「別に校外学習は、トップシークレットじゃありませんよ」

彼は目をこすった。

「わたしも明日は、ルーアン美術館の学芸員と会う約束をしました」

「それはまた、どうして？」

「わたしが率先して自発的に動くことを、お望みだったのでは？　だからモネの『睡蓮』について、わたしなりに考えてみようと思いましてね……」

「おいおい、シルヴィオ。もしおれが生まれつき疑り深かったら、それは直属の上司に対する信頼の欠如だと取りかねないぞ」

疲れきったシルヴィオの目が、にわかにいたずらっぽく輝いた。

「ジョーカー！」

セレナック警部は古ぼけたカップに、注意深くゆっくりとコーヒーを注ぎ、別のカップにティーバッグを入れて部下に差し出した。

「ノルマンディ人の心理を理解するのは、本当にひと苦労だな……シルヴィオ、きみはこんなことを張りきってやってないで、奥さんの枕もとについていなきゃいけない時期じゃないのか」

「まあ、そうかりかりしないで。わたしがちょっとばかり、偏屈なだけです。見た目は忠犬みたいにおとなしそうですが、これでなかなか頑固なんですよ、わたしは。絵のことは何も知らないものですから、最低限のレベルには達しておかねばと思いましてね。さて、もう少し話を聞いてください。あともうひとつ、第三のパート、十一歳の子供についてです」

セレナックは唇をコーヒーにつけ、顔をしかめた。

「きみの得意分野だな……」

「ステファニー・デュパンが用意した、十一歳になる子供のリストを仔細に調べてみました。できれば得意分野で成果をあげたいですからね、例えば十年ほど前に、母親がモルヴァル家で家政婦をしていたような十歳の女の子か男の子がいないか、探してみました……」

「青い上っ張りを着て、スカートをまくりあげている家政婦ってわけか。それで、調べ歩いた結果は？」

「ゼロです。この条件に合うような子供は、リストにひとりも見あたりませんでした。前後の幅を取って九歳から十一歳の子供が、ジヴェルニーに九人います。そのうち、親がシングルマザーなのは二人。ひとりの母親はガスニーのパン屋で店員をしていて、もうひとりの母親は県営バスの運転手です」

「そいつは珍しいな」

「ええ、おっしゃるとおり。それからもうひとり、離婚した母親もいて、エヴルーで高校教師をしています。ほかはみんな、両親そろっていました。今も十年前も、家政婦をしている母親は、一見したところひとりもいません」

　セレナックは合成樹脂のテーブルに寄りかかり、残念そうな表情になった。

「おれの意見を言わせてもらえば、どうして成果なしだったのか、考えられる理由は二つだけだ。ひとつは、きみの言う未婚の母説がまったくの間違いだったから。こちらのほうが可能性が高いだろうな。もうひとつは、モルヴァルがバースデーカードを送ろうとした子供は、ジヴェルニーに住んでいないから。それに青い上っ張り姿でモルヴァルにサービスしている写真の女も、ジヴェルニーの住人ではないんだろう。彼女がその子の母親であるかどうかは、別にしても。そうなると……」

シルヴィオは紅茶に口をつけないまま、おずおずと上司を見やった。

「ちょっと、いいですか、ボス……三つ目の理由が考えられますよ」

「ほう？」

シルヴィオは少しためらってから、こう続けた。

「そう……単に……ステファニー・デュパンの作ったリストが間違っているのかもしれません」

「何だって？」

セレナックは驚いたひょうしに、コーヒーを半分もこぼしてしまった。シルヴィオは薄紫色の肘掛け椅子に深々と身を沈め、話を続けた。

「言いかえれば、このリストが正確だという保証はないってことです。ステファニー・デュパンだって、この事件では容疑者のひとりなんだし……」

「彼女はモルヴァルと恋の真似事くらいしていたのかもしれないが、それとクラスの生徒たちにどんな関係があるんだ？」

「わたしにもわかりません。そもそもこの事件では、何がどう結びつくのか、わからないことだらけですし。時間があれば、ステファニーの生徒のリストと、ジヴェルニーの全世帯のリストを対照させてみなくちゃならないんですが。名前、現在や過去の職業、母親の旧姓など、すべて調べあげねば。必要があれば、言ってください。ともかく、あの絵葉書に書かれていた、《夢見ることは罪かもしれないと、わたしは認めよう》というアラゴンの詩の一節は、ジヴェルニーの小学校と直接結びついています。村の子供たちはみんな、教室でこれを暗唱させられるのですから。あなたがそう言ったんですよね、ステファニー・デュパンの口から聞いてきたこととして」

セレナックはカップの中味をいっきに空けた。

「オーケー。きみの話を聞く限り、たしかに疑いの余地はありそうだ。それじゃあ、どこから手をつけたらいい？」

「さあ、どうしたものか。実はときどき、感じることがあるんです。ジヴェルニーの連中はわたしたちに、何か隠しているんじゃないかって。どう言ったらいいのか、コルシカ島の村にあるような沈黙の掟《おきて》が支配している、そんな印象を受けるんです」

「どうしてそう思うんだ？　印象でものを語るなんて、いつものきみらしくないぞ」

シルヴィオの目に、不安げな光が宿った。

「実は、その……第三のパート、つまり子供に関して、もうひとつわかったことがあるんです。言っておきますが、妙な話ですよ……いや、それどころか、まったくあ然とさせられる話なんですよ、これが」

31

その朝、ジヴェルニーはすばらしい天気だった。わたしは珍しく居間の窓をあけ、片づけをすることにした。陽光はまるで初めて入ってくるみたいに、遠慮がちに射しこんだ。部屋に埃が舞っていれば、きらきらと輝いたことだろう。けれどもわが家は埃ひとつないので、光はサイドボードやテーブル、椅子を明るく照らしただけだった。

隅に置いたわが黒い『睡蓮』は、闇に包まれている。外からこの絵は見えないはずだ。たとえ顔をあげ、ひらいた五階の窓を覗きこんでも。

わたしはひとまわりした。居間はきれいに整い、ものはすべてあるべき場所に収まっている。だからこそ、戸棚のうえや引き出しの奥と、あちこち漁るのはためらわれた。あるいはガレージに降りて、かび臭い段ボール箱をあけ、ゴミ袋をのけて、何年、何十年もあけていないケースを取り出すのも大儀だ。何を捜しているのかはわかっている。今、気にかかっていること。それについてはよくわかっている。ただ、どこにしまったのか、まったく覚えていないのだ。とても長い年月がすぎたから。

あの女は年老いて、すっかりボケているんだと思うかもしれない。どうぞ、ご勝手に……でも、思い出の品をひとつ見つけようと、家じゅうを引っかきまわした経験が一度もないとは言わせないわ。決して捨てたりしてないと、それだけは断言できる大事な品を。

こんなにいらいらすることも、ほかにないわよね？

実を言えば、わたしが必死に見つけようとしているのは、靴の箱くらいの紙箱だった。そのなかに、古い写真が詰まっている。別段、珍しくもなんともない。どこかで読んだことがあるけれど、今では一生分の写真がライターほどの大きさのＵＳＢメモリに保存できるらしい。わたしは今、靴の箱を捜しているけれど、いずれみんなも八十歳を越えて、がらくたの山のなかからちっぽけなＵＳＢメモリを捜すことになるんだわ。せいぜい、がんばるのね。それが進歩ってものだ。

わたしはさして期待もせずに、整理ダンスの引き出しをあけたり、戸棚の下や並べた本の裏に手を入れたりした。

もちろん、何もない。

あきらめたほうがいいだろうか。捜しものは、手の届くところにないんだ。きっとあの箱はガレージのどこか、長年溜まった堆積《たいせき》物の下に埋もれているんだわ。

わたしはまだ迷っていた。こんなことをする意味があるだろうか？　写真一枚見つけるために、さんざん苦労して古道具の山を動かすべきなのか？　あの写真は、決して捨てていない。それは確かだ。最後にもう一度見たいと願っている顔を写した、たった一枚の写真。

アルベール・ロザルバの写真。

わたしは決心がつかないまま、きれいに片づいた居間を眺めた。暖炉の前に長靴が一足、干してある。もう乾いただろうか。ちゃんと言っておこう。わたしが並べておいた長靴だ。

もちろん、暖炉に火はない。

まだクリスマスには早いわ。

シルヴィオ・ベナヴィッドは最後のひと言を、精一杯もったいをつけて発した。しかし上司はあいかわらず真に受けていないらしく、のんびりとコーヒーのお代わりを注いだ。まるでまだ頭のなかで、長靴を数えているかのようだ。シルヴィオは紅茶のカップを口もとに運び、顔をしかめた。砂糖は入っていない。

32

セレナックは部下をふり返った。

「聞かせてもらおうか、シルヴィオ。びっくりさせてくれ」

「わたしの性格は、よくご存じですよね」とベナヴィッドは説明を始めた。「わたしはジヴエルニーと子供、その両方に関することを徹底的に調べあげました。そして憲兵隊の資料室で、ついに見つけ出したんです……」

彼は柔らかな肘掛け椅子にすわったまま上体を起こし、ティーカップを床に置いて、足もとの紙の束をめくった。そしてパシー＝シュル＝ユール憲兵隊の報告書を、セレナックに手渡した。黄ばんだ紙に書かれた十行ほどのレポート。セレナックはごくっとコーヒーを飲んだ。古ぼけたコーヒーカップが、手のなかで揺れている。

「ざっとご説明しましょう。ボスも気にかかると思いますよ。三面記事的な事件なんですがね、ジヴェルニーのエプト川で少年が溺れ死んだんです。ちょうどジェローム・モルヴァルが殺されたのと同じ場所で。死んだ状況も同じ。あなたの言う、儀式的なやり方です。ナイフでひと突きはありませんでしたが、少年は石で頭を割られ、顔を川に突っこんでいました」

「なんてこった……その子はいくつだったんだ？」

「十一歳と数か月です」

セレナックの額に冷や汗が伝った。

「驚いたな……」

ベナヴィッドは薄紫色の椅子のなかで、溺れかけているみたいに肘掛けにしがみついた。

「ただ、ひとつ大事なのは……それがずいぶん昔に起きた出来事だっていう点です」

彼はセレナックの反応やいかにとばかり、しばらく間を置くと、こう続けた。

「正確に言うなら、一九三七年に」

セレナックはオレンジ色のソファにすわりこみ、黄ばんだ報告書をじっと見つめた。

「一九三七年だって？　おいおい、どういうことなんだ、その話は？　十一歳の少年が、モルヴァルと同じ場所で同じように死んでいた。一九三七年に！　何なんだ、それは？　わけがわからないぞ」

「わたしも、皆目わかりません。詳しくはパシー憲兵隊の報告書に書いてあります。今回の事件とは、おそらく無関係なのでしょうが……当時、憲兵隊は、事故と結論づけました。少年は石のうえで足を滑らせ、転んで頭を打ったあと溺れ死んだのだろうと。馬鹿げた事故だってことで、一件落着です」

「少年の名前は？」

「アルベール・ロザルバです。この悲劇のあとほどなく、家族はジヴェルニーを離れました。その後の消息はわかりません」

ローランス・セレナックはテーブルに置いたコーヒーに手を伸ばし、顔をしかめながらひと口飲んだ。

「いやはや、シルヴィオ、たしかにきみの話は驚きだ。こうした偶然の一致ってやつは、どうも気に入らない。いや、まったくもって気に入らないぞ。まるでまだ謎が、充分深まっていないかのようじゃないか。もっと謎が必要だと言わんばかりだ……」

シルヴィオは足もとに散らばった書類を集めた。

「ひとつ、おたずねしてもいいですか？」

「こんな状況で、だめとは言えないだろうな……」

「どうにも困惑しているのは、そもそもの初めから、あなたとわたしの直感が相反していることなんです。それについて、一晩中考えてみました。初めからあなたは、すべてがステファニー・デュパン絡みだと思ってますよね。彼女に危険が迫っていると信じている。でもわたしは、なぜか事件の鍵は第三のパートにあるという気がしてなりません。犯人は大手をふって歩いている、再び凶行を働くつもりでいると。でも、命を狙われているのは子供、十一歳の子供だと思うんです」

セレナックはコーヒーカップを置くと、立ちあがって部下の肩をやさしく叩いた。

「それはたぶん、きみがもうすぐパパになるからだろう。おれは独り者だからな、子供よりも母親のほうに興味があるのさ。たとえ相手が結婚していてもね……つまりは、置かれている立場の違いさ。理にかなってるだろ？」

「そうかもしれません。ひとそれぞれ、得意の分野がありますからね」とシルヴィオは喘ぐように言った。「本当は、二人とも間違っていればいいんですが」

セレナックはこの最後のひと言にはっとして、部下をまじまじと見つめた。目の前にあるのはやつれた顔と、疲れきって今にも閉じそうな二つの目だった。シルヴィオはまだ書類の仕分けを終えていない。彼は今夜、帰る前に、眠い目をこすりながらすべてをコピーし、赤い書類箱にしまうだろうと、セレナックにはわかっていた。そしてその書類箱を地下室の棚の、しかるべき場所に片づけるだろう。モルヴァルのMのところに。こいつはそういうやつなんだ……

「なにもかも、説明がつくはずさ、シルヴィオ」とセレナックは言った。「パズルのピースをはめこむ方法が存在する。絶対に」

「そろそろ」とシルヴィオはため息まじりに言った。「ジャック・デュパンがしびれを切らせているころじゃないですか？」

「いかん！　やつのことをすっかり忘れてた！」

ローランス・セレナックは一〇一号室で腰をおろすのに、青い長靴を十足ほど押しのけ、無造作に積みあげた。ジャック・デュパンはふくれっ面をしている。右手で絶えず茶色い口ひげと、剃り残しのある頬を撫でているのは、苛立ちを募《つの》らせているあらわれだろう。

「どういうつもりなのか、さっぱりわかりませんね、警部さん。わたしが何をしたっていうんです？　もう一時間近くも、ここにすわらされているんですよ。わけを聞かせてもらいましょうか」

「事情聴取ですよ。単なる事情聴取です……」

セレナックはずらりと並んだ長靴を抱きかかえるように、大きく腕を広げた。

「よくこんなに集まったものですよ、デュパンさん。見てのとおりです。村の住人はほとんどすべて、長靴をあずけてくれました。黙って協力してくれたんです。これらの靴はすべて、殺人現場に残された足跡と一致しないことが確認されましたからね、もうみなさんを煩《わずら》わせることもありません。まあ、話は簡単です。いっぽう……」

口ひげにあてたジャック・デュパンの右手が震え出した。左手は神経質そうに肘掛けをつかんでいる。

「何度言えばいいんですか。わたしの長靴は見つからなかったんです。駐車場代わりに使っている、小学校のわきの小屋にしまっておいたはずなのに、見あたらなくなっていました。昨日だって、友人の長靴を借りねばならなくて……」

「おかしいですね、デュパンさん。泥だらけの長靴一足、どうしてわざわざ盗んだりするんんでしょう？　しかも、あなたのサイズは四十三。ちょうど現場の足跡と同じです」

シルヴィオ・ベナヴィッドは部屋の奥で、棚に寄りかかっていた。サイズが三十九から四十二までの、新品あるいは新品同様の長靴を並べた棚だ。彼は事情聴取のようすを、ぐったりしながらも面白そうに眺めていた。少なくとも、おかげで目はあけていられる。セレナックの質問に対する答えはすぐに思い浮かんだけれど、デュパンにそっと教えてやったりはしない。

「そんなこと、わかりませんよ」とデュパンは苛立たしげに言った。「長靴を盗んだのは、殺人犯かもしれません。同じサイズの長靴を見つけて、哀れな持ち主に罪を着せようと思いついたのでしょう」

シルヴィオが期待していたとおりの答えだった。こいつ、馬鹿じゃないぞ、このデュパンは。

「それが偶然にも、あなただったというわけですか？」

「ほかの誰かだったかもしれません。しかし、結果的にわたしだった。そういうことです。《偶然にも》というのはどういう意味ですか？　妙なほのめかしはやめて欲しいな、警部さん」

「言ったとおりで、深い意味はありませんよ。ところで、ジェローム・モルヴァルが殺された朝は何をしていましたか？」

デュパンは足を大きくふりまわし、ビニールの長靴を蹴散らした。癇癪《かんしやく》持ちの子供が、庭でおもちゃを放り投げるように。

「わたしを疑っているんですか？　朝の六時ごろは、まだベッドのなかでした。いつものように、妻といっしょにね」

「またしても、妙ですね、デュパンさん。われわれが得た証言によると、火曜日の朝はいつも夜明けとともに起きて、お友達のパトリック・ドロネーさんの地所へウサギ狩りに出かけているそうじゃないですか。グループで行くこともあるけれど、たいていはおひとりで。なのにどうして、事件の朝だけはいつもの習慣をたがえたんです？　あの火曜の朝だけは」

沈黙が続いた。デュパンの指が苛立たしそうに、口ひげをしごき続けている。

「そんなこと、聞かれても……男が妻とベッドのなかにいたいと思うのに、どんな理由があるっていうんです？」

ジャック・デュパンはローランス・セレナックの目を、射ぬくようににらみつけた。射ぬくという表現は、言いえて妙だった。まさに二本の矢のようだ。シルヴィオ・ベナヴィッドはこの対決を、何ひとつ見逃さなかった。ジャック・デュパンはなかなかうまく防御している、と彼はまたしても思った。

「誰もあなたが犯人だなんて言ってませんよ、デュパンさん。誰もそんなことは言ってませんよ。どうか心配しないでください。あなたのアリバイは確認してみましょう。動機に関しては……」

セレナックは机のはしに積んであった十足ほどの青い長靴を丹念に押しやると、ステファニーとジェローム・モルヴァルが手をつないで丘の小道を歩いている写真を、デュパンの目の前に置いた。

「嫉妬は充分に動機たりうるでしょうね。そう思いませんか？」

ジャック・デュパンは何が写っているのかよく知っているかのように、写真をほとんど見ようともしなかった。

「度がすぎるぞ、警部さん。わたしを疑いたいなら、好きなだけ疑えばいいさ……でも、きみのくだらないゲームにステファニーを巻きこむな。彼女はそっとしておいてくれ。いいな？」

シルヴィオは口をはさむのをためらった。状況は刻々と悪化しているような気がした。セレナックはまだ獲物を焦らして楽しんでいた。モルヴァルの言葉など耳に入っていないかのように、青い長靴を両手に持って左右の組み合わせをたしかめている。やがて彼は顔をあげ、皮肉っぽい目で相手を見た。

「反論としちゃ、あまり説得力がありませんね、デュパンさん。そうは思いませんか？　司法界の用語では、同語反復的弁護と呼ばれているやつですよ。嫉妬に基づく動機なんか自分にはないと言うくせに、過剰な嫉妬心を丸出しにしてるんですから」

デュパンは立ちあがった。セレナックから一メートルと離れていない。デュパンのほうが、少なくとも二十センチは背が低かった。

「つまらん言葉遊びはいいかげんにしろよ。わかってるぞ。きみのゲームはよくわかってるんだ。これ以上近づいたら……」

セレナックは彼と目を合わせようとしなかった。持っていた長靴を投げ捨て、また別の長靴を手に取ってにやりとする。

「デュパンさん、まさかしかるべき捜査の進展を妨げるつもりだなんて、言うんじゃないでしょうね？」

ジャック・デュパンがどこまで抵抗を続けるか、シルヴィオ・ベナヴィッドには予想がつかなかった。どのみちそんなこと、知りたいとも思ってなかった。だから彼はいいタイミングで、ジャック・デュパンの肩をなだめるように叩き、上司には落ち着くよう合図を送った。

33

シルヴィオ・ベナヴィッドはジャック・デュパンを警察署の外まで送っていった。型どおりの社交辞令やとおりいっぺんの謝辞が、すらすらと口から出た。ベナヴィッド警部はそういう才能に長けていた。ジャック・デュパンは腹立たしそうにフォードに乗ると、少しでも意地を見せようというのか、カルノ通りの駐車場をものすごい勢いで走り抜けた。シルヴィオは目を閉じ、それから警察署に戻った。彼は上司の心理状態をとらえるのも得意だった。

「何を考えていたんだ？　シルヴィオ」

「あなたはタフだなってね。いや、もうタフすぎだ」

「オーケー。それが南仏人《オクシタン》らしいところなのさ。ほかにも何か考えていたのでは？」

「さあ、どうでしょう。デュパンのことなら、たしかに怪しいですね。ともかく、彼の心理はよくわかります。執着しても不思議のない奥さんがいるんですから。そこはあなたも認めるはずです。だからって、殺人までするかどうかは……」

「おいおい、シルヴィオ。それじゃあ、盗まれたっていう長靴の件はどうなんだ？　初めから筋が通らないじゃないか。アリバイのことだってそうだ。事件の朝、ジャック・デュパンは狩りに行ったたって、妻のステファニーがおれに断言したんだぞ」

「なるほど、そこは引っかかりますね。二人の証言をつき合わせねばなりません。でも、彼に不利な証拠が、やけにどんどん集まってくるような気がしませんか？　まずは奥さんがモルヴァルと歩いている写真が、密告者から送られてきた。次に、長靴がなくなった……誰かがデュパンに、疑いの目をむけさせようとしているとも考えられます。靴底の跡に関しては、釈明が必要なのは彼ひとりじゃありません。ジヴェルニーの住民全員を調べ終えたとは、とうてい言えませんしね。扉が閉ざされたままの家や空き家、日ごろはパリに住んでいる人の家もありました。まだまだ時間がかかります。ずっと多くの時間が……」

「やれやれ……」

セレナックはオレンジ色の長靴をつかむと、二本の指で踵をつまんだ。

「やつなんだ、シルヴィオ！　理由は訊かないでくれ。でも、おれにはわかってる。犯人はジャック・デュパンなんだ」

ローランス・セレナックはオレンジ色の長靴を、正面の棚に並べた十足ほどの長靴めがけていきなり放り投げた。

「ストライク！」シルヴィオ・ベナヴィッドはぼそりと言った。

上司はしばらく平然と黙っていたが、突然大声を張りあげた。

「このままじゃ、捜査は行き詰まりだ。一時間後、チーム全員を招集してくれ」


こうして、ヴェルノン署のチーム全員を集めたブレインストーミング会議が催された。司会役のローランス・セレナックは、みんなからアイディアを引き出そうと必死だった。破れたカーテンのかかる部屋には、陽光があふれている。シルヴィオ・ベナヴィッドは、テーブルのはしでうとうとしていた。かくっと寝こんで息が止まる合間に、署長のセレナックがさまざまな手がかりを総括し、進めるべき捜査の膨大なリストを並べる声が聞こえてくる。モルヴァルの愛人たちの身もと確認や、近親者の聞きこみ。印象派に絡んだ美術品密売事件、特にアマドゥ・カンディ周辺の調査。セオドア・ロビンソン財団に関する詳細。一九三七年にエプト川で起きた奇妙な溺死事件。ジヴェルニーの住民へのさらなる聞きこみ。とりわけ、モルヴァルの近所に住む人々や近親者、家に長靴がなかった者、十一歳の子供がいる家庭……それに眼科クリニックの患者についても、調べねばならない。

こいつはひと仕事だぞ。セレナック警部も、それはよくわかっていた。たった四人のチームには手に余る。やらねばならないことは、ほかにもあるのだし……手あたり次第につるはしを振るい、まぐれあたりを期待するしかないだろう。つるはしが見事金鉱を掘りあてるのを待つしかない……いつだってそんなもんだ。警官は慣れている。セレナックがひとつだけ、部下にまかせなかった任務、それはジャック・デュパンのアリバイを確認することだった。これはおれがやる……ボスの特権っていうやつだ！

「ほかにアイディアは？」

リュドヴィック・モーリー巡査は、ロッカールームの補欠サッカー選手みたいにうんざりしながら、上司の過剰な命令を聞いた。背中にあたる陽光が、うなじをじりじりと焼いている。ブレインストーミングのあいだ、彼は目の前に並んだ現場写真をもう一度じっくり眺めた。小川、橋、洗濯場。ジェローム・モルヴァルの死体は足を土手に乗せ、頭を水に沈めている。アイディアが湧く瞬間というのは、どういうきっかけがあるのだろう？　そこのところはよくわからないが、ともかく彼は指をあげた。

「何かあるのか、リュド？」

「ひとつ思いついたんですが、捜査の現状から考えて、川底を徹底的に浚《さら》ってみてもいいんじゃないかな？」

「というと？」セレナックは苛立ったような声を出した。モーリー巡査が南仏風のくだけた口調で言ったのが、にわかにカチンと来たかのように。

シルヴィオ・ベナヴィッドははっと目を覚ました。

「つまり……」とモーリーは続けた。「われわれは犯罪現場のいたるところを調べました。

写真を撮り、足跡や指紋、試料を集めて。もちろん、小川のなかも確認したけれど、川底の砂まで浚ってはいませんよね。河床を掘り返し、奥まで調べたりはしてません。写真を見ていて、ふと思いついたんです。モルヴァルのポケットは、流れのほうをむいている。なかに入っていたものが水のなかに流れ出し、砂に埋まってしまったかもしれないって」

セレナックは手を額にあてた。

「なるほど……ありえないことじゃない……おい、シルヴィオ、起きてるのか？　至急、チームを編成してくれ。堆積物に詳しい専門家も探してくるんだ。川底の泥から見つかった品がいつごろのものなのか、正確に鑑定できる人間を」

「わかりました」シルヴィオは重量挙げでもするように、力いっぱいふんばって瞼を持ちあげた。「あさってになりますがね。だってほら、明日はわたしたち二人とも、文化遺産鑑賞の日ですから。あなたはクロード・モネの庭を、わたしはルーアンの美術館を訪れることになってます」

34

ブランシュ・オシュデ＝モネ通り。デュパン夫妻の屋根裏部屋。ブラインドの隙間から、夕日が射しこんでいる。ジャック・デュパンは、ノルマンディの田舎家が載った売り家の冊子を丸めた。

「弁護士を雇おう、ステファニー。不当な捜査で訴えてやる。セレナックとかいうあの警官、あいつはどうかしてるんだ。まるで……」

ジャック・デュパンはベッドのうえでふり返った。たしかめるまでもない。彼がいくら話しかけても、妻は背中をむけている。うなじ、長い髪、顔の一部、それに本を持った手が見えるだけだ。ときにはシーツが味方して、腰の下あたり、すばらしいお尻が覗いていることもあった。撫でまわしたくなるのを、毎晩ぐっとこらえているお尻が。

「あいつはぼくを捕まえる気らしい。この事件に、個人的な利害を絡めているんだ」

「心配いらないわ」と背中が答えた。「落ち着いて……」

ジャック・デュパンは売り家の冊子に再び集中しようとした。正面にある目覚まし時計の文字盤が、ゆっくり時を刻んでいく。

午後九時十二分……

午後九時十七分……

午後九時二十四分……

「ステファニー、何を読んでるんだ？」

「別に」

背中は寡黙だ。

午後九時三十一分……

午後九時三十四分……

「家を見つけてあげるよ。こんなちっぽけな、学校のわきの屋根裏部屋なんかじゃなく、きみが夢見ているような家を。何といっても、家探しはぼくの仕事だからね。いつかきみにプレゼントする。辛抱強く待っていてくれれば、いつか……」

背中が少し動いた。手がナイトテーブルへ伸びて、本を置いた。

『オーレリアン』だった。

ルイ・アラゴンの。

ステファニーはベッドランプのスイッチを切った。

「きみがぼくから決して離れないように」ジャック・デュパンの声が、闇のなかでささやいた。

午後九時三十七分……

午後九時四十一分……

「きみもあいつに、勝手なまねはさせるなよ、ステファニー。あの警官は、ぼくたちを引き裂こうとしている。そんなこと、させないでくれ。わかってるだろ。ぼくはモルヴァル殺しに関わっていない」

「わかってるわ、ジャック。わたしたち二人とも、それはよくわかってる」

背中はすべすべとして冷たかった。

午後九時四十四分……

「きっとだ、ステファニー……きみの家、二人の家をきっと見つける……」
シーツがかさかさとこすれる音がした。
背中が消え、二つの乳房と性器が会話を押しのける。
「子供が欲しいわ、ジャック。まず、子供が」

35

ジェイムズはあおむけに寝ころび、最後の陽光を味わっていた。丘のむこうに日が沈むまでには、まだ十五分ほどある。日暮れは午後十時少しすぎだろう。ジェイムズは時計を持っていなかった。モネと同じように、太陽のリズムに従って暮らしている。日の出とともに起き、日暮れとともに休むのだ。だからこの時期、毎晩少しずつ寝るのは遅くなる。今、太陽はポプラの木とかくれんぼをしていた。

暑さ寒さは交互に訪れる。今日はとても暖かく、心地よい晩だ。ジェイムズは瞼を閉じた。絵を描く時間が少しずつ減り、眠る時間が増えている。それは自分でもわかっていた。村人たちもきっと思っているだろうが、おれは画家というより、だんだんホームレスに近づいている。

嬉しいじゃないか！　律儀な村人たちの目に、ホームレスとして映るなんて。司祭や村長、教師、郵便配達夫と同じように、どの村にもひとりホームレスがいるものだ。おれはジヴェルニーのホームレスになろう。クロード・モネの時代にも、ひとりいたらしい。いつもフェルト帽をかぶっていたことから、侯爵《ル・マルキ》と呼ばれていたそうだ。彼はその帽子を取って、通行人たちに挨拶をした。けれどもとりわけ侯爵は、モネの家の前でモク拾いをすることで知られていた。老画家がまだ長いまま捨てていった吸殻を、彼はせっせとポケットに詰めこんだ。堂々たるものだった。

そう、ジヴェルニーのホームレスに、侯爵になる。それは立派な志だ。しかしそれを達成するにはまだ道半ばだと、ジェイムズにはわかっていた。今のところファネットを除けば、畑の真ん中にイーゼルを立て、寝起きしている瘋癲《ふうてん》老人のことなど、誰も関心を持っていない。

ファネットを除けば……

ファネットひとりで充分だ。

だってそうじゃないか。ファネットは本当に、才能豊かな少女だから。おれなんかより、ずっと優れている。あの子はまさに神の賜物《たまもの》だ。彼女がジヴェルニーに生まれたのも、天の配剤と言うべきだろう。そして神様は、おれの行く道にあの子を遣わした。

ファネットはさっき、おれを《トロニョンおじさん》と呼んだっけ。セオドア・ロビンソンの絵にあるように。トロニョンおじさん……ジェイムズはファネットが言ったその言葉を味わいながら、死んでもいいかと思った。

トロニョンおじさん

おれが求めてきたものを、集約しているかのようだ……セオドア・ロビンソンの傑作から始まり、将来有望な天才少女の生意気なひと言で終わる探索の道だ。

このおれが、トロニョンおじさんとはな。

誰がそんなこと、想像しえただろう？

太陽はもう輝いていない。

午後十時には、まだ少しあるのに。突然、あたりが薄暗くなった。太陽は急に遊びを変えたのだろうか？　さっきまではポプラの木とかくれんぼをしていたのに、今度は目隠し鬼っていうわけか。太陽は月に逃げる間を与えるため、ポプラの陰に隠れて二十まで数えているかのようだ。

ジェイムズは目をあけ、びくっと体を震わせた。

視界いっぱいに石がある。大きな石が顔の真上、ほんの五十センチほどうえにあった。

現実とは思えない光景だ。

夢ではないとわかったときには遅すぎた。石は熟《う》れた果実かなにかのように、ジェイムズの顔面を叩きつぶした。こめかみから血が噴き出ると同時に、激痛が彼を捕らえた。すべてが崩れ落ちた。ジェイムズはうつ伏せになってもがき、麦の穂のなかを這い進んだ。川はすぐそこだ。家や水車小屋もある。大声で助けを呼ぶんだ。

ところが彼の口から、声は一切出なかった。意識を失うまいと、必死に闘った。激しい耳鳴りがして、何も考えられない。頭のなかに蒸気がいっぱいに詰まって、今にも爆発しそうだった。

ジェイムズはさらに這った。すぐそこに、犯人の気配がした。とどめを刺そうと、待ちかまえている。

何を待っているんだ？

木の脚が二本、見える。イーゼルだ。彼は両手で必死にしがみつき、腕に最後の力をこめて立ちあがろうとした。

イーゼルはがたがたと音を立てて崩れた。絵具箱が目の前に落ちてきて、絵筆、鉛筆、絵具のチューブが草のうえに飛び散った。絵具箱の内側に彫られていた脅迫文が、ちらりとジェイムズの脳裏をかすめた。彼女はぼくのものだ。今も、これからもずっと。脅しの意味はわからない。誰が、何のために書いたのかも。

見てはいけないものを、見てしまったのだろうか？

わからないままに死んでいくんだ。もう頭が働かない。残りの血とともに、思考力までもが地面に流れ落ちていくみたいだ。彼は絵具チューブのうえを這った。チューブがつぶれて穴があく。それでも、ひたすら前へ前へと這い続けた。

頭上にある人影を、彼はずっと感じていた。

落ち着け。ふり返って起きあがり、何か言うんだ。わかっているのに、それができなかった。恐怖のあまり、体が凍りついている。こいつはおれを殺そうとした。また襲いかかってくるだろう。逃げなくては。もうそのことしか考えられない。頭のなかが、ぶんぶんと鳴り続けている。もう、原初の欲動に従うしかない。這え、遠ざかれ、逃げろ。

二つ目のイーゼルを倒した。ともかく、ジェイムズは二つ目だと思った。目のなかにも血が満ち始めた。霧がかかったみたいに、視界が曇っている。目の前の景色は赤や赤褐色、真紅に染まっていた。川は遠くないはずだ。誰か来てくれれば、助かるかもしれない。

もっと這うんだ。

行く手にはイーゼルがひとつ、またひとつあった。パレットや絵筆、ペインティングナイフとともに。

人影は先まわりした。

今やジェイムズの前にいる。粘つく赤い膜のなかに、彼のペインティングナイフをつかむ手が見えた。ナイフが近づいてくる。

もう終わりだ。

ジェイムズはさらに数センチ這い進み、腕をついて上体を起こした。最後の力をふり絞った。体がごろごろと転がり出す。一回、二回、数回と続けて。一瞬、期待が芽生えた。傾斜地にむかって転がっていこう。草地の緩い坂に沿って滑りおりれば、エプト川までたどり着ける。そうすれば、助かるかも。

けれど、そう思ったのはほんの一瞬だった。

ジェイムズの体はあおむけのまま、押し倒した麦の穂のうえで動けなくなった。二メートルも進んでいない。もう何も見えなかった。彼は絵具混じりの血を吐き出した。まともな思考など、もう働かせようもなかった。

人影が近づいてくる。

ジェイムズは最後にもう一度、一度だけ、筋肉を動かそうとした。しかし、できなかった。もう体は、意のままにならない。おそらく、目も。

人影は彼のうえにいる。

ジェイムズはそれを見つめた。

突然、意識がはっきりした。流れ出た脳味噌が、すべて戻ってきたかのように。死刑囚に許された、最後の一服みたいなものだろう。人影の正体はすぐにわかったが、それでもジェイムズはわが目を信じられなかった。まさか、ありえない！　どうして、これほどまでの憎悪を抱くのか？　いったいどんな妄念に取り憑かれているんだ？

人影は片手でジェイムズを地面に押しつけ、もう片方の手でペインティングナイフを胸に突き立てようとした。身動きが取れなかった。麻痺した頭はもう、痛みを感じないだろう。それでも恐ろしかった。

今、ジェイムズは理解した。

今、彼は生きたかった。

死にたくないというんじゃない。どうせ、大して価値のない一生だったし。ただ、何が起ころうとしているのかわかった以上、それをやめさせるために生きたかった。避けがたい恐怖の連鎖を断ち切り、悪辣なたくらみを阻止しなければ。そのなかではジェイムズも、ささいな悲劇的エピソードの脇役を演じているにすぎない。

冷たい刃が肉に食いこむのを感じた。

おれは歳をとりすぎた。もう、苦しみもない。命が抜け出ていく。おれは役立たずだ。これから始まろうとしている悲劇に、立ちむかうこともできなかった。ファネットを守るには歳をとりすぎていたんだ。これからは、誰が少女を助けてやるのだろう？　彼女を覆いつくそうとしている影から、誰が救い出すんだ？

ジェイムズは風が吹き抜ける麦畑を、最後にもう一度眺めた。麦の穂に埋もれたおれの死体を、誰が見つけるだろう？　それはいつのことか？　数時間後？　それとも数日後？　死に際の幻覚だろうか、彼は生い茂った雑草とひなげしのなかに立つカミーユ・モネのような、日傘を持った女が見えたような気がした。

今はもう、思い残すことはない。結局、このためにコネチカットを離れたんだ。ジヴェルニーで死ぬために。

ゆっくりと日が沈んでいく。

息絶える直前、ジェイムズが最後に感じたのは、彼の冷たい肌に触れたネプチューンの震える毛だった。

九日目　二〇一〇年五月二十一日（ロワ街道）

——感情

36

この二日、ジヴェルニーで晴天が続いた。嘘じゃないわ。この季節、ほとんど奇跡みたいなものだ。

わたしはロワ街道に沿って歩いていた。歳をとるにつれ、ますます観光客たちの気が知れないと感じるようになった。モネの庭に入るのに、みんなよくもまあクロード・モネ通りの歩道に二百メートルもずらりと列を作り、一時間以上も待っているものだ。ロワ街道を散歩すれば、それで充分なのに。県道に沿って歩くだけで、誰でも緑の柵の合間から、モネの家や庭が少しも待たずに見られるのだ。すばらしい記念写真を撮ることも、花の香りを嗅ぐこともできる。

自転車道と車道を区切る植えこみをかすめて、車が全速力で通りすぎていく。そのたび、植えこみの葉が痙攣《けいれん》したかのように揺れた。ドライバーはみな地元の住人で、勤め先のヴェルノンにむかうところなのだ。緑色のよろい戸がついたバラ色の家など、とっくの昔に彼らの眼中になくなっていた。モネの家なんかどうでもいい。ロワ街道は彼らにとって、ヴェルノンへむかう県道五号線でしかなかった。

けれどもわたしの歩調なら、花を愛《め》でる時間はたっぷりある。嘘じゃない。もちろん、庭はすばらしい。バラのカテドラル、丸く並べたベンチ、ノルマンディ風の花園、クレマチスの滝、咲き乱れるピンクのチューリップや忘れな草……どれをとっても見事なものだ。

それには誰も異を唱えまい。

アマドゥ・カンディに聞いた話だが、十年前、日本の片田舎にモネの家やノルマンディ風の花園、水の庭をそっくり模した庭園ができたのだそうだ。信じられるだろうか、そんなこと？　わたしも写真でたしかめてみたけれど、本物のジヴェルニーとほとんど見分けがつかないほどだった。写真ならいくらでもごまかせる、と言うかもしれない……でも、日本に第二のジヴェルニーを作ろうなんていうアイディア自体驚きだ。わたしには思いもつかないことだわ。

正直言って、わたしはもう何年も、モネの庭に入ったことがない。ジヴェルニーにある、本物のほうにという意味だ。人が多すぎて、どうにも耐えられない。何千人もの観光客が大挙して押しかけ、足を踏んづけ合ったりしている。わたしのような年寄りの行くところではない。それに観光客たちはモネの家を訪れると、たいていびっくりする。アートギャラリーと違って、そこには巨匠の絵が一枚もないからだ。『睡蓮』の絵も、太鼓橋やポプラの絵もない。あるのはただ家とアトリエ、庭だけ。本物のモネの絵を見たければ、オランジュリーやマルモッタン、ヴェルノンの美術館に行かなければ……つまるところ、やはり柵のこっち側にいたほうがいいんだ。それにわたしの感情は、自分自身にしかむかわない。目を閉じさえすれば、瞼の裏にはっとするほど美しい庭の景色が浮かんでくる。

決して消えることなく。嘘じゃないわ。

猛り狂ったドライバーたちが、ロワ街道を次々に走り抜けていく。一台のトヨタが、時速百キロ以上も出して通りすぎた。みんなはたぶん知るまいが、百年前、道路をアスファルト舗装する費用を出したのはクロード・モネなのだ。花が街道の埃にまみれてしまうからと。それならいっそ、バイパス道路でも造らせたほうがよかっただろうに。県道の両側に広がる庭のあいだには地下道があって、観光客が行き来しているなんて、どうせ彼らは思いもしないのだから。

まあ、いい……ジヴェルニーの老女が村や周辺の変化について一席ぶったところで、みんなうんざりだろう。気持ちはよくわかるわ。おまえは何のゲームを楽しんでいるんだ、この事件でどんな役を演じているんだ、といぶかしんでいるに違いない。ただみんなを盗み見ているのをやめて、いつ、どのように事件に関わってくるのか？　それはなぜなのか？　関心があるのは、そこだものね？　いや、いや、そう急かさないで。あと数日、待って欲しい。今しばらくは、誰ひとり見むきもしない老女の立場でいさせて欲しい。いつもずっとそこにある電信柱か道路標識みたいに、誰も注意をむけない存在でいたいのだ。わたしはこの事件の結末を知っているると主張するつもりはないけれど、それでもわたしなりの考えはある。

この物語に決着をつけるのはわたしだ。がっかりさせないわ。わたしを信じなさい。

だからもう少し辛抱して、目の前にあるモネの庭のことを話させてちょうだい。注意力を研ぎ澄ませて。細かな点のひとつひとつが大事なのだから。五月の朝はたいてい、遠足の小学生が押しかける。一か月間ずっと、毎朝校庭並みの騒がしさだ。もちろんそれは、教師がどこまで子供たちの関心を絵画にむけられるか次第だけれど。子供たちがどれくらいの時間、バスに閉じこめられていたかによっても、興奮の度合いは違ってくるし。

ときには、ひと晩じゅうバスに揺られてくることもある。サディストの先生がいるのね。少なくとも、いったん庭に入ったら、先生たちはひと息つける。そっと見張っていればいいのだ。子供たちは公園にいるのと変わらない。しかも、学習教材も整った公園だ。みんなクイズの解答用紙を埋めたり、デッサンをしたりしているので、睡蓮の池で溺れさえしなければ、何の危険もない。

一台のトラックが、ロワ街道からわたしにクラクションを鳴らした。パン屋のロランだ。わたしも小さく手をふる。ジヴェルニーの店主でわたしを知っているのは、もうリシャール・ロランと、アートギャラリーをやっているアマドゥ・カンディくらいのものだ。ジヴェルニーの看板の多くが、毎年のように変わっていく。ギャラリー、ホテル、民宿。寄せては返す人の波。そう、ジヴェルニーは開花に合わせて満ち干を繰り返す潮のようなものだ。わたしは砂浜に打ちあげられ、今、それを遠くから眺めている。

もう少し待とう……

バイクの音が聞こえた。タイガー・トライアンフT一〇〇の特徴的な爆音が。ルロワ通りの団体入り口にとまるつもりなのだろう。八十を越えた老女が、エンジン音を聞いただけでバイクの種類を言いあてるなんて、おかしいと思うかもしれない。しかも古い、ほとんど骨董品と言っていいようなバイクだ。でも、それにはれっきとしたわけがある……だから信じて欲しい。どんなにたくさんのなかからだろうと、わたしはタイガー・トライアンフT一〇〇の音を聞き分けられる。

忘れるものですか……

ついでに言っておくならば、その音に耳を澄ませたのはわたしだけではない。ステファニー・デュパンがモネの家のいちばん高い窓から、ほどなく顔を覗かせた。壁面に絡まる蔦に半分隠れているけれど。彼女はうえから見おろし、生徒を数えているふりをした。

よくやるわ……

わたしにはわかる。心のなかで、感じとれる。エンジンの音を聞いただけで、ステファニー・デュパンが震えだすのが。彼女は花壇のあいだを駆けまわる子供たちを注意深げに、でもどこか気がなさそうに見守っている。でもクラスの生徒たちは、しばらくのあいだやりたい放題ができそうね……

37

ステファニー・デュパンは階段を駆けおりた。ローランス・セレナックが小さな青の間と呼ばれる読書室で彼女を待っていた。

「こんにちは、ステファニーさん。またお会いできて、嬉しいですよ」

女教師は息を切らせている。セレナックはくるりと半回転した。

「いやあ、モネの家に入ったのは初めてなんですよ。こんな機会をくださって、ありがとうございます。話には聞いていましたが……すばらしいですね」

「こんにちは、警部さん。入れてもらえたんですね。本当にいい機会でした。ついていますよ。だって今朝はジヴェルニー小学校の貸し切りなんですから。一年に一回の、例外的な日です。わたしたちだけで、モネの部屋を見てまわることができるんです」

わたしたちだけで……

いい、い、い、

わたしたちだけで……

ローランス・セレナックは、言うに言われぬ興奮に包まれるのを感じた。幻想と不安がない交ぜになったような興奮に。

「生徒さんたちは？」

「庭で遊んでいるわ。大丈夫よ、危ないことは何もありません。連れてきたのは、高学年の子だけだし。それに、ちらちらようすは見てます。家の窓はすべて、庭をむいていますから。

真面目な子は絵を描いたり、インスピレーションのもとを探したりしているでしょう。近々、ロビンソン財団の絵画コンクールに応募する予定なんです。あとはみんな絵のことなんか忘れて、橋の下や植え込みのまわりでかくれんぼでもしているんじゃないかしら。モネの時代から、そうだったんですよ。年老いた画家が隠遁《いんとん》生活を送る静かな屋敷なんていう神話を信じちゃいけません。モネの家には彼の子供や孫たちも住んでいたんですから」

ステファニーは前に出て、ガイドのようなポーズを取った。

「見てのとおり、わたしたちが今いるのが青の間。その隣が、香辛料室《エピスリ》と呼ばれる小部屋です。ほら、壁に卵をしまう箱がありますよね……」

女教師は青と赤の、色鮮やかな絹のワンピースを着ていた。太いベルトでウエストを絞り、花模様のボタンが二つ、襟もとをしっかりとめている。それは浮世絵に描かれた日本女性を彷彿させた。髪はうしろでまとめ、薄紫色の目が壁の淡い色合いとよく合っている。セレナックは目のやり場に困った。なんて艶《あで》やかなワンピースだろう。まるで数年前に見たモネの絵、最初の妻、カミーユ・ドンシューが日本の着物を着てポーズを取るあの絵のようだ。セレナックはジーンズにコットンシャツ、革ジャン姿の自分を、場違いな闖入者《ちんにゅうしゃ》のように感じた。

「次の部屋に行きましょうか？」とガイドのやさしい声がした。

黄色だった。

部屋全体が黄色に塗られている。壁、戸棚、椅子。すべて真っ黄色だ。セレナックはあ然として立ち止まった。

ステファニーが彼に近づいた。

「ここはモネが著名な招待客を迎えた食堂です」

セレナックは部屋の輝きに魅了された。そして彼の目は、壁に掛かった一枚の絵にとまった。ルノワールのパステル画だ。白い大きな帽子をかぶって椅子に腰かけた若い女を、斜め前から描いている。彼はさらに近寄った。若いモデルのピンクがかった肌にかかる、茶色の長い髪。そのグラデーションがすばらしい。

「とてもきれいな複製画ですね」と彼は言った。

「複製画？　そうはっきり言いきれますか、警部さん？」

セレナックはその言葉に驚いて、まじまじと絵を見つめた。

「そうですね……この絵をパリの美術館で見たとしたら、本物だと信じて疑わないでしょうが。でもここはモネの家ですから、誰もが知るとおり……」

「それじゃあ」とステファニーはさえぎった。「これは正真正銘本物のルノワールだと言ったら？」

女教師は当惑げな顔のセレナックを前ににっこり笑うと、小声でこうつけ加えた。

「でも、これは秘密ですからね……誰にも漏らしてはいけませんよ」

「からかっているんですか？」

「とんでもない。じゃあ、もうひとつ秘密をお教えしましょう、警部さん。もっとびっくりするような秘密を。モネの家をよく探せば、戸棚やアトリエ、屋根裏部屋から、まだまだ傑作がたくさん見つかるでしょう。ルノワール、シスレー、ピサロの本物が、何十枚も。もちろんモネの『睡蓮』だって……すぐそこにあるんです」

ローランス・セレナックは疑わしそうにステファニーを見つめた。

「どうしてそんな作り話をするんですか？　誰だってわかりますよ。まさか、ありえないって。ルノワールやモネの絵が、どれほどの値段になることか。文化的な価値だって計り知れません。それがここで埃に埋もれているなんて、想像できません。そんなの……馬鹿げてます」

ステファニーは魅力たっぷりのふくれっ面をした。

「警部さん、わたしの打ち明け話が信じられないと思うのは、しかたないでしょう。でも、それはありえないとか、馬鹿げているとかおっしゃるのにはがっかりしました。だってこれは、真実なんですから。それにジヴェルニーの住人なら、みんな知っているわ。モネの家に真の宝が隠されていると。でもそれは公然の秘密で、誰も口にはしないんです」

ステファニーがぷっと吹き出す瞬間を、セレナックは待ちかまえていた。しかしそれは、いっこうに訪れなかった。女教師の目は、いたずらっぽく輝いてはいたけれど。

「ステファニーさん」セレナックは沈黙に耐えきれず、口をひらいた。「すみませんが、その手の冗談を試すなら、わたしみたいに疑り深くはない警官を相手にやってください」

「まだ信じないとおっしゃるのね？　残念だわ。でもまあ、大したことじゃないわね。その話はもうやめましょう」

女教師はいきなりうしろをむいた。セレナックは戸惑っていた。今日、ここに来るべきではなかったのかもしれない。ステファニーとは、どこか別な場所で待ち合わせをすべきだった……でも、もう遅すぎる。いろいろなことがもつれ合って、収拾がつかなかった。状況が違っても、同じことかもしれない。彼は思いきって切り出した。

「ステファニーさん、わたしがここに来たのは、モネの家を案内してもらうためでも、絵画についておしゃべりするためでもありません。もっと大事な話が……」

「しっ」

今はだめよ、とでもいうように、ステファニーは指を口にあてた。学校の先生が、昔からよくするしぐさだ。

彼女はガラスの入ったサイドボードを示した。

「モネは洗練されたもてなしで、招待客を迎えようとしたんです。クレイユ&モントローの青い陶器や、日本の浮世絵で……」

ローランス・セレナックは思わずステファニーの肩に手をかけ、すぐに後悔した。そんなことはすべきではなかった。絹の布地はすべすべとして滑らかで、素肌のうえにまとったもう一枚の肌のようだった。その手触りが彼の心を乱し、警官らしからぬ気持ちを掻き立てた。

「真面目な話、昨日はあなたのだんなさんと、ひと悶着ありました」

ステファニーは微笑んだ。

「話は昨日の晩、少し聞いてます」

「彼は容疑者です。冗談で言ってるんじゃありません」

「でも、それは間違いだわ……」

セレナックはステファニーの腕を撫でるかのように、指先で絹の布地にそっと触れた。強く握りしめる勇気はなかった。冷静さを失うまいと、彼は必死に闘った。

「口先だけのごまかしはやめてください。昨日の訊問で、だんなさんは事件の朝、あなたとベッドのなかにいたと答えました。しかしあなたは三日前、まったく違う証言をしています。つまり、お二人のうちのどちらかが、嘘をついていることになる。だんなさんか、あるいは……」

「警部さん、何度言ったらわかるんですか？　わたしはジェローム・モルヴァルの愛人ではありません。親しい友人ですらないんです。だから、夫がモルヴァルを殺す動機はありません。昔から言われるじゃないですか。動機がなければ、アリバイも必要ないって」

ステファニーはうっとりするような笑みを浮かべ、するりと身をかわした。

「あなたは演出を凝らすのがお好きなようですね。ジヴェルニーじゅうの長靴を集める作戦のお次は、事件の朝、ベッドで愛を交わしたか、村の夫婦みんなにたずねるってわけかしら？」

「ステファニーさん、これは遊びじゃないんです」

「そんなことわかってます、警部さん」彼女は突然、横柄な教師の口調になった。「だから事件のことやこんな質《たち》の悪い捜査で、わたしをわずらわすのはやめてください。大事なのはそこではないのに。あなたは何もかも台なしにしているわ」

ステファニーはセレナックから離れると、レンガ敷きの床のうえを滑るようにして隣の部屋へ行き、ふり返った。にこやかな笑顔が戻っている。まるで天使と悪魔だ。

「ここはキッチンよ」

今度は青色がセレナックを圧倒した。壁の青、陶器の青。スカイブルーからターコイズブルーまで、ありとあらゆる青がそろっている。

ステファニーは香具師《やし》の口上みたいな口調で言った。

「家政婦たちには、このゆったりとしたキッチンがとりわけ好評でした。銅の炊事道具やルーアンの陶器がそろっていて……」

「ステファニーさん……」

女教師は暖炉の前に立ち、セレナックの革ジャンに両手を伸ばした。そしてあっという間もなく、左右の裾をつかんだ。

「警部さん、最後にもう一度、きちんと確認しておきましょう。夫はわたしを愛しています。わたしのためなら、何でもするでしょう。でも相手が誰であれ、人を傷つけるなんてできやしません。犯人を捜すなら、ほかをあたってください」

「じゃあ、あなたは？」

ステファニーはびっくりして、わずかに手を緩めた。

「どういうこと？　わたしが人に危害を加えるとでも？　そうおたずねなんですか？」

大きく見ひらいた薄紫色の目に、セレナックがまだ知らない表情が浮かんだ。彼は困惑げに口ごもった。

「まさか、とんでもない。あなたはだんなさんを愛しているのかとたずねたんです」

「ずいぶん立ち入ったことをお訊きになるんですね」

ステファニーは革ジャンから手を放すと、食堂から青の間を抜け、香辛料室へ引き返した。セレナックはどう応じたものか戸惑いながら、あとを追った。香辛料室から二階に続く木の階段に、ステファニーのワンピースがこすれた。板張りのステップを磨くかのように。

女教師は上階へと姿を消す前に、ひと言、たったひと言こう言った。

「そうなるかしらね」

38

シルヴィオ・ベナヴィッドはルーアンの大聖堂前広場にじっと立っていた。ルーアンに来たのは、ほとんど一年ぶりだった。おまけにガイドブックまで手にしているのだから、はた目には観光客だと思われているだろう。でも、そんなことかまわない。美術館の学芸員アシル・ギヨタンとの待ち合わせは三十分後だったけれど、わざわざ早くやって来たのだ。印象派にゆかりの深い古都ルーアンの雰囲気に身を浸し、心の準備をするために。

彼は観光案内所をふり返り、ガイドブックを調べた。クロード・モネはこの建物の二階から、ルーアン大聖堂《カテドラル》の絵のほとんどを描いたのだった。絵は全部で約三十枚あり、時刻や天候によってそれぞれ違っている。モネの時代、観光案内所は衣料品店だった。さらに遡れば、ルネサンス期のルーアンを代表する歴史建造物、財務院だった。シルヴィオはガイドブックを熟読した。モネは広場やグラン＝ポン通り、グロ＝オルロージュ通りのさまざまな家から、また別の角度で大聖堂を描いた。なかには、戦争で破壊された家もあった。

夜明けとともにイーゼルを担いで、住人がまだ寝ている家に押しかけるモネを思い浮かべ、シルヴィオはにやりとした。画家はそうやって何か月間も、女性用試着室の窓辺に陣取っていたのだろう。同じモチーフで三十枚もの絵を、ただひたすら描くために。頭がおかしいと、思われていたかもしれない。

しかし人は心の奥底で、常識を超えた人間に感嘆するものだ。

シルヴィオは大聖堂をふり返った。そう、人は無謀な挑戦に感嘆する。こんなとてつもない建物を四百年かかっても造ろうと思い立った男は、とうていまともとは思えない。しかしこの大聖堂に見とれるとき、彼は正しかったのだと認めているのだから。何千人もの人夫が命を落とそうとかまわない。大聖堂の尖塔をフランスいち高くしたいのだと、男は言い張ったことだろう。当時、こうした建築現場では死者が絶えなかったが、それは忘れられている。結局すべて、忘れ去られるのだ。血なまぐさい、残酷な出来事は忘れられ、人々は無謀な挑戦に感嘆する。

警部は腕時計をたしかめた。遅れたくなければ、のんびり歩きまわってはいられない。時間厳守は小学生のころから、習い性となっていた。彼は大聖堂前広場を出て、デパートのアーケードを抜けた。《カルメ通り》と標示板にある。たしか美術館は左側のはずだ。シルヴィオは木骨造り《ハーフティンバー》の家が立ち並ぶ狭い通りに曲がった。中世の色合いを残すルーアンの中心街にいると、いつも方向感覚を失ってしまう。なんだかこの町は、ひねくれ者が想像した迷路のようだ。きっとそいつは、フランスいち高い大聖堂を造ろうとしたのと同じ男に違いない。おまけにシルヴィオは道順の確認に、どうも集中できなかった。ルーアンに着いたときから、ずっと気になっていた。モルヴァル事件には、何かしっくりこないところがある。誰かが裏で、この事件の糸を引いているのではないか？　悪賢い親指小僧が手がかりを道に置いて、思いどおりに導いているのでは？　だとしたら、そいつは何者なんだ？

ようやく一九四四年四月十九日広場にたどり着いたシルヴィオは、そこで一瞬ためらったあと、いきなり右に曲がった。ちょうどそのとき、女が猛然とベビーカーを押してすれ違った。ベビーカーの車輪が警部の足にあたっても、母親はスピードを緩めなかった。シルヴィオはもごもご詫びながら、考え続けていた。

何者なんだ？

ジャック・デュパンだろうか？　それともアマドゥ・カンディ？　もしかしたらステファニー・デュパンか、パトリシア・モルヴァルかもしれない。

ジヴェルニーは小さな村だと、誰もが口をそろえて言う。あそこでは皆が知り合いだ。もし村人全員で、ある秘密を守っているのだとしたら？　例えば、一九三七年に起きた少年の水死事件の秘密を。シルヴィオはさらに異様な想像まで、ついついしてしまった。上司のローランス・セレナックだって、何か隠し立てしていないとは限らないぞ。彼が絵画がらみの手がかりを追う方法は、どことなく妙な感じがする。そもそも部屋に絵のポスターを張るほどの美術ファンだし、ヴェルノンに赴任してくる前は、美術品密売事件の捜査をしていた。それがたまたま、絵画コレクターが殺される事件を担当することになるなんて。しかも、ジヴェルニーで！　シルヴィオは、この手の偶然が気に入らなかった。犯人はジャック・デュパンだとはなから決めつけるいっぽうで、ジャックの妻に気があるそぶりなのも怪しいじゃないか……シルヴィオはそれを妻のベアトリスに話してみたが、なぜか彼女はセレナックを高く買っているようだ。先日の晩、一回会っただけなのに。

目の前に、灰色の大きな広場に隣接する公園が見えた。階段の前で、人が十人ほど待っている。ここが美術館の入り口らしい。シルヴィオは足を速めながら思った。そういやベアトリスは、しょっちゅう言ってるな。ローランス・セレナックは面白くて楽しい、魅力的な人物だって。《警官にしてはびっくりするくらい感受性豊かで、女性的な直感を持ち合わせている人よ》ともつけ加えていた。だからこそ、セレナックには慎重にならざるをえないんだ、とシルヴィオは自分を諭した。なんだってベアトリスは、彼みたいな男を褒めるのだろう？　おれと正反対じゃないか。セレナックときたら、絵画と、モルヴァルが寝た女たちにしか関心がないのに。あるいは、モルヴァルが寝たいと思っていた女にしか。

シルヴィオは美術館の階段をのぼった。何度も繰り返される歌の文句みたいに、なぜか頭にこびりついて離れない疑問があった。どうして人は心の奥底で、常識はずれの人間に感嘆するのだろう？　とりわけ、女たちは。


シルヴィオ・ベナヴィッド警部は数分前から、ルーアン美術館のホールで待っていた。高い天井や部屋の奥行、堂々たる壁画の輝きに、いささか圧倒される思いだった。とそのとき、裾が足まで垂れさがる上っ張りを着た、禿げ頭の小柄な男が忽然とあらわれた。まるで大理石の壁にあいた隠し扉から、抜け出てきたかのように。男はつかつかとシルヴィオに歩み寄り、手を差し出した。

「ベナヴィッド警部ですね。当館の学芸員アシル・ギヨタンです。じゃあ、まいりましょう。あなたのために、あまり時間を割けないかもしれません。ご用件がなんなのか、さっぱり理解できませんでしたし」

シルヴィオの脳裏に、ふとおかしな考えがよぎった。ギヨタンは、中学校時代の図工教師ジャン・バルドンを連想させるな。たしか当時二十五歳だったのに、四十歳に見えた。背丈も同じなら着ている上っ張りも同じ、しゃべり方も同じだ。学校に通っていたころシルヴィオは、なぜかいつも先生たちにいじめられる役まわりだった。権威のない先生ほど、彼につらくあたるのだ。アシル・ギヨタンもそんな連中のひとりに違いない、と彼は思った。偉い人の前ではへいこらし、自分より弱い者には居丈高になるタイプだ。

ギヨタンはひとりで勝手にどんどん歩き、灰色のネズミみたいに階段をのぼり始めていた。一歩歩くたび、長すぎる上っ張りの裾を今にも自分で踏んづけて、うしろにひっくり返るんじゃないかと、シルヴィオはひやひやした。

「さあ、こちらへ。で、どういうことなんです？　その殺人事件とやらは」

ベナヴィッドは小走りに灰色の上っ張りを追いかけた。

「被害者は金持ちの男で、ジヴェルニーの眼科医です。彼は絵画のコレクターで、とりわけモネの『睡蓮』を手に入れたいと思ってました。それが犯罪の動機かもしれないと思うんです」

「だから？」

「ともかく、もう少し詳しいことを知りたいと思いまして」

「警察にその手の専門家はいないんですか？」

「いますよ……いっしょに捜査にあたっている警部は、美術犯罪捜査班で研修を受けました。しかし……」

「どうしました？」

「しかし、自分でもきちんと調べたいと思いまして」

ギヨタンはふうっと息を吐いた。ため息をついたのか、階段の踊り場までのぼって息が切れたのか、区別をするのは難しかった。

「まあ、いいでしょう。それで、何を知りたいんです？」

「よろしければ、『睡蓮』のことから聞かせてください。モネは『睡蓮』の絵を、何枚くらい描いたんですか？　二十枚？　三十枚？　それとも五十枚くらい？」

「五十枚ですって？」

　アシル・ギヨタンは呆気にとられたように叫ぶと、せせら笑った。ハイエナでなければ出せないような声だった。小学校の先生のように鉄の物差しを持っていたら、無知な警部の指をぴしゃりと打ちすえたことだろう。シルヴィオは、ルネサンス美術の部屋に飾られている厳めしい肖像画がいっせいにふり返ったような気がして、恥ずかしさでいっぱいになった。アシル・ギヨタンが馬鹿にしたように肩をすくめると、シルヴィオは思わずうつむいた。見ると学芸員は、おかしなオレンジ色の靴下をはいていた。

「冗談のつもりですか、警部さん。『睡蓮』の絵が五十枚だなんて。専門家の調査によると、モネが描いた『睡蓮』は、少なくとも二百七十二枚あると言われているんですよ」

　シルヴィオは驚きのあまり、目をくるくるさせた。

「大きさで説明しましょうか。そのほうがわかりやすければね。モネは第一次大戦が終結したとき、国からの依頼で約二百平方メートルの『睡蓮』を描きました。現在、オランジュリー美術館に展示されている絵です。でも、モネが白内障を患って半分目が見えなくなりながら描き、手もとに置かなかった余りものの『睡蓮』をすべて合わせると、百四十平方メートトル以上になると言われています。それらは世界各地で展示されています。ニューヨーク、チューリッヒ、ロンドン、東京、ミュンヘン、キャンベラ、サンフランシスコ……まあ、それくらいにしておきましょう。さらに少なくとも百枚の『睡蓮』が個人コレクションとして所蔵されていて……」

シルヴィオは言葉が出なかった。おれは今、さぞかし間の抜けた面をしてるだろうな、と彼は思った。浜辺で足を洗う波のむこうには、大洋が広がっているのだと教えられた子供みたいに。ギヨタンは廊下から廊下へと、駆け抜けていく。彼が展示室に入るたび、うたた寝をしていた警備員が驚いたようにはっと背を伸ばし、気をつけの姿勢で凍りついた。

ヨーロッパ・バロックの次は、十七世紀古典主義の部屋だ。

「『睡蓮』の絵は」とアシル・ギヨタンは息もつかずに続けた。「世界でもほかに類を見ない、風変わりな連作です。モネは生涯の最後の二十七年間にわたって、ひたすらそれだけを描き続けました。睡蓮の池だけを。徐々に彼は、周囲の景色や背景も消し去りました。太鼓橋や柳の枝、空には目もくれず、ただ葉と水と光だけに集中したのです。その真髄を抽出しようと……死ぬ数か月前に描いた最後の作品は、ほとんど抽象画です。色の染《タッシュ》みがぶちまけられているだけ。タシスムの先駆者だとみなしている専門家もいます。まったく斬新な作風だっただけに、モネの時代には誰も理解できず、老人の気まぐれだと受け取られました。モネ老人が死んだあと、特に晩年の『睡蓮』は忘失されました。正気の沙汰とは思えませんね」

シルヴィオは《忘失》とはどういう意味なのか、ギヨタンにたずねようとした。しかしその間も与えず、学芸員はよどみなく話し続けた。

「ところが、それから一世代を経たころ、モネの最後の作品がアメリカで、のちに抽象芸術と呼ばれるものを生み出したのです。それこそ、印象派の父の遺産だったんですよ。現代性《モデルニテ》の創造が。ジャクソン・ポロックはご存じですか？」

シルヴィオは、はっきり知らないとは言えなかった。知っているとも言わなかったけれど。ギヨタンはやる気の失せた教師みたいに、ため息を漏らした。

「まあ、しかたない。ポロックは抽象画家のひとりですよ……彼らはモネの『睡蓮』からインスピレーションを得たんです。それはフランスでも同じです。さっきわたしが言ったことを、覚えていらっしゃるでしょう。もっとも大きな『睡蓮』の絵は、オランジュリー美術館に展示されています。印象派のシスティーナ礼拝堂とも言うべきこの壁画は、一九一八年の第一次大戦終結時の勝利を記念してモネから国に贈られたものです。それだけじゃありません。『睡蓮』が展示されている場所に注目すると、ほかにも驚くべきことがあるんです」

「ほう？」

シルヴィオは気の利いた返答が何も思いつかなかった。ギヨタンはそんなことにおかまいなしで、また先を続けた。

「『睡蓮』の絵は、凱旋路に沿って掲げられているんですよ。ノートルダム大聖堂からルーヴル宮、テュイルリ公園、コンコルド広場、シャンゼリゼ大通り、凱旋門へといたる歴史軸上にね……オランジュリー美術館の『睡蓮』は、フランスの歴史を象徴するこの軸に、太陽の動きに合わせ東から西へと伸びる線に、ぴったり沿っているんです。しかも偶然なのか、モネは朝から夕方まで、一日のうちのさまざまな瞬間に見た睡蓮の池を、その絵で描いています。画家もまた永遠に繰り返される太陽の動きを、表現しているのです。天体の運行、フランスの勝利の歴史、現代アートの革命がひとつになったんです……さあ、もうおわかりでしょう。『睡蓮』の絵のわずか一平方センチが、どうしてひと財産に値するのかを。現代アートの転換、それはノルマンディの、ヴェルノンから数キロの村で始まりました。なんの変哲もない小さな池から。絵画のもっとも偉大な天才が、三十年近くにわたりひたすら描き続けたたったひとつのモチーフによって」

学芸員は思い入れたっぷりに弁舌を振るった。その勢いに押されたかのように、十七世紀古典主義の部屋に居並ぶ聖女や王妃、大公妃の肖像画が服をなびかせた。

「ひと財産とおっしゃいましたが、詳しく教えていただけますか？」

ギヨタンは聞こえなかったかのように部屋を横ぎり、窓をあけた。シルヴィオは動かなかった。

「さあ、こちらに」

なるほど、とシルヴィオは思った。あとについてこいという意味らしい。

「それじゃあ、ひとつご説明しましょう。『睡蓮』の絵がロンドンやニューヨークで最後に競売にかけられたとき、どれほどの額になったのかを。例えばほら、正面のジャンヌ・ダルク通りに沿って、十九世紀の建物が並んでますよね。ごく普通のサイズ、つまり一平方メートルくらいのモネの『睡蓮』一枚が、少なく見つもってもあの建物の部屋百戸ぶんに相当するでしょう。玄関ドアひとつにつき四階ぶんの部屋があるとしても、ざっと通りの建物すべてということです……」

「百戸ですって？　冗談でしょう？」

「いえいえ、実際はその倍はすると言えるでしょうね。誇張でもなんでもありません。ジャンヌ・ダルク通りを、まだご覧になってますね？　車が信号待ちをしています。では、こんなふうにも計算できるでしょう。最近の売買結果によれば、『睡蓮』の絵一枚が、車千台から二千台にあたるんです。もちろん、新車ですよ。さもなければ、そう、グロ＝オルロージュ通り、ジャンヌ・ダルク通り、レピュブリック通りに並ぶ店の商品をすべて合わせたくらいでしょうかね。端的に言うなら、計り知れない価値ってことです。おわかりになりましたか？『睡蓮』一枚がですよ」

「からかっているんじゃ……」

「いちばん新しく、ロンドンのクリスティーズで競売にかけられたモネの絵は、二千五百万ポンドから始まりました。若いころの作品ですよ。それが二千五百万ポンド。さあ、部屋にでも車にでも換算してごらんなさい」

シルヴィオがわれに返る暇もなく、学芸員はまた階段をのぼり、印象派の部屋に入っていった。

ピサロ、シスレー、ルノワール、カイユボット……もちろん、モネの作品もある。三色旗にあふれたサン＝ドニ通り、曇天のルーアン大聖堂。シルヴィオは口ごもりながらたずねた。

「ところで……『睡蓮』の絵はまだ市場にあるんですか？」

「どういう意味ですか、《市場に》っていうのは？」

「つまり、どこかにってことですが」と警部はおずおずとした声で答えた。

「《どこかに》？　じゃあ、《どこかに》という意味は？　警察では、もっと正確な言い方ができないんですかね？　つまりモネの絵が、どこかに人知れず埋もれていないかとおたずねなんですね？　ジヴェルニーの屋根裏部屋や地下室に、忘れられたモネの作品があるのではないかと？　そんな大発見のため、ひと財産のためなら、人殺しだってしかねないと思ったわけだ。それじゃあ、警部さん、これからする話をよく聞いてください……」

39

モネの家の香辛料室《エピスリ》から二階にのぼる階段は、ローランス・セレナックの足の下できしんだ。

彼は頭からよけいな考えを追い払おうとした。守護天使が内心の声となって、警察官の本能にささやきかけてくる。おまえは今、怪しげな罠に続くステップを、一段一段のぼっているんだ。この階段はモネの部屋に続いている。この女のあとについてそこまで行ったところで、何もすることはない。もう何も、調べることはないのだと。天使が言うことはもっともだが、黙らせるのは難しくなかった。ついさっき目にした、ステファニーのにこやかな笑顔を思い出すだけでいい。階段をのぼって二階にむかうとき、ぴったりとしたワンピースに隠れた脚は、まるで戯れ合う二匹の動物のように躍動し、彼に誘いかけた。堅苦しいことを言うのはやめにしようと。

セレナックが二階に着くと、ステファニーは寝室と浴室をつなぐ廊下のドア口に立っていた。もったいぶったガイドのように、ぴんと背を伸ばして。ウエストを絞った赤と青のワンピース姿は、高価な磁器の花瓶よりも繊細で、すぐにも壊れてしまいそうだった。

「ここはモネの私室です。たしかに昔ながらのスタイルだけれど、とてもくつろいだ雰囲気だわ。警部さん、なんだか居心地が悪そうですね」

ステファニーは最初の部屋に入って、ベッドに腰かけて枕にもたれた。ふんわりした羽毛の掛け布団に、太腿から上半身まで埋まった。

「そろそろ訊問の時間かしら。何でも訊いてください、警部さん」

ローランス・セレナックは不安そうに部屋を見まわした。クリーム色の壁紙、あせた黄色のシーツや枕カバー、暖炉の黒い大理石模様、金色の手燭《てしょく》、マホガニーのナイトテーブル。

「さあ、くつろいで。昨日、夫の前では、もっと雄弁だったそうじゃないですか」

セレナックは答えなかった。二人はしばらく黙ったままだった。ステファニーの目に宿っていた陽気な光は、徐々にメランコリックな輝きへと変わった。彼女は波のようにうねる羽根布団のうえで背筋を伸ばした。

「だったら、わたしのほうから始めましょう。警部さん、昔ジヴェルニーに住んでいたタンポポ摘みの少女ルイーズの話をご存じかしら？」

セレナックは何の話だろうと、びっくりして彼女を見つめた。

「もちろん、知らないわよね」とステファニーは続けた。「でも、とっても美しい物語なんですよ。ルイーズは言うなれば、ジヴェルニー版シンデレラみたいなものなんです。彼女は農民の娘で、うっとりするほどきれいだったそうです。村いちばんの美人で、若くてはつらつとして、純真無垢な少女でした。一九〇〇年ごろのこと、ルイーズは絵のモデルとして、野外でポーズを取ることもありました。とりわけ彼女を熱心に描いたのが、前途有望なチェコ人画家ラディンスキーでした。ラディンスキーはハンサムで、有名なピアニストでもありました。彼は当時としては珍しい車222Zに乗っていました。ラディンスキーはタンポポ摘みの少女と恋に落ち、結婚して彼女を故郷に連れ帰りました。ラディンスキーは今日、チェコでもっとも有名な画家となっています。そして農民の娘ルイーズは、ボヘミアの王女となったのです。いらなくなった222Zは、モネが息子ミシェルのために買い取りました。けれども数か月後、ミシェルはティエール大通りの立ち木にぶつけて、壊してしまいました。哀れな車の悲しい結末を除けば、美しい話だと思いませんか？」

ローランス・セレナックは近づいていきたいのを、必死に我慢した。今度は自分が羽根布団に、ふんわり腰かけたかった。頭に血がのぼって、こめかみがずきずきする。

「ステファニーさん、どうしてそんな話をするんです？」

「あててごらんなさい……」

ステファニーは羽根のなかを泳ぐように身じろぎ、またゆっくりと姿勢を正した。

「あなたにひとつ、打ち明けることがあります、警部さん。おかしな話だと思われるかもしれませんが、夫以外の男性と部屋で二人っきりになったのは、とてもひさしぶりなんですよ。男の人の前に立って階段をのぼりながら笑ったのもひさしぶりです。景色や絵やアラゴンの詩について、わたしの話を聞いてくれる、十一歳より年かさの男性に話したのもひさしぶりです」

セレナックはモルヴァルのことを思い浮かべたが、話の腰を折らないようにした。

「こんなひとときを、ただずっと待っていたんです、警部さん。一生ずっと、と言ってもいいくらいだわ」

沈黙が続く。

「待っていたんです。誰かが来るのを」

何かを見るんだ、とセレナックはとっさに思った。溶けた蠟燭《ろうそく》でも、壁のひび割れた絵でもいい。ともかくステファニーの目以外のものを。

ステファニーはつけ加えた。

「チェコ人の画家じゃなくてもいいから……誰か……」

声までもが、薄紫色を帯びていた。

「それが警官だと言われたら……」

ステファニーはいきなり立ちあがると、だらりと垂れたセレナックの腕を取った。

「こっちへ来て、生徒たちのようすを見ていないと」

彼女はセレナックを窓際に導いた。そして庭を走りまわる十人ほどの子供たちにむかって手を伸ばした。

「この庭を見て。バラ、温室、池を。あなたにもうひとつ、秘密を明かしましょうか、警部さん。ジヴェルニーは罠なんです。すばらしい景色なのは間違いないわ。よそで暮らしたいなんて、誰が思うでしょう？　こんなに美しい村なのに。でもはっきり言って、この景色は凍っている、固まりついているんです。どんなに小さな家でも、外見を変えることは禁じられています。勝手に外壁を塗りかえたり、花を植えたりできません。禁止する法律が山ほどありますから。村の住人は絵のなかで暮らしている、ここに閉じこめられているんです。この村は世界の中心で、はるばるやって来るに値するところだと思っているけれど、結局みんなその景色、景観にからめ取られてしまう。そう、ジヴェルニーはニスみたいなものなんだわ。あなたがたを景色のなかに取りこむ、あきらめきった毎日というニス……タンポポ摘みの少女ルイーズはボヘミアの王女になったけれど、それはただの言い伝えよ。そんなことは起こらない、もう決して起こりはしないんです」

そこで突然ステファニーは、花壇を横ぎろうとした三人の子供にむかって叫んだ。

「だめよ、まわって行きなさい」

なんとか雰囲気を変えなくては、とセレナックは思った。このままでは、ステファニーがどんどんと落ちこむいっぽうだ。それにおれだって、今ここで彼女を抱きしめたくなってしまう。彼は庭に咲き乱れる花を一心に見つめた。見事な色のハーモニーを。すばらしい庭の魅力に、彼はうっとりとした。

「本当なんですか」セレナックはだしぬけにたずねた。「アラゴンが本のなかで書いていることは？　モネは枯れた花を見るのが我慢ならなかったので、庭師が夜中のうちに植え替えていた。まるですっかり塗り替えたみたいに、庭は毎朝新しい色に満ちていたっていうのは？」

策略は図に当たったようだ。ステファニーはにっこりとした。

「いいえ、それはアラゴンが大袈裟に言っただけ。それじゃあ、『オーレリアン』を読んだのね？」

「もちろんですよ……読んで、理解したつもりです。男女がともに生きることの難しさを描いた偉大な小説です。幸福な愛はない……そういうことですよね？　それがこの作品のメッセージでは？」

「『オーレリアン』を書いていたとき、アラゴンはそう考えていたでしょう……幸福な愛などないと、そのときは思っていたはずです。でも、のちに彼は世にもすばらしい愛の物語を生きることになりました。かつてどんな詩人も体験しなかった、永久《とわ》に続く愛の物語を……ご存じですよね、『エルザの狂人』を（エルザ・トリオレはアラゴンの恋人で、生涯の伴侶となった。『エルザの狂人』はアラゴンの詩集のタイトル）」

セレナックがふり返ると、ステファニーは蒼ざめた唇をわずかにひらいていた。彼はその震える唇に指をあて、磁器のようにすべすべした頬を撫でたくなるのを必死にこらえた。

「ステファニーさん、あなたは不思議な女《ひと》だ」

「警部さんには、相手に打ち明け話をさせる才能がおありなんですね。正直に言いましょう。警部さんは訊問に関して、夫から聞いていたよりずっと巧妙です。でも、がっかりさせてしまいますが、わたしには不思議なところなんか何もありません。それどころか、平凡そのものです」

女教師はためらいがちに黙っていたが、やがていっきに話し出した。まるで窓から飛び降りるかのように。

「わたしは平凡な女です。できれば子育てをしたいと思っています。自分の子供を持ちたいと。でも、夫にはその気がありません。だからって、夫への愛情が冷めたのかといえば、そういうわけではありません。夫を愛したことは、もともと一度もないのですから。彼はそこにいた。ほかの人に比べればましなほうだし、手を伸ばせば届く相手で、魅力もある。まずまずの結果だわ。要するに警部さん、わたしはほかのみんなと変わらない、罠にかかった女にすぎません。ありふれた人間なんです。少しばかり美人で、ジヴェルニー生まれで、クラスの子供たちが大好きだからって、それで何かが変わるわけじゃないわ……」

セレナックはステファニーの手を取った。二人の十本の指が、緑色に塗った錬鉄の手すりに絡んだ。

「どうしてそんな打ち明け話をするんです？　どうして、わたしに？」

ステファニーは微笑んで、警部の顔をじっと見つめた。

彼女は気づいていないのだろうか？　少なくともその目、その目だけは決して平凡ではないことを。

「誤解しないでください。勝手な思いこみはしないで……こんなことを話したのは、あなたのワルぶった笑みのせいじゃありません。前をひらいた革ジャンや、心のうちがすぐにわかるハシバミ色の目のせいでもありません。それはただ……」

ステファニーはセレナックの手をふり払い、地平線を指さした。そして、しばらく間を置いた。

「タンポポ摘みの少女ルイーズが222Zの魅力に身をゆだねたように、わたしが恋したのはただ、あなたのタイガー・トライアンフT一〇〇なんです」

そう言ってステファニーはにこやかに笑った。

「それから、あなたが立ちどまってネプチューンを撫でるしぐさのせいだわ……」

彼女はセレナックに顔を寄せた。

「最後にもうひとつ、大切な打ち明け話をしましょう。わたしが愛していないからといって、夫は人殺しなんかしません。とんでもないわ……」

セレナックは何も答えず、ただロワ街道をちらりと見ただけだった。五十メートルほど離れた街道を走る車の運転手たちは、決まってモネの家をふり返り、バルコニーに立つ恋人同士のような二人に目をとめた。

おれたちはどうかしているのでは？

おれがどうしているのかも？

「そろそろ、子供たちのようすを見に行かなくては」とステファニーは言った。

セレナックは女教師の足音が遠ざかるのを、ひとり聞いていた。心臓が高鳴るあまり、胸もとをあけたシャツを突き破って、飛び出すかと思うほどだった。千々に乱れる思いで、頭が今にも爆発しそうだ。

何者なんだ、ステファニーは？

運命の女《ファム・ファタル》？　堕落した女？

40

ルーアン美術館の印象派の部屋では、シルヴィオ・ベナヴィッド警部がフクロウみたいに目を丸く見ひらいていた。アシル・ギヨタンはまだ動きまわっている。学芸員はハンカチを取り出し、シスレーの絵のわきの、見えない埃を払った。絵の下には、《ポール＝マルリの洪水時の波止場》とタイトルが示されていた。ギヨタンは質問を忘れてしまったのだろうかと、シルヴィオが思い始めたちょうどそのとき、学芸員はふり返った。彼はハンカチの隅で額を拭うと、説教師さながらの声を張りあげた。

「モネの失われた絵、あるいは未知の絵が、どこかから出てくることがありうるかとおたずねなんですね、警部さん？　ぜひにとおっしゃるなら、ひとつごいっしょに仮定のゲームをしてみましょう」

ギヨタンはハンカチでこめかみを拭いた。

「よく知られているとおり、ジヴェルニーにあるモネのアトリエには、数十枚の絵が残されていました。クロッキーや若描きの作品、未完成の『睡蓮』のパネル画などが……もちろん、セザンヌ、ルノワール、ピサロ、ブーダン、マネといった友人たちから贈られた絵も、三十枚以上あります……おわかりですか？　ひと財産、ものすごい財産ですよ。世界中のどんな美術館も、これほど貴重なコレクションは持ってません。それが八十歳の老人と庭師の手もとにあったんです。立てつけの悪いドアと、閉めただけのガラス窓、ひび割れた壁に守られただけで。その気になれば、誰だって持っていける。少しばかり目端の利くジヴェルニーの村民なら、絵を一枚盗み出すだけで、銀行強盗を二十回するよりも稼げるでしょうよ……」

彼はハンカチでもう一度顔を拭くと、手のなかでくるくると丸めた。

「すばらしいお宝がすぐそこにあるのですからね、こんなに心そそられることは、ほかに例を見ないでしょうよ」

なるほど、そういうことか。シルヴィオは周囲の壁に掛かる十枚ほどの絵を見まわした。ルーアン美術館はこの地方随一の印象派コレクションで有名だが、それでもモネのアトリエに飾られていた絵の四分の一にも満たないのだ。彼はさらにたずねた。

「ジヴェルニーのアトリエには、ほかにも巨匠たちの絵が残っているかもしれませんね？」

アシル・ギヨタンは一瞬ためらってから答えた。

「クロード・モネは一九二六年に亡くなりました。息子で遺産相続人のミシェル・モネは、父親が美術館に寄贈しなかった絵をどこか安全に保管できる場所を、ずっと前から見つけていたことでしょう。だから、あなたの質問に答えるなら、ジヴェルニーのバラ色の家から新たなモネの絵が見つかる可能性はきわめて低いでしょうね。でも世の中、何があるかわかりません……」

「盗まれたのではないにせよ」とシルヴィオは、前より少し力強い口調で言った。「モネは自分の絵を人に配ったり、あげたりしたことがあったのでは?」

「ヴェルノン病院に出資するため、モネの絵が福引の景品に出されたと、地元の新聞に記録されています。ということは、当時五十サンチームの掛け金で、その絵を手に入れた人がいたはずです……あとはやはり、推測に頼るしかありません。周知のとおり、ジヴェルニーの住人はモネがここで暮らしやすいよう、温かく迎え入れたわけではありません。モネは自らの情熱をひとつひとつまっとうするため、交渉を重ねねばなりませんでした。土地を購入したり、描いたままの景観を保ったり、とりわけ小川の水を睡蓮の池に引くため、村に莫大なお金を払ったのです。さらには、庭の前に澱粉工場を建てさせないよう、周囲の自然環境に開発の手が入らないように大枚をはたきました。さらには誰か抜け目のない人物、村会議員か悪賢い農民が、五百フランの代わりに、どれでもいいから巨匠の絵を一枚いただきたいと交渉したかもしれません。画家と土地の人間のあいだで、普通そんなやりとりは行われないと専門家たちが考えているのは承知していますがね。でも、絵に興味のある村人がジヴェルニーにひとりもいなかったとは言いきれないでしょう。少なくとも、絵の商品価値には無関心ではなかったのでは？　だとしたら、もちろんモネは絵を渡していたでしょう。そうするしかありませんから……例えばモネの庭のわきに、風変わりな水車小屋がありますよね。シエヌヴィエールの水車小屋。わたしはジヴェルニーへ行くたび、あの建物のことを想い出すのです。セオドア・ロビンソンの有名な絵『トロニョンおじさん』に描かれていますから。小川は水車小屋に住んでいた農民には、モネに脅しをかける手段がいくらでもありました。小川は水車小屋の敷地を流れていますから。彼らの合意なしには、睡蓮もありえません」

ギヨタンの長広舌は滔々《とうとう》と続いた。シルヴィオ・ベナヴィッドはとてもメモする間などなく、必死に記憶した。

「それって、真面目な話なのですか？」

「わたしがふざけているように見えますか？　世の中には、金貨三枚を求めて世界じゅうを駆けめぐるおめでたいトレジャーハンターもいますが、彼らももう少し頭を働かせれば、ジヴェルニーや近隣の村をまわって、屋根裏部屋を漁るでしょうに。いえ、わたしだって承知していますよ。モネは満足のいかない作品や若描きの作品を破棄した、と言われているのは。彼は自分の死後、未完成の絵やデッサンに画商が群がるのを恐れ、気に入らない作品はすべて一九二一年、アトリエで燃やしてしまったんです。しかし、いくらモネが慎重を期しても、どこかに彼の絵が残っていないとは限りません。忘れられた古い絵。でもそれに、太平洋の島ひとつ買えるくらいの価値があるんです」

学芸員はさらに次の部屋へ行き、監視員をじろりとにらみつけた。監視員の女は、赤いマニキュアの塗りぐあいをたしかめていた。ドラローシュの絵のなかで、ジャンヌ・ダルクを訊問する枢機卿の赤い法衣より、そちらのほうが気がかりだとでもいうように。

「もうひとつ、おうかがいしたいのですが」と警部は言った。「印象派の画家で、モネの友人だったセオドア・ロビンソンの名前が、さっき出ましたよね。その相続人たちが設立した財団について、どう思いますか？」

ギヨタンは驚いたように、目尻にしわを寄せた。

「どうしてそんなことを、おたずねになるんですか？」

「捜査のなかでこの財団が、繰り返しあらわれるものですから。事件関係者のうち少なからぬ人間が、この財団とつながりを持っています。少なくとも、間接的には」

「それで、何を知りたいんです？」

「何というわけではないのですが、財団のことをどう思っていらっしゃるかと？」

学芸員は適切な言葉を探しているかのように、しばらくためらっていた。

「警部さん、おっしゃるとおり、いろいろとややこしくてね、財団というものは。この手の団体は表むき、非営利を謳っています。そう、例えば生活困窮者の支援団体をイメージしてみればいいでしょう。そこには常に、パラドックスがあります。貧しい人々が減れば、会の存在理由も低下するというパラドックスが。言いかえれば、熱心に活動すればするほど、活動自体が先細っていくんです。戦争の撲滅を主張する団体でも同じことで、平和になれば会はもういらなくなるのです」

「患者をすっかり治したら、医者は失業するようなものですね」

「そのとおりですよ、警部さん」

「なるほど。でも、それとロビンソン財団にどういう関係が？」

「彼らは三つの《プロ》を標語に掲げています。曰く、調査《プロスペクシオン》、保存《プロテクシオン》、開発《プロモシオン》。すばらしいでしょ、三つとも、そのままフランス語としても英語としても通じるんですから。要するに彼らは世界中の絵画市場を調べあげ、絵を買いつけては売っているわけです。彼らはまた、若い画家たちの援助もしています。若い才能に投資し、その絵を買ってまた売るんです」

「それで？」

「ひとつの才能は、別の才能を排除します。絵は本やレコードとは違うんです。芸術家の財産は、売れた絵の枚数で決まるわけではありません。むしろ正反対のところに、美術業界のシステムは成り立っています。ある絵が高価なのは、ほかの絵の価値がもっと低いから、あるいはまったく無価値だからです。批評家や流派、ギャラリーが競い合い、自由競争が機能していれば、まだしもうまくいくでしょう。でも、もしある団体がほとんど市場を独占していたら、いったいどうなるでしょう？」

「さあ、わたしには……」

ギヨタンは苛立たしげなしかめ面を隠せなかった。

「そうした寡占状態では、その団体が新しい才能を数多く見つけるほど、言いかえれば芸術を刷新し、調査《プロスペクシオン》の《プロ》を追求すればするほど、別の絵の商品価値を下げ、つまりは保存《プロテクシオン》の《プロ》を台なしにしてしまうんです……おわかりいただけました？」

「ええ、まあ多少は……」

シルヴィオは頭を搔いた。

「もっと具体的な質問をしますが、もしモネの絵がどこかに埋もれているとしたら、ロビンソン財団には見つけ出すことができるでしょうか？」

ギヨタンは勢いこんで答えた。

「そりゃもう、間違いなく。ほかの誰よりも、確実に見つけるでしょうよ」

「なるほど」シルヴィオは愚鈍そうな表情を作った。そのほうが、学芸員のお気に召すらしい。「あともうひとつだけ、教えてください。こんなことをたずねて、驚かれるかもしれませんが……まだ知られていないモネの絵が、存在するでしょうか？　きわめて珍しい絵、スキャンダラスな絵が。血なまぐさい事件に関わるような絵が」

アシル・ギヨタンはこの最後の質問を予期していたかのように、サディスティックな笑みを浮かべた。

「こちらへ」

彼は陰謀家じみた口調でささやくと、シルヴィオを正面の壁の近くに誘った。ローマの奴隷らしい四人の裸の男が、暴れ馬を押さえようとしている絵が掛けてある。

「ジェリコーが描いたこの肉体を見てください。ええ、かの有名なテオドール・ジェリコー、ルーアンが生んだもっとも偉大な画家です。さあ、ご覧なさい。この肉体、この動き。画家というのは、死と奇妙な関係を持つものでしてね、警部さん。『メデューズ号の筏《いかだ》』の構図をリアルに造りあげるため、ジェリコーは切断された腕や脚、切り落とされた頭部を病院から集めてきたそうです。彼のアトリエには、死臭が漂っていました。晩年、彼は自らの異常性に立ちむかおうと、サルペトリエール病院で患者の絵を十枚描きました。人間の心が抱くあらゆる苦しみを表現した、十人の偏執症《モノマニー》患者の絵です」

新たな脱線が始まるのではないかと、シルヴィオは心配だった。

「でも、モネは違うでしょう。彼には病的なところなどなかったし、死体の絵を描くこともなかったのでは？」

アシル・ギヨタンの表情が一変した。今まで隠れていた顔が、いきなりあらわれたかのように。ちっちゃな悪魔の角さながら、わずかに残った髪の毛が禿げ頭のうえで逆立っている。

十一人目の偏執症《モノマニー》だ。

「だったらこっちに来てみるんですね」

ギヨタンは階段を二階ぶん駆け降り、美術館の売店に駆けこむと、大型の本を手に取った。本を包んでいる透明なビニールを破り、取り憑かれたようにページをめくる。

「モネが死を描かなかったですって！　モネは死体など描かず、ただ自然だけに目をむけていたと？　いやはや……だったら警部さん、これをごらんなさい」

シルヴィオはあとずさりしないではおれなかった。

ページいっぱいに、ものすごい光景が広がっている。

それは目を閉じた女の肖像画だった。冷たい筆づかいで渦まくように描かれた、氷の屍衣《しい》に包まれている。白い蜘蛛の巣が女を捕らえ、蒼ざめた顔を埋め尽くそうとしていた。

死だ……

「ご紹介しましょう」ギヨタンはぞっとするような声で言った。「カミーユ・モネ。クロード・モネの最初の妻。彼のもっとも美しいモデルです。日傘をさしてひなげしの野を散歩する若い女。田舎の日曜日を彩る、光り輝くような伴侶。彼女が三十二歳で死んだとき、モネは死の床にあった妻の枕もとで、この呪われた絵を描いたのです。彼は消え去る命の色をカンバスにとどめたいという誘惑に、抗することができませんでした。愛する人が苦しんでいるというのに、それを絵の題材にするなんて悪趣味ではないか、とモネは生涯、自分を責め続けました。結局彼も、引き裂かれた肉体に魅了されたジェリコーと変わらなかった、画家としての性《さが》が絶望する恋人に勝ってしまったのです。まだ温かい妻の死体の前で、ものに憑かれたようにひたすら絵筆を振るったと、モネは語っています。どう思われますか、警部さん？」

絵を見てこんなに心動かされるなんて、シルヴィオ・ベナヴィッドは初めてだった。

「この種の絵は、ほかにもあるんですか？　モネの絵でってことですが」

アシル・ギヨタンの丸顔が、いっそう赤くなった。彼のなかに眠っていた悪魔が、目覚めたかのように。

「妻の死を描く以上に魅惑的なことがあるだろうか？　そう思ったんですね、警部さん。もちろん、ありませんよ」

顔の赤みがこめかみまで達した。

「自分自身の死を描く以外には。人生最後の数か月、モネが描き続けた『睡蓮』の絵は、結局未完成のままとなりました。モーツァルトの『レクイエム』のようなものです。わかりますか、わたしの言う意味？　彼は迫りくる死や疲労、かすむ目と闘いながら、夢中になって絵筆を振るいました。それは不安と苦悩に満ちた、理解不能な絵でした。まるでモネが自分の頭の内部に、沈潜していったかのような。カンバスのうえには、ありとあらゆる色でなぐり描きしたかのような睡蓮が残されていました。燃えるような赤、単色の青、死体を思わせる緑……夢と悪夢が混然一体となっています。ひとつだけ、そこになかった色は……」

シルヴィオは何か答えようとして口ごもった。声がまったく出ない。捜査が暴走を始め、どんどん自分の手を離れていくような気がした。

「モネが自分の絵から排除し、決して使おうとしなかった色。それは色の不在であると同時に、すべての色を混ぜ合わせた色でもあるのです」

沈黙が続いた。シルヴィオは答える気力もなく、ただメモ帳にせかせかとペンを走らせていた。

「黒ですよ、警部さん。黒です！　一九二六年十二月初頭、モネは自分がもう長くないことを悟りました。そして死を前にした最後の数日で、ある絵を描いたと言われています」

「ど、どんな絵を描いたんです？」シルヴィオは口ごもるようにたずねた。

「もうおわかりでしょう、わたしの言わんとすることは。モネは睡蓮の輝きのなかに自らの死を見出し、それをカンバスのうえに永遠に残そうとしたんです。黒い『睡蓮』として」

シルヴィオはペンを握った手を、脚に沿ってだらりとさげた。もうこれ以上、メモを取る気力は残っていなかった。

「どう思いますか、警部さん」と学芸員はたずねた。先ほどまでの興奮は、落ち着いたらしい。「黒い睡蓮です。ダリアみたいに黒い……」

「それは……たしかな話なんですか？《黒い睡蓮》っていうのは」

「もちろん、違いますよ。かの《黒い睡蓮》を見た者は誰もいません……まあ、ただの伝説、言い伝えです」

シルヴィオは何と言っていいのか、もうわからなかった。ともかく、とっさに思い浮かんだ質問をするだけだ。

「それじゃあ、子供は……モネは子供を描いていますか？」

41

バラ色をしたモネの家の窓辺に、ステファニーの姿がある。彼女は植民地のお屋敷で使用人たちを見張る奥様然としていた。

ローランス・セレナックはすでに下に降りていた。

二人とも、どうかしてるわ。きっと今度こそ、みんなも賛成してくれるはず、わたしと同意見なはずだ。お馬鹿さんたち。そうやってこれ見よがしに、モネの家の窓辺に立ったりして。庭の真ん前、ロワ街道の正面。人の目があるでしょ。結局のところ、彼らはわざとそうしたのだろう。

タイガー・トライアンフが走りだす音が聞こえる。ステファニーの耳にも届いているはずだ。けれども彼女には、ふり返る勇気がなかった。庭で遊んでいる子供たちを眺めながら、じっと考えこんでいる。女教師はうっとりするほど美しかった。それはたしかにそのとおりだ。日本の着物を思わせる、くびれたウエストを強調するワンピース姿で決めるポーズが堂に入っているのも間違いない。そう、わたしの言葉を信用していいわ。彼女には、あらゆる切り札があった。警官だろうが医者だろうが、独身だろうが既婚者だろうが、近くを通る男たちをことごとくふりむかせる切り札が。

せいぜいそれを利用することね。どうせ長続きはしないのだから。

男の子たちが花のあいだを走りまわっている。女教師はやさしい声で叱った。

心ここにあらずという感じで。

わけがわからなくなってるのね？

でも、気づいているはずだわ。もっとも現実離れした救済者によって、あなたの人生が今、大きく変わろうとしていることを。魅力的で愉快で、教養あふれる警察官。彼なら何でもしてくれるだろう。頸木《くびき》からあなたを解放することも、夫から解放することも。

今がそのときだ。なのに、何を迷っているの？

迷ってなんかいないって？

ああ、それがあなたの一存で決められることならば……まるであなたが引き寄せたみたいに、死があたりをうろついていなければ。結局、人は自分に値するものしか、受け取れないのだろうか。


子供たちの笑い声が、わたしの辛辣な想いのなかに響いた。男の子が女の子を追いかけている。

昔ながらの光景。

あなたたちも、せいぜい楽しみなさい。せっかくの機会なんだから、芝生や花を踏みつけ、バラをむしり、池に石ころや棒切れを放りこむといい。睡蓮を穴だらけにして、ロマンティシスムの殿堂を冒瀆してやることね。誤った希望を抱いてはだめ。結局、ここはただの庭なのよ。はるばる地球の反対側から、愚かな信者たちがやって来るからといって、池の水がよどんで腐っていることに変わりはない。

わかってるわ、わたしはひねくれ者だって。ごめんなさいね……でも、あの二人には本当にいらいらさせられる。ステファニー・デュパンと、彼女に気がある警察官。朝っぱらから馬鹿なことをして。わたしの身にもなって欲しいわ。無言の証人、見えない黒ネズミを気取っていたいけど、ずっとわれ関せずでい続けるのはそんなに簡単じゃない。もうわたしのことが理解できないって？　この物語をとおして、わたしがどんな役を演じているのか、まだいぶかしんでいるのね？　心配いらないわ。わたしはモネの家の壁越しに、馬鹿な二人が思わせぶりに交わす愛の言葉を逐一聞き取る高感度アンテナを備えているわけじゃない。ええ、ことはもっと単純だわ。それはもう、呆気にとられるほど単純だ。

わたしはロワ街道の右手、水の庭のほうをふり返った。通り沿いの板塀が、何枚か剝ぎ取られている。早く睡蓮の写真を撮りたくて、窓口の前で待ってなんかいられなくなった乱暴な観光客のしわざだろう。塀の隙間から見る池は、またひと味違うものだった。

ファネットもいるわ。ほかのクラスメートたちと少し離れて、柳とポプラのあいだに。太鼓橋のうえに立てたイーゼルは、藤の木に固定してある。ファネットは周囲の大騒ぎを無視して、絵に集中していた。

わたしはロワ街道を横ぎり、もっとよく見ようと近づいた。柵にほとんど顔がくっつきそうなほど。

それが失敗だった。若造がひとり、わたしに気づいた。

「おばあさん、おばあさん、写真を撮ってくれませんか、友達といっしょに」

彼は最新式のカメラを差し出した。使い方がわからない。若者は説明をしたけれど、わたしはろくに聞いていなかった。そして写真を撮りながら、横目でちらりと睡蓮の池を見た。

ファネットが絵を描いているあたりを。

42

「こっちへ来いよ、ファネット」

ヴァンサンはしつこく繰り返した。

「さあ、ファネット。こっちに来て遊ぼう」

「嫌よ。わからないの。今、絵を描いているんだから」

ファネットは一心に睡蓮を見つめた。群れからひとつだけぽつんと離れて浮いている睡蓮。葉はハート形で、ひらいたばかりの小さなピンク色の花をつけている。絵筆がカンバスを走った。ファネットは集中するのにひと苦労だった。

うしろで泣き声が聞こえる。しだれ柳よりも泣き虫がいるみたい（しだれ柳のことをフランス語ではsanle plenrenr 泣き虫柳という）。マリだわ。静かにしてちょうだい。あんなきんきん声をあげて。ともかく、静かにして。

「マリと遊べばいいじゃない」

「面白くないんだよ、マリは。いつも泣いてばかりで……」

「いつも絵を描いてばかりいるわたしのほうが、面白いっていうの？」

ヴァンサンは動こうとしなかった。きっと何時間でも、そこでじっとしてられる。もしかしたら、ものすごい絵だって描けるかもしれない。観察するのが、彼の特技だもの。でも、だめね。想像力のかけらもないんだから。

みんながファネットのまわりを駆けまわり、大声で叫んだり笑ったりしながら遊んでいる。少女は自分の殻に、必死に閉じこもった。ジェイムズさんに言われたとおり、自分勝手《エゴイスト》にならなくては。

そこにカミーユがあらわれ、太鼓橋のうえで立ちどまった。息を切らせている。

まったく、次から次へと！　とうとうこいつまでやって来たわ！

カミーユは太ったお腹をシャツで隠していた。

「もうくたくただよ。ひと休みしよう」

彼は絵を描いているファネットを眺めた。

「ああ、ヴァンサン、ファネット、ちょうどよかった。睡蓮に関するクイズがあるんだ。睡蓮は、毎日二倍ずつ水面に広がっていく。それじゃあ、睡蓮が池全体を百日で覆いつくすとしたら、同じ睡蓮が池の半分を覆うのに何日かかると思う？」

「そりゃ、五十日だろ」ヴァンサンはすぐに答えた。「くだらないクイズを出すなよ」

「ファネット、きみはどう思う？」

どうでもいいわ、カミーユ。わかってないわね。そんなこと、わたしはどうでもいいのよ。

「よくわからないけど、五十日じゃないの。ヴァンサンが言うように……」

カミーユは勝ち誇ったような顔をした。

将来、彼が先生になったら、きっと世界一いけ好かない先生だわね。

「絶対、引っかかると思ってたよ。答えはもちろん五十日じゃなく、九十九日だ」

「どうして？」とヴァンサンがたずねる。

「考えるだけ無駄さ」カミーユは馬鹿にしたような口調で言った。「ファネット、きみはわかったかい？」

うるさいわね！

「わたし今、絵を描いてるのよ……」

カミーユは太鼓橋のうえで、どんどんと足を踏み鳴らした。シャツの袖に、大きな汗染みが広がっている。

「オーケー、わかった。きみは絵を描いている。じゃあ、もうひとつだけクイズだ。これが終わったら、もう邪魔はしないから。睡蓮《ナンフエア》のラテン語名は何か、知ってるかい？」

ほんとにもう、うっとうしいったらないわ。

「わからないかい？」

ヴァンサンもファネットも答えなかったけれど、カミーユはそんなこと、まったく気にしていなかった。彼は藤の葉を一枚むしると、池に投げ入れた。

「はい、答えはニンフェアでした。そのまんまさ。でも、さらに遡ると、それはギリシャ語のヌムファイアから来ているんだ。それがフランス語に入って睡蓮《ネニュファール》になった。じゃあ、睡蓮《ネニュファール》の英語名は？」

まだ続ける気？

カミーユは二人の答えを待たず、藤の枝にぶらさがろうとした。けれども枝がきしむ音に驚いて、すぐに手を放した。

「ウォーターリリーさ」と彼は言った。

またそんな、自慢げな顔をして。いらいらするわ、こいつ。本当にいらいらする。ウォーターリリーって名前がきれいなのは認めるけど。ええ、ネニュファールよりずっといいわ……でもわたしは、ナンフェアのほうが好きだ。

カミーユはファネットのカンバスに顔を近づけた。体から汗の臭いがした。

「何を描いてるんだ、ファネット？　モネの『睡蓮』を真似てるのか？」

「違うわ」

「でも、そっくりじゃないか」

カミーユはいつも知識をひけらかしている。でも問題は、何でも知ってるくせに、何にもわかってないってことね。

「馬鹿ね、ぜんぜん似てないわ。モネと同じものを描いているからって、同じことをしているわけじゃないのよ」

カミーユは肩をすくめた。

「モネは『睡蓮』の絵を山ほど描いているからな。嫌でも似た絵になってしまうさ。たとえトンドを描いたって。トンドが何か知ってるか？」

彼はさらに近づいた。わたしの絵筆が、今にも顔にあたりそうなくらいに。自分がどんなに愚鈍か思い知るには、それしかないかも。おまけにまだ、一問一答を続けている。

「トンドっていうのは、丸い絵のことさ。例えば、ほら……」

もうたくさん……

「カミーユ、ヴァンサン、こっちに来ない？」突然、しおれたようなマリの声が響いた。

カミーユはため息をつき、ヴァンサンは笑った。

「マリのやつ、池に突き落としてやろうか。そうしたら絵に描くといい、ファネット。独創的な作品になるぞ。題して『睡蓮のなかのマリ』」

ヴァンサンはカミーユの背中をそっと押し、笑いながら橋を降りた。

「さあファネット、好きなだけ絵を描くんだな。行こう、カミーユ」とヴァンサンは言った。たまにはヴァンサンも、わたしの気持ちをわかってくれる。そういうときもあるし、そうじゃないときもある。そして、たちまち……

ようやくひとりになったファネットは、睡蓮の葉に囲まれて水に映る柳をじっくりと眺めた。このあいだジェイムズから聞いた消失線の話を思い出した。

たしか、こんな話だったたわ。モネの『睡蓮』が独創的なのは、絵の構図が相対する二本の消失線に基づいているからだって。睡蓮の葉や花の消失線はおおよそ、水面に対応している。ジェイムズさんは水平線と呼んでいたけれど、まあそれでもいいわ……でももう一本、水に映った藤の花や柳の枝、太陽の光、雲の影の線がある。ジェイムズさんいわく、鏡像と同じく逆さまになった垂直の線だ。それが『睡蓮』の秘密なのだと彼は説明した。秘密なんていうほど、難しいことではないけれど。なにもジェイムズさんやモネじゃなくたってわかるわ。この二本の消失線は、池を眺めさえすればひと目でわかる。顔の真ん中に鼻があるのと同じくらいに。どこまでも延びる二本の線……とまでは言いきれないけれど。池の水も、そこに浮かんだ葉も、じっと動かないのだから。そう、絵にはまったく動きはないのに、揺らめきが感じられる。

でもそんなこと、どうでもいいわ。ひとりきりになったら、なんだかみんなといっしょに池の周囲を走りまわりたくなった。でも、だめ。自分勝手《エゴイスト》にならなくちゃいけないと、ジェイムズさんも言ってたじゃない。自分の才能のこと、ロビンソン財団のコンクールのことを考えるのよ。みんなのところへ行くのはあとにしよう。

ファネットはパレットのうえに身をのり出し、注意深く色を混ぜた。

突然、すべてが止まった。黒だ。もう黒しかない。

ファネットが叫び出しそうになったとき、刈ったばかりの草のような、青臭い匂いがした。

ポールだわ。

「ポール！　どこにいたの？」

「庭で鬼ごっこをしてたんだ。六回やって、ぼくの勝ちさ」

　彼は絵のほうに身をのり出した。

「ワオ、ファネット、すばらしいな、きみの絵」

「だといいけど。ロビンソン財団のコンクールに出すためだもの。先生に絵を提出するのは、きっとわたしだけね」

「きみにはびっくりだ……きっと優勝するよ。間違いない、優勝だ。なんてすごいんだろう、きみの筆づかい」

「大袈裟ね。でも、わたしなりに考えたことがあるの。ジェイムズさんから教わったアイディアなんだけど」

「きみがよく話しているアメリカ人の画家だね？」

「ええ、今日の放課後にも会いに行くつもりよ。昨日から、麦畑で寝ているはずだから。絵を見せて彼にアドバイスをもらえば、きっとチャンスがあるわ。ジェイムズさんはすぐに疲れてしまうの。絵を描いているより、眠っている時間のほうが長いくらい。でも……」

「不思議だな。きみの絵、モネの『睡蓮』とはぜんぜん違う……」

　ファネットはポールの頬にキスをした。

　ポール、大、大、大好きよ！

「あなたもすごいわ。それこそ、わたしが求めていたものだもの。どういうアイディアかっていうと、モネの『睡蓮』を見ていると、なんだか絵のなかに吸いこまれ、突き抜けていくような気がするでしょ？　井戸のなかか砂の穴にでも、落ちていくみたいに。それがモネの狙いだったのよ。よどんだ水を描くこと、一生の出来事が目の前を通りすぎていくような印象を与えることが。わたしはその逆をしたかった。わたしの『睡蓮』を見た人に、水に浮いているような印象を与えたかったの。わかるかしら。宙に舞いあがり、空へと飛んでいくような印象を与えたかった。生き生きとした水を描きたかった。モネが十一歳だったら描いたような、わたしなりの『睡蓮』を作りあげたかったの。虹色の『睡蓮』を」

ポールは限りないやさしさをこめて、ファネットを見つめた。

「きみの言うことが、全部理解できたわけじゃないけど」

「いいのよ、ポール。ただの夢物語だから。ところでモネは、気に入らない『睡蓮』の絵をどうしたか知ってる？」

「いいや」

「屋敷の子供にあげてしまったの。わたしたちと同じ年ごろの子供たちに。そしてカヌーを作るのに使われたんですって。もしかしたらそれが、セーヌ川やエプト川の泥に埋まっているかもしれない。『睡蓮』の絵がまだあるかもしれないのよ。信じられる？　そんなこと」

「ぼくはきみを信じるさ、ファネット」

ポールは少し間を置いた。

「それに、夢物語なんかじゃない。わかるんだ。きみはぼくらとは違う世界の人だって。いつかきみは遠くへ行ってしまう。そして有名になる。でもぼくは、一生自慢できるんだ。きみと知り合いだったって。それって、とってもすごいことじゃないか。ぼくはきみと二人、この太鼓橋のうえにいた。そして……」

「そして？」

「ぼくはきみにキスをしたって」

ポールったら、もう。彼にそんなこと言われたら、体じゅうが震えちゃうわ。

睡蓮がゆっくりと池を流れていく。ファネットは震えながら目を閉じた。ポールは少女の唇に、そっと口づけをした。

「だったら、もっと自慢していいわ」とファネットはささやいた。「将来、結婚するとわたしが約束したって。大きな家で、子供たちといっしょに暮らそうと。ええ、きっとそうなるわ……」

「きみは……」


藤の木がかさかさと揺れた。

絡まった蔓のあいだから、ヴァンサンがあらわれた。ジャングルから飛び出した野獣のように、荒々しく。ヴァンサンは気味の悪い虚ろな目で、ねちっこくポールとファネットを見つめた。まるでさっきからずっと、二人のようすをうかがっていたかのように。

怖いわ。ヴァンサンのことが、ますます怖くなってきた。

「おまえたち、何してるんだ？」ヴァンサンは抑揚のない声でたずねた。

43

リリアーヌ・ルリエーヴル巡査はネットショップサイトを見てまわり、植木を並べるのによさそうな木製の五段脚立を探しながら、ちらりと腕時計を見た。銀メッキのしゃれたロンジンは、午後六時四十五分をさしていた。あと十五分で、ヴェルノン署の受付を閉められる。夕方のこの時間は、どうせ大して人も来ない。

警察署の階段をゆっくりとのぼってくる人影を見て、すぐには誰だかわからなかった。けれども、その老人が部屋に入ってこちらをふりむき、会釈をしたとき、彼女ははっと気づいて破顔一笑した。

「やあ、リリアーヌ」

「ローランタン警視！」

驚いた！　本当にひさしぶりだわ。ローランタン警視が引退してから、もう二十年ほどになるかしら。一九九〇年代の初頭、マルモッタン美術館からモネの絵が盗まれた事件が解決した直後だ。当時、ローランタンはヴェルノン署の署長をしながら、美術品密売事件捜査の第一人者としても勇名を馳せていた。文化財密売対策本部《OCBC》もことあるごとに、彼に応援を頼んだ。リリアーヌとは十五年以上、いっしょに仕事をした仲だ。

ローランタン警視はまさに、一時代を築きあげた人物だ。ヴェルノン地方の警察の歴史はすべて、彼ひとりに負っていると言っても過言ではない。

「びっくりだわ、警視。またお会いできて、嬉しいです」

リリアーヌは心から喜んでいた。ローランタンは細やかで鋭い感性をした、優秀な捜査官だった。これほどの人物は、もういないだろう。二人はしばらく、昔話に花を咲かせた。リリアーヌは好奇心がうずくのを抑えられなかった。

「それにしても、いったいどんな風の吹きまわしなんですか？　引退されて、ずいぶんになるのに」

ローランタンは口に指をあてた。

「しいっ……わたしは今、特別な任務を負っていてね。ちょっと待っていてくれるかな、リリアーヌ。数分で戻ってくるから」

ローランタンは勝手知ったる廊下の奥へ、ずんずんと入っていった。リリアーヌはだめとは言えなかった。十六年間にわたり、ヴェルノン署を率いてきた人なのだから。


昔のままだな、とローランタンは思った。廊下の壁のペンキは、あいかわらずぼろぼろだ。三十三号室。元警視はポケットから鍵を取り出した。あくだろうか？　それともあかない？

この部屋の鍵穴に差しこむのは、二十年ぶりだ……

ひらけゴマ……

あいたぞ！　それじゃあ、部屋の錠は変えないままだったのか……一九八九年からずっと。でも、よく考えれば当然だ。警察署の錠を交換する理由なんて、何もないのだから。ドアを押しあけながら、ローランタンは思った。現在の後任者は、情報工学や最新のテクノロジーにも通じた、司法警察の野心家に違いない。テレビの連続警察ドラマでよく見る新しい科学技術に、彼はまったくついていけなかった。

　ローランタンは机のわきでさっと立ちどまり、部屋の装飾を眺めた。壁には一面、印象派の絵が張ってある。ピサロ、ルノワール、シスレー。ゴーギャンやトゥルーズ＝ロートレックもあった。ローランタンは内心、にやりとした。この後任者にどこかで出会うことがあったら、きっとびっくりさせられるな。こいつ、なかなかいい趣味をしてるじゃないか。

　机のうえは、予想どおりだった。パソコン、プリンター、スキャナーがところ狭しと並んでいる。元警視は部屋をひとまわりした。さて、どうしたものか。ここに来ても、無意味だった。二〇一〇年の今、仕事熱心な警察官の机には書類なんか置いてない。すべてハードディスクに収められているのだから。かといって、後任者のパソコンのなかを覗くのはためらわれた。どのみちいくつものパスワードで防御されているだろうし、そもそもパソコンのことなどさっぱりわからない。やるだけ無駄というものだ。美術犯罪捜査班でも、最新の手法にはついていけなかった。あれはもう、科学者の仕事だな。今後、文化財密売対策本部《OCBC》は、国際的巨大データベースTREIMA《美術品画像リサーチ・シソーラス》をもとに仕事をすることになると言われたっけ。TREIMAには、アメリカの美術犯罪捜査チームやロンドン警視庁美術・古美術担当課の協力のもと、六万件以上にのぼる行方不明の美術品が登録されている。

ローランタンはため息をついた。

時代が変われば、手法も変わるってことか。

彼は部屋を出て、受付のリリアーヌに会いに戻った。

「リリアーヌ、資料室はまだ地下かね？　赤いドアの部屋？」

「そうですよ、二十年前と同じです。少なくとも資料室は、何も変わっていません」

今度もまた、ドアは古い鍵であいた。これじゃあ、誰でもここに入れてしまう。いや、おれは《誰でも》っていうわけじゃない。入れるのは、警官だけだ。だからこそパトリシア・モルヴァルは、おれに電話をしてきたのだろう。あの女、思ったほどイカレちゃいないらしい。

リリアーヌが言ったとおり、何も変わっていなかった。資料はアルファベット順に、きちんと分類されている。何世代を経てもつねに几帳面な警官がいて、書類箱を正しい順に正しい棚に並べているのだろう。ハードディスクとUSBメモリの時代になっても、それは同じだ。

Mを探せば……モルヴァルが見つかる。

大きな赤い書類箱がそこにあった。さほど厚くはない。

ローランタンはまたしてもためらった。令状や許可証を得ずに捜査上の秘密を暴く権利が自分にないことは、重々承知している。個人的な好奇心というだけで、正当な理由など皆無なのだ。どうしておれは、このファイルをひらこうとしているのだろう？　久しく感じたことのない興奮で、皮膚がちくちくした。これをひらくためじゃないとしたら、どうしてここまで来たんだ？　彼は念のために背後でドアを閉め、鍵を鍵穴に差したままにして、テーブルに置いたファイルをひらいた。そしてなかの書類にじっくり目を通しては、またもとにきちんと戻した。

ローランタンは何枚もある死体の写真を目で追った。小川の岸に横たわるジェローム・モルヴァルの死体。事件現場の写真や石膏で取った靴跡の写真、指紋や血痕、泥の分析結果など、証拠資料を次々にめくる。そのあと少しとばして、また別の写真が出てきたところで手を止めた。男女が写った五枚の写真。プラトニックな関係らしいものから、かなりきわどいものまでさまざまだ。唯一の共通点、それはどの写真にも、殺されたジェローム・モルヴァルが写っているということだ。

ローランタンは顔をあげ、赤いドア越しに階段から物音が聞こえないか耳を澄ませた。大丈夫、あたりは静まり返っている。彼は紙の束をじっくり調べにかかった。ジヴェルニー小学校に通う生徒たちのリスト。モルヴァル夫妻、デュパン夫妻、アマドゥ・カンディ、そのほかジヴェルニーの商店主、美術評論家、絵画コレクターなど、事件に関わる人々の経歴。詳細で膨大なメモはすべて、シルヴィオ・ベナヴィッド警部が残したものだ。

こうして、ほとんどすべての資料がテーブルに広げられた。皮膚がちくちくする感じが、さらに強くなる。調べねばならない書類はあとひとつ、一九三七年に溺死したアルベール・ロザルバ少年に関する、パシー＝シュール＝ウール憲兵隊の黄ばんだ報告書だけだ。ローランタンの手が震えた。彼は薄暗い部屋のなかで、いつまでもじっと考えこんでいた。細かな事実をひとつひとつ記憶にとどめ、予断なしにひとつの仮説を作りあげようとした。資料を持ち帰るか、コピーをとったほうがずっと簡単だろう。

でも、そんなことは論外だ。

まあ、いいさ。まだまだ記憶力は衰えていないとわかり、彼は内心、満足だった。

一階の受付に戻ったのは、三十分以上もあとだった。リリアーヌは待っていてくれた。

「お目当てのものは見つかりましたか？」

「ああ、ありがとう、リリアーヌ」

ローランタンはやさしくリリアーヌを眺めた。彼女がヴェルノン署に赴任してきた日のことは、今でもよく覚えている。もう三十五年以上前のことだ。署長室に使っている三十三号室に、リリアーヌはやって来た。当時、彼女は二十五歳。そのころからすでに、女性警官には珍しい、エレガントなところがあった。

「新しい署長はどうだい？」

「いい方ですよ。あなたほどじゃないですけど……」

うまいことを言うものだ……

「リリアーヌ、ひとつ頼まれてくれないかな。なにせ、パソコンのことはさっぱりなんでね。きっときみのほうが、よく知ってるだろう」

「さあ、どうでしょう。何をすればいいんですか？」

「言うなれば……再捜査だな。インターネットのことは詳しいと思うが……」

リリアーヌは自信たっぷりに微笑んだ。ローランタンが続ける。

「わたしはだめなんだ。ネットが普及する前に、引退してしまったから。子供や孫がいれば、時流についていけるんだろうが。実は調べたいサイトがあってね。ちょっと待った。どこかにメモしたはずだ」

ローランタンはポケットを引っかきまわし、なぐり書きをした黄色い付箋を取り出した。

「ああ、これこれ。サイトの名前は旧友再会《コパン・ダヴァン》。ジヴェルニーの写真を捜しているんだ。一九三六—三七年のクラス写真を」

44

「ジェイムズさん、ジェイムズさんったら！」

ファネットは洗濯場の近くを走り抜け、アメリカ人画家が毎日絵を描いている麦畑に入った。茶色い大きな紙袋には、太鼓橋のうえで下描きした絵が入っている。

「ジェイムズさん」

畑には誰もいなかった。イーゼルも、麦わら帽子も見あたらない。ジェイムズのいた痕跡は、なにひとつ残っていない。ファネットは彼を驚かすつもりだった。虹色の『睡蓮』を見せて意見を聞き、自分なりに描いた消失線について説明するつもりだった。どうしたらいいんだろう? ファネットはあたりを見まわし、しばらく考えてから、洗濯場の裏に絵を隠した。セメントの下に狭い隙間があるのに、前から気づいていたのだ。

ここなら誰にも見つからないわ。

ファネットは首もとに汗を滴らせながら立ちあがり、ジェイムズを早く見つけようと、走ってまた橋を渡った。

「ジェイムズさん、ジェイムズさん!」

水車小屋の中庭に立つ桜の木陰で、ネプチューンが眠っていた。犬は彼女の声を聞くと、ポーチを抜けて駆け寄ってきた。

「ネプチューン、ジェイムズさんを見なかった?」

ネプチューンはどうしたらいいのかわからないようすで、かたわらのシダに鼻を突っこんでくんくんと嗅いだ。

まったくもう、この犬にもいらいらさせられるわ。

「ジェイムズさん！」

ファネットは太陽の位置をたしかめた。ジェイムズはひなたぼっこをする大きなトカゲみたいに、いつも太陽の動きを追っている。明るく照らされた景色を描くためというより、昼寝が気持ちいいからなのだが。

ジェイムズさんは怠け者だから、もしかしたら畑のなかで眠ってるのかも。

ファネットは歩き続けた。腰のあたりまで伸びた麦が、ちくちくと肌にあたった。

まったくもう！

脚は今にも崩れ落ちそうだった。

見ると目の前の麦が、赤く染まっている。赤だけじゃない。緑、青、オレンジにも。色とりどりの穂は、地面になぎ倒されていた。誰かがここで、もみ合ったかのように。誰かがここでパレットをぶちまけ、絵具のチューブを切り裂いたかのように。

何があったんだろう？

よく考えなくちゃ。村人たちは浮浪者のような画家をあまりよく思っていない。だからって、ジェイムズさんと殴り合いをするはずないわ……何も悪いことをするわけじゃない、ただの老人なんだから。

激しい悪寒が走って、ファネットは呆然と立ちすくんだ。赤い穂をした麦が次々に倒され、血まみれの小道となって前へ続いている。何者かが、麦畑のなかを這い進んでいったのだろうか。

ジェイムズさんだわ。

ファネットはそう思ってぞっとした。

ジェイムズさんは事故に遭って、怪我をしたんだ。きっと草地のどこかで、わたしの助けを待っている。

倒された麦の道は、畑の真ん中で突然途切れていた。ファネットは麦の穂を掻き分け、叫んだり足を踏み鳴らしたりしながら、でたらめにあたりを歩きまわった。でも、草地は広かった。

「ネプチューン、捜すのをいっしょに手伝ってちょうだい」

シェパード犬は何をしたらいいのかと、しばらく戸惑っていたが、いきなり草地のなかを走り始めた。一直線に走る犬を追いかけるのは、ひと苦労だった。ファネットの腕や太腿に、麦の穂がちくちくとあたった。

「ちょっと待って、ネプチューン」

犬は百メートル先の、畑のほぼ中央でおとなしく待っていた。ファネットが近づく。

突然、心臓が止まりかけた。

シェパード犬のうしろ、縦一メートル横二メートルにわたり、小麦が平らになっていた。ちょうど人がひとり横たわれるくらいの広さだ。

麦わらの棺。とっさに浮かんだのはそんなイメージだった。

ジェイムズはそこにいた。でも、眠っているのではない。

死んでいるのだ！　胸と喉のあいだを切り裂かれ、血まみれだった。ファネットはがっくりとひざまずいた。胃液がこみあげて、口のなかに広がった。彼女はシャツの袖で、ぎこちなく口を拭った。

ジェイムズさんは死んでいる。殺されたんだ！

ひらいた傷口に蠅《はえ》がたかり、大きな羽音を立てている。ファネットは叫び出したかった。叫びたいのに、息が詰まって声が出ない。酸っぱい胃液のせいで、喉がひりひりした。ズボンと靴のうえに吐いたねばつく液体を、拭う気力もなかった。もう、なんの力も残っていない。彼女は手をよじった。蠅の大群が足にたかってきた。助けを呼ばなくては。ファネットは立ちあがり、必死に走り始めた。小麦が踝や膝にあたった。お腹が痛くなる。むせ返っては胃液を吐き出した。涎《よだれ》でべとべとになった口のまわりを、走りながら手の甲で拭った。小川を越え、水車小屋のわきを抜けて橋を渡り、ロワ街道へと、一心不乱に走り続けた。車が目の前で急停止した。

うすのろ運転手！

ファネットは道を横ぎり、村に入った。

「ママ！」

シャトー＝ドー通りを走る。ようやく、口からうめき声が出た。

「ママ！」

ファネットが乱暴に押しあけたものだから、ドアは壁に釘づけしたコート掛けにぶつかった。彼女は家に駆けこんだ。母親は台所にいた。いつものように、仕事の計画表のうしろに立っている。青い上っ張り。うしろでひとつに束ねた髪。母親は持っていたナイフと野菜を、とっさに放り出した。

「どうしたのよ、いったい？」

母親はわけがわからず、腕を広げて手を差し出した。

ファネットは母親の片手をつかみ、引っぱった。

「ママ、いっしょに来て。急いで」

母親は動かなかった。

「お願いよ、ママ」

「いったい何事なの？　落ち着いて、説明して」

「ママ、あの人が……あの人が……」

「落ち着きなさい。誰のことを言ってるの？」

ファネットは咳きこみ、息を詰まらせた。吐き気が戻ってきた。でも、ここで負けちゃだめ。母親が手渡した布巾で顔を拭うと、いっきに涙があふれた。

「さあ、もう泣かないで。何があったのか話してちょうだい」

母親は娘の手を撫で、赤ん坊を寝かしつけるように、肩に頭をあずけさせた。

ファネットはまだ息を詰まらせていたが、やがてどうにか声が言葉になった。

「ジェイムズさんよ、ママ。画家のジェイムズさんが死んでたの。むこうの、麦畑で」

「何言ってるの？」

「だから、いっしょに来て」

ファネットはいきなり体を離し、母親の手を引いた。

「早く、早く来て」

わたしの話を聞いて、ママ。一生のお願いよ。

母親はためらっていた。娘の声がどんどん大きくなる。

「ともかく、早く来て！」

ファネットはヒステリー寸前だった。シャトー＝ドー通りのあちこちで、カーテンがあいた。近所の人たちは、何事かと思っているはずだ。娘が駄々をこねてわめいているのだと。母親は覚悟を決めた。こうなったら、しかたない。

「わかったわ。いっしょに行くから」

母娘は小川にかかる橋を渡った。ネプチューンはおとなしく水車小屋の中庭に戻り、桜の木陰で眠っている。ファネットは母親の手を引いた。

もっと速く、ママ。

二人は草地に入った。

「あそこよ」

ファネットは麦畑のなかを、ずんずんと歩いた。ネプチューンがいなくても、道はわかる。なぎ倒された麦に、見覚えがあった。さらに進むと、ジェイムズが倒れていた場所に出た。

そう、間違いない。

「ここよ、ママ。ここだったの」

母親とつないでいた手が、だらりと下がった。ファネットは目を大きく見ひらき、呆然と立ちすくんだ。何なの、これ。頭がくらくらする。

目の前には何もなかった。

死体なんかどこにもない。

場所を間違えたのかしら。何メートルか、わきに逸れたのかも……

「でも、ここだったのよ、ママ……でなきゃ、すぐそのあたりかも」

母親は不審そうにファネットを見たが、それでも娘に手を引かれるままあたりを歩きまわった。ファネットは麦畑のなかを、あちこち捜し続けた。自分自身に、何もかもに苛立ちを募らせながら。

「あそこだったの。本当に、あそこだった……」

母親は黙ったまま、静かに娘のあとについていった。果物に入りこむ蛆虫のように、嫌らしい小さな声がファネットの頭のなかでささやいた。

ママはわたしの頭がおかしいと思っている。ママはわたしがおかしくなったと思っているんだわ。

「ここだった……」

突然、母親が立ちどまった。

「いいかげんにして」

「ここに倒れていたのよ、ママ。胸と首のあいだに、大きな傷があって……」

「アメリカ人の画家が？」

「そう、ジェイムズさんよ」

「わたしはそのアメリカ人画家に、一度も会ったことないけど。誰も会ったことがないわ」

何言ってるの、会ったことがないって？　ヴァンサンは会ったわ。ポールだって、ジェイムズさんのことは知っているし……みんな……

「警察に知らせなくちゃ、ママ。死んでたのよ。殺されたの。きっと誰かが、死体をよそに運んだんだわ」

そんな目で見ないで、ママ。わたしは頭がおかしいんじゃない。信じて。信じてくれなくちゃ……

「こんなことで、誰も警察に知らせたりしないわ。殺人事件なんか、なかったのよ。だって死体がないのだから、アメリカ人画家は初めからいなかった。想像力が旺盛すぎるの、あなたは」

ママは何を言ってるの？　どういう意味なのよ？

ファネットは泣き叫んだ。

「ひどいわ、ママ。ひどすぎる……」

母親はそっと身をかがめ、娘と目の高さを合わせた。

「ごめんなさい。今の言葉は取り消すわ。わたしだって、あなたの言うことを信じたいわよ。でももしそのアメリカ人画家が実在して、本当に殺されたのだとしたら、いずれ誰かが気づくはずだわ。誰かがその画家を捜して、死体を見つける。そうしたら、警察に通報するでしょう」

「でも……」

「ともかく、十一歳やそこらの子供が関わることじゃない。警察は今、ほかにやることがあるのよ。すでに事件をひとつ、抱えているのだから。正真正銘の殺人事件。死体もみんな見てるわ。そして犯人は捕まっていない。ただでさえ面倒ごとがいっぱいなのに、これ以上余計なことをしないほうがいいわ」

わたしは頭がおかしいんじゃない！

「わたしは頭がおかしいんじゃないわ、ママ」

「もちろんんよ。誰もそんなこと言ってないわ。さあ、もう遅いから帰りましょう」

ファネットは泣いていた。もう、なんの力も残っていない。ただ手を引かれるままに歩くしかなかった。

あそこに倒れていた。

ジェイムズさんはあそこに倒れていた。作り話なんかじゃないわ。もちろん、ジェイムズさんは本当にいるのよ。本当にいる。

じゃあ、イーゼルはどうなったの？　と頭のなかで声が響く。四脚のイーゼルと立派な絵具箱は？　カンバスやペインティングナイフは？

みんな、どこに行ってしまったの？

こんなふうに消えてしまうわけないのに。

わたしは頭がおかしいんじゃないわ。


スープはひどい味がした。

もちろん、母親はファネットが石盤に書いた問いかけを消して、買い物のリストに書きかえていた。いつものように野菜と、スポンジ、牛乳、卵、マッチ……

家は薄暗かった。

ファネットは自分の部屋にあがった。


その晩は眠れなかった。母親に逆らってでも、明日になったら警察に行って、すべてを話すべきではないだろうか？

わたしは頭がおかしいんじゃない。もしひとりで勝手に警察に行ったら、ママは決して許してくれないわ。警察官は真っ先にママのところへやって来て、すべてを話すはずだ。ママは警察と関わりたがらない。きっと、家政婦という仕事のせいだ。雇い主のブルジョワたちは、ママが警察から事情を聞かれていることを知ったら、もう仕事を頼みたがらないかもしれない。きっと、そうなる。

でもわたしだって、何もしないではいられないわ。頭がもうぐちゃぐちゃで、考えをまとめるのにもひと苦労だけれど。

ともかく、調べてみなければ。何が起きたのかを突きとめよう。証拠を見つけて、ママや警察やみんなに示すんだ。

そのためには、誰か協力してくれる人が必要だ。

さっそく明日から、調査に取りかかろう。ああ、でも明日は学校の授業が一日中ある。ずっと教室に閉じこめられて、えんえん待たねばならないわ。でも午後になって学校が終わったら、すぐに調べ始めればいい。

ポールといっしょに。そう、ポールにはすべてを話すことにしよう。彼ならきっとわかってくれる。

わたしは頭がおかしいんじゃない。

45

ローランス・セレナックは、何事だろうといぶかしみながら受話器を取った。夜中の一時半に電話がかかってくるなんて、めったにあることではない。しかも私用の番号だ。受話器のむこうから聞こえる声も、不安を搔き立てるものだった。声はわけのわからない言葉をささやいている。何とか聞きとれたのは、産院と合衆国という言葉だけだった。

「どなたですか？　こんな時間に」

声がほんの少し、大きくなった。

「わたしです。シルヴィオですよ」

「シルヴィオだって？　おいおい、夜中の一時半だぞ。もっと大声で話せ。半分も聞きとれない」

声がまた少し大きくなる。

「今、産院にいるんです。ベアトリスは病室で眠っているので、そのあいだに待合室に来て、電話をしました。ニュースがあって……」

「じゃあ、生まれたのか？　それで慕っている上司に、真っ先に知らせようと思ったってわけか。おめでとう、ベアトリス……」

「そうじゃありません」シルヴィオはさえぎった。「赤ん坊の話じゃありませんよ。捜査の件で電話したんです。お知らせすることがあって。赤ん坊やベアトリスのことは、ようす見《ウエイト・アンド・シー》です。さっき救急で、ヴェルノン病院の産科に来ました。陣痛が始まったって、ベアトリスが言うものだから。二時間ほど待ったんですが、変化なし。まだすぐには生まれないだろうって、言われただけでした。赤ん坊は無事お腹のなかでくつろいでる、経過は順調だって。ベアがぜひにと頼んで、入院させてもらえることになりました。あなたによろしくって言ってます」

「おれのほうからも、がんばれと伝えてくれ……」

　セレナックはあくびをした。

「それで、シルヴィオ、きみのスクープっていうのは？」

「そういや」シルヴィオは、上司の質問など聞こえなかったかのように言った。「モネの家と庭へ行ってみたんですよね。どうでした？」

　どう答えたものか、セレナックはためらった。

「気がかりなことはあったかな。きみのほうは、ルーアン美術館で何か収穫は？」

　今度はシルヴィオがためらう番だった。

「いろいろ参考にはなりましたが……」

「それで電話してきたのか？」

「いいえ、美術館では新たな情報をいくつも得られましたが、そのせいですでにわかっていたことまで混迷をきたしてきました。あらためて精査してみないと……」

　受話器のむこうで足音が響き、話の続きが何秒間か聞こえなかった。

「ちょっと待ってください、ボス。今、女の子を乗せた担架が運びこまれてきました。どうやら担架が、エレベータに入りきらないみたいで……」

　セレナックはしばらく我慢していたが、やがて苛立たしげに言った。

「いい話なのか？　きみのニュースっていうのは？　おぎゃあとぶちまけちゃえよ」

「面白いこと言いますね、ボス……」

セレナックはため息をついた。

「片がついたのか、担架は？」

「縦にして、何とかエレベータに収めました」

「楽しんでるみたいだな、シルヴィオ」

「ボスに合わせてるだけですよ」

「ああ、そうだろうとも。で、朝まで謎かけごっこを続けるつもりか？」

「アリーヌ・マレトラスが見つかりました」

セレナックは思わず声をあげそうになった。

「ハイヒールのセクシー美人か？　モルヴァルの愛人で、ボストンのアートギャラリーで働いている？」

「ええ、その女です。時差の関係で昼間に連絡は取れませんでしたが、ようやく十五分前にとっ捕まえました。カクテルを一杯やっているところを。東海岸は今、午後八時くらいでしょう」

「それで、女の証言は？」

「モルヴァル殺しについては、何も知らないそうです。どうやら、アリバイも完璧ですね。事件の朝は、ニューヨーク郊外のナイトクラブから戻ったころだろうと言ってます。店の名前は……」

シルヴィオはメモを読みあげた。

「クレイジー・ボールドヘッド。証人もいるはずだって。確認してみないといけませんが、ともかく……」

「ああ、確認してみなければ。でもたしかに、ナイトクラブからひとりで家に帰るタマとは思えないな。仕事に関してはどうだ？　絵画、ギャラリー、コレクション。モルヴァルと結びつくのでは？」

「本人いわく、関係はとっくに終わったそうです。もう十年近く、眼科医とは音信不通だとか」

「きみはどう思う？」

「さあ、わかりませんね。彼女は急いでいて、さっさと話を切りあげてしまいました。でも、モルヴァルがモネの絵に夢中だったことは覚えていましたよ。当時は、何というか、ちょっと《月並み》だと思ったそうです。そういう言い方をしてましたね、彼女は」

「あいかわらずロビンソン財団で働いているのか？」

「ええ、フランスとアメリカの交渉役を担当しているのだとか。展覧会の企画、芸術家の招聘、絵のやりとりなど……」

「なかなかやり手じゃないか」

「両国の人気画家たちととても親しいと、さかんにほのめかしていましたね。直接アトリエへ絵を選びに出むくほどだと。もしかすると展覧会のオープニングパーティで、顔を合わせただけかもしれませんが。白いテーブルクロスに並べたシャンパンや軽食を、すすめてまわりながら」

「なるほど……ともかくセオドア・ロビンソン財団のことは、もっと調べなくちゃならないな」

セレナックはまたあくびをした。

「でも、シルヴィオ、文句をつけるわけじゃないが、大した証言はしてないだろ、麗しのアリーヌは。これっぽっちのことで、夜中に電話をかけてきたのか？」

シルヴィオは再び声をひそめた。

「まだ続きがあるんですよ、ボス」

「ほう……」

セレナックは部下をさえぎらないよう、耳を澄ませた。

「アリーヌ・マレトラスが外でジェローム・モルヴァルと会ったのは十五回ほど、そのうちの一回があの写真で、場所はパリ五区のアングレ通りにあるクラブ・ゼッドです。今から十年前、アリーヌ・マレトラスは当時、二十二歳でした。モルヴァルは金離れがよかったし、彼女も男は嫌いじゃありません。関係はうまく続いていたのですが……」

「おい、もっと大きな声で話してくれ」

「やがてアリーヌ・マレトラスは、妊娠してしまいました」

「何だって？」

「今、言ったとおりですよ」

「それじゃあ……育ててるのか、モルヴァルの子供を？」

「いいえ」

「どういうことだ、いいえって？」

「赤ん坊は堕ろしたんです」

「たしかめたのか？　それとも、彼女から聞いただけなのか？」

「聞いただけです。でも、二十二歳で未婚の母になろうなんていうタイプには思えませんからね、彼女は」

「モルヴァルも知ってたのか？」

「ええ、彼が医者仲間に手をまわして段取りをつけ、費用も支払ったそうです」

「だったら、ふり出しに戻ったわけだ。殺人の動機については、進展なしだ」

病院の待合室に、またしても足音が響いた。遠くで、救急車のサイレンも聞こえる。シルヴィオはしばらく待ってから、話を続けた。

「でも生まれていれば、十歳か十一歳ですよ、その子は」

「堕ろしたのなら、子供はいないのだから……」

「でも、もし……」

「子供はいないんだ、シルヴィオ」

「マレトラスは嘘をついているのかもしれません」

「だったら、どうして妊娠したなんて話したんだ？」

長い沈黙が続いた。やがてシルヴィオは、声のトーンを一段高めて言った。

「もしかして、彼女だけではなかったかも」

「何が彼女だけではないって？」

「ジェローム・モルヴァルの子供を妊娠したのがですよ」

再び長い沈黙が続いたあと、シルヴィオはさらに声を高めて続けた。

「例えば、最後にひとり残った正体不明の女です。モルヴァルの自宅の居間で彼を楽しませている、青い上っ張りの女。写真の裏に書かれた記号の意味がわかれば……」

セレナックが手にした受話器のむこうで、足音が響いた。看護師長が待合室に駆けこんで来たんじゃないか。いいかげんにしろと、シルヴィオ・ベナヴィッド警部に文句をつけに。

「おいおい、シルヴィオ。きみにはまいったな。突拍子もない説といい、三つのパートに分けたメモ用紙といい……」

彼はため息をついた。

「とりあえず、少し眠ろう。明日は早起きして、ジヴェルニーの川で水浴びだからな。網を忘れるなよ」

十日目　二〇一〇年五月二十二日（シェヌヴィエールの水車小屋）
――堆積物

46

かつて水車小屋のうえにそびえる天守閣を建てた人物は、五階の窓から村中を見渡そうと密かに目論んだに違いない。だって、そうとしか思えないわ。木々の梢よりも高いこの塔を、どう呼んだらいいのだろう。見晴らし台、監視塔、見張り櫓《やぐら》。まあ、お好きなように。でもひとつ、たしかなことがある。ここは教会の鐘楼と並んで、ジヴェルニーを観察するのにうってつけの場所だということだ。

まさしく村が一望できる。草地からイラクサの島まで、小川からモネの庭まで。それにご推察どおり、ここは犯行現場をそっと眺めるのにどこより最適な場所なのだ。ジェローム・モルヴァル殺しの現場、という意味だけれど。

ほら、見てごらんなさい、小川のなかを。ズボンの裾をまくった警官たちの、間の抜けたようすを。素足で、長靴もはかずに……彼らだって内心、情けないかっこうだと思っていることだろう。署長の補佐役シルヴィオ・ベナヴィッドも、水のなかを苦労して歩いている。

岸に残っているのは、セレナック警部だけ。彼と話している眼鏡の男は、おかしな装置を川に仕掛けた。いくつも重なった漏斗《ろうと》のような口に、砂が流しこまれていく。

もちろん、ネプチューンもいた。こういう機会は、決して逃さない。シダのあいだを駆けまわり、なにやらクンクンと嗅いでいる。面白そうなことが始まったとばかりに、犬は大興奮だ。それにセレナック警部にかわいがってもらえると、よくわかっているのだろう。警部ならいくらでも撫でてくれると。

ええ、そう、たしかにわたしはちょっと馬鹿にしているわ。でも、川底を浚《さら》おうという考えは、警官としては悪くない。どうせなら、もっと早くそこに気づくべきだったけど。田舎の警察はもたもたしていると、安易な批判をしたくなるだろう。でも、忘れちゃいけないわ。捜査を指揮しているハンサムな警部は、ここ数日、別のことで気もそぞろなのだ。はっきり言えば、彼が真っ先にしようと思ったのは、川を浚うことじゃない。掠《さら》いたいものは、ほかにあったから。まあ、大目に見てちょうだい。話し相手もいない年寄りの魔女なんだから、ひとり言で駄洒落を飛ばすくらい、ささやかな楽しみだわ。さあ、わたしもカーテンの陰から、黙ってようすをうかがうことにしよう。

47

ヴェルノン署の警官三人は、小川の川底を徹底的に調べていた。とはいえ何か収穫があるとは、あまり期待していなかった。ジヴェルニーの村長も言っていたはずだ。地域の環境保護係員が、数か月ごとに川の清掃をしていると。《当然のことですよ》と村長はつけ加えた。《このちっぽけな小川は、フランス初の印象派の川と呼ばれてしかるべきなんです。それだけの敬意に値しますとも……》

村長の言葉は嘘ではなかった。警官たちは泥のなかから、ほとんど何のゴミも見つけられなかった。油紙、ソーダ水の瓶、チキンの骨。それくらいだ……

それでもいちおう、科学警察で検査することになるだろうが。

シルヴィオ・ベナヴィッドは目をあけているだけでひと苦労だった。このままじゃ、水のなかで眠りこんじまうぞ。今にきっとそうなる。もう、うとうとしてるじゃないか。運が悪ければ、頭を石にぶつけるかもしれない。傷は大したことなくても、そのまま気を失い、水に顔を突っこんで溺れ死ぬ可能性だって充分にあるぞ。

シルヴィオは朝からずっと、気分が落ちこんでいた。夜中にローランス・セレナックとの電話を切ったあと、眠れなくなった。看護師たちには家に帰るよう言われたけれど、冗談じゃない。警官の特権で病院に残り、眠っているベアトリスを眺めて夜を明かした。待合室の椅子を二つ並べたうえに寝ころんで、妊婦の喫煙や飲酒の害を説くポスターの前でまどろんだ。

愛人、『睡蓮』の絵、子供という三つの手がかり。三つのパートに分けたメモ用紙のことを、何度も思い返しながら。

数日前から、謎は深まるいっぽうだった。ここらでひとつ、整理しなければ。《黒い睡蓮》の言い伝えについては、どう考えたらいいのだろう？　もちろんアマドゥ・カンディだって、その話は知っているはずだ。それに、モルヴァルも。モルヴァルが殺されたのと同じ場所で、一九三七年、アルベール・ロザルバ少年が溺れ死んでいる。十一歳の子供に宛てた『睡蓮』の絵葉書。そこに付されたアラゴンの引用。これらはすべて、事件とどう関わるのか？　そもそも、どうしてアラゴンなんだ？　どうしてあの一節なんだ？　《夢見ることは罪かもしれないと、わたしは認めよう》これはいったい、どういう意味なんだろう？　モルヴァルの愛人たちを写した写真の裏には、どうしてあんな数字が書かれていたのか？　こうしたピースは、すべて結びついている。それぞれ重要性があって、どれひとつなおざりにしてはならないのだと、シルヴィオは感じとっていた。

彼はセレナックを眺めた。堆積学者の年代測定装置に目を見張っているのか、こんな作業には関心を失っているのか、見極めるのは難しかった。ともかくパズルを綿密に組み立てるのは、必ずしもセレナックのやり方ではない。問題はそこだった。セレナックは難題を前にすると、絡み合った糸を一本、力まかせに引っぱろうとする。それでは解決にならない、とシルヴィオは思った。事態をますます紛糾させるだけだし、下手をしたら指のあいだで糸がぷっつり切れてしまうかもしれない。そうなったら、元も子もないだろうに。

ルヴェルが泥のなかから、三本めの空き瓶を掘り出した。印象派の王道を行くこの川も、川床の奥まで調べれば、あんまりきれいじゃないというわけだ。見つかった品々を、堆積学者は専門家らしい手際のよさで分析し、クロード・モネが生きていたころから埋まっていたものか、ちょうどジェローム・モルヴァルが殺されたころのものかをたしかめた。

シルヴィオはまた、セレナックのことを考えた。上司に自説をぶつけてみたのは、間違いではなかった。セレナックは何も異を唱えなかった。三つの手がかりのことも、さまざまな謎や錯綜する状況についても、きちんと耳を傾けたが、それでも彼は直感に閉じこもっていた。セレナックに言わせれば、すべてはステファニー・デュパンをめぐっている。女教師の身に、危険が迫っているというのだ。ジャック・デュパンという名の危険が。セレナックはこの考えから抜け出せなかった。シルヴィオは事実を客観的に検討して、女教師は次なる犠牲者というより、容疑者の可能性が高いだろうと思った。彼はそれをセレナックに話したが、頑固者の南仏人は客観的な事実よりも自らの直感に従うことを選んだ。さて、どうしたものか？

そんなこんなでひと晩、頭を悩ませたが、彼もベアトリスと同じで、結局セレナックのことが好きだった。性格は正反対なのに、不思議なものだがセレナックと組んで働くのは楽しかった。相互補完というやつかもしれない。でも、セレナックはいつまでもヴェルノン署にいないような気がする。きっとまたすぐに、転勤になるだろう。北部では、直感に頼るのはあまり好まれない。とりわけその直感が警察官としてではなく、恋する男の激情から来ているときは……

「何かありました！」

そう叫んだのはルヴェル巡査だった。すぐにほかの警官たちも近づいた。ルヴェルは泥のなかに両手を突っこみ、四角い薄べったいものを引っぱりあげた。堆積学者がプラスチックケースを差し出し、なかに泥を受けた。警官が手にしているものが、徐々にあらわになってきた。もう、間違いない。

ルヴェル巡査が見つけたのは、木の絵具箱だった。

シルヴィオはため息をついた。またしても無駄骨折りか。きっと河原で絵を描いていた者が、川に近づきすぎて落としてしまったのだろう。誰だかわからないが、ともかくモルヴァルじゃない。彼はコレクターだったけれど、自分じゃ描かなかったからな。

ルヴェルは絵具箱を土手に置いた。堆積学者は絵具箱についていた泥を、濾過機《ろか》と漏斗を組み合わせた装置に入れた。

「こいつはどれくらい、川底にあったんですか？」モーリー巡査が、興味津々なようすでたずねる。

堆積学者は、いちばん小さな漏斗についた文字盤をたしかめた。

「長くて十日。この箱が川に落とされたのは昨日から、モルヴァルが殺された日のあいだだ。五月十七日に降った雨が決め手さ。にわか雨で運ばれた土砂には特徴があってね、上流から運ばれてくるんだ。そのあと、雨は降っていない。前後五日の幅を置けば、そんなところだろう」

「それじゃあ、シルヴィオ」とセレナックが言った。「宝箱を最初にあける役はきみにまかせよう。きみはその栄誉に値するからな」それから彼は部下にウィンクして、つけ加えた。「でも、中身は山分けだぞ」

「海賊みたいに？」

「よくわかってるじゃないか」

モーリー巡査がうしろで笑っている。ベナヴィッド警部はすなおに絵具箱を受け取ると、目の前に持ってきた。ニスを塗った古い箱だが、川底にあったわりにはほとんど傷んでいなかった。ただ、鉄の蝶番は錆びついているようだ。シルヴィオはブランド名らしい、消えかけた文字に目を凝らした。翼のあるドラゴンを模《かたど》ったロゴマークの下に、大文字でウィンザー＆ニュートンと書かれている。さらにその下には、世界最高級画材《ザ・ワールズ・ファイネスト・アーティスツ・マテリアルズ》と小さな文字で添えてあった。絵具のことはまったくわからないが、いい品らしいことは想像がついた。おそらくイギリス製かアメリカ製だろう。たしかめてみなければ。

「さあ、早く」セレナックは待ち遠しそうに言った。「宝箱をあけてくれ。何が見つかったのか、みんな知りたがっているぞ。金貨か、宝石か、はたまた黄金郷の地図か……」

リュドヴィック・モーリーがまた大笑いした。上司のユーモアを心底面白がっているのか、それともわざと笑って見せているのか、判別するのは難しかった。シルヴィオはそれでも悠然と、錆びついた蝶番をきしませた。箱があいた。まるで新品のように、昨日まで使っていたかのように。シルヴィオは濡れた絵筆や絵具のチューブ、パレット、スポンジが入っているだろうと思っていた。予想に反して、なかは空っぽだったけれど……

何だ、これは！

シルヴィオ・ベナヴィッド警部は、危うく絵具箱を川に落とすところだった。何だ、これは……頭が混乱した。初めからおれが間違っていたとしたら？　すべてセレナックの言うとおりだったとしたら？

彼は木箱をつかんだ指を震わせ、叫んだ。

「ボス、来てください。これを、これを見て！」

セレナックは一歩近づいた。モーリーとルヴェルもそれに倣った。ベナヴィッド警部の驚きように、ほかのみんなも呆気にとられていた。シルヴィオ・ベナヴィッドはふたをあけた絵具箱を、目の前に掲げている。ビザンチンのイコンを前にした正教徒のように、警官たちは木の面をおどおどと見つめた。

皆、同じメッセージを読んでいた。色の薄い木の面に、ナイフで刻まれた文字を。彼女はぼくのものだ。今も、これからもずっと。

そのあとに、交差する二本の切りこみがあった。十字架。死の脅迫だ……

「いやはや！」セレナックは叫んだ。「何者かがこの絵具箱を、川に投げこんだんだ。ほんの十日前、おそらくモルヴァルが殺されたのと同じ日に」

彼は額の汗を袖で拭うと、言葉を続けた。

「シルヴィオ、急いで筆跡鑑定の専門家を連れてこい。絵具箱に刻まれたメッセージと、村の寝取られ亭主たちの筆跡を比べるんだ。ジャック・デュパンをリストの筆頭にあげろよ」

セレナックは腕時計をたしかめた。午前十一時三十分。

「今夜までにすませてくれ」

彼は目の前の洗濯場を見つめていたかと思うと、突然、興奮が冷めたかのように、まわりに集まった四人の男たちに心底嬉しそうな笑顔を見せた。

「みんな、よくやった。さっさと川の掃除を終えてしまおう。川底に隠れていた大魚は、もう釣りあげたからな」

それからモーリー巡査にむけて、親指を立てる。

「すばらしい思いつきだったな、リュド、川を浚おうっていうのは。ようやく証拠が手に入った」

モーリーはもうへとへとだったけれど、いい点数をもらった子供みたいににっこりした。シルヴィオ・ベナヴィッドはと言えばいつものように、糠《ぬか》喜びはすまいと自分を諭していた。彼女はぼくのものだ。今も、これからもずっと。このメッセージは嫉妬深い夫が書いたのだと、セレナックは頭から決めつけている。彼女《エル》というのは奥さんのことだと思っているのだ。でも、そうとは限らない。彼女《エル》というだけなら、誰だってありうるだろう。十一歳の少女かもしれないじゃないか。それどころか女性名詞のもの、たとえば絵のことを言っているのかもしれない。

警官たちは手際よく川底を浚い続けた。とはいえみんな、もう大した収穫はないだろうと思い始めていた。実際、わずかにゴミが見つかるだけだった。太陽がゆっくりと空をめぐるにつれ、シェヌヴィエールの水車小屋が落とす天守閣の影が犯行現場を覆っていった。そろそろ警官たちも、帰り支度を始めている。シルヴィオ・ベナヴィッドは立ち去る前に、水車小屋の塔へ何度も目をあげた。そのてっぺん、五階のカーテンが揺れたのが見えたような気がした。しかし次の瞬間、もうそんなことは忘れていた。ほかに考えねばならないことが、山ほどあったから。

48

「クロード・モネには相続人がいるんですか？　つまり、生きている相続人がということですが」

ローランタンの質問に、アシル・ギヨタンはびっくりした。ルーアン美術館の秘書によれば、引退した元警視はギヨタンを指名したも同然だった。美術館に電話をかけ、モネ研究の第一人者と話がしたいと言った。つまりは彼、アシル・ギヨタンということだ。秘書は大あわてで、彼の携帯電話に連絡した。ギヨタンは《ノルマンディ印象派》キャンペーンのため、理事会文化部と会議の真っ最中だった。例によって、いつ終わるとも知れない会議だ。ギヨタンは喜んで廊下に出た。

「クロード・モネの相続人ですか……ひと言で説明するのは難しいのですが……」

「どういうことなんです、難しいというのは？」

「つまりその……できるだけ簡潔に言うとですね、モネには最初の妻カミーユ・ドンシューとのあいだに、二人の子供がありました。ジャンとミシェルです。ジャンはモネの二人目の妻アリス・オシュデの娘ブランシュと結婚しました。ジャンは一九一四年に亡くなり、ブランシュは一九四七年に亡くなっています。この夫婦には、子供がいませんでした。ミシェル・モネは一九六六年に亡くなりました。彼はクロード・モネの最後の遺産相続人です。ミシェルは死ぬ数年前、遺言書のなかで、マルモッタン美術館、つまり美術アカデミーを包括名義の受遺者としました。そんなわけでパリのマルモッタン美術館は現在でも、百二十点以上にものぼる《モネとその友人たち》のコレクションを有しているのです。これは世界有数のコレクションで……」

「つまり、もう相続人はいないわけですね」とローランタンはさえぎった。「クロード・モネの子孫は、たった一世代のうちに途絶えてしまったと」

「完全にというわけじゃないんです」ギヨタンは喜びを隠しきれない口調で言った。

ローランタンは受話器にむかって咳をした。

「何ですって？」

ギヨタンは気を持たせるように、少し間を置いた。

「ミシェル・モネには、愛人ガブリエル・ボナヴァンチュールとのあいだに娘がいたんです。ガブリエルはモデルをしていた、魅力的な女性です。結局ミシェルは彼女との関係を公にし、父親の死後、一九二七年にパリで結婚しました」

　ローランタンは電話口で大声をあげた。

「だったらその娘が、最後に残った相続人じゃないのですか。クロード・モネの孫なんだから……」

「いいえ」とギヨタンは落ち着きはらって答えた。「いいえ、奇妙なことにミシェル・モネは、ガブリエルと結婚したあともこの娘を決して認知しませんでした。だから彼女は、祖父の膨大な遺産には一銭も手をつけられなかったんです」

　ローランタンは虚ろな声で言った。

「その娘は何という名前なんですか？」

　ギヨタンはため息をついた。

「モネに関する本を見れば、どこにも載ってますよ。彼女の名前はアンリエット。アンリエット・ボナヴァンチュールでした。おっと、ついうっかり過去形で言ってしまいましたが、まだ存命のはずですよ、たしか」

49

　午後四時三十一分、ちょうど。

　ファネットは学校を出ると、一秒たりとも時間を無駄にしなかった。ブランシュ・オシュデ＝モネ通りを全力疾走し、まっすぐオテル・ボーディへむかう。モネの時代、ロビンソンやバトラー、スタントン・ヤングといったアメリカ人画家がそこに泊まっていたのを、ファネットは知っていた。小学校の先生が話してくれたのだ。きっと今でも、アメリカ人画家が滞在しているはずだ。彼女は通りの反対側から、正面のテラスに並んだ緑のテーブルや椅子をちらりと見ると、ホテル兼レストランに猛然と入っていった。

壁には油絵やデッサンが飾られ、美術館かと思うほどだった。そういえば、オテル・ボーディに入ったのは初めてだったわ、とファネットは思った。できればじっくり時間をかけて、ポスターが張ってある一角のすばらしいサインを見てまわりたかったけれど、ウェイターがカウンターのむこうからこちらを眺めている。明るいオーク材製の、とても背の高いカウンターで、ファネットはつま先立ちしないと顔がうえに出なかった。彼女は両手でカウンターにしがみつき、背をいっぱいに伸ばしてウェイターの男とむき合った。男は黒いあごひげを長く伸ばし、モネが描いたルノワールの肖像画にちょっと似ていた。

そんなに妙ちきりんな風貌じゃないわ。

ファネットは急いで話した。つかえたり、口ごもったりしたけれど、ルノワールは少女がジェイムズという名のアメリカ人画家を捜しているのだとなんとか理解した。いえ、名字はわかりません。白いあごひげを生やしたおじいさんで、イーゼルを四つ持っていて……

ルノワールはすまなそうな表情をした。

「いや、わからないな。きみが言うジェイムズらしき人物は、ここには泊まっていないが」

あごひげが口まで覆っていて、彼が面白がっているのか、うるさがっているのか、容易には判別できなかった。

「それにほら、もうずっと前から、モネの時代ほどアメリカ人は見かけなくなったんだよ」

あんた、馬鹿ね。ただの馬鹿者だわ、ルノワールさん。


ファネットはまたクロード・モネ通りに出た。ポールが外で待っていた。彼には休み時間に、事情をすべて話してあった。

「どうだった？」

「だめ。いなかったわ」

「どうする？　ほかのホテルもあたってみるかい？」

「わからないわ。だって彼の名字も知らないのよ。それにジェイムズさんは、たいてい野宿をしてたみたいだし」

「ほかの人たちにも話してみたら？　ヴァンサンやカミーユ、それにマリに。みんなでやれば……」

「だめよ」

ファネットはほとんど叫ぶように言った。正面のテラスに腰かけていたオテル・ボーディの客が何人か、こちらをふり返った。

「だめよ、ポール。ヴァンサンときたら、悪賢そうな顔をして。このごろでは、彼が近寄ってくるだけでぞっとするの。カミーユに話したりしたら、大昔からジヴェルニーに来たアメリカ人画家の名をすべて並べあげるわ。そうすればジェイムズさんのことがわかるとでもいうみたいに」

ポールは笑った。

「マリは最悪よ。まずはめそめそ泣きだして、それから警察に行ってすべて話してしまう。わたし、ママに目玉をくり抜かれちゃうわ」

「じゃあ、どうする？」

ファネットは、オテル・ボーディの前からロワ街道にむかって広がる庭を眺めた。短く刈った芝生に、干し草の山がわずかに影を作っている。そのむこうには草地が、エプト川とセーヌ川の合流点や、あの有名なイラクサの島まで続いていた。

これこそ、ジェイムズさんが夢見た景色なんだわ。彼はそのためにすべてを捨てた。故郷のコネチカットも、妻子も。わたしにそう言っていた。

「わからなくなってきたのよ、ポール。わたしは頭がおかしいのかしら？」

「そんなことないさ」

「死んでたのよ。嘘じゃないわ……」

「正確な場所は？」

「麦畑のなかよ。魔女の水車小屋をすぎた、洗濯場の近くの」

「行ってみよう」

二人はグラン＝ジャルダン通りをくだった。両側に立ち並ぶ石造りの家が、小道にわざとらしく影を作っている。ひんやりとした風に、ファネットは思わず身震いした。

ポールは彼女を元気づけようとした。

「ジェイムズさんは絵を描くのに、イーゼルを四脚も立てていたんだろ。ほかにもパレットやペインティングナイフ、絵具箱だってあったはずだ。だとしたら、何か残っているはずだ。きっと手がかりが残っている……」

ファネットとポールは一時間以上、麦畑のなかを調べた。けれども見つかったのは、なぎ倒された麦の穂だけだった。ちょうどそこに、死体が横たわっていたかのように……麦わらの棺。少なくとも、これは夢じゃなかった……さもなければ、誰かがここで寝ころがっていたのかも、とポールは言った。その違いを、どう区別したらいいんだ？

絵具の染みがついた麦の穂にも、二人は気づいた。赤く染まっているのは、血痕かもしれない。でも血が流れ落ちたのと、赤い絵具が垂れたのを、どう区別したらいいんだ？　つぶれた絵具のチューブもあったけれど、それだけではなんの証拠にもならない。誰かがここで絵を描いていたという以外は。ファネットだって、そこはよくわかっている。

わたしは頭がおかしいんじゃないわ。

「ほかにジェイムズさんに会った人はいるかな？」ポールはたずねた。

「わからないけど、ヴァンサンくらいかしら」

「ヴァンサンのほかには？　誰か、大人の人で？」

ファネットは水車小屋に目をやった。

「たぶん、近所の人なら……水車小屋の魔女とか……塔のてっぺんからなら、何でも見えるはずよ」

「よし、行こう」

手を貸して、ポール。わたしに手を貸して！

50

わたしのいるところからなら、二人を見逃しようもない。子供たちが近づいてくるのが、よく見えるわ。二人は小川の橋を渡り、土手にちらりと目をやった。ちょうど警官たちが、泥まみれの絵具箱を見つけた場所だ。

今ではもう、ひとりの警官もいない。警戒線の黄色いテープもなければ、漏斗のような装置を抱えた眼鏡の男もいない。ただエプト川の流れとポプラの木、麦畑の景色が続くだけ。まるで何事もなかったかのように、自然はそ知らぬ顔をしている。

水車小屋に近づく二人の子供は、何も気づいていない。まだ純真なんだ。自分たちがどんな危険を冒そうとしているのか、わかっていたならば。かわいそうに、本当に無謀なんだから。さあ、いらっしゃい、子供たち。怖がらずに、魔女の家に入っていらっしゃい……昔話のように、『白雪姫』の物語のように。魔女を怖がってはいけないわ。いらっしゃい、子供たち……でも、気をつけるのよ。毒があるのはリンゴじゃなく、桜の実だから。味の問題ね……

わたしはゆっくりと窓から離れた。もう、充分見たわ。外からは、誰もわたしに気づかない。わたしがそこにいるかどうか、誰にもわからないだろう。この水車小屋に、人が住んでいるのかどうかも。ここから明かりが漏れることもない。わたしは暗闇のなかでも平気だから。むしろ、心地いいくらいだわ。

黒い『睡蓮』をふり返った。こうやって、この絵を暗闇のなかで眺めるのが、今ではますます楽しみになってきた。カンバスを覆う水が部屋の薄明りに紛れ、池の水面《みなも》に映るわずかな影がぼやけると、闇のなかに睡蓮の黄色い花だけがくっきりと浮かびあがる。まるで遠い銀河に埋もれた星々のように。

51

「ほら、誰もいないわ」とファネットは言った。

少女は水車小屋の中庭を、注意深く眺めた。小川をせき止める水門が、苔《こけ》むした虫食いだらけの木の扉を水に浸している。桜の大木が落とす影は、ほとんど中庭じゅうを覆っていた。

ポールが答える。

「ちゃんとたしかめよう……」

彼は重々しい木のドアをノックすると、ちらちらと揺れる影のなかでしばらく待っていた。建物の外壁や石ころ、中庭にある何もかもが、日向に打ち捨てられているかのようだった。このまま、永遠に干からびていくようにと。

「本当だ、誰もいない。なんだか薄気味悪いな、この水車小屋は」とポールは言った。

「そんなことないわよ」ファネットは答えた。「将来、こんなところに住みたいと思ってるくらいよ。みんなと違う家に暮らせたら、楽しそうじゃない」

きっとポールはわたしのことを、変わり者と思ってるわね。

ポールは水車小屋の周囲をぐるりとまわって、一階の窓からなかを覗こうとした。彼は天守閣を見あげ、それからファネットをふり返って口もとを歪め、指を鉤爪のように曲げた。

「たしかに魔女がいるぞ、ファアアアネット……絵がだああい嫌いな魔女が……」

「やめてよ」

ポールは怖がっているんだわ。わたしにはわかる。虚勢を張ってるけど、本当は怖いんだ。

突然、水車小屋の反対側から犬が吠《ほ》えた。

「まずいぞ。逃げよう」

ポールはファネットの手を取った。けれども少女は、ぷっと吹き出した。

「馬鹿ね。あれはネプチューンよ。いつもあそこで寝てるの。桜の木陰で」

ファネットの言うとおりだった。ほどなくネプチューンがやって来てもう一度吠えると、少女の脚に体をこすりつけた。ファネットはシェパード犬のうえに身をのり出した。

「ネプチューン、ジェイムズさんを知ってるでしょう？　昨日、麦畑で会ったわよね。彼は見つかった？　匂いでわかったの？　今、どこ？」

少なくともおまえは、わかってるはずよ、ネプチューン。わたしの頭はおかしくないって。

ネプチューンはすわりこみ、じっとファネットを見つめた。犬は飛んでいく蝶々に目をむけたかと思うと、石塀にへばりつくトカゲみたいに、桜の木陰へのそのそと這っていった。

ファネットはそれを目で追った。ふと気づくと、ポールが木によじ登っている。

「何してんの、ポール。危ないわよ」

返事はない。ファネットはさらに叫んだ。

「やめて。桜の実はまだ熟していないわ」

「いや、実を取るんじゃないさ」ポールは息を切らせながら言った。

次の瞬間、少年は下に降り始めた。右手に銀のリボンを二枚持って。

ときおりポールは、馬鹿みたいなことを始める。わからないの？　そんなターザンの真似事をしなくたって、わたしはあなたが好きよ……

「これは……」とポールは深呼吸しながら言った。「これは鳥よけにさげてあるんだ。きれいな実のまわりに、いっぱい集まってくるからね」

彼は砂埃を舞いあげて、とんと両足で着地した。それからファネットに歩み寄り、片膝を地面につけて両手を伸ばした。中世の騎士のようなかっこうで。

「王女様、これをあなたに捧げます。この銀のリボンで髪を飾ってください。あなたがどこか遠く、世界の果てに旅立って、有名になったときも、悪人どもから永遠にお守りします」

ファネットは涙をこらえようとした。でも、無理だわ。いろんなことがありすぎて、わたしみたいな、ただの小さな女の子には、もう背負いきれないくらい。ジェイムズさんがいなくなったり、絵のことや父親のことでママと喧嘩したり。ロビンソン財団のコンクールや、今描いている『睡蓮』の絵も気になるし。馬鹿ね、ポール。あなたときたら、こんなロマンチックなことを、いきなり思いつくなんて。

本当に馬鹿だわ、ポール！　なんて、なんて馬鹿なの！

ファネットは手のひらに銀のリボンを広げ、もう片方の手でポールの頬を撫でた。

「ほら、立って」

彼女はそう言いながら、自分のほうから身をかがめ、ポールの唇にキスをした。

いつまでも、いつまでも。永遠に続くかと思うくらい。

ファネットは思いきり泣いた。

「馬鹿よ。大馬鹿だわ。わたしの髪に飾った銀のリボンを、これから一生眺め続けるのよ。言ったでしょ、いつか結婚しようって」

ポールはゆっくりと立ちあがり、ファネットを腕に抱いた。

「さあ、もう行こう。ぼくたちはどうかしてる。昨日、人がひとり死んだ。数日前にも、殺人事件があったばかりだ。捜査は警察にまかせたほうがいい。ここにいちゃいけない。危ないから」

「でも、ジェイムズさんのことは？　わたしは……」

「ここにはいないさ。誰もいないんだ、ファネット。本当に彼が殺されたと思うなら、やっぱり警察に話すべきだ。もしかしたらジェイムズさんの死は、殺されたもうひとりの男と関係があるかもしれない。何の話かわかるだろ。村中が大騒ぎしている殺人事件さ」

ファネットの答えはきっぱりしていた。

「いやよ」

いやよ、やめて。わたしの気持ちを迷わせないで、ポール。だめよ。

「じゃあ、きみを信じてくれる人がいるかい、ファネット？　誰もいないさ。ジェイムズさんは、ホームレスみたいな暮らしだったんだろ。彼は誰の目にも入っていなかったんだ」

二人はロワ街道の手前で立ちどまり、車が通りすぎるのを待って道を渡った。セーヌ川を見下ろす丘のうえに、雲が少しかかり始めた。二人は村にむかってのろのろと進んだ。突然、ポールは足をとめた。

「そうだ、先生は？　学校の先生に話せばいい。先生は絵が好きだし、ロビンソン財団の絵画コンクールにも積極的だろ。ジェイムズさんとも、どこかですれ違っているはずだ。ともかく、きみの話をわかってくれる。どうしたらいいかも教えてくれるさ」

「そう思う?」

たくさんの通行人が、通りで二人を追い越していった。ポールはくるりとふり返った。

「ああ、間違いない。いい考えじゃないか」

彼は打ち明け話をするみたいに、ファネットのほうに身をのり出した。

「ひとつ、秘密を教えてあげよう、ファネット。見ちゃったんだ、先生も髪のなかに銀のリボンをしてるのを。実はジヴェルニーの村にも王女様がいる。銀のリボンでわかるのさ」

ファネットは少年の手を取った。

このまま時間が止まってしまえばいいのに。ポールとわたしが動かなくなって、まわりの背景だけが移ろいすぎていく。映画のなかで、よくあるように。

「約束してくれないか、ファネット」

二人は蔓みたいに手と手を絡ませた。

「絵を完成させなくちゃいけないよ。なんとしてでも、ロビンソン財団のコンクールで優勝するんだ。いちばん大事なのはそこさ」

「でも、わたし……」

「ジェイムズさんもそう言ったはずだ、ファネット。きみだって、よくわかってるだろ。ジェイムズさんも、それを望んでいたんだ」

52

子供たちはシャトー＝ドー通りへ曲がるところだ。もうすぐ、ここからも見えなくなる。カーテン越しに映る人影は、すでに少しぼやけていた……ネプチューンはそんなことにおかまいなく、桜の木陰で眠っていた。

あの哀れな少女は、ここから逃げ出せると思っている。お笑いぐさね。傑作を描いたと思っている。洗濯場の下に隠したあの絵のことだ。モネの池のうえを、ジヴェルニーのうえを、飛んでいけると思っている。芸術の力だけで、みんなが耳もとで褒めそやすささやかな才能で、重力に挑戦できると思っている。

虹色の『睡蓮』！　かわいそうなファネット。

それが何になるっていうの！

わたしは黒い『睡蓮』をふり返った。

絶望した画家の絵筆が塗りたくった弔いの色のあいだに、黄色い花冠が輝いている。

なんというううぬぼれかしら。

池のなかに真っ逆さま。それがファネットを待ちかまえている運命だ。水面《みなも》を覆う睡蓮の下で身動きが取れず、溺れ死ぬのよ。氷が張った冬の湖に、すっぽりとはまってしまったみたいに。

さあ、あともう少し、もう少しだ。
誰にも順番がまわってくる。

十一日目　二〇一〇年五月二十三日（シェヌヴィエールの水車小屋）

——執念

53

今日ばかりは、窓際に陣取り外を眺めるのをやめにした。こう見えてもわたしだって、ただ毎日、近所のようすをうかがってすごしているわけではない。たまには、ほかにもすることがあるわ。

そもそも外では朝からチェーンソーの音が響き、うるさくってたまらない。ついさっきわかったことだが、どうやら十四ヘクタールにわたり、ポプラの木を切ることにしたらしい。そう、ポプラを切り倒すのだ。ここ、ジヴェルニーで！　たしかこのポプラは、一九八〇年代に植えられたものだ。当時はまだ小さな木で、景色がより印象派風に見えるようにと考えたのだろう。ところがその後、別の専門家が異を唱えた。モネの時代にそんなポプラはなかったし、画家が屋敷の窓から眺めた草地の景色はもっとひらけていたはずだと。しかもポプラが成長するにつれ、木の影が庭や家、睡蓮を覆うようになった。モネの絵に描かれた景色は、遥か地平線まで見渡せるのにと、観光客からも不評だった。そこでせっかく植えたポプラの木を、今度は切ることにしたわけだ。それでいいなら、けっこうじゃないの。ジヴェルニーには抗議する者もいれば、拍手喝采する者もいるけれど、どのみちわたしの知ったことじゃない。

ともかく今朝はほかのことで、頭がいっぱいだった。戦前に遡る、古い思い出の品を整理した。モノクロ写真やなにか、わたしみたいな老人しか興味を持たない記念品を。もうおわかりだろう。麻ひもで結んだ古い紙箱を捜すため、いよいよガレージを空っぽにしようと決心したのだ。三段に重ねたビデオテープとレコードの山や、厚さ十センチにもなる農業信用金庫明細書の束の下に、紙箱は隠れていた。わたしはテーブルクロスを四つにたたみ、そのうえに写真を並べた。

チェーンソーの音は一時間前にやんでいたけれど、今度はサイレンの音が響いて、わたしははっと現実に引き戻された。目覚まし時計の音が、朝の夢を雲散させるように。わかってもらえるかしら、この意味。

警察車両のサイレンが、ロワ街道に沿って鳴り響いている。

その直前、わたしはとても大事な一枚の写真を涙で濡らしていた。ジヴェルニー小学校、一九三六―三七年度のクラス写真。ええ、たしかに大昔の写真だ。木の階段席におとなしく腰かけた二十人ほどの生徒の顔を、わたしはじっくりと眺めた。生徒たちの名前は裏に書いてあるけれど、わざわざ写真をひっくり返すまでもない。

アルベール・ロザルバは、もちろんわたしの隣にすわっている。

わたしはいつまでも、アルベールの顔を見つめた。たしか新学期の直後、万聖節の十一月一日かその前後に撮ったものだ。

あの事件が起きる前に……

ちょうどそのとき、警察車両のサイレンが鼓膜をつんざいたのだった。

ええ、たしかにわたしは立ちあがった。いくらぼんやりしていても、刑務所の看守なら警報が鳴ったとき、見張り場所へ駆けつけるものでしょう？　だからわたしは窓辺へ走った。走ったというのは、まあ言葉の綾《あや》だけれど。おぼつかない足でやっとこさ窓にむかい、杖の先でカーテンをそっとあけたのだ。

わたしは何ひとつ見逃さなかった。

見逃しようがないわ、あの警官たちを。署員はみんな、駆り出されていた。車が三台。サイレンと回転灯。

言うべきことは何もない。派手にやるものだ、セレナック警部は。

54

シルヴィオ・ベナヴィッドは、フルスピードで通りすぎる右側の水車小屋の塔へと目をあげた。

「そういや」シルヴィオはあくびを嚙み殺しながら言った。「水車小屋を訪ねてみましたよ。

徹底的に聞きこみをしてまわれと、ボスに命令されましたからね。特に、犯行現場の周辺は念入りに……」

「それで？」

「おかしなことに、水車小屋は無人のようでした。廃屋っていうのか」

「たしかか？　庭の手入れはしてあるぞ。それに、建物の正面も。川岸で犯行現場を調べていたとき、何度か水車小屋で動きが見えたような気がしたが。特に塔の最上階で……窓のカーテンが動いたような」

「実はわたしも、同じようなことを感じたんです。でもいくらノックしても、返答はありませんでした。近所の人に聞いてみると、数か月前から誰も住んでいないと言われて」

「妙だな……もしかして、沈黙の掟に惑わされているんじゃないか？　村の連中は、みんなして嘘をついているのでは？　十一歳の子供の件と同じように」

「まさか……」

シルヴィオは一瞬、ためらった。

「実を言うと、村人たちはあの建物を、魔女の水車小屋と呼んでいるそうです」

セレナックは、バックミラーの奥へと遠ざかる塔を眺めながら微笑んだ。

「むしろ幽霊屋敷と言ったほうが、ぴったりだろうがね。それはともかく、シルヴィオ、ほかにも急を要することがある」

セレナックはさらにスピードをあげた。左手を、モネの庭が一瞬にして車窓をすぎ去るのは、この道を通る者が誰も見たことがないほど印象派的な光景だった。

「沈黙の掟と言えば」とセレナックは続けた。「モネのアトリエについて、昨日、ステファニー・デュパンからどんな話を聞いたと思う？」

「さあ……」

「あそこには、巨匠たちの絵が無造作に置かれているっていうんだ。ちょっと探せば、すぐに見つかるくらいだって。ルノワール、シスレー、ピサロ……もちろん、モネの未発表の『睡蓮』も」

「見たんですか？」

「ルノワールのパステル画を一枚だけ。おそらく……」

「ステファニーにからかわれたんですよ、ボス」

「たしかに……でも、どうしてそんな作り話をしたんだろう？　ジヴェルニーでは公然の秘密なんだとまで言っていたぞ」

シルヴィオはモネの失われた絵について、アシル・ギヨタンと交わした会話をちらりと思い返した。失われた絵の一枚を、どこかの誰かが見つけたかもしれない。黒い『睡蓮』のような絵を。でも、それが数十枚だなんて！

「騙されたんですよ、ボス。いいようにあしらわれたんです、彼女に。初めから言ってるじゃないですか……彼女だけじゃない。この村では、みんな嘘をついているような気がします」

セレナックは何も言い返さず、再び運転に集中した。スピードを落とす気はないらしい。シルヴィオはあけた窓に真っ青な顔を近づけ、冷たい空気を必死に求めた。

「大丈夫か？」セレナックが心配そうにたずねる。

「もう限界です……ダウンしないように、夜中にコーヒーを十杯もがぶ飲みしたんで。それはともかく、ベアトリスは出産まで病院にいられることになりました」

「きみは砂糖抜きの紅茶しか飲まないのかと思ってたよ」

「自分でも、そのつもりだったんですが」

「だめじゃないか、こんなところにいちゃ。奥さんが入院してるっていうのに」

「何かあれば、電話してきます……産科医がついてますから。赤ん坊のほうは、まだ繭《まゆ》のなかでぬくぬくすごしてます。あと数日はそのままだろうということなので……」

「だから徹夜で事件の検討を？」

「そのとおり……だって、何かすることがないとね。ベアトリスはひと晩中、病室でぐっすり眠っていますから」

セレナックはヘアピンカーブを曲がり、クロード・モネ通りに入った。そこからブランシュ・オシュデ＝モネ通りを抜けて、丘へむかうのだ。シルヴィオはちらりとバックミラーを覗いた。モーリーとルヴェルが運転する二台の警察車両が、うしろからついてくる。シルヴィオはなんとか吐き気をこらえた。

「無理するな」とセレナックは言った。「モルヴァル事件はあと三十分もしないで解決だ。

簡易ベッドを広げて、病院に泊まりこめるぞ。日夜、奥さんに付き添ってやれる。筆跡鑑定の専門家たちが、はっきりそう言っているからな。絵具箱に書かれた、《彼女はぼくのものだ。今も、これからもずっと》という忌わしいメッセージは、ジャック・デュパンの筆跡と一致していると……さあ、認めろ、シルヴィオ。おれの言ったとおりだったと。犯人はもう明らかだ」

シルヴィオは何度も大きく外気を吸った。ブランシュ・オシュデ＝モネ通りの先には、丘をのぼる道が続く。セレナックはその道を、あいかわらず猛スピードで飛ばした。うえにたどり着くまでもつだろうか、とシルヴィオは思った。ぐっと息を止めたあと、彼は顔を車内に引っこめた。

「そう言っているのは、三人の専門家のうち二人だけですがね、ボス。彼らの結論は微妙なものでした。絵具箱に刻まれた文字は、たしかにデュパンの筆跡に似ているけれど、一致しない箇所も少なくないそうです。結局みんな、よくわからないのだと思いますが……」

セレナックは苛立たしげに、指でハンドルをとんとんと叩いた。

「いいか、シルヴィオ、おれだって報告書は読める。デュパンの筆跡との類似点はあった。そういうことだろ、分析結果は。一致しない点もたくさんあるというけれど、木にナイフで文字を刻むのは、小切手にサインするのとは違うさ。デュパンが犯人だとすれば、すべてつじつまが合うんだ。なに、難しく考えることはない。デュパンは嫉妬心が強く、逆上しやすい男なんだ。彼はまず絵葉書のメッセージで、モルヴァルを脅した。アラゴンの詩

『水の精の神殿《ナンフェ》』の一節、《夢見ることは罪かもしれないと、わたしは認めよう》で。そのあと彼は、絵具箱に刻んだメッセージで脅迫を繰り返した。そして最後に、ライバルを叩き殺した……」

　ブランシュ・オシュデ＝モネ通りの先はうえへのぼるにつれ、幅二メートルのアスファルトの小道になった。それが曲がりながら、ヴェクサン台地にむかっている。シルヴィオは、あらためて上司に反論するのをためらった。筆跡鑑定の結果にばらつきがあるのは、デュパンの筆跡に似せようと何者かが下手な小細工をしたからかもしれないと、ルーアン裁判所の専門家ペリシエが指摘していたことも口に出さなかった。

　車は左に小さくカーブした。

　道の真ん中を走っていたセレナックは、対向車のトラクターを間一髪で避けた。農夫も大あわてで、窪地の側にハンドルを切った。適切な判断だった。うしろからさらに二台、青い車が全速力で前を通りすぎるのを、彼はあ然として見送った。

「ふう、危なかった」シルヴィオはバックミラーを横目で覗きながら、うめき声をあげた。

　彼は深呼吸すると、セレナックをふり返った。

「でも、絵具箱がこの事件にどう関わっているんですか？　分析によると、この絵具箱は少なくとも八十年は前の品だそうです。コレクターズアイテムってやつですかね。ウィンザー＆ニュートン。世界一有名なブランドで、百五十年以上前から画家たちが愛用している品です。それじゃあこの絵具箱は、誰のものなんでしょう？」

セレナックは狭いジグザグ道を、すいすいと走り続けた。丘の芝地に群れているすれっからしの羊たちは、車の爆音にもほとんど顔をあげなかった。

「モルヴァルはコレクターだったからな」とセレナックは答えた。「きれいなものが好きだったんだ」

「でも、彼があんな絵具箱を持っていたという証言は得られていません。パトリシア・モルヴァルも、知らないと言っています。そもそも、事件に関係があるのかすらはっきりしていないし。モルヴァル殺しの何日も前に、誰かが川に捨てただけかもしれません」

「絵具箱から血痕が見つかっているんだぞ」

「そう判断するのは早計ですよ。分析結果はまだ出ていません。それがモルヴァルの血痕かもわからないし。申しわけありませんが、結論を急ぎすぎかと……」

ここはひとつ、きちんと答えなくては。セレナック警部はそう思ったのかサイレンを切り、小さな駐車場に車をとめ、ハンドブレーキをかけた。

「いいか、シルヴィオ、動機ははっきりしている。デュパンの筆跡で書かれた、被害者に対する脅迫文もある。デュパンにはアリバイがないうえ、長靴は盗まれたなどと馬鹿馬鹿しい言いわけもしている。だからおれは、ゴーサインを出した。パズルのピースがほかにどうはまるっていうんだ？　考えがあるなら、教えて欲しいな。きみは納得いかないかもしれないが、おれはデュパンのしわざだと心のうちで確信している」

セレナックは相手の答えを待たずに、車からおりた。そのあとを追って外に出たシルヴィオは、地面がぐらぐらと揺れ出したような気がした。やっぱりコーヒーの飲みすぎはよくない、と彼は思った。駐車場の端へ行き、樅《もみ》の木の陰で吐いたほうがいい。

とはいえ、目立たないようにすますのは難しそうだ。憲兵隊のトラックが三台、駐車場のそれぞれの隅にとまり、おりてきた十数人の隊員があたりに散らばった。次の瞬間、ルヴェルとモーリーも前輪を急停止させ、砂利のうえを横滑りさせて車をとめた。

馬鹿どもめ！

ボスときたら、やることが大仰なんだから。少なくとも十五名は動員されている。ヴェルノン署の大多数に加え、パシー＝シュール＝ウールとエコの憲兵隊だ。まったく、大盤振る舞いをしたもんだ、とシルヴィオはルヴェルにもらったクロロフィルのガムを嚙みながら思った。余計な演出をしたがる癖が、また出たみたいだな。

男をひとり捕まえるのに、こんなに必要かね。

たしかに、相手は武器を持っているだろうが。

でも、本当に犯人なのかもよくわからないのに。


赤いウサギは石灰土壌の芝地を、ジグザグに跳んで逃げた。目の前の三人が手にした長い鉄の管は、一瞬にして命を奪いかねない道具なのだと、誰かに教わったかのように。

「おまえにまかせたぞ、ジャック」

ジャック・デュパンは銃をあげなかった。ティトゥはびっくりしたように彼を見つめ、あわてて銃を構えた。時すでに遅し。ウサギは杜松《ねず》のあいだに姿を消した。

まるで魔法みたいに。

あとには、羊に食い荒らされた草地が広がるだけだった。ハイキングコース沿いに降りてきた羊が、近ごろそこのあたりに群れている。

「おい、ジャック、元気がないじゃないか」とパトリックが言った。「そんなようすじゃ、羊だって撃ちそこなうぞ」

三人目のハンター、ティトゥもうなずいた。射撃の腕前はなかなかのものだ。ウサギをジャックに譲る気がなければ、その場でしとめていただろう。銃の名手だと、友達にもよく言われる。もっとも、そのほかの点では……

「モルヴァル殺しの捜査のせいだな」とティトゥは、ジャック・デュパンをふり返って言った。「ブタ箱にぶちこまれて、ステファニーを横取りされるんじゃないかって、心配しているんだろ」

ティトゥはひとりで大笑いした。デュパンは苛立ちを抑えて、ティトゥの顔を見つめた。パトリックがため息をつく。それでもティトゥは話を続けた。

「ステファニーのことじゃ、おまえもついてないな。モルヴァルが死んだら、こんどは警官が言い寄ってきて……」

アストラガルの小道から、砂利が足もとに転がり落ちてきた。ふり返ると、丘の芝地に白と黒の耳が二本、立っている。

ティトゥはひとたび話し始めると……

「おまえが友達じゃなければ、おれだってステファニーに……」

パトリックは声をあげた。

「やめろよ、ティトゥ」

ティトゥは口ひげのなかで、むにゃむにゃと言葉の最後を濁した。三人は滑りおりるようにして、小道をくだり続けた。ティトゥはまだ黙って何か考えていたが、突然ぷっと吹き出してこう言った。

「ところでジャック、足は痛くないか、おれの長靴をはいて」

ティトゥは目に涙を溜めて、げらげらと笑い続けた。パトリックは信じられないとでもいうように、彼をじっと見つめた。デュパンは何の反応も示さない。ティトゥは袖口で目を拭った。

「いや、なに、冗談さ、冗談。おまえがモルヴァルを殺したんじゃないことは、よくわかっているさ」

「おい、ティトゥ、いいかげんに……」

今度はパトリックが、喉の奥で言葉を途切れさせる番だった。

三人がライトバンをとめておいた駐車場は、まるでアラモ砦《とりで》さながらだった。回転灯をつけた警察車両が六台。そのまわりに二十人もの警官が控えている。警官たちは腰に手をやり、リボルバーの入った白い革のホルスターに指をあてて、彼らを半円形に取り囲んだ。

セレナック警部が、ハンターたちの数メートル手前に立っている。パトリックは本能的に一歩わきによけ、ジャック・デュパンが手にしている銃の冷たい銃身を握った。

「落ち着くんだ、ジャック。落ち着け」

セレナック警部が前に進み出る。

「ジャック・デュパン、ジェローム・モルヴァル殺害の容疑で逮捕する。おとなしくついてこい」

ティトゥはぐっと唇を嚙み、銃を地面に投げ捨てて、震える両手をあげた。映画で観たとおりに……

「落ち着け、ジャック。馬鹿なまねはするなよ」とパトリックは繰り返した。

ジャックのことはよく知っている。何年もいっしょに出かけたり、散歩したり、狩りをしたりしてきた仲だ。彼がこんなふうに顔をこわばらせ、表情をなくしているのはよくない徴候だった。ほとんど息まで止まっているかのようだ。

セレナックはさらに前に出た。ひとりで、銃も持たずに。

「だめです！」とシルヴィオ・ベナヴィッドは叫んだ。

ベナヴィッド警部は半円形に並ぶ警官たちのなかから出て、セレナックのかたわらについた。それはある意味、象徴的なふるまいだった。セレナックとデュパンを一対一で対峙させたくなかった。あいだに割って入れば、西部劇の決闘みたいになるのをやめさせられる。銃身を握っているパトリックの手を、ジャック・デュパンは黙って払った。パトリックは仕方なく手を放した。

それを後悔しないですめばいい、と彼は思った。一生、後悔しないですめば。

引き金にかけたジャックの指が震えているのを見て、パトリックはぞっとした。銃身がゆっくりと持ちあがる。

普通のときなら、ジャックの狙いはティトゥより確かだった。

「やめてください、ボス」シルヴィオは真っ青な顔で言った。

「馬鹿なまねはするな、ジャック」とパトリックもささやく。

セレナックはさらにもう一歩、前に出た。ジャック・デュパンとの距離がさらに縮まる。

セレナックはゆっくりと手をあげ、容疑者の目をじっと見つめた。上司の口もとに挑戦的な笑みが浮かぶのを見て、シルヴィオは恐れおののいた。

「ジャック・デュパン、おとなしく……」

デュパンはセレナックにむけて、銃の狙いを定めた。息苦しいまでの静寂が、ハイキングコースの小道を包んだ。


ティトゥ、パトリック、ルヴェル巡査、モーリー巡査、シルヴィオ・ベナヴィッド警部、十五名の警官。なかには鈍い者もいた。人が脳裏に隠し持つ思いを、見抜くことができない者も……それでもジャック・デュパンの冷たい目に、誰もが同じ感情を読み取った。

激しい憎悪を。

55

エヴルーの県立記録保管所で、窓口の若い女性職員が開口一番必ず言うのは、《その資料はよそにもないか、よくお調べになりましたか？　例えば……》というひと言だった。パソコンのディスプレイと金縁眼鏡の陰に隠れて、彼女はいかにも忙しそうにふるまっていた。そしてようやく顔をあげると、閲覧希望の申し出をした老人に目をやった。地元の週刊新聞で、第二次大戦後に《ル・デモクラット》と名前を変えた《レピュブリカン・ド・ヴェルノン》の一九三七年一月から九月まで、すべての号を見たいというのだ。

「その資料はよそにもないか、よくお調べになりましたか？　例えばヴェルノンの、《ル・デモクラット》本社に」

ローランタン元警視は平静を保った。かれこれもう二時間も、近隣の記録保管所をまわっている。そのあいだずっと、自分よりずっと歳下の若い女にも、愛想のいい謙虚で穏やかな老人を演じていた。いつもはそれでうまくいく。

ところがここでは、だめだった。

窓口の若い女は、彼のやさしい言葉などはなから無視している。閲覧室の木のテーブルを囲んでいる十人ほどの利用客は、六十歳以上の年寄りばかりだった。アマチュアの郷土史研究家や、自分のルーツ調べに系図をたどっている老人たちだろう。みんなローランタンと同じ、少し古臭い慇懃《いんぎん》な作戦をとっている。やれやれ。現役のころなら、ことはもっと簡単だった。無気力な役人の鼻先に、警察の身分証を突き出せばいいのだから。もちろん窓口の女は、相手が元警視だとは知るよしもなかった。

「ええ、調べましたよ」とローランタンは作り笑いを浮かべながら答えた。「《ル・デモクラット》の本社にも、一九六〇年以前の号は置いていないんです」

それでも女は、決まり文句をまだくどくどと繰り返した。

「ヴェルノン市の記録保管所はたしかめましたか？　ヴェルサイユにある国立資料館別館の雑誌室は？　それから……」

この女、どこかのまわし者なんだろうか？

ローランタンは、時間だけはあり余っている退職者らしい諦念のなかに逃げこんだ。

「調べましたとも、はい」

クロード・モネの存命している最後の遺産相続人かもしれないアンリエット・ボナヴァンチュールについての調査は、成果なしだった。それは、まあどうでもいい。今、ローランタンが追っているのは別の手がかりだった。一見、なんの関係もないような手がかり。それを得るには、まずじっと耐えねばならない。頑固な老人をはねつけるより、さっさと要求を受け入れたほうが時間の無駄にならないと、窓口の女が悟るまで。

しつこく粘った甲斐があった。三十分以上も待たされたあと、ローランタンの前に週刊新聞が山積みされた。

《レピュブリカン・ド・ヴェルノン》

こんな黄ばんだ古新聞を引っぱり出して読もうというのは、ローランタンくらいなものだろう。一九三七年六月十二日土曜日の号。彼は第一面をしばらく眺めた。国内の出来事や地元のニュースが、いっしょくたになっている。風雲急を告げるヨーロッパ情勢を論じた社説に、まずはざっと目を通した。ムッソリーニはヒトラーとの協調を祝い、多くのユダヤ人がドイツに移送された。カタルーニャでは、フランコ派が共和主義者を押さえつけ……ドラマチックな社説の下には、ぼやけた白黒写真がでかでかと載っている。プラチナブロンドの髪と黒い唇。数日前、二十六歳で死んだアメリカの人気女優ジーン・ハーロウの記事だ。一面の下段は、地元の話題や事件が取りあげられていた。ヴェルノンから百キロほどのところに開業するブールジェエアターミナルのこと。スペイン人農業労働者が首を切られ、殺された事件のこと。死体はジヴェルニーのむかい、ポール＝ヴィレに係留されていた川船フレイシネ号から見つかった。

ローランタンはようやく二面をひらいた。目あての記事は、ページ半分に大きく載っていた。《ジヴェルニーで死亡事故》

無署名記事だが、十一歳の少年アルベール・ロザルバが溺死した悲劇的な出来事が、十行二段にわたって詳細に報じられている。場所はクロード・モネが寄贈した洗濯場とシェヌヴィエールの水車小屋の近く、エプト川から通称《草地》を通って引かれた導水路だった。憲兵隊は事故と結論づけた。少年は泳ぎが上手だったというが、ひとりで河原にいたときに足を滑らせ、土手の石に頭をぶつけ気を失った。そして川の浅瀬で溺れたのだろうと。記事は続いて両親のロザルバ夫妻や、クラスメートたちの悲しみについて触れていた。さらには村で持ちあがっている問題についても、短く記している。モネが亡くなって十年以上がたった今、人工的に造ったこの導水路は閉鎖して、不衛生なまま放置されている睡蓮の池も埋め立てたほうがいいのではないかというのだ。

　記事には写真も添えられていた。机のうしろで、アルベール・ロザルバがにこやかにポーズを取っている。首までボタンをかけた黒い上っ張り。短く刈った髪。いかにも真面目な生徒らしい、胸に迫る写真だ。

　たしかにこの子だ、とローランタンは思った。

　彼は足もとに置いたショルダーバッグから、クラス写真を出した。校庭の木に掛けた黒板に、日付と場所が書かれている。《ジヴェルニー小学校。一九三六―一九三七年度》

　リリアーヌ・ルリエーヴルは旧友再会《コパン・ダヴァン》というサイトから、いとも簡単にこの写真を見つけ出してくれた。パトリシア・モルヴァルから電話で聞いたとおりだ。リリアーヌが言うには、幼稚園を始めとして、これまで通ったクラスの集合写真を閲覧できるサイトなのだそうだ。かつて教室で席を並べた、懐かしい顔ぶれに再会できる。いや、学校だけではない。工場や軍隊、夏休み研修、スポーツクラブ、音楽教室や絵画教室の仲間にも……

　いやはや、とてつもない話だ、とローランタンは思った。これならもう、自分で記憶するまでもない。アルツハイマーよ、さらば。人の一生がほとんどすべて保存され、分類され、公にされ、共有されるのだから……サイトにあげられている写真は、大部分がここ十年のものだった。古くても、せいぜい二、三十年だ。一九三六年―一九三七年度のクラス写真だけが、飛びぬけて昔に遡るものだった。

奇妙だな……

まるでパトリシア・モルヴァル自身がこの写真をサイトにあげ、おれに見つけさせようとしたみたいじゃないか。ローランタンはあらためて写真に目を凝らした。

そう、この子だ……

《レピュブリカン・ド・ヴェルノン》の写真は、クラス写真の二列目中央にすわっているこの少年に間違いない。

アルベール・ロザルバ

けれども旧友再会《コパン・ダヴァン》のサイトからダウンロードしたクラス写真に、少年の名前は書かれていなかった。子供たちの名前は、もとの写真の裏に記されているのだろう。まあ、しかたない。ローランタンは《レピュブリカン・ド・ヴェルノン》一九三七年六月十二日号を閉じ、次の六月十九日号をひらき、ローカルニュースのページにじっくり目をとおした。ジヴェルニーのサント＝ラドゴンド教会で、アルベール・ロザルバの葬儀が行われ、近親者たちが悲しみに包まれたと報じられている。

たった三行だけ。

ローランタンは山積みされている新聞を、次々にひらいてはまた閉じた。窓口の女性職員が、不審げな目でこっちを見ている。

一九三七年八月十五日号……

ついに探していたものを見つけた。それは写真もない、小さな記事だった。タイトルを見れば、内容は明らかだ。

ロザルバ夫妻、ジヴェルニーを去る。

母親は事故説に疑問を――

十二年以上にわたり、ヴェルノンの鋳物工場で働いていたユーグ・ロザルバ、ルイーズ・ロザルバ夫妻はジヴェルニーの村を離れる決意をした。覚えている方もおられるだろう。夫妻は二か月前、悲劇的な出来事に見舞われた。ひとり息子のアルベール君が不可解な転倒のあと、ロワ街道沿いのエプト川で溺れ死んだのである。この溺死事故をきっかけに、エプト川の支流やモネの池を埋め立てるべきかどうか、村議会でも一時期議論がなされた。ロザルバ夫妻は村を出ることについて、息子が死んだ場所に暮らし続けるのは耐えがたいからだと説明している。しかしそこには、さらに複雑な問題が絡んでいるようだ。村人たちの謎めいた沈黙が、村を離れるいちばんの理由だと、ロザルバ夫人は言っている。夫人によれば、アルベール君は決してひとりで村を歩きまわることはなかったという。彼女はそれを繰り返し憲兵隊に証言したし、記者にもはっきりと述べている。《アルベールは河原にひとりで行くことなどありませんでした。きっと目撃者がいるはずなんです》とロザルバ夫人は語った。そして彼女は、こう続けたのだった。《事故ですませられれば、みんなにも都合がいいのでしょう。ジヴェルニーでは誰もスキャンダルを好みません。真実に目をむけようとしないんです》

傷心の母親が胸に抱く痛ましい思い……ともあれロザルバ夫妻には、つらい記憶が残る場所から遠く離れた地で、新たな人生を歩み出して欲しいものである。

ローランタンは何度も記事を読み返すと新聞を閉じ、一九三七年の《レピュブリカン・ド・ヴェルノン》のほかの号にも丹念に目をとおした。しかし《ロザルバ事件》に関する記事はなかった。彼はしばらくじっとしていた。おれはここで、何をしているんだ？　突然持ちこまれた奇怪な話に、われ知らず飛びついてしまった。おかげで、こんなにも空っぽの存在になってしまうとは。彼は閲覧室にいる十人ほどの人々を見まわした。みな、黄ばんだ古い資料の山を漁っている。人それぞれ、求めるものがあるのだ……彼はペンでメモ帳に書いた。二〇一〇引く一九三七は七十三……

簡単な計算だ。アルベール少年は一九三七年、十一歳だった。つまり生まれたのは一九二五年か二六年。ロザルバ夫妻は生きていれば、すでに百歳以上だろう。ローランタンの目の前を、光がよぎった。

まだ生きているかもしれない……

窓口の女性職員は、店じまいの時間にやって来た客を見るような顔でローランタンを眺めた。まだ午前十一時。記録保管所は夕方までずっとあいているはずなのに……ローランタンはハリウッドの黄金時代を代表する往年の男優たち顔負けの、魅力たっぷりな表情を作った。トニー・カーティスとヘンリー・フォンダを足して二で割ったような。生きているのか死んだのかも、よくわからない役者たちだ。

「すみませんね。ネットで電話帳を調べられますか。住所が知りたいんです。急いでいるのですから……」

女性職員はのろのろと顔をあげると、またしてもこう言った。

「よそでお調べになりましたか？　例えば……」

もう我慢の限界だった。ローランタンは身分証を相手の鼻先に突きつけ、怒声をあげた。

「ヴェルノン署のローランタン警視だ。たしかにもう退職したが、だからって仕事を続けてないわけじゃない。いいか、言われたことをさっさとやれ……」

女はため息をついた。びっくりしているようすも、怒っているようすもない。古い資料を漁りにやって来て、なぜかときおり激昂する老人たちの奇行には、慣れっこだとでもいうように。それでも彼女はわざとらしく、キーボードを叩く指を速めた。

「お捜しの人の名前は？」

「ユーグ・ロザルバとルイーズ・ロザルバ」

女はぱちぱちとキーを操作した。快適なテンポで。

「インターポールにアクセスする前に、まずは生死を確認することにしているんです。ユーグ・ロザルバは一九八一年、ヴァスクーユで亡くなってます」女はそっけない口調で言った。

それなら、しかたないな。窓口の女は、案外几帳面らしい。

「それで、ルイーズのほうは?」

女はさらにキーを叩いた。

「死亡の記録はどこにも見あたりません。住所も出てきませんが」

ここで行き止まりか!

何かいい知恵は浮かばないかと、ローランタンは白い室内を見まわした。ともかく、やるだけやってみよう。そう思って彼は、ショーン・コネリー風の悲しげな目で女性職員を見つめた。窓口のむこうから、うんざりしたようなため息が応える。

「ある年齢以上の人を探すなら」と女は疲れた声で言った。「電話帳よりも養老院の入所者を調べたほうがいいんです。ウール県にはたくさんありますが、ルイーズがヴァスクーユに住んでいたとすれば、その近くからあたってみるのがいいでしょう」

ショーン・コネリーは笑顔を取り戻した。むこうも初代ボンドガール、ウルスラ・アンドレス気分になってきたのか、機銃掃射なみの速さでキーを叩いている。こうして数分がすぎた。

「グーグルマップで養老院を調べました」とようやく女性職員は言った。「ヴァスクーユにいちばん近いのは、リヨン＝ラ＝フォレのレ・ジャルダン養老院です。入所者の情報も見つかるでしょう。ええと、名前は何といいましたっけ？」

「ルイーズ・ロザルバ……」

キーがぱちぱちと音を立てる。

「きっとホームページがあるはずです……ああ、ありました」

ローランタンは首をひねり、わきからディスプレイを覗こうとした。数分後、女は勝ち誇ったように顔をあげた。

「やりました。入所者全員のリストが見つかりましたよ。別段、難しいことじゃありません。お捜しのルイーズ・ロザルバは、十五年前にリヨン＝ラ＝フォレの養老院に入所しました。今でもいるようですね……百二歳で。言っておきますが、アフターサービスはなしですよ、警視さん……」

ローランタンは心臓が恐ろしいほど高鳴るのを感じた。落ち着け、落ち着くんだ。心臓病の主治医に、いつも言われてるじゃないか。それにしても、信じられん。まだ証人が残っていたなんて。

最後の証人が、生きていたんだ！

56

憲兵隊の連絡係三名は、サイレンを鳴らしながらブランシュ・オシュデ＝モネ通りをくだっていった。わざわざ村を迂回することもなく、ブランシュ・オシュデ＝モネ通りからクロード・モネ通り、ロワ街道へと最短コースを突っ切っていく。

ジヴェルニーの景色が次々に遠ざかる……

役場……

小学校……

サイレンの音が聞こえると、教室の生徒たちはいっせいにふり返った。窓辺に駆けつけ、外を見たい。みんなそれしか頭になかった。ステファニー・デュパンは落ち着いた身ぶりで子供たちを制した。彼女の動揺に気づいた生徒は、ひとりもいなかった。倒れこんでしまわないよう、ステファニーは教卓に手をついた。

「みんな……静かに。授業に戻るわよ……」

彼女は咳払いをした。サイレンの音が、まだ頭のなかで響いていた。

「みんな、ロビンソン財団が催す《若き画家たちのための国際絵画コンクール》について、前にもお話ししたわよね。作品提出まで、残りあと二日です。今年は挑戦者がたくさんいるといいけど……」

ステファニーは、今朝見た夫の姿を脳裏からふり払うことができなかった。夫はまだベッドにいたステファニーににっこりと微笑み、肩に手をかけてキスをした。「じゃあ、行ってくるよ」と言いながら。

ステファニーは毎年繰り返している話を続けた。

「たしかにジヴェルニーの子供たちからは、まだ優勝者がひとりも出ていません。でも、ジヴェルニー小学校から応募者があったと知れば、国際コンクールの審査員も喜ぶでしょう。それはあなたがたにとって、とても有利なことだと思うわ」

ステファニーは夫が弾薬入れのついたベルトを巻いているところ、壁から猟銃をはずしているところを思い浮かべた。

「ジヴェルニーというのは、世界中の画家たちをうっとりさせる名前なのよ」

さらに二台の青い警察車両が村を横ぎった。ステファニーはどきりとして、思わず飛びあがった。体から力が抜けてしまった。村に入っても、車はスピードを落とさなかった。

あれはきっとローランスだわ。

ステファニーはもう一度、気持ちを集中させようとした。教室を見まわし、目の前に並ぶ生徒たちの顔を、ひとつひとつたしかめた。なかにはとても才能豊かな子供もいることを、彼女はよく知っていた。

「みんなのなかには、とても才能のある人もいます」

ファネットは目を伏せた。先生はときどきそんなふうにじっとファネットの目を見つめるけれど、少女はそれが気づまりで、ちょっと嫌だった。

そう、きっとわたしだわ……

「特にあなた、あなたのことよ。期待してるわ」

先生はファネットに声をかけた。

わたし、何を言ってんのかしら？

少女は耳まで赤くなった。次の瞬間、先生はもう黒板のほうをむいていた。教室の奥から、ポールがファネットにウィンクをした。ポールは少しでも彼女に近づこうと、隣にすわっているヴァンサンの前まで身をのり出した。

「先生の言うとおりさ、ファネット。きみならきっと、コンクールで優勝できる。きみ以外に、誰もいないさ」

カミーユと並んで前にすわっていたマリが、こっちをふり返った。

「静かにしなさいよ……」

みんなの顔が、突然こわばった。

教室のドアをノックする音がする。

ステファニーが不安げにドアをあけると、パトリシア・モルヴァルが顔を引きつらせて立っていた。

「話があるの……大事なことよ」

「みんな、ちょっと待っててね」

女教師は気が動転しているのを生徒たちに悟られないよう、何でもなさそうなそぶりをした。

「すぐに戻るから」

ステファニーは廊下に出ると、背後でドアを閉め、役場前の広場に立つ菩提樹の下に行った。パトリシア・モルヴァルは動揺を隠せないでいた。濃緑色のスカートには合わない、しわくちゃの上着を着ている。いつもは完璧に結っている髪も、今日は大あわてでまとめただけなのにステファニーは気づいた。ガウンのまま通りに飛び出さなかっただけでも、上出来と言うべきかも……

「ティトゥとパトリックが知らせてくれたの」パトリシアはいっきにまくしたてた。「ジャックが逮捕されたって。狩りの帰り、ハイキングコースの小道をくだったところで」

ステファニーはかたわらの菩提樹に手をついた。話が呑みこめないわ。

「何言ってるの？　どういうこと？」

「セレナック警部が……あの男がジャックを逮捕したのよ。ジェロームを殺した犯人だと言って」

「ロ……ローランスが……」

パトリシア・モルヴァルはステファニーをやけにじろじろと見つめた。

「ええ、ローランス・セレナック……あの警官が」

「なんてことを……でも、ジャックは……」

「ええ、もちろんよ。安心して。ジャックは無実よ。でも、二人から聞いたわ。パトリックがいっしょだったのがよかったって。セレナックの部下、ベナヴィッド警部もついていたし。危うく殺し合いになるところを、止めてくれたのよ。わかるでしょ、ステファニー。セレナックはどうかしてるわ。ジャックがジェロームを殺したと思いこんでいるんだから」

ステファニーは脚ががくがくしてまともに立っていられず、今にも倒れそうな体を木の幹にあずけた。息が苦しいわ。ともかく、落ち着いて考えよう。教室に戻らなくては。生徒たちが待っている。でも、警察署に駆けつけねばならない。そうしなければ……

パトリシア・モルヴァルの手が、しわくちゃの上着の襟をよじっている。

「あれは事故だったのよ、ステファニー。あれは事故だったと、思おうとしてきたわ。最初からずっと。でも、もしそれが間違いだったら？　もしそれが間違いで、誰かが本当にジェロームを殺したのだとしたら？　お願い、ステファニー、犯人はジャックのはずがないと言ってちょうだい。ジャックじゃないって……」

ステファニーはパトリシア・モルヴァルに、睡蓮のような目をむけた。嘘をつけない目を。

「もちろんよ、パトリシア。もちろん、そんなことないわ……」

57

わたしは二人の女を盗み見ていた。いや、盗み見というのは正確じゃない。ただむかいの道の反対側、アートギャラリー・アカデミーから数メートルのところにすわっていただけだ。小学校にあまり近すぎてはいけない。すっかり姿は隠さずとも、目立たなければそれでいい。何ひとつ見逃さない、ちょうどいい場所を選べば。けっこう得意だもの、そういうの。もうおわかりよね。さして難しいことじゃない。パトリシアとステファニーは声高に話している。ネプチューンはわたしの足もとに寝そべっていた。いつものように、そこで子供たちが出てくるのを待っているのだ。本当に物好きだわ、この犬……老いぼれのわたしも、ネプチューンにつき合ってほとんど毎日やって来ては、学校が終わるのをいっしょに見張っている。

それまでは、アートギャラリー・アカデミーの画家たちが出てくるだけで、よしとしなければ。ネプチューンだって、あんまり尻尾をふる気にはならないだろうけれど。元老院の座にもつけそうな十五人ほどの芸術家たち。もちろん彼らは絵具の入ったカートを引き、迷子になったときのために赤いバッジをこれ見よがしにつけている。老人の校外学習ってところね。カナダ人、アメリカ人、日本人からなる外人小隊だ。

ステファニーとパトリシアの会話に集中しよう。大団円は近い。古代悲劇の最終幕がやがて訪れる。崇高な犠牲とともに……

哀れなステファニー、もはやおまえに選択の余地は残されていない。

おまえはきっと……

いや、そんなはずないわね。

ひとりの画家が、突然わたしの前に立った。イェール大学のキャップをしっかり頭にかぶり、靴下に革のサンダルばきだった。

何の用？

「すみませんが……」

男は言葉をひとつひとつ区切って、テキサス訛りで発音した。音と音のあいだに三秒も間を置くものだから、ひと言言うのに一分もかかりそうだ。

「地元の方ですよね。絵を描くのにいい、穴場をご存じないですか？」

わたしは無愛想だ。

「ここを五十メートルほどのぼったところに、標示板があるわ。そこに村の小道や眺望のいい場所がすべて書かれてます」

それだけ言うのに、たった十秒。新記録ね。わたしは男をさっさと追い払った。それでもアメリカ人は、微笑みを絶やさなかった。

「どうもありがとうございます。よい一日を」

男が遠ざかると、わたしはひとりで毒づいた。まったくもう、邪魔が入ったわ。あのテキサス男のせいで、気がそがれてしまったじゃない。

ステファニーは教室に戻った。心中、穏やかではないはずだ。激しいジレンマに苛まれているに違いない。献身的な夫が、ハンサムな警部に捕まったのだから。

かわいそうに……おまえは罠にはまりかけている。もしわかっていれば。おまえのためにしつらえられた、つるつる滑る板のうえを、否応なしに滑り落ちようとしているのだと。

またしても、わたしはためらった。隠す気はないわ。わたしもジレンマに苦しんでいると。黙っていようか。それともバスに乗ってヴェルノン署へ行き、すべてを打ち明けようか。今、決心しなかったら、もう話す勇気は二度と湧いてこないだろう。それは自分でもわかっている。

警官たちは四苦八苦している。訊問する相手も、掘り出す死体も間違えているんだ。自分の考えに捉われるあまり、真実を見つけることができない。想像すらできないだろう。幻想を抱いてはだめよ。どんなに優秀な警官だろうと、忌わしい悪循環を断ち切ることはもうできないわ。

アメリカ人たちは村に散っていった。建売住宅が立ち並ぶ一画に、セールスマンがむかうように。イェール大学のキャップは根に持つそぶりもなく、わたしに小さく手をふった。村役場前の広場でしばらくもの思いにふけっていたパトリシア・モルヴァルは、やがて自宅のほうへ道をくだっていった。

嫌でもわたしの前を通る。

ひどい顔をしているわ。

それはたったひとつの愛を奪われ、あきらめきった女の、むっつりした顔だった。パトリシアは、数日前にわたしと交わした会話を思い出しているに違いない。わたしの告白を……彼女の夫を殺した犯人の名前を。あのあと、パトリシアはどうしたのだろう？　少なくとも、話は信じたのでは？　ともかく、警察に知らせなかったことだけは確かだ。さもなければ、とっくにわたしの耳に入っているはずだもの。

わたしは彼女に、なにか言おうとした。近ごろわたしは、めっきり無口になっている。気づいたでしょ？　アメリカ人たちが声をかけてきたときだってそうだった。

「元気？　パトリシア」

「ええ、元気よ……」

モルヴァルの妻も、口数は少なかった。

58

「夫はどこです？」

「エヴルーの拘置所です」とシルヴィオ・ベナヴィッドは答えた。「ご心配なく、デュパンさん。容疑の段階ですから。予審判事がこれからきちんと調べます……」

ステファニー・デュパンは目の前にいるシルヴィオ・ベナヴィッド警部とローランス・セ

レナック警部を順番ににらみつけ、叫ぶように言った。

「そんな権利はないはずよ」

セレナックは壁に目をやり、張ってあるポスターをじっと見つめた。彼の視線は、トゥールーズ＝ロートレックの絵に釘づけになった。赤毛の女があらわにした裸の背中に、ちらちらと光がたわむれる絵だ。セレナックは対応をシルヴィオにまかせていた。部下はそれをそつなくこなした。ジャック・デュパン逮捕の正当性を、自分自身にも納得させようとしていたから。

「デュパンさん、現実を直視せねばいけません。ご主人に不利な証拠が、たくさんあります。まずは行方知れずになった長靴……」

「それは盗まれたんです」

「犯行現場から見つかった絵具箱も」シルヴィオは平然と続けた。「内側に書かれた脅迫文は、ご主人の筆跡と同じでした。専門家がそう認めています」

それを聞いて、ステファニー・デュパンは動揺した。絵具箱の話は寝耳に水だったらしく、必死に記憶の奥を探っている。やがて彼女は壁のポスターをふり返り、セザンヌの『アルルカン』をしばらくじっと見つめた。三日月形の帽子をかぶった道化師《アルルカン》の口のない顔に、決して譲るまいとする力のみなもとを求めるかのように。

「わたしがジェローム・モルヴァルと村を歩いたのは、二回か三回きりです。ただ、おしゃべりをしただけです。彼はさらに大胆にも、わたしの手を握りました。でも、そこまでです。

はっきり言っておきますが、そのあとジェロームと二人っきりで会ったことはありません。それはパトリシアも証言してくれるでしょう。彼女とは幼馴染なんです。ジャックを逮捕するなんて、馬鹿げてますよ。動機もないのに……」

「ご主人にはアリバイがありません」

シルヴィオが長々と言い返す前に、今度はローランス・セレナックがひと言ぴしゃりと答えた。

ステファニーはしばらくためらっていた。セレナックは今日会った最初から、彼女と目を合わせるのを避けていた。ステファニーは咳払いをし、スカートにあてた両手を引きつらせた。それから、抑揚のない声でこう言った。

「夫がジェローム・モルヴァルを殺したはずはありません。事件のあった朝は、わたしといっしょに寝ていたんですから」

二人の警官はあ然としたように凍りついた。シルヴィオ・ベナヴィッドはペンを持った手を宙に掲げたまま、じっとしている。セレナックはなんだか頭が急に重くなったような気がして片肘を机に置き、無精ひげの生えたあごをひらいた手のひらで支えた。美術館のような静けさが、三十三号室を包んだ。ステファニーはここでいっきに優位に立とうと、さらなる攻撃に出た。

「もっと詳しく聞きたいとおっしゃるならお話ししますが、あの朝夫とわたしはセックスもしました。わたしが誘ったんです。子供が欲しかったから。ジェローム・モルヴァルが殺された朝、わたしたちはいっしょに寝ていました。だから夫が犯人だなんて、ありえません」

セレナックは立ちあがり、叩きつけるように言った。

「ステファニーさん、あなたは数日前、まったく違う証言をしたじゃないですか。ご主人は毎週火曜日そうしているように、狩りに出かけたと言ったんですよ」

「あのあとよく考えてみたら、別な日と間違えていました。動揺していたもので……」

今度はシルヴィオ・ベナヴィッドが立ちあがり、率先して上司に助け舟を出した。

「そんなふうに態度を変えたところで、何の役にも立ちませんよ、奥さん。妻が夫に有利な証言をしても、証拠としては認められませんから……」

ステファニー・デュパンは語気を強めた。

「馬鹿げてるわ。どんな弁護士だって……」

するとセレナックが、逆に穏やかな声で言った。

「シルヴィオ、席をはずしてくれ」

ベナヴィッド警部はあからさまに不満そうな顔を見せたが、上司の言葉に従うしかなかった。彼は書類の束をまとめると、それを腕に抱えて三十三号室を出て、後ろ手にドアを閉めた。

「あなたは……なにもかも台なしにしてしまいました」ステファニー・デュパンは大声で言った。

セレナック警部は落ち着きはらってキャスター付きの椅子に腰かけると、床を蹴ってゆっくりと移動した。

「どうしてあんなことをしたんです？」

「あんなこと？」

「虚偽の証言ですよ」

ステファニーは何も答えず、セザンヌのアルルカンから赤毛女の背中に目を移した。

「トゥールーズ＝ロートレックって大嫌いだわ……こういう偽善的な覗き見趣味は……」

ステファニーは目線をさげた。この部屋に入ってから、初めてセレナックと視線が合った。

「それならあなたは、どうしてこんなことを？」

「こんなことというのは？」

「どうしてひとつの手がかりだけに執着しているのかってことです……夫を犯人扱いして。でも、ジャックは無実です。わたしにはわかっています。だから、釈放してください」

「証拠は？」

「夫にはなんの動機もありません。馬鹿げてます。何度言ったらわかるんですか？　わたしはモルヴァルと関係を持ったことはありません。だから、夫が彼を殺す動機もないんです。しかも夫にはアリバイがあるのに……」

「あなたの話は信じられません、ステファニーさん」

三十三号室で時間が止まった。

「それなら、どうするんです？」

苛立たしそうに小股で部屋を歩きまわるステファニーを、セレナックはじっと見つめた。頭をかしげ、片手で頬杖をついて、いかにもくつろいでいる風を装っている。ステファニーは深々と息を吸った。トゥールーズ＝ロートレックが描いた裸の背中にかかる赤毛の巻き髪に見とれているかのように。やがて彼女は、さっとふり返った。

「それなら警部さん、悲嘆に暮れた女に、どんな選択肢が残されているんですか？　夫を助けるために、何をどこまですればいいんです？　さっさと意図を察しろと？　ほら、アメリカの犯罪小説には、哀れな男を逮捕して、その妻を奪ってしまおうとする警官がよく出てきますよね……」

「違います、ステファニーさん」

ステファニーは机に近寄り、栗色の長い髪を束ねていた銀のリボンをほどいた。そして髪をやさしく揺らしながら、机の端に腰かけた。セレナックは椅子にすわったまま、一メートルうえから彼を見おろすステファニーのほうに目をあげた。

「これを期待していたんでしょう、警部さん？　ものわかりはいいほうよ。あなたに身をゆだねれば、それですべて終わり。そういうことなんでしょう？」

「やめてください、ステファニーさん」

「どうしたの？　最後の一線を越えるのをためらっているのね。難しく考えることはないわ。運命の女《ファム・ファタル》を見事射とめたのよ。夫が鉄格子のむこうにいるあいだに、彼女を罠にはめて。もうあなたのものだわ……」

ステファニーは両脚をゆっくりとうえにあげた。むき出しの肌に沿ってスカートがめくれる。白いブラウスのボタンが指に隠れたかと思うと、胸の盛りあがりが露わになった。乳房を覆うブラジャーの端まで広がるそばかすが、目に焼きついた。

「ステファァ……」

「でも、もしかしたら、運命の女《ファム・ファタル》は初めから陰で糸を引いていたのかもしれないのよ。そうじゃないって、言いきれるかしら」

ステファニーは切れ長の目を細めた。セレナックはわれ知らず、東洋の神秘たる藍《あい》色の日の出を連想した。落ち着かなくては。そう思って彼がゆっくり考える間もなく、女教師は続けた。

「あるいは、夫と妻は共犯だったのかも。忌わしい、悪魔の夫婦。そしてあなたは、彼らの慰みものにすぎなかった」

ステファニーは腰かけたまま、足の先を机のうえまでもちあげた。ベージュ色のスカートがくしゃくしゃになって、腿のうえまでまくれあがる。ブラウスの第二ボタンがはずされた。薄いレースの下着から女教師の乳輪が透けて見え、玉の汗が胸の谷間に流れこんだ。

あれは恐怖の汗だろうか？　それとも興奮の汗？

「やめてください、ステファニーさん。馬鹿なことはしないで。あなたの供述を取ります」

セレナックは立ちあがり、紙を一枚手に取った。ステファニーはブラウスのボタンをかけなおし、脚をおろした。まくれたスカートを戻してしわを伸ばし、脚を組む。

「言っておきますが、警部さん、供述は変えませんよ。さっきお話ししたことは、ひと言たりとも変更しません。ジェローム・モルヴァルが殺された朝、夫はわたしとベッドのなかにいました……」

警部はゆっくりと書き写した。

「そのとおりに書きますよ、ステファニーさん。とうてい信じられませんが……」

「だったら、もっと細かくお話ししましょうか。供述の信憑《しんぴょう》性をたしかめたいのでしょう。セックスをしたのか？　どんな体位だったのか？　わたしは感じたのか？」

「予審判事がきっとおうかがいするでしょう」

「それなら、今からメモしておけばいいわ。いいえ、警部さん、わたしは感じませんでした。さっさとすませました。わたしがうえになって。子供が欲しかったんです。膝をついてうえにまたがるのが、妊娠しやすい体位だって言われますから……」

警部はうつむいたまま、黙ってメモを取り続けた。

「ほかにも説明が必要ですか？　すみませんね、写真や証拠はありませんが、いくらでも詳しくお話ししますよ」

「ステファニーさん、あなたは嘘をついている」

警部は机のうしろへまわり、いちばんうえの引き出しをあけてハードカバーの本を取り出した。アラゴンの『オーレリアン』だった。

「覚えていますよね。あなたがこの本を読むようにすすめてくれたんです。ジェローム・モルヴァルのポケットにあった絵葉書の、《夢見ることは罪かもしれない》という奇妙な一節を知るために……ほら、第六十六章です。オーレリアンはモネの庭でベレニスとすれ違い、ベレニスは運命から逃れようとするかのように、ジヴェルニーの窪地の道へ走り去ります。オーレリアンはそのあとを追い、息を切らせて土手に伏している彼女を見つけます。ああ、すみません。記憶違いがあるといけないので、その場面を読みあげましょう」

セレナックはステファニーの薄紫色の目を、初めてしっかりと受け止めた。

「《オーレリアンは彼女に歩み寄った。見れば胸が激しく上下し、頭をのけぞらせている。ブロンドの髪が片側に垂れ、瞼がぱちぱちと瞬いた。黒い隈のせいで、目はいっそう魅力的だった。震える口もとと食いしばった白い歯は、どこか猫を思わせ……》」

警部に詰め寄られても、ステファニーは机のうえで身動きがとれなかった。セレナックはさらに近づいてくる。ジーンズをはいた脚が女教師の膝に触れた。彼女は警部の腰骨が、ちょうど下腹部のあたりにあるのを感じた。組んだ脚をここでほどけば……

セレナックは朗読を続けた。

「《オーレリアンは立ちどまり、すぐ目の前にいるベレニスを見おろした。彼女がこんな服装をしているのを見るのは初めてだ……》」

警部はいったん、本から目を離した。

「すべてを台なしにしたのは、あなたのほうですよ、ステファニーさん」

彼はステファニーのむき出しの膝に手をあてた。体に戦慄が走るのを、ステファニーは抑えることができなかった。藤棚の蔓さながらに絡み合った両脚の震えが、どうしてもとまらない。彼女の声は自信を失っていた。

「警部さん、あなたはおかしな方ですね。警察官で、美術愛好家で……詩心もあって……」

セレナックは答えなかった。手がさらにページをめくる。

「同じ第六十六章の、もう少し先を覚えていますか？《どこか、誰も知り合いがいないところへ、あなたを連れていってあげましょう。バイク乗りもあなたを知らないところへ……あなたが好きなように選択し……ぼくらが自分の人生を決められるところへ……》」

本を持つセレナックの手が、体に沿ってだらりと下に垂れた。突然その重みに、耐えられなくなったかのように。もう片方の手は、まだ震えているステファニーの脚に置かれていた。泣いている赤ん坊をあやすみたいに、すべすべした腿をそっと押さえている。

二人はそのまま、しばらくじっと黙っていた。

初めに魔法を解いたのはセレナックだった。彼はあとずさりして、女教師の供述書を手に取った。

「申しわけありません、ステファニーさん。でも、この小説を読むように言ったのは、あなたですよ」

ステファニーは片手で目を覆った。疲労と動揺で涙ぐんでいる。

「誤解しないでください……わたしも『オーレリアン』は読みました。そしてわかりました。

わたしは好きなように選択できるのだって。だからご心配いりません。わたしは自分の人生を決めるつもりですから。前にも言いましたよね。お知りになりたいなら繰り返しますが、わたしは夫を愛していません。なんなら、ほかにも特ダネをあげましょうか。いずれ夫とは別れるつもりです。その気持ちは大河の流れのように、わたしのなかでずっと続いていました。ここ数日、川面に起きた渦は、滝が近いことを告げているにすぎません。何を言いたいのか、わかりますよね？　だからって、夫の無実に変わりはないんです。女は投獄されている男を見捨てたりしません。相手が自由の身でないのに、別れられるものですか。そうでしょう、セレナックさん？　供述を取り下げるつもりはありません。事件の朝、わたしは夫とセックスをしました。ジェローム・モルヴァルを殺したのは、夫ではないんです……」

ローランス・セレナックは黙って紙とペンを差し出した。ステファニーは読まずにサインし、部屋を出ていった。セレナックは『オーレリアン』第六十六章の終わりに目をやった。

《オーレリアンはベレニスが立ち去るのを眺めた。ベレニスは背中を丸め、わざとらしくゆっくり歩いていく……彼はあの信じがたい告白に、呆然と立ちすくむばかりだった。そう、ベレニスは嘘をついているんだ。いや、彼女は嘘なんかついていない。》

シルヴィオ・ベナヴィッドがノックするまで、どれくらい時間がたったのだろう？　一分？　それとも一時間？

「入れ、シルヴィオ」

「どうでした？」

「供述は変えなかった。だんなをかばっているんだ……」

シルヴィオは唇を噛んだ。

「結局、そのほうがよかったかも……」

彼は机に書類の束を置いた。

「たった今、報告を受けたのですが、ルーアンの筆跡鑑定家ペリシエが鑑定結果を変更しました。さらに細かく調べたところ、川から見つかった絵具箱に書かれていたメッセージは、デュパンの筆跡ではないというのです」

そこでシルヴィオは焦らすように間を置いた。

「彼が言うには、メッセージは子供が書いたものだとか。十歳くらいの子供だと、きっぱり断定しています」

「冗談じゃないぞ」とセレナックはつぶやいた。「どういうことなんだ、いったい？」

わけがわからない。もう頭がついていかなかった。シルヴィオはさらに続けた。

「それだけじゃありません。絵具箱についていた血痕の、分析結果が出ました。あの血はジェローム・モルヴァルのものでも、ジャック・デュパンのものでもないそうです。さらに調べを続けていますが……」

セレナックはよろよろと立ちあがった。

「別の殺人事件があった。そう言いたいのか？」

「まだ、わかりません。正直、もう、何がどうなっているのか」

セレナックは部屋をぐるぐると歩きまわった。

「オーケー、シルヴィオ。つまりジャック・デュパンを釈放するしかないってことか。五時間以上留置するなって、予審判事がわめき出すからな」

「司法過誤よりましだと判断するでしょうね」

「わかってるぞ、シルヴィオ。きみが何を考えているのか。おれは大失敗を犯したっていうんだろ。早まってハイキングコースの小道であんな大捕り物を演じたあげく、肝心の証拠が数時間後には指のあいだからすべり落ちてしまったって。しかたない。やつは釈放するさ。でも、おれの確信は変わらないからな。そうとも、ジャック・デュパンが犯人なんだ！」

シルヴィオ・ベナヴィッドは答えなかった。セレナックの直感という地雷原に、冷静な話し合いの余地はないのだとよくわかった。それでも彼は、折りたたんでいつもポケットに入れてあるあのメモ用紙のことを思わないではいられなかった。三つに分けたパートには、相矛盾する手がかりが溜まっていくいっぽうだ。つじつまの合わない、でたらめな手がかりに答えを出すなんて、とてもできっこない。捜査が進めば進むほど、何者かに操られているような印象が強まった。誰かが陰で糸を引いている。われわれを間違った方向へ導き、自分は決して捕まらない完全犯罪を目論んでいるのだ。

「入れ」

ローランス・セレナックは驚いて目をあげた。こんな遅い時間に誰だろう、ドアをノックするのは？　署に残っているのは、ほとんど自分ひとりだと思っていたのに。あけっぱなしの戸口に、シルヴィオが立っていた。おかしな目つきをしているのは、疲れのせいばかりではなさそうだ。何かあったらしい。

「まだいたのか、シルヴィオ」

セレナックは机のうえの置時計を見た。

「六時すぎじゃないか。産院で、ベアトリスにつき添ってあげなければ。それから、少し眠って……」

「わかったんです、ボス」

「何が？」

セレナックは、壁に張られた絵の人物たちまでふり返ったような気がした。セザンヌのアルルカンも、トゥールーズ＝ロートレックの赤毛女も……

「わかったんですよ、ボス。ええ、そう、わかったんです」

59

太陽はポプラ並木の陰に隠れたところだった。あたりを包む薄明が、画家たちに告げていた。たたんだイーゼルを小脇に抱え、帰途につく時間だと。ポールが橋を渡ると、ファネットの姿が見えた。少女は一心に絵筆を振るっていた。日暮れ前の最後の数分間に、人生がかかっているかのように。

「ここにいるだろうと思っていたよ」

ファネットは片手をあげて応えると、絵を描き続けた。

「見てもいいかい？」

「いいわよ。急いで仕上げなくちゃ。なかなか学校は終わらないし、家ではママがうるさいし、日はたちまち沈んじゃうし。これじゃあ、絵を描き終えられないわ。あさってには提出しなくちゃいけないのに」

ポールはなるべく邪魔しないように気をつけた。風がそよいだだけでも、構図のバランスが崩れてしまうかのように、じっと息を潜めている。それでもファネットにたずねたいことが山ほどあった。

ファネットはカンバスを見つめたまま、質問を先取りした。

「わかってるわ、ポール。川に睡蓮はないって言いたいんでしょ……でも、現実はどうでもいいの。睡蓮は、この前モネの池で描いたし。あんなよどんだ池、あとはもう必要ないわ。わたしはこの睡蓮を、どうしても川に浮かべたかった。生き生きとした水、躍動する何かのうえに。本物の消失線よ、わかるでしょ。動きが欲しいのよ」

ポールは魅了された。

「どうやったらこんなふうに描けるのかな、ファネット。すばらしいよ、きみの絵。まるで生きているみたいだ。本当に水が流れ、木の葉が風にそよいでいるみたいだ。カンバスに絵具が塗ってあるだけなのに……」

ポールに褒められると、とても嬉しくなるわ……

「わたしは何もしてないわ。モネも言ってるでしょ。それは自分じゃなく、自分の目だって。わたしは目に映るものを、カンバスに再現しているだけ……」

「きみはすごいな……」

「そんなことないわ。だってモネはわたしぐらいのとき、もうル・アーヴルの町で有名な画家だったのよ。通行人の風刺画《カリカチユア》を描いてたわ。それにわたしは、あまり……ほら、正面にあるポプラの木を見て。モネはある日、農民に、どんな頼みごとをしたと思う?」

「わからないな……」

「モネは古い柏の木を、冬に描き始めたの。ところが三か月後にそこに戻ったら、木には葉が生い茂っていた。そこで彼は木の持ち主だった農民にお金を払い、葉っぱを一枚一枚全部ちぎらせたんですって」

「まさか。作り話だろ」

「いいえ。モデルの木を丸裸にするのに、二人で一日がかりだったそうよ。五月のさなかに冬の景色を描くことができたって、モネは奥さん宛ての手紙で自慢げに語っているわ」

ポールは風に揺れる葉叢《はむら》を、ただ眺めていた。

「ぼくだって、きみのためならそうするよ、ファネット。木の色だって変えるさ。きみが望むなら、何だってする」

わかってるわ、ポール。よくわかってる。


ファネットはさらに何分も描き続けた。ポールは黙ってうしろに立っていた。あたりがさらに暗くなると、ようやく少女はあきらめた。

「もう無理ね。明日、なんとか仕上げるわ」

ポールは川岸に近寄り、足もとに流れる小川を見つめた。

「ジェイムズさんの行方は、あいかわらずわからないのか？」

するとファネットは、しわがれたような声で答えた。絵を描いているあいだは忘れていたんだろう、とポールは思った。現実に引き戻してしまった。馬鹿だったな、こんなこと、たずねるべきじゃなかったんだ。

「ええ、まったく。ジェイムズさんなんて、初めから存在しなかったみたいに。わたし、頭がおかしくなりそうだわ。ヴァンサンまで、ジェイムズさんのことは覚えていないって言うのよ。会ったことあるのに。わたしがジェイムズさんといっしょにいるところを、いつも盗み見していたんだから。わたしの夢じゃないわ」

「ヴァンサンは変わり者だから……」

ポールはファネットを安心させようと、とっておきの笑みを浮かべようとした。

「心配するな。ヴァンサンときみとだったら、おかしいのはきみじゃないさ。ジェイムズさんのこと、学校の先生に話したかい？」

「いいえ、まだよ。説明するのが難しいから。わかるでしょ……明日、話してみるわ」

「村にいるほかの画家たちに、どうしてたずねないんだ？」

「どうしてって言われても。なんだかふんぎりがつかなくて。ジェイムズさんはいつもひとりでいたし、わたし以外の人とは関わりたくないようだったわ」

実はね、ポール、ちょっと恥ずかしいのよ。いいえ、とても恥ずかしいの。ジェイムズさんのことは忘れるべきなんだって、思うこともあったわ。ジェイムズさんなんて、初めから存在しなかったみたいにふるまうべきだと。

ファネットは大きなカンバスをつかみ、包装紙がわりの大きな茶色いボール紙のうえにのせた。シェヌヴィエールの水車小屋に目をむけると、真っ赤な夕焼け空に塔がくっきりと浮かんでいた。恐ろしくも美しい光景だった。ファネットは絵の道具を片づけたことを、一瞬後悔した。

「ねえ、ポール、ときどき思うんだけど」

少女は茶色いボール紙のうえに身をのり出し、丹念に絵を包んだ。

「思うって、何を？」

「ジェイムズさんはわたしが想像で作り出したんじゃないかって。本当はいなかったのかもしれない。彼は何ていうか、絵のなかの人物だったんだわ。わたしの想像の産物。そうよ、ジェイムズさんはセオドア・ロビンソンの絵に描かれたトロニョンおじさんだったのかも。

トロニョンおじさんが馬からおり、わたしにモネの話をしにやって来た。わたしには才能があるから、ぜひ絵を描くようにと言ってくれた。そしてまた、絵のなかに戻ったのよ。水車小屋の下の小川で、馬に乗って……」

わたしは頭がおかしいのかしら？

今度はポールが身をのり出し、ファネットがカンバスを運ぶのを手伝った。

「いけないよ、ファネット。そんなふうに考えないほうがいい。どこへ運ぼうか、きみの傑作を？」

「ちょっと待って。秘密の隠し場所を教えるわ。家には持って帰れないから。ジェイムズさんの一件で、ママはわたしを変人扱いしているの。絵の話なんか、もう聞きたくないって感じ。コンクールのことは、言うまでもないわ……毎回、ひと騒動よ」

ファネットは橋の欄干《らんかん》を乗り越え、洗濯場の裏に飛びおりた。

「気をつけて。階段で足を滑らせ、水に落っこちないようにね……絵をこっちに」

カンバスが手から手へ移される。

「ほら見て、ここが隠し場所よ。洗濯場の下が空いているでしょ。ちょうど絵を隠すのにぴったりあつらえたみたいに」

ファネットはたくらみごとでもするみたいな顔で、周囲をうかがった。目の前に草地が広がり、夕闇が迫る空に水車小屋の影が浮かんでいる。

「知ってるのはあなただけよ、ポール。わたしとあなただけ」

ポールはにっこりした。ファネットと秘密を共有している、彼女に信頼されているんだと思うと、嬉しくてたまらなかった。とそのとき、二人はどきっとして飛びあがった。すぐむこうから、足音が聞こえる。ファネットはさっと橋のうえに戻った。ぼんやりした影が近づいてくる。

一瞬、ジェイムズさんかと思ったわ。

「いやね、脅かさないでよ」とファネットは言った。

ネプチューンは少女の脚に体をすり寄せた。猫みたいに、喉をごろごろと鳴らしながら。

「言い直すわね、ポール。隠し場所を知ってるのは、ネプチューンとあなただけだわ」

60

セレナックはびっくりしたように部下を見あげた。シルヴィオは国中走り抜けて主人に再会した犬みたいに、疲れきった目を輝かせていた。

「いったいぜんたい、何がわかったんだ？」

シルヴィオはつかつかと部屋に入り、キャスター付きの椅子を引くと、崩れるようにすわりこんだ。そして上司の鼻先に、紙切れを突き出した。

「見てください。モルヴァルの愛人たちの写真に書かれていた番号です」

セレナックは下をむいて、メモを読んだ。

二三—〇二。ファビエンヌ・ゴンカルヴ。モルヴァルの眼科クリニックで。
一五—〇三。アリーヌ・マレトラス。アングレ通り、クラブ・ゼッドで。
二一—〇二。アリソン・ミューラー。サーク島の浜辺で。
一七—〇三。青い上っ張りを着た、正体不明の女。モルヴァル家の居間で。
〇三—〇一。ステファニー・デュパン。ジヴェルニーの上方、ハイキングコースの小道で。

「メモを見なおしていたとき、突然ひらめいたんです。さっきステファニー・デュパンが、モルヴァルのことで何と供述したか、覚えていますよね？」

「いろいろ話したからな」

セレナックは言いよどんだ。シルヴィオがふりかざす紙には、ステファニーの言葉が逐一書き留められているに違いない。

「彼女の供述を、読んでみますよ。《わたしがジェローム・モルヴァルと村を歩いたのは、二回か三回きりです。ただ、おしゃべりをしただけです。彼はさらに大胆にも、わたしの手を握りました。でも、そこまでです。はっきり言っておきますが、そのあとジェロームと二人っきりで会ったことはありません……》」

「それで？」

「じゃあ、もうひとつ、おととといの晩、わたしが病院から電話してお話ししたことを覚えてますよね？　ボストンの女、アリーヌ・マレトラスのことで」

「というと？」

「モルヴァルとの関係ですよ」

「妊娠したって話か？」

「その前には？」

「二十二歳のころ、モルヴァルとつき合い始め、すったもんだもあった。モルヴァルは五歳年上で、金ばなれがよくて……」

シルヴィオ・ベナヴィッドはセレナックに、はっと目覚めた夢遊病者のような目をむけた。

「ええ、そのとおりです。でも彼女は、こうも言ってました。モルヴァルと出かけたのは、十五回ほどだったって」

セレナックは机のメモ用紙を見つめた。そこに書かれた二行が、ゆらゆらと揺らめいている。

一五—〇三。アリーヌ・マレトラス。アングレ通り、クラブ・ゼッドで。
〇三—〇一。ステファニー・デュパン。ジヴェルニーの上方、ハイキングコースの小道で。

シルヴィオは上司に息をつく間も与えなかった。

「もう、おわかりになりましたよね。ステファニー・デュパン、〇三。アリーヌ・マレトラス、一五。いやはや、馬鹿げた暗号だ。写真の裏に書かれていたのは、不倫カップルが会った回数だったんです。私立探偵だかパパラッチだか知りませんが、盗み撮りした写真のなかで、二人の関係がもっともよくわかる一枚を選んでメモしたのでしょう」

ローランス・セレナックは心底驚嘆したように部下を見つめた。

「こうして報告にやって来たからには、きっとほかの女についても確認ずみなんだろうな」

「もちろんです」とシルヴィオは答えた。「わたしという人間が、わかってきたようですね。今しがた、ファビエンヌ・ゴンカルヴに電話してみました。モルヴァルと密会した正確な回数はわかりませんでしたが、あれこれたずねたところ、おおよその数字は出てきました。二十回から三十回というところです」

セレナックはひゅうっと口笛を吹いた。

「それで、アリソン・ミューラーは？」

「彼女は毎日の行動を細かく記録した、過去何年分もの手帳を引き出しにしまっていました。電話口で、いっしょに数えてみましたよ。何回、モルヴァルと会ったかなんて、今まで考えたことがなかったそうで」

「レースの結果は？」

「大当たり。彼女はぴったり二十一回、モルヴァルと会っていました」

「すばらしい！　おれは何でもメモしておく、几帳面な人間が大好きなんだ」

そう言ってセレナックは部下にウィンクした。シルヴィオはそれを無視して続ける。

「写真を撮った私立探偵も、ことのほか几帳面だったようですね。密会の回数を、こんなふうに数えあげているんですから」

「まあな。アリソン・ミューラーを除けば正確な数字かはわからないが、おおよそこんなところだろう。奥さん以外の女と会った回数も報告するよう、不倫調査の私立探偵に依頼したんだな。それじゃあ、いい知らせ、悪い知らせといこう。これでもう、写真の数字で頭を悩ませる必要がなくなった。でも、捜査が進展したわけじゃない」

「いやまだ二番目の数字、〇一、〇二、〇三の件が残っていますけどね」

セレナックは額にしわを寄せた。

「そっちにも、何か考えがあるのか？」

シルヴィオははにかんだような顔をした。

「一本、糸を引けば、あとも芋づる式にたぐりよせられます。最初の数字は日付ではなく、モルヴァルが女たちと会った回数を示すものだとわかりました。私立探偵はそれを、調査の依頼人に報告したのでしょう。だとしたらモルヴァルと女の関係について、ほかにどんな情報が求められているでしょう？」

「そうか！」とセレナックは叫んだ。「もちろん、女とどこまで深い関係になっているかだ……モルヴァルは、それらの女と寝ているのか！　いや、きみは……」

論証を終える特権は自分にあるとばかりに、シルヴィオは上司の言葉をさえぎった。

「アリーヌ・マレトラスはモルヴァルの子供を宿しました。写真には一五―〇三と書かれています。つまり〇三は、モルヴァルと肉体関係があるという意味だと考えられます」

ローランス・セレナックは満面の笑みを浮かべた。

「で、ファビエンヌ・ゴンカルヴとアリソン・ミューラーは何て答えたんだ？　当然きみは、彼女たちにも電話でたずねたんだろ？　二人とも、ゼッケン〇二番だ……」

シルヴィオはかすかに顔を赤らめた。

「できるだけのことはしましたよ。そんな話を女性に訊くのは、あまり得意じゃないんですけどね。アリソン・ミューラーは女王陛下の名に懸けて、眼医者と肉体関係はなかったと誓いました。かわいそうに、ノートルダム寺院かカンタベリー大聖堂で結婚式を挙げられるものと、信じていたのでしょうが……ファビエンヌ・ゴンカルヴには、いきなり電話を切られかけました。うしろで子供のわめき声も聞こえていましたからね。でも、さっさとけりをつけたかったのか、結局答えてくれました。モルヴァルと最後の一線を越えることはなかった。キスしたり、愛撫し合ったりするだけだったと」シルヴィオは、扇子代わりにメモ用紙で顔をあおぎながら言った。「つまり二番目の数字は、モルヴァルとどれくらい深い関係だったかという度合いを示していたんです。〇三、最大。肉体関係あり。〇二、ペッティングまで。〇一は……何もなし。口説き文句のひとつくらいはあったでしょうが、私立探偵がいくらズームレンズを覗いても、不倫現場は見つからなかったということです」

「なるほど、シルヴィオ。そういうことか。私立探偵がモルヴァルをスパイして、やつの不倫関係を報告していた。密会の回数、関係の度合い、証拠写真。写真の裏に記されていた数字は、われわれを罠にはめるための暗号ではなく、プロが使う記号の一種だった。でもシルヴィオ、あらためて訊くが、これで捜査にどんな進展があるんだ？」

シルヴィオの手のなかで、メモ用紙がよじれた。

「いろいろ考えてみたんですがね、ボス。この記号が信頼できるとして、そこから二つの重要な情報が得られるんじゃないでしょうか。ひとつは、ステファニー・デュパンが嘘をついていなかったということです。たしかに彼女は、ジェローム・モルヴァルの愛人ではなかった……そして私立探偵に調査を依頼した人物も、それを知っていた」

「パトリシア・モルヴァルか？」

「おそらく。あるいは、ジャック・デュパンかも」

「そうか、シルヴィオ。よくわかった。またしてもあの繰り返し、動機がないって話になるのか。ジャック・デュパンには動機がないのだから、アリバイも必要ないと……」

「アリバイなら」とシルヴィオがさえぎる。「あるじゃないですか」

セレナックはため息をついた。

「やれやれだな。わかってるさ。予審判事には二時間前に電話して、やつをエヴルーの拘置所から釈放してもらった。ジャック・デュパンは今夜、ジヴェルニーの自宅で眠れるってわけだ」

セレナックがまた直感を滔々と語りだす前に、シルヴィオは急いで話を続けた。

「でもこの記号から、もうひとつ重要な情報が得られます。つまり五人の女のうち、モルヴァルと肉体関係があったのは二人だけ。アリーヌ・マレトラスともうひとり、居間で写っている、青い上っ張りを着た正体不明の女です。彼女の記号は一七―〇三」

「なるほど。密会は十七回。モルヴァルは目の前でひざまずいているこの女と、肉体関係があった。それで？」

「もしかして、ジェローム・モルヴァルとこの女のあいだにも、子供ができたかもしれません。愛人たちのなかで彼女だけが、十年前に母親になったかもしれないんです」

61

レストラン《ノルマンディの素描》のテラス席からは、ジヴェルニーの美しい景色が望めた。あたりには鹿子草《かのこそう》や釣鐘草《つりがねそう》、牡丹の花が咲き乱れている。日が暮れると、草木のあいだに点々とする街灯が、印象派のオアシスらしさをいっそう引き立てた。

ジャックは前菜《アントレ》に出てきたフォアグラのカルパッチョ塩の華《フルール・ド・セル》風味に手をつけなかった。同じものを頼んだステファニーは、夫の食欲に合わせてちびちびと食べている。ジャックが戻ってきたのは一時間ほど前。九時を少しすぎていただろう。つき添ってきた二人の憲兵隊員は、ブランシュ・オシュデ＝モネ通りの、家と小学校のあいだに彼を置いていった。

ジャックは黙りこくっていた。ともかくひと言もしゃべらない。差し出された書類には、ろくに見もせずにサインをした。そしてステファニーの手を取ると、強く握りしめた。彼は夕食が運ばれるまで、ずっと彼女の手を放そうとしなかった。テーブルクロスに片方だけ置かれたジャックの手は、まるで孤児のようにパン屑をいじくっている。

「もう大丈夫よ」ステファニーは夫を励ました。

ステファニーは《ノルマンディの素描》に、あらかじめ席を予約しておいた。夫には相談していなかった。これでよかったのだろうか、と彼女は思った。いや、いいも悪いもないわ。こんな場合だもの、ほかにどうしようもないでしょ。《ノルマンディの素描》のほうが、家よりましだろう。お店なら、ことを進めやすい。あまりとんでもないまねはできないし。テラス席で人目もあれば、ジャックだって逆上したり、泣きごとを言ったりしないで、事態にむき合ってくれる……

「おすみですか、お客様……」

ウェイターがカルパッチョをさげた。ジャックはまだ黙っている。ステファニーはひとりで会話を続けた。学校の生徒のこと、クラスのこと、ロビンソン財団のコンクールや二日後に提出する絵のことを話した。ジャックはいつものようにやさしい目をして聞いていた。わたしのことを理解しているんだわ、とステファニーは思った。ジャックに理解されていると、いつも感じていた。すべて見抜かれているみたいだと。そう、ぴったりの表現だ。ステファニーが生徒たちの話をするのを、ジャックはいつも楽しそうに聞いている。それくらいの気晴らしは、大目に見ようとでもいうように……きっと監獄の看守は、囚人が大空を飛ぶ鳥の話をするのが好きなのだろう。

ウェイターは二人の前に、胡椒をふった鴨の薄切りささみ肉を置いた。ジャックは少し笑って食べ始めた。学校について、おざなりな質問をいくつかした。生徒たちの性格や好みに興味があるかのように。この馬鹿げた逮捕劇を別にすれば、ジャックとの暮らしは簡素で気取りのないものだった。とても穏やかで、安心できるものだった。

だからといって、なにも変わらないわ。

決心はついている。

たしかにジャックは、誰よりもわたしを理解している。わたしを守ってくれるし、決して傷つけたりしない。わたしを熱烈に愛している。彼の愛を、これまで一瞬たりとも疑ったことはないけれど……

それでも、もう決心はついている。

ここを出なければ。

ジャックは妻にワインを注ぐと、自分のグラスも半分満たした。ブルゴーニュね、とステファニーは思った。ラベルの名前を見ると、ムルソーと書いてあった。彼女はワインのことはあまり詳しくないし、ジャックもほとんど飲まない。狩り仲間のなかで、下戸はほとんど彼ひとりだ。ジャックは料理に手をつけ始めた。それを見て、なぜかステファニーはほっとした。夫のことは心配だけど、それは身近な人間の健康が気にかかるようなものだ、と彼女は思った。親愛の情ってこと。ジャックは少し笑顔を見せ、近くで見つけた家の話をした。

彼が言うには、いい物件なのだそうだ。わかっているわ、ジャックは仕事熱心だ。働きすぎなくらいに。不動産屋の経営に全力を注いでいるけれど、今のところチャンスに恵まれていなかった。大きな取引きはまだしたことがないが、いつか必ず運がめぐってくるだろう。ジャックは粘り強い。成功に値する男だ。けれどもそんなこと、ステファニーにはどうでもよかった。家を住み替え、もっと金持ちの男と暮らしたいとも思わない。

ジャックの手が再びステファニーの指を求めて、刺繍した白いテーブルクロスのうえを這い進んだ。

女教師はためらった。何も言わなくても、ちょっとしたふるまいの積み重ねでわからせることができれば、ことはもっと簡単だろうに。手を取らせまいとしたり、愛撫に応えなかったり、目をそむけたりと。けれどもジャックには通じないだろう。いや、たとえわかったからって、何も変わらない。それでも彼はステファニーを愛し続けるだろう。むしろ、いっそう激しく。

ステファニーはさっと手を引き、髪に指をあてた。銀のリボンに触れると、かさかさという音がした。すると全身に震えが走った。馬鹿みたいだわ、と彼女は思った。

どうして?

どうして、何がなんでもすべてを捨て去ってしまいたいと思うのだろう?

ステファニーはワインのグラスを空け、心のなかで微笑んだ。ジャックはまだユール川沿いの家や、谷間の古道具屋のことを話している。いずれあそこに、家具を買いに行かなくてはと……ステファニーはうわのそらで聞いていた。なぜ、出ていくのか？　答えはありふれている。この世界と同じくらい、古くからあるものだ。別な自分を夢見る若い女の病。『オーレリアン』のベレニスが抱く愛の飢餓感。文句のつけようがない男と暮らす女の、耐えがたい倦怠……言いわけもできなければ、アリバイもない。ただ倦怠が、本当の人生はもっとほかの場所にあるのだという確信が続くだけ。完璧な共感は別なところにある。そう、気まぐれは取るに足らない心の迷いではなく、とても大事なものなのだ。モネの絵やアラゴンの一節を前にして、同じ感動を共有できれば、それに勝ることはない。

ウェイターはいかにもプロらしい慎み深さで、二人の皿を片づけた。

「ワインのお代わりはいらないから、デザートを持ってきてくれ」とジャックは言った。

ステファニーがようやくテーブルにおろした手を、ジャックはすばやく握った。若い娘はいつでもあきらめてしまうんだわ、と女教師は思った。それでもたぶん幸せに、あるいは不幸せに生き続ける。そしていつしか、幸せと不幸せの区別もつかなくなる。結局、もっと単純なんだ、あきらめることは。

だとしても……ステファニーのなかに湧きあがった感情は胸にこびりつき、そうたやすく消え去りそうにない。彼女が感じているのは今までにない、唯一無二の新たなものだった。

ミントの葉を添えたアイスクリームとシャーベットの盛り合わせが二皿、二人の前に置かれた。ジャックはまたむっつり黙りこくっている。話すのはデザートのあとにしようとステファニーは思った。よくよく考えたら、レストランで夕食をとるのはいい考えではなかったかもしれない。スローモーションの映画みたいにゆっくりとことがすぎるのを、いつまでも待っているなんて。ジャックはきっと別なことを考えている。逮捕や拘置所、セレナック警部のことを思い出して、恥辱を反芻しているはずだ。それもいたしかたないわ。

彼は予期しているだろうか？　そう、おそらく。ジャックはわたしのことをよくわかっているから。

ステファニーはルバーブとリンゴのシャーベットを貪った。力をつけなくては。ここがふんばりどころだ。よりによってこんな晩を選ばなくてもいいものを、わたしは血も涙もない女なのか？

ジャックはかつてないほどの屈辱に耐えて、釈放されたばかりだ。

なのにどうして、今晩告げることにしたのか？

綻びに乗じようというのか？　死屍累々《ししるいるい》の戦場をこっそりすり抜けようと、家が燃えている隙にひとりで逃げ出そうとするのか？　わたしはそんな、世にも残酷な妻なのか？

力をつけなくては。

当然のように、ステファニーはローランス・セレナックに思いを馳せた。あんなにも望んだ完璧な共感。目の前にいるこの男とは、出会うべくして出会ったのだと瞬時に思った。ほかの男ではだめなんだ。彼とでなければ幸せになれない。たくましい腕も、ぞくぞくするような声も、すべてを忘れさせてくれる笑顔も彼だけのものだ。きっと彼とのセックスも、このうえない快感だろう。でも、そんな確信はまやかしだろうか？

それもまた、人生に待ち受ける罠のひとつでは？

違う。

そんなことはないと、ステファニーにはわかっていた。

彼女は身を投じた。

虚空へのダイビング。

未知のものへの。

ルイス・キャロルの『アリス』みたいに、落下はいつまでも続いた。目をつぶり、不思議の国を信じよう。

「ジャック、あなたと別れるわ」

十二日目　二〇一〇年五月二十四日（ヴェルノン美術館）
——錯乱

62

ヴェルノン美術館の豊かな所蔵品が過小評価されているのは、ジヴェルニーの重苦しい陰に隠れて、かすんでしまったからだろう。二〇〇九年、ジヴェルニーに印象派美術館が開館したあとも、状況は何も変わっていない。わたしはと言えば、クロード・モネ通りの喧騒よりも、ヴェルノンのセーヌ河岸に立つ重厚なノルマンディ建築の静けさのほうが好きだ。歳が歳だから、と言われるかもしれない。わたしはホールで大きく喘いだ。杖をつきつき石畳の中庭を横ぎり、やっとのことで入り口までたどり着いたのだ。

目をあげると、エントランスホールにクロード・モネの有名な円形《トンド》の絵があった。《ノルマンディ印象派》キャンペーンに際し、ここに掲げたのだろう。直径一メートルほどの、丸い『睡蓮』の絵。ちょっと古めかしい、金色の丸い縁に収められ、まるでおばあちゃんの鏡とでもいった風情だ。展示されているモネの円形《トンド》の絵は、世界に三枚しかないという。これはそのうちの一枚で、モネが死ぬ一年前の一九二五年、自らヴェルノン美術館に寄贈したものだ。

ずいぶん気前がいいものよね。

もちろん、ヴェルノンはこれを誇りにしている。なにしろ、ユール県でモネの油絵を所蔵している唯一の美術館なのだから。しかも名品ばかりだ。円形《トンド》の絵の金の額縁はいささか俗悪《キッチュ》だけれど、乳白色の明るい色合いには誰しも心惹かれずにはおれないだろう。パステルカラーの楽園を覗く丸窓といったところね。それにつけても隣村のジヴェルニーで、複製画の前を羊みたいにおとなしく気取って歩く観光客たちときたら……

でもまあ、愚痴をこぼすのはやめておこう。今度はヴェルノンに観光客が押し寄せてきたら、真っ先に文句を言うのはわたしなんだから。テラコッタのタイルを敷きつめたエントランスホールを何歩か歩くと、目の前を館長のパスカル・プッサンが足早に通りすぎていった。ひと目見て彼だとわかった。ルーアン美術館のアシル・ギヨタンと並んで、フランスにおけるモネと『睡蓮』研究の第一人者だと言われている人物だ。《ノルマンディ印象派》キャンペーンでも、中心人物のひとりだと、たしかどこかで読んだ。まさに大立者ね……もちろん、油絵《ユイル》にひっかけた洒落だけど、笑ってくれなくてもいいわ。

プッサンは歩を緩めずに会釈した。わたしの顔に見覚えがあったのだろう。今すれ違った老女は、かつて『睡蓮』について語り合った女だと、よく考えればわかったろうに……

もう大昔の話だけれど。

「誰も部屋に通さないでくれ」とパスカル・プッサンは入り口で秘書に言った。「ヴェルノン署の警官二人と、会う約束になっているから。それほど時間はかからないはずだ」

館長は立ちどまり、美術館のエントランスホールをふと眺めた。床に描かれたテントウムシのマークが、見学の道順を示している。ほかに置き場のない、わけのわからない彫刻作品が、階段の下に山積みにされていた。パスカル・プッサンは苛立たしげに眉をひそめ、館長室に入ってドアを閉めた。入り口のガラスドア越しに、セレナック警部のタイガー・トライアンフT一〇〇が見える。バイクは石畳の中庭にとめてあった……『睡蓮』の世界は本当に狭い。小さな池と変わらないくらいに。

わたしはため息をつき、みんなと同じように床のテントウムシをたどり始めた。一階はすべて、地元の考古学発掘品にあてられていた。わたしはうんざりして、階段に目をやった。上階には、風景画家や現代作家のコレクションが展示してある。そこへ通じる堂々たる階段は、美術館がもうひとつ、誇りにしているものだった。はっきり言って、何でもありの一画だ。うしろ足をふんばった馬や、弓を引き絞った射手など、大理石の像がステップのあちこちに、無造作に置かれている。そのうえには、忘れられた大公や大元帥たちの大きな肖像画が掲げられていた。こんなもの、家に飾ろうという者は誰もいないだろう。ずいぶんとこの階段が自慢の種らしいけれど、エレベータはちゃんと動いているのかしらね、忘却の美術館には……

63

パスカル・プッサンがウィンザー&ニュートンの絵具箱をためつすがめつしているあいだ、セレナックとベナヴィッドは彼の一挙手一投足をじっと見つめていた。捜査は足踏み状態だ。協力してくれそうな専門家は、すべて動員しなければ。ヴェルノン美術館の館長プッサンは、印象派絵画とりわけノルマンディ印象派の第一人者だ。彼はとても忙しそうにしながらも、警察のために何分か時間を取ろうと答えた。目の前にいるのは、ベナヴィッドが電話で想像していたとおりの人物だった。長身痩軀。グレーのスーツを着てパステルカラーのネクタイをしめている。今は地方のいち美術館で働いているものの、いずれはルーヴルの館長になるか……あるいはそのまま埋もれてしまうかだ。

「すばらしい品ですね。保存状態もいいですが、百年も前のものです。お宝というほどでもありませんが、コレクターなら欲しがるでしょう。これは十九世紀末から二十世紀初頭にかけて、アメリカの画家がよく使っていたモデルです。以来、ドラゴンがトレードマークのウィンザー&ニュートンは、世界中に知られるようになりました。ちょっとスノッブで、昔を懐かしむような画家ならば、誰しもここに絵筆を収めたいと思うでしょうね」

セレナックとベナヴィッドは赤いビロード張りの古めかしい肘掛け椅子に腰かけたが、豪華そうな見かけほどすわり心地はよくなかった。黒いラッカーを塗った木の脚は、ちょっと動かしただけでも折れてしまいそうだ。

「プッサンさん」とローランス・セレナックが切り出した。「モネの絵がこれからも市場に出ることがありうると思いますか？　特に『睡蓮』の絵が」

館長は絵具箱を置いた。

「どういう意味ですか、警部さん？」

「例えば、モネから絵を贈られた者がヴェルノン地方にいたかもしれないとは、考えられませんか？　二百七十二枚あるという『睡蓮』の一枚を」

プッサンは勢いこんで答えた。

「ジヴェルニーに居を定めたとき、モネはすでに高名な画家だったんですよ。彼の作品はどれも、国有財産となっていました。ひと財産に値するような絵を、人に贈ることはめったにありませんでした」

それから彼は、白い歯を剥き出して続けた。

「ヴェルノン美術館には、珍しくこの原則に反して絵を寄贈してくれましたがね。だからこそ、当館の円形《トンド》の絵には特別な価値があるんです」

この答えにセレナックは満足げだったが、シルヴィオ・ベナヴィッドのほうは釈然としなかった。彼はルーアン美術館の学芸員が興奮ぎみに話したことを、思い出していた。

「すみません。でもモネは、近隣に暮らすジヴェルニーの住人たちと絶えず交渉を続けねばならなかったんですよね。池に水を引くためや、描きたい景色を保持するために……だったら、絵をあげる代わりに隣人たちの同意を得たかもしれないと考えられませんか？」

プッサンは苛立ちを隠さず、わざとらしく腕時計を見た。

「いいですか、警部さん。印象派は先史時代の話じゃないんですよ。二十世紀初頭ですからね、新聞もあれば、公証人証書や村議会への報告書も残っています。そうした資料がすべて、何十人もの美術史家によって調べあげられているんです。しかしそんな物々交換が行われた形跡は、まったく見つかっていません。それでも、勝手なことを言う連中はいますが」

館長は立ちあがりかけた。やけにさっさと話を切りあげたがるな。ベナヴィッドはいぶかしみながら、むなしくセレナックの援護を待った。

「それなら、盗まれた可能性は？」とベナヴィッドはたずねた。

パスカル・プッサンはため息をついた。

「何をおっしゃりたいのかわかりませんが、モネはとても几帳面でした。晩年までずっと、頭もはっきりしていたし。彼の絵はすべて調査、分類、リスト化されています。モネの死後、息子のミシェルは行方不明の絵は一枚もないと言ってます」

館長は絵具箱のうえで、せかせかと苛立たしげに指を動かした。

「警部さん、一週間前の殺人も解決できないなら、一九二六年以前に起きたかもしれない盗難事件の鍵が見つかるとは思えませんがね……」

右フックが決まった……ベナヴィッドはもろにパンチを喰らった。すると今度は、セレナックがリングにあがった。

「プッサンさん、セオドア・ロビンソン財団の名に聞き覚えはおありですよね？」

館長は敵の援軍到来に、一瞬とまどったらしく、ネクタイの結び目をよじった。

「もちろん、訊くまでもないでしょう。印象派に関わる者にとって、ロビンソン財団はとても大きな存在ですからね。財団は三つの《プロ》、すなわち調査《プロスペクシオン》、保存《プロテクシオン》、開発《プロモシオン》を標語としています……」

ベナヴィッドがうなずくと、プッサンは先を続けた。

「世界で展示される絵の三分の一が、ロビンソン財団を経由しているでしょう。ですからあなたのご想像どおり、ヴェルノン美術館などろくに相手にしてくれませんがね。彼らはもっと大きな企画にしか関わらないんです。そうそう、わたしは二週間前、《山と聖なる小道》という国際的な展覧会のため東京へ行っていたのですが、その主要な後援者はどこだと思います？」

「ロビンソン財団！」とセレナックは、テレビのクイズ番組で解答するみたいに言った。

「かなり狡猾そうですね、その財団は」

館長はネクタイで息苦しそうだった。

「《狡猾》とおっしゃるのは？」

ベナヴィッドがあとを続けた。

「絵のことをよく知らない人間から見ると、何百万ドルという大金を動かすその財団は、気高く無私無欲な芸術の擁護者というより、うまみのある企画に目をつける企業家という感じがするということです」

ベナヴィッドは体勢を立てなおし、いかにも無邪気そうに微笑んだ。経験を積んだテニスのダブルスのペアみたいに、セレナックとの二人三脚がうまく進み始めたのが嬉しかった。プッサンは敵に攪乱《かくらん》され、度を失い始めている。彼は腕時計に目をやり、いらついたように答えた。

「わたしのように、絵画の世界に多少は通じている者からすれば、ロビンソン財団は伝統ある立派な財団に思えますが。国際的な美術市場に巧みに順応しているだけでなく、設立当初の理想も決して忘れてはいません。新しい才能を、とても若いうちから見出そうという理想を」

「《若き画家たちのための国際絵画コンクール》のことですか？」セレナックがさえぎった。

「それもあります……現在、世界的に有名な芸術家のうち、ロビンソン財団が発掘した者がどんなにたくさんいるか、あなたには想像もつかないでしょうね」

「つまり、話は一周したわけだ」とセレナックは言った。「要するにロビンソン財団は資金の投資と回収を同時に行い……」

「そのとおりですよ、警部。それが何か悪いことだとでも？」

セレナックとベナヴィッドはぴったり同時にうなずいた。プッサンはまた腕時計を見て、立ちあがった。

「さて」と館長は、絵具箱を差し出しながら言った。「このとおり、大してお教えできることはありません。お二人とも、すでにご存じのことばかりで」

今だ。シルヴィオ・ベナヴィッドは最後の一撃を放った。

「あとひとつだけ。プッサンさん、《黒い睡蓮》の話を聞いたことがおありですよね？　モネがこの世を去る数日前に描いたと言われている絶筆です。自らの死が放つ色の輝きを写し取ろうとして……」

パスカル・プッサンは気の毒そうに、相手をじろじろと眺めた。庭で妖精に会ったという子供の話でも聞くみたいに。

「警部さん、芸術はおとぎ話や伝説ではなく、今やれっきとしたビジネスとなっています。臨終の自画像といった噂には、なんの根拠もありません。それが事実だと裏づける証拠は皆無なんです。ルーヴル美術館の廊下に幽霊が出るとか、本物の『モナリザ』はルパンの隠れ家にあるとか主張する狂信者の想像にすぎません」

今度はアッパーカットだ。ベナヴィッドはもうふらふらだった。セレナックはおとなしくロープのうしろに控えていたが、しかたなくリングに身を投じた。

「プッサンさん、モネの家やアトリエでは、巨匠たちの絵が何十枚も埃だらけになって、屋根裏部屋や戸棚のなかに眠っているかもしれません。これも村の伝説だとおっしゃるのですか？」

パスカル・プッサンの目が異様に光った。まるでセレナックが、危険な秘密を暴いたかのように。

「誰があなたにそんな話を？」

「わたしの質問に、まだ答えてもらっていませんよ、プッサンさん」

「ええ、たしかに。でもモネの家やアトリエは、個人の持ち物です。専門家として何度も訪れたことはありますが、おわかりでしょう、あなたの質問に対する答えは、職業上の秘密にあたりますから。すみません、もう一度おたずねしますが、誰からその話を聞いたのですか？」

　セレナックはにっと笑った。

「プッサンさん、おわかりでしょう、それも職業上の秘密なんですよ」

　何秒間か、部屋に重苦しい沈黙が流れた。ようやく警官たちが立ちあがると、年代物の椅子はほっとしたようにきしんだ。館長は待ちかねたように二人を送ると、彼らの背後でドアを閉めた。


「あんまり話したがりませんでしたね、館長は」とシルヴィオは、エントランスホールで『睡蓮』の円形《トンド》の絵を見あげながら言った。

「急いでいたようだし。ところでシルヴィオ、ずいぶん絵に詳しくなったじゃないか。バーベキューのことしか興味ないのかと思っていたが……」

　シルヴィオはそれを褒め言葉と受け取ることにした。

「いろいろ調べましたからね。選りすぐりの情報源から得た話を重ね合わせて。だからといって、事件の見とおしがよくなったわけじゃありません。むしろその逆ですよ」

二人は美術館を出て、舗装された中庭を歩いた。川船が何艘か、セーヌ川をのぼっていく。右岸に、奇妙な家が見えた。古びた二つの橋脚にのって、川のうえに立っているその家は、今にも灰色の水に崩れ落ちそうだった。

「三つのパートに分けたメモ用紙は、まだ持っているか？」セレナックがたずねる。

シルヴィオは顔を赤らめながら、ポケットから紙を引っぱり出した。

「実はボス、昨晩また別のやり方で証拠を並べなおしてみたんです。まだ下書きなんですがね……」

「見せてみろ」

シルヴィオが広げる間もなく、セレナックは部下の手から紙をひったくった。紙に目をやると、そこには三角形がなぐり書きされていた。なかに名前がいろいろと書きこまれている。セレナックは当惑したように、髪に手をあてた。

「何だ、シルヴィオ、このピラミッドは？」

「自分でも……よくわかっていないのですが」とシルヴィオは口ごもるように言った。「この事件を、別の方法で考えてみようと思ったんです。そもそもわれわれは、『睡蓮』の絵、モルヴァルの愛人、子供という三種類の手がかりを追って捜査を続けてきました。そこで、また違った方法ですべてを図式化してみようと思ったんです。三角形の中心に近づくほど、嫌疑が強まると考えていただければ……」

セレナックは、美術館の入り口を見おろす彫像の台座に寄りかかった。馬のブロンズ像だ。

「すべてを図式化ねえ。どうかしてるぞ。そんな頭でっかちなデカルト風の方法でこの事件が解決できると、本当に思ってるのか？」

彼はブロンズ像の尻に汗ばんだ手をあてた。

「きみの考えに従えば、中心にはセオドア・ロビンソン財団と、ボストン在住のアリーヌ・マレトラスが来ることになる。三つの手がかりのうち、どれにも結びつくわけだからな……いや、でも、ひとつ問題があるぞ。プッサンの話を聞くと、『睡蓮』やモネが死の直前に描いた絵をめぐる美術品業界のいざこざと、この事件は関係がなさそうだ」

「わかってます。とはいえ、彼の言う職業上の秘密とやらは怪しげですが……」

「おれもそう思う。だが、モネの家の屋根裏に、忘れられた印象派の絵が何枚も残っているなんていう突拍子もない話も、にわかには信じられないが」

「ええ、たしかに。ともかく一見したところ、デュパン夫妻は子供とも美術品密売とも関係がなさそうです。とりわけ、夫のほうは。だから彼らは、愛人のコーナーに寄せました。アマドゥ・カンディは『睡蓮』のコーナーで……」

セレナックはまだ、あきれたようにメモ用紙を見つめている。シルヴィオはそっと安堵のため息をついた。前に描いた三角形では、愛人と『睡蓮』のコーナーのあいだに、ローランス・セレナックの名を書きこんでいたからだ。セレナックはいきなり顔をあげると、部下の顔をやけにじろじろと見つめた。シルヴィオは三角形に指をあてた。

「残るは正体不明の、青い上っ張りの女です。この女は、愛人と子供のあいだのどこかに書きこみましょう」

「ほとんど強迫観念になっているな、子供の話は。いやはや、意志が固いっていうか……」

「根拠は充分じゃないですか。十一歳の子供に宛てた誕生祝いのカードに、アラゴンの奇妙な一節の引用……さらには、絵具箱に子供の筆跡で彫られた脅迫文が見つかり……一九三七年、十一歳の少年がモルヴァルと同じ儀式的なやり方で殺された事件まであって……モルヴァルの愛人のうち、名前のわからないひとりと彼のあいだに、認知されていない十歳くらいの子供がいても不思議はありません」

「そうかもしれないが……ともかく十一歳の子供が、二十キロもある石をふりあげモルヴァルの頭を叩き割ったとは思えない。さて、どうする？　こんなごた混ぜの手がかりばかりで」

「さあ、それはわたしにも。でも、ジヴェルニーの子供に危険が迫っているような気がしてならないんです。馬鹿げた考えだっていうのは、よくわかってます。村の子供全員を保護するわけにもいかないし。でも……」

ローランス・セレナックは、親しみをこめて部下の背中を叩いた。

「前にも言ったじゃないか。《パパとパパ予備軍》症候群だって。ところで、あいかわらず変化なしなのか、お産のほうは？」

「無風状態ってとこですね。そろそろゴールだと思うのですが。できるだけ顔を出すようにしてますよ、雑誌を山ほど持って。でもベアトリスは、決まってそれをわたしの顔に投げ返すんです。助産師さんたちも一日中、同じことしか言いません。《大丈夫だから、待っていてください。まだ子宮頸部がひらいてないんです。帝王切開を決めるには早すぎます。決めるのは赤ちゃんなんですから。これ以上、何を説明しろと……》って」

「これから産院に行くんだろ？」

「ええ、まあ……」

「やっぱりな。ほかの男たちなら、酒を飲んだりマリファナを吸ったり、ポーカーをしたりして子供のいない最後の夜をつぶすところだろうが、きみは違うからな。ベアトリスによろしく言ってくれ。彼女はすばらしい女性だ。きみにふさわしい奥さんさ」

セレナックは部下の肩に手を置いた。

「安心しろ。きみほど賢明な男も、ほかにいないだろうよ。おれは地獄に戻るとしよう」

ローランス・セレナックは腕時計を見た。午後四時二十五分。

彼はヘルメットをかぶると、タイガー・トライアンフT一〇〇にまたがった。

「人それぞれ、消失線があるんだ……」

シルヴィオ・ベナヴィッドは上司が遠ざかるのを見ていた。トライアンフがセーヌ河岸に立ち並ぶ家々の角に消えたとき、彼はふと思った。ローランス・セレナックを容疑者リストから外したのは、正しかったのだろうかと。

64

ヴェルノン美術館の二階、六番展示室の窓は、まるで一幅の絵のようだった。ガラス越しに見えるセーヌ川右岸の小丘は、額に飾られたプールヴィルの風景、ヴール＝レ＝ローズの夕日、ガイヤール城、プティ＝タンドレー広場、ロールボワーズのセーヌ川に、すばらしい一枚を加えている。

窓に切り取られた景色を横ぎるセレナック警部のタイガー・トライアンフは、たしかに印象派の趣にはそぐわないけれど。警部のバイクはヴェルノン橋から対岸に渡ると、右に曲がってセーヌ川沿いをジヴェルニーにむかった。ちょうどそのあたりで、川の蛇行も視界から消えた。

もちろん、愚かな警部は美しい女教師のもとへバイクを飛ばしているのだった。

軽率にも、無意識のうちに。

わたしは次の展示室に入った。板張りの壁に素描が飾られている部屋だ。正直な気持ちを言うと、ここがいちばん気に入っている。巨匠の油絵よりテオフィル・アレクサンドル・スタンランの素描のほうが、いつしか好ましく思えるようになっていた。彼の風刺画《カリカチュア》、労働者や物乞いたちの悲惨な姿を描いた人物画はすばらしい。無名の人々のありふれた生活情景を、パステルですばやく描きあげた作品だ。わたしは時間をかけて、デッサンを一枚一枚眺めた。舌のうえで飴を溶かすように、鉛筆の線一本まで味わった。というのも、これが最後になるだろうから。もうここへ来ることはない。さよなら《アデュー》、スタンラン。じっくり見させてもらうわ。

展示された素描をひととおり眺め、感動を味わったあと、『接吻』という作品の前で立ちどまるのが、頭のおかしな老女のしきたりだった。五十年以上前から、ヴェルノン美術館の二階を訪れるたびにそうしている。

わたしが言っているのは、もちろんクリムトの『接吻』のことではない。きらめく薄片に包まれて抱き合う男女を描いた、あの匂い立つ画ではなく、スタンランの『接吻』だ。

それはうしろ姿の男が女と抱き合う、簡素な木炭画だった。筋肉が盛りあがる男の背中にぴったりと張りついたシャツ。女は男のたくましい体に腕をまわす勇気もなく、ただつま先立ちになって、のけぞらせた頭を肩にあずけている。

男は女を欲している。女は動転して、抵抗することもできない。

背後に広がる不穏な影にも、恋人たちはおかまいなしだ。

これはスタンランの、もっとも美しいデッサンだろう。そう、まさしくヴェルノン美術館の傑作と言っていい。

65

下校時刻のクロード・モネ通りで、タイガー・トライアンフT一〇〇は生徒たちの注目を集めた。バイクとすれ違うと、走っていた子供も歩を緩め、思わずはっとふり返った。五歳から十二歳までいる、とローランス・セレナックは思った。そして子供に危険が迫っているというシルヴィオ・ベナヴィッドの予測について、考えずにはおれなかった。目の前を、次々に子供たちの顔が通りすぎていく。その数、十人か、二十人くらい。みんな幸せで、心配事などなさそうだ。なかのひとりにたずねてみようか？　でも、どの男の子、どの女の子に？　たずねるって、何を？　厳重な家族の秘密を、どうやって見抜くんだ？　ジェローム・モルヴァルと似た顔がないか探す？　いったいどこから始めればいいんだ？

セレナック警部はこんもり茂った菩提樹の木陰に、タイガー・トライアンフT一〇〇をとめた。木の根もとには、まるで見張り番でもしているかのようにネプチューンが眠っていた。犬はのっそりと起きあがり、警部にせがんで撫でてもらった。

ローランス・セレナックが教室に入ったとき、ステファニーはうしろむきになって軽く背を丸め、木の箱に書類を片づけていた。セレナックはなにも言わなかった。どうしよう？　呼吸が速くなる。彼女に聞こえただろうか？　無関心を装っているのかも。セレナックは女教師に近づき、その腰に手をあてた。

ステファニーは体を震わせた。沈黙が続く、彼女はふり返ろうとしなかった。ふり返るまでもなく、誰だかわかっていた。

エンジンの音で？

それとも匂いで？

彼女は目の前の教卓に両手をついただけだった。警部は女教師の細いウェストをさらに強く押さえ、体を近づけた。ステファニーの息づかいが感じられる。セレナックの目は、うなじににじんだ汗の粒に釘づけになった。

警部の手が動き始めた。片手は背中のカーブを撫で、もう片方の手は短い息づかいとともに腹にあてられる。両手は女の胸を目ざし、うえへのぼっていった。指は突き出た胸の丸みをたしかめるかのように、しばらくそっとまさぐっていたが、やがて手のひらが乳房をつかんだ。

セレナックは女教師の汗ばんだ頬に顔を寄せた。耳とうなじがじっとりと湿っている。二人はひとつになって抱き合った。警部のジーンズが、ステファニーの亜麻のワンピースに密着する。欲望が張りつめ、ステファニーは息苦しいほどだった。

二人はそんなふうに、いつまでもじっと抱き合っていたが、セレナックの手だけは布地と肌のあいだにするりと入りこみ、胸を揉みしだいた。

ステファニーはわずかに頭をのけぞらせた。セレナックの顔が、ちょうど口もとに近づきやすいくらいに。彼女はささやいた。それは言葉というより、ため息に近かった。

「わたしは自由よ、ローランス。だから、わたしを連れていって」

警部の両手が、ゆっくりと下におり始めた。肌という肌を忘れまいとするかのように、手のひらを大きく広げて。腰まで達しても手は止まらず、そのままさらにくだり続けた。

一瞬、ほんの一瞬、背を丸めたセレナックの体がステファニーから離れた。貪欲な両手がワンピースの裾をつかみ、いっきに腰までまくりあげる。セレナックは密着させた腰と腰のあいだにしわくちゃの布をはさみ、空いた手でむき出しの太腿を愛撫し、そっと両脚を広げさせた。

「わたしを連れていって、ローランス」とステファニーは、震える声でまだささやいていた。

「わたしは自由よ。連れていって」


「それで?」とポールはファネットにたずねた。「先生は何て言った?」

ファネットは廊下に出ると、教室のドアを閉めた。顔が真っ青だ。よくない兆しだな、とポールは思った。

「ずいぶん早かったじゃないか。先生は何て言ってた? ジェイムズさんの話を信じてくれたかい? 叱られたわけじゃないんだろ?」

返事はない。

ファネットはポールが今まで見たこともない、悲しげな表情をしている。突然、彼女は黙って走り始めた。ネプチューンが菩提樹の木陰からさっと立ちあがり、そのわきを駆けていく。

追いかけていいものか、ポールはためらった。ファネットが見えなくならないうちに、ポールは叫んだ。

「話したんだろ？」

「話さなかったわよ……」

泣き濡れた少女のそのひと言は、ブランシュ・オシュデ＝モネ通りの坂道を水浸しにするほどの涙の奔流を感じさせた。

66

地元のバスがリヨン＝ラ＝フォレ中央広場で、ローランタン元警視をおろした。バスに乗っているあいだずっと、フロントガラスに映るすばらしい景色に、ローランタンは見とれていた。どこまでも広がるブナ林のあとには、前世紀の郷愁に満ちたノルマンディ風木骨造り《ハーフティンバー》の家々が続いた。まるでモーパッサンの短編かフローベールの長編小説を映画化するときのために、村を昔のままに保存してあったかのようだ。

ローランタンは中央広場の噴水に目をとめた。大きな卸売市場のすぐわきある、この石造りの美しい噴水は、思いのほか古びていない……それもそのはず、これは二十年前、クロード・シャブロルがエンマ・ボヴァリーの映画を撮ったときに造ったものだから。

要は模造品、まがい物だ。

それでもローランタンはエンマ・ボヴァリーの悲劇的な運命と、ステファニー・デュパンについてここ数日で集めた情報とを比べてみないではいられなかった。誰もが抱く倦怠感。もっと別な人生を送れたはずなのに、どうしてそれがかなわなかったのだろう？　村の中央広場をあとにしながら、ローランタンは自分に言い聞かせた。こんな比較は馬鹿げている、ロマンティックな妄想に浸る歳ではないだろうにと。彼はしっかりとした足どりで先を急いだ。レ・ジャルダン養老院は村から急な坂道を少しのぼった、森のはずれにあった。


エントランスホールのパステルブルーのリノリウムは、一日中ブラシで磨いているみたいにぴかぴかだった。入居者の大半が夕方を、左側にある大きなサロンですごしていた。もしかすると、ほかの時間もずっとそうしているのかもしれない。プラズマテレビの大画面は、つけっぱなしなのだろう。その前で三十人ほどの入居者たちが、居眠りをしたり、もの思いにふけったりしている。いくらか元気な老人たちは、一時間前に配られたビスケットをもぐもぐと食べながら、夕食を待っていた。

ここでは何事も、ゆっくりが尊ばれる。

大柄な看護師が部屋を横ぎり、ローランタンのほうへやって来た。商品を壊すまいとする陶磁器店の店長みたいに、しなやかな足どりだった。

「どちらさまで？」

「今朝、お電話したローランタン元警視です。ルイーズ・ロザルバさんにお会いしたいのですが」

看護師はにっこりした。金色の小さな名札に、《ソフィー》とファーストネームが書いてある。

「ええ、覚えてますよ。ルイーズ・ロザルバさんにも伝えてあります。お待ちしてました。ルイーズさんは数年前から呂律《ろれつ》がよくまわりませんが、ご心配なく。頭はまだしっかりしてます。相手の質問は、ちゃんと理解していますよ。さあ、百十七号室です。でも、あまり急かさないでくださいね。もう百二歳ですし、ずっと面会者はいませんでしたから」

ローランタンは百十七号室のドアを押しあけた。ルイーズ・ロザルバは斜め横をむき、窓のすぐ下の駐車場をじっと眺めていた。アウディ八〇がとまって、夫婦がおりてくる。妻は花束を抱え、二人の子供がドアを閉めながら大騒ぎをしていた。ほかの入居者のもとを訪れる面会者でも、老婆にとっては日々の節目になっているのだろうとローランタンは思った。

「ルイーズ・ロザルバさんですね？」

老婆はしわだらけの顔をむけた。ローランタンはにっこりした。

「わたしはローランタン元警視です。わたしが来るという話は、看護師のソフィーさんから、今朝聞いていますよね。すみませんが、あまり楽しくない話を思い出していただきたいんです。あなたのひとり息子アルベール君が亡くなったときのことを、お聞かせ願えませんか。一九三七年のことでしたよね……」

上品そうな手が膝掛けのしわのあいだで震え、薄い色の目が潤んでいる。ルイーズは口をひらいたが、声はまったく出なかった。

壁にキリスト十字架像は掛かっていない。洗礼の衣装や、初聖体拝領の白い長衣をつけた子供や孫、ひ孫の写真や、結婚式の行列の写真も張っていない。むき出しの壁には、モネの『日傘をさす女』のきれいな複製画がただ一枚飾られているだけだ。エレガントな母親が子供を連れて、ひなげしの赤い花が咲く野原を散歩している。アルジャントゥイユ近辺のどこかだろう。

「あなたに……」とローランタンは続けた。「あなたにいくつかおうかがいしたいことがあります。おすわりになっていてください……思い出していただけるよう、お手伝いしますから」

ローランタンは鞄から、モノクロのクラス写真を取り出した。《ジヴェルニー小学校。一九三六―一九三七年度》と書かれている。

彼は写真をルイーズの膝に置いた。老婆は魅せられたかのように、写真を見つめた。

「これがアルベール君ですね?」ローランタンは、二列目に腰かけている少年を指さしてたずねた。「この子で間違いないですか?」

ルイーズはうなずいた。校庭に雨が降り出したかのように、写真に涙がこぼれた。けれども子供たちは瞬きもせずに、カメラマンがむけるレンズを前に、おとなしくじっとしている。

「あなたはあれが事故ではないと思っていた。そうですよね？」

「ええ……そうです」とルイーズは答えた。

彼女は時間をかけて唾を飲みこんだ。

「あの子は……ひとりじゃありませんでした。ひとりでは、行きませんよ……川の近くには……」

ローランタンは内心の興奮を抑えようとした。看護師の忠告を思い出す。ルイーズを急き立ててはいけない。

「息子さんといっしょにいたのは誰か、わかっているんですか？」

ルイーズはうなずいた。ローランタンの声はいっそうためらいがちになった。極度の緊張感が、小さな部屋に満ちていた。古い記憶の箱をひらいた隙間から可燃性のガスが漏れ出て、ほんの少しミスを犯しただけでも爆発しかねないかのように。

「河原でいっしょにいた人物が、息子さんを殺したというのですか？」

ルイーズは元警視の言葉にじっと耳を傾け、またうなずいた。ゆっくりとした首の動きだが、決然としている。

「どうして何も言わなかったんです？　どうしてその当時、その人物を訴えなかったんです？」

ジヴェルニー小学校の校庭は、今や大雨だった。写真の紙が歪んでも、生徒たちはあいかわらずおとなしく、じっとしている。

「誰も……誰も信じて……くれませんでした。夫で……さえも」

老婆はこんな短い言葉を発するにも、とてつもない努力をしているようだった。七面鳥の喉もとに垂れた肉のように、たるんだ皮膚が首の下で揺れた。無理をさせてはいけない、とローランタンは思った。こちらが考えた筋書きが正しいかどうか、簡単な身ぶりや短いひと言で答えられるよう、質問のしかたに気をつけねば。

「そのあと、あなたは引っ越されました。村に留まることができなかったから。そしてご主人が亡くなり、あなたはずっとひとりだった。そうですよね？」

ルイーズはゆっくりとうなずいた。ローランタンは老婆のほうに身をのり出し、ポケットからハンカチを取り出して、クラス写真をそっと拭いた。

「それから？」とローランタンは、興奮を抑えきれない声で続けた。「その人物は、息子さんといっしょに河原にいたその人物は……また新たな罪に手を染めた。そういうことですね？　おそらく、罪を何度も繰り返した。その人物は、また始めるかもしれないと？」

ルイーズ・ロザルバは突然、息が楽になったらしい。まるでローランタンのおかげで、長年胸にのしかかっていた重しが取り除かれたかのように。

彼女はうなずいた。

なんてことだ《モン・デュー》……

ローランタン元警視の腕に震えが走った。こんなふうにいきなり脈拍があがるのは、彼にとっても好ましいことではなかった。しかしさしあたり、心臓病の主治医の忠告などかまっていられない。今、大事なのは、彼女の記憶のなかに七十五年近くも埋もれていたこの驚くべき事実だ。ローランタンは写真をルイーズの指に近づけた。

「その人物……あなたがおっしゃったその人物も、写真のなかにいるんですね？　どの生徒か、教えていただけますか？」

ルイーズの指はいっそう震えた。ローランタンは手のひらをそっと老婆の手首にあて、あまり強く押さないようにしながら、上下左右にと導いた。しわだらけの指が、クラス写真のうえを動く。やがてルイーズの人さし指が、顔のうえで止まった。

ローランタンは心臓がばくばくするのを感じた。

なんてことだ《モン・デュー》……

体中がかっと熱くなる。彼はさらに強くルイーズの手を握った。今にも心臓が飛び出しそうだ。落ち着かなくては。

「どうも、どうもありがとうございます」

ゆっくり深呼吸すると、興奮が少しおさまった。奇妙な感覚がローランタンを捉えた。老婆が今、打ち明けた話は、にわかには信じられない、常軌を逸したものだ。にもかかわらず、完璧に筋が通っている。これですべてが腑に落ちるのだ。アルベール・ロザルバ少年を殺したのは誰かわかった。その結果、ジェローム・モルヴァル殺しの犯人もわかった。なぜ彼を殺したのかも。

ローランタンの心臓は、徐々にいつもの鼓動に戻った。それでも彼は、自嘲的な満足感を押しのけることができなかった。おれは間違っていなかった、騙されてはいなかったんだ。そう思うと誇らしかった。だからって、今さらどうなるわけでもないのに。

ともかく、おれは正しかったんだ。

彼はぼんやりと窓の外を眺めた。駐車場のむこう、暗いブナ林のはずれまで。

さて、これからどうしよう？

ジヴェルニーに戻るべきだろうか？

ジヴェルニーに戻って、ステファニー・デュパンに再会するべきか？　手遅れにならないうちに。

そう思っただけで、心臓がまた高鳴り始めた。これじゃあ、医者にどやされるぞ。

67

午後十時五十三分。わたしはシェヌヴィエールの水車小屋で月を眺めている。

天守閣の窓から見る月は大きくて、手を伸ばせば届くかと思うくらいだ。

心配しなくていいわ、頭がおかしいんじゃないから。別に、目の錯覚でもない。ラジオやテレビのローカル放送で説明していたけれど、今日の満月は一年でいちばん大きいらしい。近地点とか言って、要するに月が地球にもっとも近づく日なのだそうだ。月は地球のまわりを完全な円ではなく、楕円《だえん》を描いてまわっている。だから満月が地球からもっとも遠い日と、もっとも近い日があるってこと……

それが今夜なのだ。解説によると、月は肉眼でも大きく見えるという。天気予報のあと、暦のコーナーでそう言っていた。年に一度の近地点……

月明かりはジヴェルニーの村の屋根を、不思議な雰囲気に浸した。熱心な画家ならイーゼルを取り出し、人工の光がないなかでひと晩中絵筆を振るい続けるかもしれない。この瞬間、いったい何人の人たちが同じ月を眺めているのだろう？　ラジオやテレビで今夜のことを知り、その勧めに従ったことだろう？　見逃せない天体ショーです、と彼らは言っていた。何千人、いやきっと何万人だわ。

わたしは今日、ノスタルジックな気分らしい……ひさしぶりにヴェルノン美術館を訪れたあと、今度はこうして窓辺で夜をすごすなんて。こんな調子じゃ、長くはもたないわね。でもまだ、そんなつもりはない。だってそうじゃない、終結の時を知って、最後の数時間、最後の夜、最後の月を味わうことができるなんて、本当に特別なことなんだから。

明日にはすべてが終わるだろう。

もう決心はついている。あとは方法を選ぶだけだ。

毒薬？　ナイフ？　銃？　溺死、それとも窒息死？

可能な手段はいくらでもある。

勇気も、決意も、動機も、何ひとつ欠けていない。

眠りについた村を、わたしはまだ眺めていた。薄暗い夜のなかに光る街灯や、最後まで灯っている窓の明かりは、黒い『睡蓮』の黄色い花を思わせた。まるで闇の大洋に呑まれた、小さな灯台のようだ。

警官たちはしくじった。彼らには何もわからないんだ。ご愁傷様《しゅうしょう》ね。

明日の晩、最後の死体とともにすべては終わり、カッコは永遠に閉じられるだろう。

そしてピリオドが打たれる。


こんなに大きな月を見るなんて初めてだわ、とファネットは思った。まるで惑星みたいだ。さもなきゃ、丘の木々のあいだに円盤が着陸しようとしているのか。今夜は遅くまで起きていたほうがいいと先生が言ってたけれど、そのとおりだ。先生は楕円の軌道や近地点の話をしてくれた。黒板に、矢印やら数字やらの入ったややこしい図面も描いた。

時計がないので正確な時刻はわからないけれど、十一時にはなっているだろう。ヴァンサンは一時間くらい前に帰った。

窓の下でひと晩中すごすつもりじゃないかって、不安だったわ。わたしの手をずっと握ったまま、話を聞いているんじゃないかって。

やっと帰ってくれた。

やれやれだ。

ファネットは大きな月と、二人っきりになりたかった。あの月は、姉みたいなものだ。遠くの家へ、わたしを招いてくれる姉。

今夜、ファネットは絵を描き終えた。うぬぼれ屋になっちゃいけないと、いつも自分に言い聞かせてきた。みんなに絵がうまいと褒められても、信じないようにしてきた。でも今夜は……すばらしい色づかいの絵ができたと、お月さまに自慢したかった。画面を横ぎる小川の水の躍動感や、四方八方に伸びる消失線について語りたかった。ずっと前からイメージは頭のなかにあったけれど、それを絵具で表現できるとは思っていなかった……ファネットは絵を洗濯場に隠した。明日、ポールに頼めば、先生のところへ届けてくれるだろう。

信頼できるのはポールだけだわ。ほかの連中なんか、とんでもない。カミーユは勉強ができるのを鼻にかけているし、マリは告げ口屋だ。ヴァンサンときたら……子犬みたいにいつもまとわりついてきて。

ママにも気をつけなくちゃ。このところ、わたしを見張っているみたいだし。毎朝、学校まで送ってきて、門の前で別れるとパリジャン荘まで道をのぼっていく。お昼も同じだ。わたしの行動をスパイしているんだ。おかしいわって思うこともある。まるでママは、わたしがみんなに話しはしないかと恐れているみたいだ。

ジェイムズさんのこと、行方不明になった彼の死体を見つけたのに、それがまた消えてしまったこと。

麦畑のなかで、殺されたらしいことを。

おまえの娘は頭がおかしいと、思われるのが怖いんだ。

ジェイムズさん……

ファネットは手を伸ばした。もう少し窓から身をのり出せば、月のクレーターに触れるような、クレバスを指で撫でられるような気がした。

ジェイムズさん……

彼はわたしの空想だったのだろうか？

どこかの絵描きが畑に置き忘れた絵筆や、土手に垂れた絵具の跡を見つけただけで……あとはすべてわたしが想像で作り出したことなのでは？　ママにいつも言われてたじゃない、おまえは空想の世界に生きている、ありもしないものを見てる、自分の願望に合わせて現実を歪めているんだって。

今になって考えると、ジェイムズさんは初めからいなかったのだという気にますますなってくる。わたしの空想の産物なんだ。だってわたしには、彼が必要だったから。きみには絵の才能があると言ってくれる人が必要だった。きみは天才だ、続けなければいけない。自分のことだけを考えて、ひたすら絵に専念すべきだと言ってくれる人が。

自分勝手《エゴイスト》になれと言ってくれる人が。

ママは決してそんなことは言わない。パパならきっと言ったはずだ。パパに言って欲しかった。それをジェイムズさんが、代わりにすべて言ってくれたんだ。

芸術家のパパ。画家のパパ。わたしを誇りにしているパパ。ある日、どこか世界の果ての、風変わりなギャラリーに飾られた絵の隅に、パパはわたしの名前を見つけるだろう。そしてきっと、こう思うだろう。《ああ、この子、わたしの娘じゃないか。いちばん才能がある、わたしの末娘だ》って。

ファネットは、通りに立ち並ぶ暗い家々を眺めた。

違うわ、違う。パパは村の誰かなんかじゃない。ママが働きに行っている家の、でぶで臭くて汗っかきの、みっともない中年男じゃない。ありえないわ。

だとしても、それがなんだっていうの。

わたしにパパはいない。代わりにジェイムズさんを作り出した……ジェイムズさんのおかげで、あの絵を描くことができたんだ。わたしの『睡蓮』を。明日、あの絵はコンクールにむかう。海に投げた、瓶のなかの手紙のように……

明日。

ファネットは微笑んだ。

こんなに大きな月が出るなんて、これもきっといい兆しだ。

明日は、わたしの誕生日だし！

ジヴェルニー小学校の校庭は月光に照らされ、銀色に染まっていた。夜空に巨大な月が浮かんでいる。ステファニーは月が描く楕円の軌道と近地点について、簡単な図表を使って生徒たちに説明した。いつもより夜更かしをして、この天体ショーをぜひ楽しむようにとつけ加えて。黒板にすべて書いた。月は十四パーセント大きく、三十パーセント明るく見えると。

屋根裏部屋の天窓と同じ、まん丸な月だった。まるで窓の一部がはずれて、空に舞いあがったみたいに。ブランシュ・オシュデ＝モネ通りは人気《ひとけ》がなかった。役場前広場の菩提樹の葉が、風に吹かれて静かに揺れている。銀色の雨が、村に降り注いでいるかのようだった。

ジャックは同じベッドで、ステファニーのかたわらに寝ていた。ふり返らなくとも、夫が眠っていないのはわかった。きっとわたしを見つめている。わたしの沈黙を尊重して、何も話しかけようとはしない。ジャックのすぐ近くにいることが、彼女にはますます耐えがたくなった。夫は習慣を何も変えなかった。ほとんど寄り添うようにして、裸でいっしょに寝ている。それでも、妻の体に触れようとはしなかった。少なくとも肉体的に、彼女を取り戻そうとはしなかった。

昨日は何時間も話し合った。

静かな話し合いだった。

わかった、これからは変わるようにする、とジャックは言った。

どう変わればいいんだい？

何もあなたを責めてるんじゃないわ。ただ、別の人間にはなれないってこと。

別の人間になる、とジャックは答えた。

別の人間になんか、誰もなれっこない。話し合いは行き止まりだ。ステファニーにはよくわかっていた。決心はついている。夫のもとを離れよう。ここから出ていくんだ。

ジャックはめったに取り乱すことのない男だった。じっと我慢していれば、ステファニーが自分から考えなおすはずだと思っているのだろう。嵐が通りすぎるのを待つんだ。傘を手に、そこでじっと。やがて……ステファニーが戻ったあかつきには、その大きな傘をいつでも差しだせるように準備して。

ジャックは間違っている。

ステファニーは数年前から教えている小学校の校庭を、いつまでも眺めていた。アスファルトに描いた石蹴り遊びの枠や、ジャングルジムを。休み時間に子供たちがあげる歓声が、彼女の脳裏にこだました。

明日の午後、ローランス・セレナックと会う約束をした。もちろん、村以外の場所で。学校の前や小川のほとりではだめだ……もっと遠く、もっと人目につかないところでなくては。イラクサの島にしようと思いついたのは、ステファニーのほうだった。エプト川とセーヌ川の合流点に広がる有名な野原で、クロード・モネが買い取って写生したり、アトリエ代わりの小舟をもやったりした。ジヴェルニーから一キロ以上ある、人里離れたきれいな場所だ。イラクサの島で待ち合わせるというのは、考えれば考えるほどいいアイディアだと彼女は思った。セレナックならわかってくれる。彼は美術全般に、驚くほどいい感覚《センス》をしているから。モネの家を訪れたときだって、ルノワールの『白い帽子の少女』は複製ではないとすぐに感づいたわ。頭ではそんなはずないと思いながらも、これは本物の傑作だと感じとっていた。

モネの家に忘れ去られた、ほかの絵と同じように。ルノワール、ピサロ、シスレー、ブーダン……それに知られていない『睡蓮』の絵もある。ああ、ゆっくりできる時間があれば、ぜひともセレナックにそれを見せたかったのに。彼といっしょに、この感動を味わいたかったのに……

ジャックは明かりを消し、横むきになった。まるで眠っているかのようだ。月明かりに照らされた部屋は、仙女の洞窟を思わせた。ステファニーの目がナイトテーブルにとまった。テーブルのうえの本に。

動かされた形跡はまったくない。

『オーレリアン』

ルイ・アラゴン。

あの一節が、どうしても脳裏から離れなかった。夢見ることは罪かもしれないと、わたしは認めよう。ジェローム・モルヴァルのポケットから見つかったバースデーカードの、あのメッセージ。

夢見ることは罪……

まるでこの言葉は、わたしにむけて書かれたかのようだ……

夢見ることは罪……

その先を読んだことのない者、アラゴンの長編詩「水の精の神殿《ナンフェ》」の続きを知らない者は誤解している。そう、もちろんアラゴンは、夢を非難しているのではない。

思い違いもはなはだしい。

詩人が表現しているのは、もちろんその逆、真逆の考え方だ。

ステファニーは、毎年村の子供たちに教えている詩の一節を、小声で暗唱した。

夢見ることは罪かもしれないと、わたしは認めよう。

わたしが夢見るのは、禁じられたもの。

罪びとを弁護しよう。過ちこそ喜びだ。

理性の目から見れば、夢はまやかしだけれども。

ステファニーは心のなかで、四行の詩節を熱っぽく繰り返した。背徳的な祈りの文句を唱えるように。

わたしが夢見るのは、禁じられたもの。

そう、夢は法律を超えたところにある。

そう、ステファニーは残酷な女になれるのが嬉しかった。

いや、彼女はなんの後悔もしていない。

そう、理性の目からすれば、彼女の夢は犯罪だ。

明日、ローランス・セレナックは彼女を腕に抱くだろう。二人はイラクサの島で愛を交わし、彼はステファニーを連れ去るだろう……

明日……

十三日目　二〇一〇年五月二十五日（イラクサの島へむかう道）
――結末

68

わたしは土の道をゆっくりと歩いている。シェヌヴィエールの水車小屋のすぐ裏から出て、草地をまっすぐ横ぎるでこぼこ道には、長年トラクターが通った跡が、轍《わだち》となって穿たれていた。

タイガー・トライアンフT一〇〇でここを走ったのだから、セレナック警部もひと苦労だったことだろう。細かい話はなしにするけれど、彼の骨董品がモトクロスに適しているとは思えない。警部は水車小屋の裏で曲がり、乾いた土埃を舞いあげながら、畑のなかへ突進していった。

ジヴェルニーを出て草地を突っ切る小道は何本もあるけれど、すべて最後には同じ袋小路にいたる。そこがイラクサの島だ。さらにまっすぐ行っても、エプト川とセーヌ川があるだけ。道は一直線に続き、合流点の数メートル手前で途切れる。エプト川の岸辺、モネがよく通ったポプラ林のはずれあたりで。ポプラの木立は印象派の熱烈な支持者たちによって、エジプトのピラミッドのように守られていた。

セーヌ川まで行きたければ、さらに徒歩で進まねばならない。

ネプチューンが前を走っていく。道を覚えているので、もうわたしを待ったりしない。シエヌヴィエールの水車小屋からイラクサの島へいたる一キロメートルを歩くスピードが、どんどんのろくなってきたとわかったのだ。轍がひどく歩きづらい。杖をつきながらでも、三メートルに一回は転びかけた。

幸い、わたしがあの忌わしいイラクサの島へ行くのも、これが最後だろう。この歳ですることじゃないわ。田舎道の遠出だなんて。おまけに今日の午後はうだるような暑さで、息苦しいほどだ。五月でいちばんいい天気だった。水車小屋からエプト川まで、日陰はまったくない。厳密に言えば、途中、貯水場のタンクがわずかな陰を作っているけれど。少なくとも、スカーフが陽ざしをさえぎってくれる。赤茶けた野原で陽光を浴びていると、砂漠を歩くアラブ人の女になったような気がした。

ああ、想像もつかないでしょうね。エプト川とセーヌ川が合流する、あの忌わしいイラクサの島までわたしが行くのに、果てしのない時間がかかりそうだということなど。

きっとネプチューンは、とっくの昔に着いてしまっただろう。

午後四時十七分。ローランス・セレナックはタイガー・トライアンフT一〇〇をポプラの木に立てかけた。イラクサの島へは少し早めに着いた。小学校が四時半まで終わらないのはわかっている。そのあとここまで来るのに、ステファニーはたっぷり一キロは歩かねばならない。

セレナックは木の下を進んだ。奇妙な風景だった。エプト川沿いに立ち並ぶ木々は、かしこまって気をつけをする兵士さながらだ。そのせいか、川は自然の流れというより運河を思わせた。エプト川とセーヌ川の合流点は、その印象をさらに強めている。広大な大河は支流から注がれるわずかな水など眼中にないかのように、ゆったりと流れていた。エプトの川岸が静まり返っているのに対し、セーヌの側には生活感が満ち溢れている。町、工場、川船、鉄道、店……セーヌ川が野原を抜けて延びる騒がしい高速道路なら、エプト川はどこに通じるとも知れない忘れられた県道の迂回路だ。

背後で足音がした。

もうステファニーが着いたのだろうか？

セレナックはふり返ってにっこりした。

ネプチューンだった。シェパード犬は警部に気づいて、すり寄ってきた。

「ネプチューン！　やあ、ありがとう。つき添いに来てくれたのか。でも、ほら、これは人目を忍ぶ逢引《あいびき》きだからな……そっとしておいてくれよ」

今度は背後で柱がきしむような音、木の葉がかさかさいう音がした。

ネプチューンだけじゃなかったんだ。

ローランス・セレナックは考えるまでもなく、瞬時に危険を察知した。警官の勘だ。

彼は目をあげた。

銃がこちらに狙いを定めている。

その刹那《せつな》、セレナックは思った。ああ、わけもわからないまま、これですべてが終わるのか。おれは狩りのぶざまな獲物さながら、ここで撃ち殺されるんだ。銃弾が心臓を吹き飛ばし、死体はエプト川からセーヌ川へと流され、はるか遠い下流の川岸にうちあげられるだろう。

けれども指は引き金を引かなかった。

すぐに撃つ気はないらしい。セレナックはその隙に乗じ、いかにも自信ありげに言った。

「ここで何をしている？」

ジャック・デュパンはこれみよがしに銃をさげた。

「それはこっちの台詞だ。そうだろ？」

セレナックは怒りがこみあげ、また態度を変えた。

「どうしてわかったんだ？」

ネプチューンは二人から数メートル離れ、木漏れ日のなかにすわりこんだ。彼らの会話には興味ないらしい。ジャック・デュパンの銃は、地面にむけられていた。デュパンは見下すように作り笑いで顔を引きつらせた。

「鈍いやつだな、まったく。きみがその脂《やに》さがった面《つら》をさげ、革ジャンでバイクにまたがって村にやって来るのを見たときから、わたしにはわかってたんだ。きみは実にわかりやすい男だからな、セレナック……」

「誰も知っているはずがないのに。ステファニー以外は、誰も。でも彼女が話したとは思えない。おれのあとをつけてきたのか？」

デュパンは草地をふり返った。暑さのあまり、陽炎《かげろう》が立って地平線が揺らいでいる。そのむこうに、遥かジヴェルニーの村が望めた。デュパンは笑ってこう答えた。

「きみにはわからんだろう。きみの理解を超えたことがあるんだ。わたしはここで生まれた。ステファニーもそうだ。この村で、ほとんど同じときに。通りひとつ隔てたところで。ステファニーのことは、誰よりよく知っている。彼女がきみに惹かれ始めたときも、すぐにぴんときた。ほんのささいなことがらでな。本棚から欠けた一冊の本、空を見あげるステファニーの目、沈黙……いろんな徴候が何を意味するのか、手に取るようにわかった。ブラウスのしわ、くしゃくしゃになったスカート、日ごろはつけない下着、化粧のわずかな変化、ちょっとした表情の違い。ステファニーがきみと待ち合わせしたのもわかった。いつ、どこで会うつもりなのかも……」

ローランス・セレナックはうんざりしたように顔を背け、エプト川を眺めた。デュパンのやつ、長々としゃべりやがって。でも、まずはひと安心だ。こいつはただの嫉妬深い夫にすぎない。まあ、想定の範囲内さ。これは支払うべき代償、ステファニーが自由になるための代償、二人の愛の代償なんだ。

「なるほど」と警部は言った。「それじゃあ、このあとどうする？　いっしょにステファニーが来るのを待って、三人で話し合うか？」

ジャック・デュパンは、またしても尊大そうに顔をしかめた。やけに自信たっぷりだった。

「そんな必要はない……先に来たのは賢明だったな、セレナック。じゃあ、こうしてもらおうか。手紙を書くんだ。短い、別れの手紙を。きみなら言葉巧みに書けるだろう。そういうことには、長けているようだからな。さもなければ、わたしが文面を考えてやる。その手紙を木の根もとに置いておけ。ひと目でわかるように。そうしたらバイクに乗って、消え去るんだ……」

「ふざけるな」

「警部、きみはもう望みのものを手に入れた。昨日、ステファニーは小学校の教室で、きみに身をまかせたじゃないか。目的は果たしたんだ。お見事だよ。ほかにも狙っている連中はたくさんいたが、成功したのはきみが初めてだ。だから、そこまでにしておけ。わたしたちの前から姿を消せ。別に騒ぎたてる気はない。弁護士のところに駆けこみ、モルヴァル事件担当の警部が容疑者の妻と寝たなんて訴えたりしないさ。しかも前の晩、わざわざその容疑者を檻に放りこんだなんてな。きみのキャリアを台なしにするつもりはない。それで貸し借りなしだ。村ではみんな、わたしのことを嫉妬深い夫だと言っているが、案外潔い男だと思わないか？」

セレナックはぷっと吹き出した。ポプラやハシバミ、マロニエの葉が風に吹かれて、リズミカルに揺れている。

「わかってないようだが、問題はおれのキャリアじゃない。女房を寝取られたあんたのプライドでもない。大事なのはステファニーだ。彼女は自由なんだ。それがわからないのか？ あんたにもおれにも、話し合うことは何もない。決めるのは彼女だ。おれたちじゃない。そうだろ？ 彼女は自由だ……自分で決めるんだ」

銃を持ったデュパンの手が震えた。

「そんな話をしに、ここへ来たんじゃない。貴重な時間を無駄にするな。きみがどんな別れの言葉を選ぶのか、それがステファニーにとっては大事なんだ。あいつはその言葉とともに、これから生きていかねばならないのだから……」

セレナックは、激しい苛立ちが湧きあがってくるのを感じた。まったくうんざりだ。この手の男には反吐《へど》が出る。うしろにはイラクサの原が、川の合流点まで広がり、人気《ひとけ》はまったくなかった。こんなところに来る者は、誰もいないだろう。ステファニーのほかには誰も。

さっさとケリをつけなければ。

「いいか、デュパン、あんまりきついことを言わせるな」

「どんどん時間を無駄にしているぞ……」

「ものわかりが悪いな」セレナックはさえぎった。「現実をよく見ろ。あんたはステファニーにふさわしくない。彼女はあんたのそばで暮らすにはそぐわないんだ。どのみち彼女は出ていくだろう。おれといっしょか、別の男といっしょかはともかくとして……」

ジャック・デュパンは肩をすくめただけだった。スレート屋根を打つ雨粒のように、セレナックが次々に吐き出す言葉は彼のうえに降り注いだ。

「警部、きみはそんな陳腐な台詞でステファニーをふりむかせたのか？」

セレナックは一歩前に出た。彼はデュパンより、少なくとも二十センチは背が高かった。

「こんな押し問答はもうやめだ」セレナックは突然、声の調子を強めて言った。「はっきり言うが、別れの手紙なんか書く気はない。そんな下劣な脅しにびくつくもんか。おれのキャリアとやらについて、弁護士に何を話そうが知ったことか」

ジャック・デュパンは初めてためらいを見せ、あらためてセレナックを注視した。警部は目を背け、遥かサント＝ラドゴンド教会の鐘楼と、まわりに広がる家々の屋根を眺めた。まるでジオラマの、理想化された村のようだ。

「罪を認めた《メア・キュルパ》ってわけか」とデュパンは続けた。「わたしがきみを過小評価しているとでも？きみなりに誠実にやっていると言いたいのか？」

引きつったデュパンの顔に、深いしわが寄った。

「選択の余地はないってことか。もっと説得力のある議論に訴えねばならないなら……」

デュパンは銃口をゆっくりとうえにあげ、警部の額にむけた。セレナックはじっと動かず、相手をにらみつけている。髪の毛から汗が滴り落ちた。警部は、蛇がしゅうしゅうと息を吐くような声をあげた。

「やっぱりそうきたか、デュパン。仮面が落ちて、真の顔があらわれたな。モルヴァル殺しの顔が……」

銃身が少しさがり、目の高さに合った。金属管の黒々とした射出口を、セレナックはちらりと見ずにはおれなかった。

「そいつはまた、話が別だ」とデュパンは叫んだ。「何もかも、いっしょくたにするなよ。ここに来たのはステファニーときみとわたし、三人の問題を解決するためだ。モルヴァルは関係ない……」

興奮のせいか、銃口のむきが耳のほうに少しずれた。話を長びかせて時間を稼ぎ、隙を見つけねば、とセレナックは思った。

「じゃあ、どうする？　おれをここで撃ち殺すか？　このポプラの根もとで。誰が犯人か、すぐにわかってしまうぞ。あんたの奥さんの愛人が、間近から撃たれたんだから……猟銃でね。おれがバイクで村を走り抜けたのは、みんな見ている……イラクサの島で待ち合わせをしていたのは明らかだ。おれを殺したところで、刑務所で一生を終えたんじゃ意味ないだろう。ステファニーを手もとに置く最良の方法とは言えないな」

銃がさらに近づいた。銃口が口の位置までさがる。セレナックは行動に出るのをためらった。今なら簡単に反撃できるだろう。銃をもぎ取れば、それでおしまいだ。腕っぷしもデュパンよりも強いはずだ。今がチャンスじゃないか。それでも警部は、ようすを見ることにした。

「悪知恵だけはよくまわるな」とデュパンは口もとを歪めて答えた。「たしかにその点は、きみの言うとおりだ。その点だけはな。ここできみをひと思いに撃ち殺すのは、あまり得策とは言えないだろう。わたしが犯人だと言っているようなもんだ。だが、時間が迫っているんでね。だから、さっさと片をつけよう。別れの手紙を書くんだ」

銃口は警部の首まで下がった。セレナックは体に沿って、右手をゆっくりと少しずつあげていった。それから、いっきに前へ出した。

手は空をつかんだだけだった。

ジャック・デュパンは警戒していたのだろう、しっかり銃を構えたまま一メートルほどうしろに飛びのいた。

「カウボーイごっこはやめとけ……時間の無駄だ。何回繰り返せばいいんだ？　さっさと書け、気の利いた別れの手紙を」

セレナックは軽蔑したように肩をすくめた。

「誰が書くか。こんな茶番はもうたくさんだ……」

「今、何て言った？」

「こんな茶番はたくさんだって」

「茶番だと？」

デュパンは目が飛び出さんばかりに、セレナックを見つめた。さっきまでのシニカルで尊大な表情が、顔から消え去っている。

「茶番？　本当にそう言ったのか？　茶番と……じゃあ、何もわかっていないんだな。現実を直視するつもりがないのか？　きみなんかには……」

猟銃の冷たい銃身は、警部の心臓にむけられた。セレナックは初めて、言い返す言葉が見つからなかった。

「きみなんかには想像もつかないのだろう、わたしがどんなにステファニーのことを思っているか。妻のためなら何だって、どんなことだってする。たしかにきみは、ステファニーを愛しているかもしれない。その気持ちに、偽りはないのだろう……でも、きみのそんなちんけな愛情なんて、取るに足らないものなんだ。わたしの……」

セレナックは胸が悪くなって唾を飲みこんだ。

「わたしの……」とデュパンは続けた。「まあ、なんとでも呼んでくれ。執着……妄念……絶対の愛に比べれば」

引き金にかかった指が曲がりかけた。

「だから、さあ、別れの手紙を書け。そしてもう二度と、ステファニーの前にあらわれるな」

70

ステファニー・デュパンは、黒板のうえの時計に目をやらずにはおれなかった。午後四時二十分。

あと十分だわ！　あと十分したら生徒たちをジヴェルニーの村に放ち、イラクサの島へ、ローランス・セレナックのもとへ駆けつけることができる。彼女は胸をときめかせた。中学校の前のバス待合所で、ニキビだらけのボーイフレンドと待ち合わせている少女みたいに。

たしかにちょっと、馬鹿みたいだわよね。ええ、わかってるわ。でも、こんな胸の高鳴りに、あえて耳を澄ましたのは何年ぶりだろう？　晴れ渡った青空を見あげ、曇りない幸福にひたすら思いを馳せたのは何年ぶりだろう。生徒たちをそこに立たせ、ひとりひとり両頰にキスをしてこう告げよう。わたしはこれから世界をめぐってくる、今度会うときにはみんな大きくなっているでしょうねと。そんな気持ちが胸に湧きあがってくるのも、本当にひさしぶりだ。

生徒たちの両親が呆気にとられたように見ている前で、大笑いしてやろう。

ええ、馬鹿みたいだわ。うきうきするほど馬鹿げている。そもそもステファニーは、授業なんかしている気分じゃなかった。生徒のちょっとしたいたずらにも、思わずくすっと笑ってしまう。せっかく才能ある生徒も、ロビンソン財団のコンクールに応募する絵を誰ひとり持ってこなかったけれど、そのときもお説教で子供たちをうんざりさせたりしなかった。別の日だったら、さんざん小言を言ったことだろう。チャンスを逃してはいけない。若芽を伸ばすように努力しなくては。くすぶっている才能を、いっきに開花させるのよ。何年ものあいだ、くどくどと繰り返していたアドバイスは、本当のところ自分にむけたものだったのだ。

彼女は今、それに耳を傾けることにした。

あと九分。そして、彼女は旅立つだろう。

子供たちは算数の問題を解いている。アラゴンや絵の話をしているときは、少し雰囲気が違った。もっと算数や理科の問題を教えて欲しいと、注文をつけてくる親もいるけれど……

夢見ることは罪……

ステファニーは睡蓮のような瞳で、教室の窓から外を見やった。モネが描いたポプラ並木の彼方を。

「絵を提出しなかったのか？」ポールはファネットをふり返り、小声でたずねた。

ファネットはよく聞こえなかった。先生はよそ見をしている。

今行くわ。

ファネットはポールの机にそっと近づいた。

「何？」

「絵だよ。コンクールに出す絵は？」

ヴァンサンが妙な目つきで二人を見ている。マリは手がかゆいみたいに、もぞもぞと動かした。先生がふり返ったら、すぐに指をあげて呼ぼうとしているのだろう。

「持ってこられなかったのよ。このところ毎日、ママが学校まで送ってくるから。ママはちょっとしたことでも、癇癪を起こすし。帰りも校門の前で待ってるわ」

ファネットは先生がこっちを見ていないのを横目で確かめた。それからもう片方の目で、マリを監視した。マリはちょうど立ちあがりかけたところだった。するとそれを予期していたかのように、カミーユがマリのノートに身をのり出して練習問題の説明を始めた。

「でぶのカミーユもいいとこあるじゃない。なんでもよくわかってるって感じね。マリは算数がからきしできない。まあ、できる科目なんかないけれど。カミーユは正反対。いかにも頭がよさそうに気取っていれば、女の子にもてると思っている。マリが相手なら、いつかうまくいくかも……」

ファネットはポールの机の前にしゃがんだ。

「ポール」と少女は小声で言った。「わたしの絵を取ってきてくれる？　隠し場所は知ってるでしょ。放課後、絵を先生に届けて欲しいの」

「まかせて……全力疾走で往復すれば、ものの五分で行ってこられるさ」

ファネットはまたそっと机のあいだをすり抜けて、自分の席に戻りかけた。ところがとんまなピエールが鞄を置きっぱなしにしていたので、ファネットはつまずいてしまった。鞄は椅子の脚にぶつかって、なかの荷物が鐘の音みたいに、教室中に大きな金属音を響かせた。

やっちゃったわ！

先生がうしろをふり返った。

「立って何しているの？　さっさと席に戻りなさい」

71

ジャック・デュパンの銃は、ローランス・セレナック警部の革ジャンにまだむけられていた。ちょうど心臓のあたりに。ポプラの木が列柱のように並ぶ空き地は、まるで古代の神殿のようだった。静まり返って、厳かで。木々のカーテンのうしろから、セーヌ川の激しい水音が遠いこだまのように聞こえてきた。

セレナックはすばやく頭を働かせた。秩序立てて、整然と。目の前に立っているこの男は何者か？　おれに銃を突きつけているこの男は。ジャック・デュパンはジェローム・モルヴァル殺しの犯人なのか？　そうだとしたら、緻密で周到で計算高い殺人者だ。そんな男が、真っ昼間に警官を撃つはずがない。はったりをかけているだけだ。

ジャック・デュパンの顔つきからは、何も読み取れなかった。シヴェルニーの丘でウサギやヤマウズラを狙っているときと、まったく変わらない表情だ。眉根を寄せ、湿った手をかすかに震わせながら、じっと注意を集中させている。いつもどおり銃を構えるハンターの体勢。狙っている獲物が、普段より少し大きめだというだけで。セレナックは逆方向から推論してみた。デュパンは妻に裏切られ、屈辱を受けた嫉妬深い夫にすぎないのでは？　だとしたら、冷酷に人を撃ち殺したりできない、ただの哀れな男だ……

そうとも、いずれにせよデュパンははったりをかけている。

セレナックは自信ありげな声で言った。

「はったりはやめろ、デュパン。頭がおかしいのかどうかは知らないが、あんたには撃てやしない」

ジャック・デュパンの顔から、さらに血の気が失せた。まるで心臓の鼓動が遅くなるあまり、首のうえまで血液がまわらなくなったかのように。片手は銃身を握りしめ、もう片方の手は引き金に指をかけている。

「こんなゲーム、いつまで続けていてもしかたないぞ、セレナック。ヒーローごっこはおしまいだ。つまらん小細工はするな。まだわからないのか？　いいんだな、人がたくさん死ぬんだぞ。それでも身を引く気はないっていうのか？」

セレナックは頭が混乱してきた。即座に状況を捉えねばならないのはわかっている。直感で行動しなければ。でもできれば、もっと時間をかけてじっくりと考えたかった。シルヴィオ・ベナヴィッドといっしょに、細かいところまで検討できたらよかったのに。この事件には不明なことが、まだたくさんある。『睡蓮』の絵、絵画、子供、儀礼的殺人、一九三七年の事件……それらとジェローム・モルヴァルとの関連を、三つのパートに分けた彼のメモ用紙をもとに探る時間が欲しかった。大きく息をつくたびに、冷たい銃口がじりじりと迫ってくるのがわかった。

二人のあいだは半メートルしか離れていない。猟銃の長さくらいだ。

「あんたは頭がどうかしてる」とセレナックは小声で言った。「危険な殺人鬼だ。いつか、必ず捕まえてやるからな。おれにできなければ、誰か別の者がやる」

二人の怒声で目を覚ましたのか、ネプチューンはポプラの木の下で体を震わせ伸びをした。そして言い争いには無関心そうに、ぼんやりと目をあげた。ジャック・デュパンが大声で叫ぶと、犬は片方の耳をあげた。

「セレナック、よく聞けよ。きみにはもう、どうすることもできない。ステファニーを行かせやしないさ。警官が来ようが、きみが何をしようが関係ない。捕まりそうになったら、妻を殺してわたしも死ぬ。ステファニーを愛していると言うなら、それを証明しろ。彼女のことは放っておくんだ。そうすれば彼女もきみも、幸福に生きていける。それですべてうまくいくんだ」

「そんなくだらない脅迫が、通用すると思ってるのか？」

するとと相手は、さらに大声で叫んだ。

「これは脅迫なんかじゃない。交渉の余地はないんだ。きみが出ていかなければどうなるか、それを説明しているだけだ。わたしはすべてを吹き飛ばすことができる。失うものがなくなれば、自分自身を犠牲にしたっていい。わかったか？　世界中の警官をすべて動員したところで、血の海は避けられないからな」

　銃口が心臓のうえに、いっそう強く押しつけられた。いよいよ進退窮まった、とセレナックは思った。デュパンはこちらの挙動を見張っている。少しでも怪しげな動きをしたら、すぐに撃つだろう。引き金にかけた指のほうが早いはずだ。あとはもう、言葉でこいつを説得するしかない。

「おれを撃ったら、ステファニーを失うことになるぞ。どのみち……」

　ジャック・デュパンは長々とセレナックを見つめた。そして銃を構えたまま、ゆっくりあとずさりした。

「もう、ずいぶんと時間を無駄にした。最後にもう一度言う、置き手紙を書いて、消え失せろ。なにも難しいことじゃない。すべて忘れて、もう二度と戻ってくるな。血みどろの事態が避けられるかは、きみひとりにかかってるんだ」

　ジャック・デュパンは突然、唇をすぼめ、口笛を吹いた。ネプチューンが大喜びで、足もとに駆け寄ってくる。

「よく考えろ、セレナック。ぐずぐずするな」

　セレナックはひと言も発しなかった。彼は無意識のうちに手を伸ばし、すり寄ってきた犬のふさふさとした毛を撫でた。

「ネプチューンのことは知ってるだろう？　ジヴェルニーでは誰もが、ネプチューンと顔見知りでね。子供たちのあとをついてまわるこの陽気な犬が、みんな大好きなんだ。この無邪気な犬を嫌っている者は、ひとりもいないだろうよ。わたしもネプチューンを、人一倍かわいがっているつもりだ。狩りには必ずついてくるし……」

一瞬、銃口がセレナック警部の膝にむいた。ネプチューンの顔から二十センチほどのところに。犬は二人の男を、全幅の信頼をこめて見つめた。両親に笑いかける赤ん坊のように。

ポプラの木の下で、銃声が静寂を破った。

至近距離からの一撃だった。

ネプチューンの顔はずたずたになって吹き飛んだ。

犬は雷に打たれたみたいに倒れこんだ。セレナックの手には、血でべとべとになった毛の塊が握られていた。革ジャンの袖口やズボンの裾に、皮や内臓、目玉のかけらが飛び散っている。

セレナックは激しいパニックに襲われ、もうまともに何も考えられなかった。デュパンが構えている銃口は一瞬でまたうえをむき、警部の上半身にむけられた。

心臓はかつてないほど激しく脈打ち、今にも破裂しそうなくらいだった。

「よく考えろ、セレナック。ぐずぐずするな」

72

外には明るい五月の陽光が降り注いでいるというのに、学校は監獄同然だった。

午後四時二十九分。

子供たちが歓声をあげながら、教室を飛び出す。役場前の広場に待機していた迎えの親に、鬼ごっこよろしくたちまち捕まってしまう子もいたけれど、多くは伸びた手と菩提樹のあいだをすり抜けて、ブランシュ・オシュデ＝モネ通りを駆けおりていった。

ステファニーは最後のひとりが出ていくと、すぐに教室のドアを抜けた。今日は誰も質問に来ないで欲しい……父兄にも引きとめられませんように。

あと何分かしたら、セレナックの腕に飛びこむのだ。彼はもう、イラクサの島に着いているだろう。二人を隔てるのは、一キロほどの距離だけ。廊下に出ると、一瞬ためらった。コートハンガーに掛けた上着をはずそうか？　結局、彼女はそのまま行くことにした。今朝は軽やかなコットンのワンピースを着てきた。十日前、ローランスに初めて会ったときの服だ。

役場前の広場まで来ると、むき出しの腕と腿に、無遠慮な太陽がここぞとばかりに食らいついた。

まるでわたしのために輝いているみたい……

ふと気づくと、そんな少女じみた、安っぽいロマンティシスムに浸っていた。

役場の窓ガラスに映った自分の姿を見て、ステファニーはびっくりした。平凡なワンピースを着ているだけなのに、とてもきれいでセクシーだわ。ローランスはそのワンピースを、島に茂ったイラクサのなかに投げ出すだろう。ステファニーはブランシュ・オシュデ＝モネ通りを子供みたいに駆けおりたくなるのをこらえ、窓ガラスに数歩近寄って顔を映した。束ねてあった髪をほどくと、いつもより少し奔放そうな感じになった。銀のリボンを垂らしておこう。太陽の光に負けないくらい、きらきらと輝くように。少し時間が無駄になるけれど、いったん教室か自宅に戻って下着をすべて脱ぎ、素肌のうえにワンピース一枚になろうか。そうやって、ジヴェルニーの村を抜けるんだ。今まで、考えてもみなかったけれど……何がいけないの？　本当にそうしようかしら。

結局、早くローランスに会いたい気持ちのほうが勝った。ステファニーは窓ガラスに映るぼんやりした影のなかで、薄紫色の大きな目をしばたたかせた。今朝、アイシャドーを少し濃いめに塗ってきた。ちょうどいいくらいに。そう、瞼をぱちぱちさせてローランスを誘おう。懇願するような目で、笑いかけるような、裸身をさらすような目で……それでわたしは救われる。

ローランスがどこか遠くへ連れていってくれる。

わたしの人生は、もう決して今までと同じじゃない。

ステファニーは歩を速め、ほとんど走るようにブランシュ・オシュデ＝モネ通りをくだった。ロワ街道まで来ると、小道を通ってシェヌヴィエールの水車小屋を迂回するのではなく、子供たちがそうしているように、目の前のトウモロコシ畑をまっすぐ突っ切ることにした。

子供たちにとってトウモロコシ畑は、巨大な迷路のようなものだった。高く伸びた穂のあいだを、狭い通路が縦横に走っている。でもステファニーは平気だった。迷路で迷うことも恐れなかった。最短距離で行こう。彼女はまっすぐ進んだ。ともかく今は、ひたすらまっすぐに行こう。

73

ポールはエプト川にかかる橋の欄干を、注意深くまたいだ。われ知らず、警戒していた。ファネットがやけに秘密めかしていたからかもしれない。わたしが描いた『睡蓮』の絵の隠し場所を知ってるのはあなただけよ。教えるわ。ファネットはそんなふうに言っていた。秘密とか誓いとか、そんなおかしなことが大好きなのだ。ポールが警戒していたのは、ジェイムズとかいうアメリカ人の画家が殺されたという話を聞いていたせいもあるだろう。ファネットは畑のなかで、本当に死体を見たのだろうか？　もしかして、ぜんぶ彼女の作り話では？　もちろん警官は、あちこちにいる。別の男が殺された事件で、村中の人たちに聞きこみをしている。

そんなこともあって、ポールは怖かった。ファネットの前では強がって何も言わず、勇敢な騎士を演じているけれど、本当はびくびくだった。すぐわきに立っている水車小屋だってそうだ。流れを受けてまわる水車や、幽霊屋敷みたいな塔が不気味だ。

背後で物音がした。

ポールははっとふり返ったけれど、怪しいものは何も見えなかった。

気をつけなければ。ファネットに大事な任務をさずかったのだ。ぼく、ひとりだけが。ファネットが信頼しているのは、ぼくだけだ。よし、難しい任務じゃない。洗濯場の下から絵を取ってきて、学校の先生に渡すだけだ。ロビンソン財団のコンクールに出す絵ですと言って。どうってことない。学校から洗濯場まで、歩いても五分で行ける。往復たったの十分だ。

ポールはもう一度あたりをうかがい、橋のうえにも、水車小屋の中庭にも、そのうしろの小麦畑にも人影がないことをたしかめると、洗濯場の階段に身をのり出し、隙間に手を入れた。

突然、彼は恐怖に襲われた。

手が暗闇を探る。どうしたんだ、何もないぞ。なかは空っぽだ。さまざまな考えが、いっきに頭に浮かんだ。誰かがここへ来て、絵を盗んだのだろうか。ファネットに恨みを持つ者、悪意を抱いている者が……あるいは、ファネットが描いた最初の絵の価値を見抜いた者かもしれない。だっていつか彼女の絵は、モネに劣らず高額で売れるようになるはずだから。

そうだ、そうに決まってる。ポールの手は蜘蛛の巣をつかみ、空しく宙を握った。まさか！　絵はどこに行ったんだ？　昨日、ファネットがここに隠すのを、たしかに見たのに。

うしろで、何か動く気配がした。

今度は間違いない。誰かが道を歩いている。たぶん、ただの通行人だろう。いろんな人が、しょっちゅう橋を渡るからな。どうでもいいさ。ポールは、すぐにはふり返らなかった。大事なのは、絵を見つけることだ。彼は腹ばいになって手足をよじり、もっと深くまで届くようもう片方の腕も狭い穴に突っこんで、両手でなかを探った。

熱気がポールを包んだ。こんな馬鹿みたいな失敗は許されない。ファネットに合わせる顔がないじゃないか。絵はなくなっていたなんて、どの面さげて言えるんだ。ふと気づくと、もう足音は聞こえなかった。

誰かが立ちどまったかのように。

なんて暑いんだ。暑すぎる。

とそのとき、むき出しの電線に触れたみたいに、腕がびくっと反応した。真っ暗な穴の奥で、指がボール紙をつかんだ。ポールはそれを引き寄せ、両手で探ってみた。四角い、平らな包みだ。

たしかに、あの絵だ。見覚えがある。縦四十センチ、横六十センチの形も同じなら、茶色の包装紙も同じ。ポールは包みをあけて、確認することにした。そうだ、渦まく色の奔流を、もう一度心ゆくまで眺めよう……

「何してるんだ？」

ポールはその声に震えあがった。

誰かがうしろに立って、話しかけてきた。それはポールがよく知っている声だった。知りすぎるほどよく知っている声。

まるで死神とすれ違ったような、ぞっとするほど冷たい声だった。

74

大きな貯水場のタンクが、わずかに日陰を作っていた。わたしは自分を呪い、哀れなわが脚を呪った。水車小屋から草地を横ぎってエプト川まで行くのは、わたしにとって極地を縦断するに等しい難事業だった。まさに大遠征だ。ほんの一キロの道のりなのに。なんて惨めなの。きっとネプチューンは三十分も前にイラクサの島に着いて、ポプラの木陰でわたしを待っていることだろう……

さあ、がんばらなくては。

わたしはもう少し休んでから、また歩き始めた。

つまらないお説教はやめてちょうだい。よくわかってるわ、わたしは頑固者の老女にすぎないって。でも、最後にもう一度だけ、どうしてもイラクサの島に行かねばならないのよ。最後の巡礼として。あそこをおいて、ほかにないから。わたしが武器を選ぶのは。

案の定、わたしが歩き始めたちょうどそのとき、貯水場の陰からリシャールがあらわれた。彼の青いルノー4が柵のうしろにとまっているのに、気づくべきだったわね。リシャール・

パテルノステールは、ジヴェルニーで最後の農夫だ。草地の四分の三を所有し、三十年間わたしに手をふって挨拶することを決して忘れない男。主禱文《パテルノステール》なんていう名前と司祭のような顔をしてるくせに、トラクターのうえで拷問具のような機械を操り、わたしとネプチューンの肺にありとあらゆる殺虫剤を吹きこんで窒息させようとするんだから。わたしが草地を横ぎるたび、必ずと言っていいほどあとをついてくる。

当然のごとく彼はわたしを呼びとめた。そして哀れな暮らしを嘆いては、わたしと世の悲惨を分かち合おうとするのだった。歴史的記念物に指定されている五十ヘクタールの土地を持っている彼に、わたしが同情するとでもいうように。

リシャールを避けるのは不可能だ。彼はわたしの腕を取り、庭に入るように誘った。貯水タンクの陰でもう少し休んでいけと。

しかたないわ。わたしはリシャールに近寄った。ちょうどそのとき、遠くに煙があがっているのが見えた。極西部《ファー・ウエスト》の平原を古い汽車が走るように、煙は少しずつ近づいてくる。バイクはスピードを緩めず、農園の前を走り去った。それでも、バイクの種類を見分けるくらいの間はあった。

タイガー・トライアンフT一〇〇だ。

ステファニーは息を切らしながら、イラクサの島に着いた。はやる心を抑えかねた少女みたいに、まっすぐトウモロコシ畑を走り抜けてきたのだ。一秒でも早く恋人との待ち合わせ場所へ行かないと、時間がもったいないとでもいうように。

ローランスは、もうむこうで待っているはずだ。

彼女は自分の背丈くらいもある最後の草を掻き分けると、空き地に飛びこんだ。

ポプラの木陰には、大聖堂のような静寂が漂っていた。

ローランスの姿はない。

かくれんぼの真似事をしているわけもないだろう。ただ単純に、ここにはいないということだ。さもなければ、バイクがどこかにとめてあるはずだ。

トウモロコシ畑を横ぎるあいだ、耳にも目にも入らなかったのだ。けれどもステファニーははっきりと聞いていた。今では聞き慣れた、ローランスのバイクのエンジン音を。遠くに煙があがるのも見ていた。それでも、間違いだと思いたかった。爆音は遠ざかっていくのに、ローランスが着いたところなのだと信じたかった。風のせいで、聞き違いをしただけなのだと。バイクが立ち去るなんて、ローランスが逃げ帰るなんて、とうてい考えられない。

わたしが着く前に、どうして帰ったりするものか？

ローランスの姿はない。

すぐ前のポプラの幹に鋲でとめた紙切れは、見落としようもなかった。ただの白い紙。そこに何か、なぐり書きされている。

ステファニーは近づいた。読む前から、忌わしいことが書かれているとわかった。葬儀の通知でも受け取ったような気分だった。

彼女は夢遊病者のように、ふらふらと歩み寄った。

苛立ったような、ぎくしゃくした文字。

四行だけの、短い書き置きだった。

幸福な愛はない……

二人の思い出が育む愛のほかには。

いつまでも、永遠に。

ローランス

脚がくがくして、もう立っていられない。ポプラの木にしがみつくと、指のあいだで樹皮がちぎれた。ステファニーは倒れこんだ。高くそびえる木の幹がまるで巨人のように、まわりで悪魔じみたロンドを踊り始める。

幸福な愛はない……

この言葉を書けるのはローランスだけだ。思い出。すばらしい思い出。それじゃあ、彼が求めていたのはそれだけだったのか。

コットンの明るいワンピースが、湿った土と砂利にまみれた。腕も脚も汚れている。ステファニーは泣いた。真実を認めたくなかった。

本当に愚かだったわ！

思い出だなんて。

いつまでも、永遠に。

わたしも思い出だけで、満足しなければならないんだ。これから、一生。ジヴェルニーに戻らねばならない。教室に、自宅に戻らなければ。以前と同じ、決まりきった毎日をまた始め、自分自身で檻を閉じねばならない。

本当に愚かだったわ！

わたしは何を信じたのか？

ステファニーは震えていた。ひんやりとした木陰にいると、寒くてたまらなかった。服が濡れている。どうして濡れたんだろう？　わけがわからないわ。草地は太陽に焼かれ、熱いくらいだったのに。どうでもいいけど。なんだか体がべとべとする。彼女は目の前に手をあげ、流れる涙をぎこちなく拭おうとした。

何よ、これ！

彼女の引きつった目は、手のひらに釘づけになった。両手が真っ赤だった。血で赤く染まっている。

ステファニーはもう、わけがわからなかった。今にも気を失いそうだ。腕をあげると、やっぱり血まみれだった。下をむくと、ワンピースの明るいコットン地に赤い染みが点々としている。

まるで血の海を泳いできたみたいに。

赤い血。真っ赤な鮮血だ。

背後で、突然木の葉が揺れた。

誰か来たんだわ。

76

「何を隠しているんだ？　その包みに何が入っている？」

ポールはふり返って、限りない安堵のため息をついた。ヴァンサンだ。もっと早く気づくべきだったな。こいつはいつもここで、ぼくたちを盗み見しているんだから。でもまあ、おかしな声や変な目つきをしているからって、ヴァンサンなら恐れるに足らない。

「何も……」

「おかしいだろ、何もって」

ファネットの言うとおり、ヴァンサンは厄介のもとだ。

「わかった。知りたいなら、見せてやるよ」

ポールは包んである絵のうえに身をのり出し、茶色いボール紙をひらいた。ヴァンサンも近寄ってくる。

さあ、見て驚くなよ、野次馬め！

ポールは包装紙をのけた。ファネットが描いた睡蓮の色が、陽光を受けて輝いた。カンバスのうえで、睡蓮の花は水の流れに揺れ、南国の島のようにぷかぷかと浮いていた。

ヴァンサンはひと言も発しなかった。絵から目を離せないでいる。

「さあ、こっちに来て、包み直すのを手伝えよ」とポールは力強い声で言った。「これを先生のところへ持っていかなくちゃならないんだ。もちろん、《若き画家たちのための国際絵画コンクール》に応募するためさ」

ポールは自慢げにヴァンサンを見つめた。

「どう思う？　天才だろ、ぼくらのファネットは。誰よりいちばん才能がある……東京、ニューヨーク、マドリード。どこだって思いのままだ。世界中の美術学校がファネットを奪い合うぞ……」

ヴァンサンは立ちあがると、酔っぱらっているみたいによろめいた。

ポールは心配そうにたずねた。

「大丈夫か、ヴァンサン？」

「だ……だめだ。そんなことしちゃ」と少年は口ごもるように言った。

「何だって？」

　ポールは絵を茶色い包装紙でくるみ始めた。

「それを先生に渡しちゃいけない。彼女が遠くに行ってしまうじゃないか……ファネットを取られてしまうんだぞ……」

「何言ってるんだ？　さあ、手伝えよ」

　ヴァンサンは一歩、前に出た。しゃがんだままのポールを、少年の影が覆った。突然、ヴァンサンの声が居丈高になった。彼がそんな声を出すのを、ポールは今まで聞いたことがなかった。

「絵を川に捨てろ」

　ポールは顔をあげ、ヴァンサンが本気なのかどうか一瞬考え、ぷっと吹き出した。

「馬鹿なこと言ってないで、手伝えって」

　ヴァンサンはなにも答えず、しばらくじっとしていた。それからいきなり一歩前に踏み出し、右足で階段のうえのカンバスを押した。

　絵がずるっと滑る。川まで、あとほんの数センチだ。

　ポールはあわてて包みを押さえた。危ないところだった。彼は片手で絵をしっかりつかみ、怒ったように立ちあがった。

「どうかしてるぞ。水に濡れたら大変じゃないか」

　体重はヴァンサンよりある、とポールは思った。腕っぷしなら負けないはずだ。これ以上続ける気なら、思い知らせてやるからな。

「そこをどけ。この絵は先生のところへ持っていく。そのあと、二人で決着をつけよう」

流れに浸るほど枝が垂れ下がったしだれ柳の下を、ヴァンサンは二メートルほどあとずさりした。そしてズボンのポケットを探った。

「勝手なまねはさせないからな、ポール。ファネットを取られてたまるか」

「どうかしてるぞ。そこをどけ」

ポールは前に進んだ。するとヴァンサンはひとっ飛びして、行く手に立ちふさがった。

その手には、ナイフが握られていた。

「それは……」

ポールは驚きのあまり呆然とした。

「その絵をこっちによこせ、ポール。ちょっと傷つけるだけだ。コンクールに出せなくなるように、少しだけ」

ヴァンサンのたわごとも、もうポールの耳には入っていなかった。彼はヴァンサンがふりかざすナイフを、じっと見つめた。平たく、幅の広いペインティングナイフだった。ファネットが絵を描くときに使っているのと同じものだ。画家たちは皆、パレットを掃除するときにもこのナイフを使っている。

ヴァンサンはこれをどこで見つけたんだろう？

誰から盗んだんだ？

「絵をよこせ、ポール。冗談で言ってるんじゃないぞ」

ポールは本能的に、助けを求めた。通行人でも隣人でも、誰でもいい。シェヌヴィエールの水車小屋にも目をむけた。天守閣の窓を見たけれど、人影が動くようすはなかった。猫一匹いない。ネプチューンすら、どこかに行ってしまった。

わきを流れる小川の水が、ちゃぷちゃぷと揺れ出したような気がした。

ひとつの名前が、頭のなかで渦まいた。まさか、そんなことがあるだろうか？

ジェイムズさん。

ヴァンサンが持っているナイフを、ポールはまだ見つめていた。汚れたナイフ。画家ならば、自分のペインティングナイフをきれいに洗うはずだ。

けれども、ヴァンサンはそうしなかった。

ナイフの刃は赤茶けていた。

血で汚れていた。

77

ステファニーはずるずると崩れ落ちた。むき出しの脚が、血にまみれた赤い泥のなかでなんとか立ち上がろうとしている。

誰か来る。

彼女は目の前にあるポプラの幹にしがみついた。地面に倒れかけながらも、かたわらの男に抱きつくように。そうして必死に体を起こした。わたしは共同墓穴に投げこまれ、ちぎれた人肉や糞便にまみれながら、死体のうえをよじのぼって抜け出そうとしているんだ。

誰か来る。

ステファニーはポプラの木につかまったまま、ぐいぐいと体をこすりつけた。樹皮で汚物を拭うかのように。木の生命力とひとつになるかのように。

誰か来る。

エプト川の岸に沿って。セーヌ川との合流点に茂るシダを踏みしめる足音が、はっきりと聞こえる。近づいてくるわ。逆光のなか、ポプラのカーテンに人影が浮かんだ。

ローランスだろうか？

一瞬、ステファニーは恋人のことを考えた。血の海も汚物も、もう頭になかった。汚れたワンピースを引き裂き、ローランスの腕に飛びこもう。戻ってきたんだ。連れ去ってくれるんだ。

胸がこれほど高鳴ったことはなかった。

「気がついたら……こんなことに」

ジャックだ。ジャックの声だわ。

なんて冷たい声。

ステファニーは木に爪を立てた。爪が一枚割れるたび、その痛みで耐えがたい苦しみが粉砕されるかのように。

陽光のなかを人影が近づいてくる。

ジャック。

彼女の夫。

ステファニーは力尽きていた。もう、わけがわからない。夫がここ、イラクサの島で何をしているのかも、次々に起こる出来事をどう捉えたらいいのかも、考えられなかった。ただそれを耐え忍ぶだけだ。夢遊病者のようにふらふらと歩き、わが身を襲う苦難の連続を甘んじて受けるしかないんだ。

ジャックが腕に抱えている不気味なものに、ステファニーの目は釘づけになった。犬だ。顔が半分もぎ取られた犬の死骸だ。まだジャックの太腿に沿って、血が流れ続けている。

ネプチューンだわ。

「気がついたら……こんなことに」とジャック・デュパンは虚ろな声で言った。「きっと狩りの事故だな。誰かがあてずっぽうに撃ったんだろう。さもなきゃどこかの馬鹿が、わざと狙ったのか。でも、苦しまずにすんだのはたしかさ、ステファニー。おそらく即死だったろうからね……」

ステファニーの体は、ポプラの幹に沿ってゆっくりと滑り落ちた。樹皮が腕や脚を引っかいたけれど、痛みは感じなかった。もう、なんの痛みも感じない。

ジャックは妻に微笑みかけた。ジャックは強い。いつも平然としている。彼はネプチューンの死骸をそっと草のうえに置いた。

「もう大丈夫だ、ステファニー」

ステファニーは、抵抗する気力が失せるのを感じた。幸い、ジャックがそばにいてくれる。彼がいなかったら、どうなってしまうだろう？　彼がいなかったら、何ができるだろう？　ジャックはいつもいっしょにいた。文句も言わず、批判もせず、何も求めることなく、ただそこにいる。こうしてしがみついている、ポプラの木のように。ジャックは、わたしのかたわらに植わった木なんだ。わたしが離れても、じっと耐えている。いつかまた戻ってきて、その木陰に身を休めるとわかっているから。

ジャックが差し出す手を、ステファニーはつかんだ。

夫を信頼していた。彼だけを。ジャックはわたしを決して裏切らなかった、たったひとりの男だ。ステファニーは夫の肩で泣き濡れた。

「おいで、ステファニー。むこうに車をとめてある。ネプチューンをトランクに入れよう。さあ、家に帰るんだ」

78

ローランス・セレナック警部は警察署の白壁に、バイクを無造作に立てかけた。ジヴェルニーからヴェルノンまで五キロの道のりを、彼はほんの数分で走り抜けた。署内に飛びこむと、モーリーが受付で三人の若い女の相手をしていた。なかのひとりがヒステリックな口調で、駅前広場のテラスに置いたハンドバッグがなくなったと訴えている。あとの二人も、そうだとばかりにうなずいた。

「シルヴィオに会ったか？」

モーリーは顔をあげた。

「地下の、資料室です……」

セレナックはそのままの勢いで階段をくだり、赤い扉を押しあけた。シルヴィオ・ベナヴィッドがメモ帳のうえに身をかがめ、せっせと何か書きつけている。書類箱の中味は、すべてテーブルに並べてあった。ジェローム・モルヴァルの愛人の写真、事件現場の写真、ジヴェルニー小学校の生徒のリスト、検死報告書、筆跡鑑定書、『睡蓮』の絵のコピー、手書きのメモ……

「ボス、ちょうどよかった。進展がありましたよ」

セレナックは部下にそれ以上話す間を与えなかった。

「もういい、シルヴィオ。捜査はやめだ……」

ベナヴィッドはびっくりしたようにセレナックを見ると、こう続けた。

「でも、言ったでしょう、進展があったって。まずは五人目の愛人が何者か、ようやくわかりました。青い上っ張りを着た女です。モルヴァル家の支払調書から、割り出したんです。

何十本も電話をかけましたよ。女の名前はジャンヌ・ティボー。モルヴァルとは、たしかに肉体関係がありました。職を失いたくなかったからだと、本人は言ってましたがね。だったら、あてが外れたってことです。二か月後には、パトリシアが馘《くび》にしてますから。その後パリの近郊に引っ越して、今は郵便配達人と暮らしてます。五歳と三歳の子供がいるそうです。要するに、怪しいところは何もありません。こちらもまた、行き詰まりってことですね」

セレナックは陰気な目で部下をじっと見つめた。

「ああ、行き詰まりだ。それはお互い認めているんだから……」

「でも」とシルヴィオは、ますます興奮気味にさえぎった。「話はまだありまして。実は、県立記録保管所にも行ってみました。ずいぶん手間を取らされましたが……一九三七年の《レピュブリカン・ド・ヴェルノン》紙をようやく見つけることができました。アルベール・ロザルバ少年の事件について、たしかに書かれていましたよ。溺れ死んだ少年の母親ルイーズ・ロザルバのインタビューも載ってました。母親は事故だとは思っていませんでした。彼女は……」

セレナックは語気を強めて言った。

「まだわからないのか、シルヴィオ。もうやめなんだ。こんな捜査、意味がない。ジヴェルニーの屋根裏部屋に忘れられた『睡蓮』の絵だの、戦前の少年溺死事件だの、寝取られ亭主だのをめぐるたわごとは、みんなおしまいだ。こっちまで、頭がおかしくなりそうだ」

シルヴィオはようやくメモ帳からペンを離した。

「すみませんが、たしかにわけがわかりませんね。どういう意味なんです、もうやめだっていうのは？」

セレナックはテーブルのうえの書類を手で払いのけると、そこに腰かけた。

「つまりだな、シルヴィオ……何から何まできみの言うとおりだったってことさ。この事件で捜査に個人的な恋愛感情を持ちこむなんてとんでもない。気づくのが遅すぎたが、ともかくよくわかったよ」

「ステファニー・デュパンのことを言ってるんですか？」

「まあな」

シルヴィオ・ベナヴィッドは共犯じみた笑みを浮かべて、散らばった書類をていねいに集めた。

「それじゃあジャック・デュパンは、凶悪な殺人犯ではなかったと？」

「そう思わざるをえない……」

「でも……あの……」

セレナックは拳でテーブルを叩き、語気を強めた。

「よく聞けよ、シルヴィオ。これから予審判事に電話して、捜査は行き詰まりだと説明する。この事件はおれの手に負えないから、なんなら担当者を替えてくれって……」

「でも……」

シルヴィオ・ベナヴィッドはテーブルのうえの証拠物件を眺め、メモ帳に目を落とした。

「気持ちはわかりますよ。たしかに賢明な決断かもしれません。でも……」

　そこでシルヴィオは言葉を切り、ローランスを見つめた。

「いやはや、どうしたんですか、それ？」

「それって？」

「ジャンパーの袖ですよ。死体でも運んだんですか？」

　ローランスはため息をついた。

「あとで話すさ……もっとあとで。さっき言いかけた、《でも》の続きは？」

　シルヴィオはそれ以上たずねたものか、ためらった。結局彼は、血で汚れたジャンパーから目をそらした。

「でも……パズルのピースをうまく並べようとすればするほど、子供が危険にさらされているような気がしてならないんです。十一歳の子供が……今、ここで捜査を投げだしたら、もしかして……」

　シルヴィオ・ベナヴィッドは言葉を終える間がなかった。モーリー巡査が階段を大急ぎで駆けおり、資料室に駆けこんできたからだ。

「ベナヴィッド警部、産院から電話がありました。奥さんのことです。いよいよですよ……どうやら破水したようですが、助産師さんも詳しい話はしませんでした。ともかく、急いで赤ちゃんの父親に来て欲しいと……」

　シルヴィオは椅子から飛びあがった。あわてて上着をつかむ部下の背中を、セレナックは親しみをこめて叩いた。

「さあ、急げ、シルヴィオ……ほかのことは忘れろ」

「ええ……でも……」

「いいから、急げ」

「どうも、ローラン……いえ、ボス……」

シルヴィオは上着の袖にぎくしゃくと腕を通しながら、一瞬ためらった。セレナックが急かすように言う。

「どうした？　まだ何かあるのか？　さっさと行け」

「その前に、ボス……今はローランスって呼ばせてもらいますね」

「ほら、早くしろ。間に合わないぞ」

二人は微笑み合った。ベナヴィッド警部は最後にもう一度、テーブルのうえの資料を眺めた。とりわけ、ステファニー・デュパンの写真に目がとまった。それからひと言こう言って、彼は部屋を出ていった。

「よくよく考えれば、よかったんじゃないかな、ローランス。あなたが捜査から手を引くことにして」


部下が階段を駆けのぼる音が、ローランス・セレナックの耳に響いた。どたどたという足音が遠ざかり、ドアがきしむと、あたりは静まり返った。セレナックは赤い書類箱に書類をすべて戻した。写真、報告書、メモもある。彼はアルファベット順に分けた棚をぐるりと見まわし、赤い箱を片づけた。

モルヴァルのMの棚に。

セレナックは一歩うしろにさがった。これでモルヴァル事件はもう、何百とある未解決事件のひとつにすぎない。シルヴィオが最後に言いかけたことを、彼は思い返さずにはおれなかった。

子供が死の危険にさらされている。

死んでいく子供もいれば、また生まれてくる子供がいる。

やがてはシルヴィオも忘れるさ……

部屋の隅っこに長靴が何足か残っているのを見て、セレナックはにやりとした。どうせ古い、ぼろぼろの品だからと、持ち主が取りに来なかったのだろう。テーブルのうえには、石膏で取った足跡の型がまだ置いてある。こんな捜査、まったく意味がなかったな。彼は、無理やり、そう皮肉めかした。やがて思いはステファニーへ、ネプチューンの死骸へとむかった。

そうさ、おれの決断は正しかった。もうたくさん死んだじゃないか……

あとのこと、睡蓮を思わせる薄紫色の目や陶器のような肌、艶のある唇、髪に結んだ銀のリボン……

いつかみんな忘れるだろう。

少なくとも、彼はそう願った。

79

「絵をよこせ」とヴァンサンは繰り返した。

ペインティングナイフを手にしたせいで、自信をみなぎらせている。まるで何歳も年上の、喧嘩に長けた若者みたいに。ポールはファネットの絵を、いっそうしっかりと胸に抱えた。

頭に血がのぼっていた。

「ヴァンサン、どこから持ってきたんだ、そのナイフ？」

「見つけたんだよ。どうでもいいじゃないか。絵をよこせ。わかるだろ、ぼくの言うことが正しいって。もし本当に、ファネットのことが好きなら……」

ヴァンサンの瞳孔が大きく広がった。目の端に赤い毛細血管が浮いている。常軌を逸した目だ。ヴァンサンのこんなようすを、ポールは初めて見た。

「答えてないぞ。そのナイフをどこで見つけたんだ？」

「話をそらすな」

「どうしてナイフに血がついている？」

ヴァンサンの腕が少し震えた。赤い毛細血管が広がり、瞳のまわりを丸く囲んだ。

「関係ないことに口出しするな」

ポールは奇妙な感覚にとらわれた。目の前でヴァンサンが、ヒステリックな偏執症者に姿を変えていくような気がした。何をしでかすかわからない危険な男に。ポールは洗濯場の縁に手をかけた。

「もしかして……おまえがやったんじゃ……」

「さっさとしろ、ポール。絵をよこせ。ぼくたちは味方同士じゃないか。ファネットが好きなら、味方同士だ」

ヴァンサンはペインティングナイフを宙でふりまわした。ポールはあとずさりした。

「なんてことだ……おまえがやったんだな。アメリカ人画家を……ジェイムズさんを。胸を切り裂かれていたって、ファネットが言ってたぞ。おまえがやったのか」

「黙れ。アメリカ人画家なんて、どうでもいいだろ。大事なのはファネットだ。さあ、どうする？　絵をよこすか、川に投げ捨てるか……これが最後だ」

ヴァンサンは腕をこわばらせた。手に持った槍を投げようとしているかのように。

「これが最後だ」

ポールは笑みを浮かべて身をかがめると、洗濯場わきのアスファルトに絵を置いた。

「オーケー、ヴァンサン。落ち着けよ……」

そう言いながら、ポールはいきなり体を起こした。不意を突かれたヴァンサンは、何もなすすべがなかった。ポールはヴァンサンの手首を力いっぱい握り、前腕をねじってひざまずかせた。ヴァンサンが罵声をあげると、ポールは手にいっそう力をこめた。ヴァンサンはもう、どうすることもできなかった。赤く血走った目に、涙が浮かぶ。苦痛。屈辱。我慢しきれずひらいた手から、ナイフが滑り落ちた。ポールはそれをすばやく蹴った。ナイフは三メートルほど離れた、柳の下の草むらに飛んでいった。それでもまだポールは、ヴァンサンをねじあげ続けた。ぐいっと腕を背中にまわし、手首を引きあげる。ヴァンサンはうめいた。

「やめろ。肩がはずれる……」

ポールはヴァンサンの腕をねじあげ続けた。喧嘩ならポールに勝る者はいない。いつだって、彼はいちばん強かった。

「おまえ、どうかしてる。病院に入れられるぞ。何を考えているんだ？　みんなに話すからな。おまえの家にも、警察にも行って。前からおかしいと思っていたけれど、まさかこんなに……」

ヴァンサンはうめいた。ポールは休み時間の校庭で、よく取っ組み合いをした。しかし、ここまで徹底的に相手を痛めつけたことはなかった。あとどれくらいで、手首が砕けるだろう？　どこまで腕をねじあげれば、ヴァンサンの肩ははずれるんだ？　ポールは、軟骨が砕ける音が聞こえたような気がした。

ヴァンサンはうめくのもやめ、ただ黙って泣いていた。全身の筋肉が弛緩《しかん》したみたいに、徐々に抵抗力が失せていく。ポールはようやく手を緩め、ヴァンサンをぐいっと押した。少年は丸めたボロきれみたいに、一メートルほど転がった。

されるがままに、ぐったりとして。

「しっかり見てるからな」ポールは脅すように言った。

彼はちらりと目でたしかめた。大丈夫、ペインティングナイフは手が届かないところにある。ヴァンサンは意気阻喪《そそう》して、胎児のように体を丸めていた。ポールは警戒を緩めないようにしながら、洗濯場のわきに置いた絵のうえに身をのり出した。茶色い包み紙に手が触れる。

絵をつかむほうに気を取られて、一瞬注意がそれたらしい。

ほんの一瞬だった。

それでも長すぎたくらいだ。

ヴァンサンがひとっ跳びに立ちあがり、肘を前に突き出して、こっちに突進してくる。ポールは洗濯場のほうに、さっと体を動かした。今度もまた彼のほうが、ヴァンサンよりもすばやかった。ヴァンサンの肘は体をかすっただけで、打撃はほとんど受けなかった。ヴァンサンはイラクサのうえにまっすぐ倒れこんだ。

こいつ、やっぱりどうかしてる！

次の瞬間、ポールは頭が真っ白になった。川岸の濡れた地面で足が滑り、バランスを崩してしまった。流れと岸のあいだで、脚が宙を切る。彼は手をふりまわし、どこでもいいからつかまるところを捜した。洗濯場の屋根、梁、木の枝……

けれど、遅すぎた。

ポールはあおむけにひっくり返り、本能的に体を縮めた。洗濯場のレンガの壁に背中があたり、激痛が走る。そのままわきに、一メートル転がった。ほんの一瞬の出来事だった。こめかみが梁の縁にぶつかり、彼は空にむかって目を見ひらいた。まるで稲妻のように、閃光がきらめいた。

ポールはどこまでも滑り落ちていった。目は見えているし、意識もある。けれども体が反応しない、言うことを聞かないのだ。

冷たい水が髪に触れた。ずるずると小川にはまっていくのがわかった。目に映るのは、雲ひとつない空だけ。そこに枝が何本か浮かんでいる。青いスクリーンに走る傷のように。

冷たい水が耳や首、うなじを呑みこんだ。

今にも流れに沈みそうだ。

ヴァンサンの顔が青いスクリーンにあらわれた。

ポールは手を伸ばした。少なくとも、自分では伸ばしたつもりだった。そうしたかった。けれども、本当に手が持ちあがったかどうかはわからない。そもそも、手の感覚がなかった。青空に手は見えなかった。ヴァンサンが笑った。どういうつもりなんだろう、とポールは思った。これは笑うようなことなのか？　冗談なのか？　きっとヴァンサンは肩をぽんと叩き、水から引きあげてくれる。

でももしかしたら、本当に頭がどうかしているのかも。

ヴァンサンはすぐ近くまで来た。

そしてポールには、答えがわかった……ヴァンサンの口もとを歪めているのは笑いではなく、サディスティックなしかめ面だった。ようやく手が見えた。まずは片手、それから両手が、青いスクリーンのなかを近づいてくる。やがて手が消えたかと思うと、ポールはそれが肩にかかるのを感じた。

肩が押される。

ポールは抗おうとした。脚をふんばって体をまわし、襲撃者を追い払おうとした。力なら負けないはずだ。こいつより、ずっと強いはずだ。

けれども体が麻痺して、まったく動かない。ポールにはそれがわかった。

手はさらに彼を押しつけた。

冷たい水が、口にも鼻にも目にも入ってくる。

ポールの目に映った最後の光景、それは顔を覆うバラ色の水だった。流れる小川の水面《みなも》。ファネットの絵みたいだ、と彼は思った。

そこで意識は途絶えた。

80

わたしはイラクサの島にむかう道を、必死に歩き続けた。草地で農園を営むリシャール・

パテルノステールはようやく解放してくれたけれど、くどくどと説教するのは忘れなかった。

「その歳なんだから、無謀ですよ、エプト川まで歩いていこうなんて。しかも、こんな炎天下を……イラクサの島で、何をしようっていうんです？　本当に送っていかなくていいんですか？　じゃあ、お気をつけて。土の道だって、車を飛ばす連中はいますからね。観光客のなかには、とんでもないやつらがいる。有名なイラクサの島をひと目見ようという、モネのファンが……さっきだってバイクが、ものすごい勢いで草地を抜けていったじゃないですか。ああ、ほら、今度はあの車。嘘じゃないでしょう……」

黄色い土埃が道にあがった。

青いフォードが農園の前を通りすぎる。

デュパン夫妻のフォード。

土埃にかすむ車のなかが、ちらりと見えた。

ジャック・デュパンは虚ろな目をして、ハンドルを握っている。その隣でステファニー・デュパンが涙に暮れていた。

泣いているのね、ステファニー？　泣きなさい。もっと泣きなさい。だって、いいこと、これはまだ始まりにすぎないのだから。

本当に嫌になるわ、この道。いくら行っても着かないじゃないの。わたしは轍に足を取られないよう、杖で前をたしかめながら、自分のペースで歩き続けた。イラクサの島まであと数百メートルだ。すぐにネプチューンも見つかるだろう。水車小屋を出てから、ネプチューンを見ていなかった。あのお馬鹿さん、村の子供や通行人、草地のウサギを追いかけて、あちこちほっつきまわっているのはわかっている。

でも、ここでは……

わけもなく不安がこみあげ、喉を締めつけた。

「ネプチューン！」

ようやくイラクサの島に着いた。二本の川にはさまれたこの場所に来ると、なぜかいつも地の果てを連想する。実際のところ、ここは島ではない。言うなれば川にせり出した半島だ。風がポプラの葉を揺らしている。沖から吹く強風のように。川幅二メートルにも満たない流れが、大洋よりも越えがたい大河であるかのように。なんなら、こんなふうに言ってもいい。このありふれたイラクサの原が、本当は世界の果てで、モネだけがそれを知っていたかのように、と。

「ネプチューン！」

わたしはここにいつまでもたたずみ、川の対岸を眺めるのが好きだ。この場所が好きなんだ。もう来られないかと思うと名残り惜しい。

「ネプチューン！」

わたしはさらに声をはりあげた。犬はあいかわらず姿をあらわさない。不安が恐怖に変わり始めた。どこへ行ってしまったんだろう？　今度は口笛を吹いた。わたしは今でも口笛が吹ける。ネプチューンはいつもそれに応えた。

わたしは待った。

ひとりきりで。

足音もしなければ、気配もない。ネプチューンは消え失せてしまった。

わたしは自分を諭した。馬鹿げた危惧だというのはわかっている。荒涼とした景色のせいで、ついおかしなことを考えてしまうのだ。呪いだとか因縁話だとか、そんな愚にもつかないことはとっくに信じなくなっていた。偶然なんて、ありえない……ただ……

どうしたの。なんで戻ってこないの。

「ネプチューン！」

わたしは喉がはり裂けんばかりに叫んだ。

何度も繰り返し。

「ネプチューン……ネプチューン」

ポプラの木は永遠に黙りこくっているつもりだろうか。

「ネプチューン……」


ああ……

犬は忽然とあらわれた。右の茂みを掻き分け近寄ってくると、わたしの服に体をこすりつけた。いつまでもよそで遊びまわっていたのを詫びるみたいに、いたずらっぽい目をきらきらと輝かせて。

「さあ、ネプチューン。帰るわよ」

タブロー2　展示

十三日目　二〇一〇年五月二十五日（ジヴェルニーの草地）
——断念

81

わたしはイラクサの島から戻った。リシャール・パテルノステールの農園をすぎると、まっすぐシェヌヴィエールの水車小屋へ帰らず右に曲がった。花びらの形をした四つの駐車場のほうへ。ネプチューンもわたしのまわりを駆けまわっている。車やバスが立ち去り始めた。ミラーを見ずに車をバックさせる馬鹿者に、何度も危うくひかれかけた。わたしは杖でバンパーやボディの下を叩いた。でも、相手がわたしみたいな年寄りでは文句を言うこともできない。なかには、謝る者もいたくらいだ。

悪いけど、楽しみは人それぞれってこと。

「いらっしゃい、ネプチューン……」

あいつら、わたしの犬までひき殺しかねないわ。

ようやくロワ街道に着いた。そのままモネの庭まで、しばらく歩き続ける。バラと睡蓮のあいだは、人でごった返していた。なにせ、よく晴れた春の日だ。庭が閉園になるまで、あと一時間ほどしかない。観光客たちはまだあちこち観てまわる気まんまんで、おとなしく小道を歩いている。これがジヴェルニー、午後五時の風景だ。通勤列車の駅さながらね。

わたしは人ごみに目を凝らした。

モネの庭に、ファネットがいる。

少女はロワ街道に背をむけ、睡蓮の池のほとりに立っていた。藤のあいだに立てたカンバスを前にして。彼女は泣いていた。


「彼女に何の用なんだ？」

でぶのカミーユは睡蓮の池の反対側、緑色の小さな橋のうえにいた。しだれ柳の枝が、うえから垂れさがっている。カミーユはちょっと間の抜けた表情で、手にした厚紙のカードをよじっていた。

「ファネットに何の用なんだ？」とヴァンサンは繰り返した。

カミーユはばつが悪そうに口ごもった。

「ファネットを慰めようと思って……考えたんだ……十一歳の誕生日の、バースデーカードをあげようと」

ヴァンサンはカミーユの手からカードをひったくり、ちらりと眺めた。なんの変哲もない、薄紫色の『睡蓮』の絵葉書だ。裏には《十一歳の誕生日、おめでとう》と書いてある。

「オーケー、ぼくが渡しておく。今はそっとしておいたほうがいい。ファネットはそっとしておいて欲しいはずだ」

二人の少年は、池のむこうでカンバスにむかい、一心不乱に絵筆を振るっているファネットを見つめた。

「ファネット……落ちこんでいるだろうな」カミーユがたずねる。

「あたりまえだろ」とヴァンサンは答えた。「ぼくらみんなと同じように、打ちのめされているさ。ポールが溺れ死んで、雨のなかで葬式が行われて。でも、いずれ立ち直るって……事故だからな、しかたない。こんなこともあるさ」

でぶのカミーユは涙に暮れていた。ヴァンサンは友人を慰めるでもなく、さっさと池のほとりを歩き始めた。彼は遠ざかりながら、こう言い添えた。

「心配するな。カードはちゃんと渡しておくから」

池沿いの道は左に曲がり、生い茂る藤のなかに消えている。ヴァンサンはまわりから見えなくなると、すぐさまカードをポケットにしまい、行く手をさえぎるアイリスを手の甲で払いのけながら太鼓橋のほうへむかった。

ファネットがそこにいた。背中をこちらにむけ、鼻をすすっている。少女は、ペンキを塗る刷毛みたいに幅の広い絵筆でパレットを拭った。パレットには、暗い色がいくつも混ぜ合わされていた。

濃い茶色、ダークグレー、深紫。

そして黒。

ファネットは絵筆を叩きつけるようにして、虹色のカンバスに新たな色を塗りたくった。ずたずたになった心を表現することだけを考えていた。池が、流れる水が、カンバスに満ち溢れていた光が、数分で闇に包まれてしまったかのようだった。ファネットは数輪だけ残した睡蓮の花を、細筆でちりばめた鮮やかな黄色の点で輝かせた。

夜空に光る星さながらに。

ヴァンサンは穏やかな声で話しかけた。

「カミーユも来たがったけれど、そっとしておいてあげたほうがいいと思って。誕生日おめでとうって言ってたよ」

ヴァンサンはポケットに手を入れたものの、しまってあるカードは出さなかった。ファネットは何も答えず、パレットに黒い絵具のチューブを絞った。

「ファネット、どうしてこんな？」

ようやくファネットはふり返った。目を真っ赤に泣きはらしている。絵を描くのに使ったボロきれであわてて拭ったのだろう、頬が黒く汚れていた。

「終わったのよ、ヴァンサン、何もかも。色はもう終わり、絵は終わり」

ヴァンサンは黙ったままだった。ファネットは声を張りあげた。

「もう終わりよ、ヴァンサン……わからないの？　ポールはわたしのせいで死んだ。この忌わしい絵を取りに行って、洗濯場のステップで足を滑らせた。わたしが行ってって頼んだから。急いでって……だから、わたしがポールを殺したも同然だわ」

ヴァンサンは少女の肩にそっと手を置いた。

「違うよ、ファネット。あれは事故なんだ。きみもよくわかってるはずさ。ポールは足を滑らせ、小川で溺れた。誰のせいでもない」

ファネットは鼻をすすった。

「やさしいのね、ヴァンサン」

ファネットは絵筆を置き、少年の肩に頭をもたせかけ、泣き崩れた。

「みんな言ってたわ、わたしには才能があるって。だから自分のことだけを考えなくちゃいけない、絵はすべてを与えてくれるって……でも、それは嘘だった。みんな嘘つきよ、ヴァンサン。みんな死んでしまった。ジェイムズさんも、ポールも……」

「みんなじゃないさ、ファネット。ぼくは違う。それにポールだって……」

「何も言わないで」

ファネットは静かにしておいて欲しいんだ。ヴァンサンはそう思い、黙ってじっと待っていた。少女が鼻をすする音だけが、池のほとりのしんとした静けさを破った。それに柳や藤の葉が、ときおり池に舞い落ちるひたひたという音だけが。やがてファネットの震え声が、ヴァンサンの耳もとで言った。

「こんな……こんな遊びもやめにしましょう。みんなが面白がるから、印象派の画家から取ってあだ名をつけたけど、そんな名前で呼び合うのはもう終わりよ。嘘の名前だもの、もう意味ないわ」

「きみがそう言うなら……」

ヴァンサンは少女の体に腕をまわし、抱き寄せた。ファネットはそのまま、眠ってしまいそうになった。

「ぼくがついてる」とヴァンサンはささやいた。ぼくがずっとそばについてるよ、ファネット」

「それもおしまい。わたしはもうファネットじゃない。だからファネットと呼ばないで。あなたも、ほかのみんなも。ファネットと呼ばれた少女。若き絵の天才。彼女も死んだのよ。洗濯場の近くで、小麦畑のなかで。もうファネットはいないの」

ヴァンサンはためらった。彼は少女の肩に手を近づけ、二の腕のあたりをさすった。

「気持ちはよくわかるよ……きみを理解できるのはぼくだけさ。そうだろ。ぼくはずっと、きみといっしょだ、ファネ……」

ヴァンサンは咳払いをし、少女の腕に沿ってさらにうえへ手を這わせた。

「ぼくはずっといっしょだ、ステファニー」

少年が腕を持ちあげると、ブレスレットが手首からずり落ちた。彼はブレスレットに目を落とさずにはおれなかった。ステファニーはもう決して、画家の名前でぼくを呼ばないだろう。ぼくのために選んだ、ヴァンサンという名では。

これからステファニーは、ぼくの本名を使うだろう。
洗礼のとき、聖体拝領のときの名前。
銀のブレスレットに刻まれているジャックという名前を。

ステファニーはシャワーを浴びていた。熱いお湯が噴きかかる裸の体を、彼女は執拗にこすった。血痕が点々とする藁色のワンピースは、タイルの床に丸めて投げ捨ててある。お湯はもう何分も、滝のように体のうえを流れ続けているけれど、ステファニーはまだネプチューンの血にまみれているような気がした。不快な臭いと汚れが、肌にこびりついているような気がした。

幸福な愛はない。

ジャックは隣室のベッドに腰かけていた。ナイトテーブルのうえのラジオから、流行りの歌が流れている。フランソワーズ・アルディの『恋の季節《ル・タン・ド・ラムール》』。ジャックはシャワーを浴びているステファニーに聞こえるよう、大声を張りあげた。
「もう誰にも、きみを傷つけさせやしないさ、ステファニー。もう誰にも。二人でずっとここにいるんだ。もう誰にも、ぼくたちのあいだに割りこませやしない」

幸福な愛はない……

二人の思い出が育む愛のほかには。

ステファニーは泣いていた。熱い噴流に、さらなる涙の数滴が加わった。

ジャックはベッドのわきで独白を続けた。

「いいかい、ステファニー。心機一転だ。家を見つけよう。きみが気に入るような、立派な家を」

ジャックには、ステファニーの気持ちが手に取るようにわかった。そしていつも、彼女を納得させる言葉を見つけた。

「思いきり泣くといい。さあ、泣くだけのわけはあるんだから。明日、オートゥイユの農園に行って、新しい子犬をもらってこよう。ネプチューンはつまらない事故にあったけれど、狩場ではままあることだ。少なくとも、ネプチューンは苦しまなかった。明日になれば、気分も変わるさ、ステファニー。明日になれば、悲しみも和らぐ」

ステファニーはシャワーを止めると、ラベンダー色の大きなタオルにくるまり、髪から水を滴らせながら裸で屋根裏部屋を歩いた。ジャックの目に映るその姿は、このうえなく美しかった。

ひとりの女を、人はこんなにも愛せるものだろうか？

ジャックは立ちあがり、妻を抱きしめた。

「ぼくがついているよ、ステファニー。どんなにつらいときでも、ずっとぼくはいっしょにいる……」

ステファニーは一瞬、ほんの一瞬、体をこわばらせた。そして夫に身をゆだねた。ジャックは彼女の首筋にキスをして、こうささやいた。

「いちから、また始めるんだ。明日、新しい子犬をもらいに行こう。そうすれば、忘れられる。きみのことだからね。新しい子犬に名前をつけよう」

濡れたタオルが床に滑り落ちた。ジャックはそっと妻を押しやり、夫婦のベッドに寝かせた。ステファニーは裸のまま、されるがままになった。

ステファニーにはわかった。もう闘うことはないと。彼女のために、運命が決したのだ。これから何年、何十年もの年月が、意味もなくすぎていく。そうやってわたしは、罠にはまったまま年老いていくんだ。思いやりのある男、愛してもいない男のそばで。脱出を試みた記憶は、時とともに少しずつ消え去るだろう。

ステファニーはただ目を閉じただけだった。それだけが、これからは自分にできるたったひとつの抵抗だと感じながら。トランジスタ・ラジオから流れる、『恋の季節《ル・タン・ド・ラムール》』のギターに、ジャックのしゃがれた喘ぎ声が混ざった。

ステファニーは、できれば耳もふさぎたかった。

ラジオ番組の短いテーマ音楽のあと、アナウンサーの陽気な声が明日の天気予報を告げた。

晴れて、この季節にしては例外的なほど暑くなるという。ディアーヌという名前の人は、運勢最高。日の出は午前四時四十九分。また数分、昼の時間が伸びる。明日は一九六三年六月九日だ。


幸福な愛はない……

二人の思い出が育む愛のほかには。

いつまでも、永遠に。

ローランス

元気を出そう。こんなところでじっとしていたら、まぶしい陽ざしにあぶられ、焼きあがってしまうわ。頭のおかしな老婆よろしく、ロワ街道の端でぼんやりもの思いにふけってなんかいられない。

さあ、歩かなくちゃ。出発点に戻るんだ。この物語に残るはエンドマークのみ。

すてきな恋物語《ロマンス》だったでしょう？　きっと皆さんは、ハッピーエンドをお望みよね。ともかく二人は結婚し、そして一生添い遂げた。子供はいなかったけれど。

彼は幸福な人生を送った。

彼女もそう思っていた。人は誰でも慣れるものだから。

彼女にはその時間があった……五十年近くもの時間が。正確に言うなら、一九六三年から二〇一〇年まで。要は、一生分の時間が……

わたしはまたのろのろと歩き始めた。ロワ街道に沿って、水車小屋まで。橋を渡って小川を越え、門の前で立ちどまると、郵便受けがいっぱいなのに気づいた。近くにできたスーパーの特売のチラシだ。あんな店、足を踏み入れたこともない。わたしは毒づきながら、チラシをすべて捨てた。中庭の入り口に置いたゴミ箱は、まだまだ入りそうだ……とそのとき、わたしは罵り声をあげた。

チラシのあいだに封筒がある。危うくいっしょに捨ててしまうところだった。わたし宛ての小さな茶封筒。裏返すと、差出人は《ベルジェ医師、ブルボン＝パンティエーヴル通り十三番、ヴェルノン》とある。

ベルジェ医師。

あのハゲタカ野郎、追加料金をぶんどろうと請求書を送りつけてきたんだわ。あいつなら、やりそうなことだ。でも封筒の大きさからして、遅ればせながらお悔やみでも言うつもりかもしれない。ともかく、生前の夫に会ったのは、彼が最後みたいなものだから。あれは……十二日前のことだった。

指でぎこちなく封を破ると、左の隅に黒い十字架が描かれた薄いグレーのカードが入っていた。

そこにほとんど読めないような字で、こうなぐり書きしてあった。

このたびは、ご主人様が二〇一〇年五月十五日にご逝去されたとの知らせを受け、つつしんでお悔やみ申しあげます。その数日前、わたくしが最後に訪問診療した際にもお伝えしたとおり、避けえない結果だったと思います。お二人は、常に固い絆で結ばれたご夫婦でいらっしゃいました。これは稀に見る、貴重なことでしょう。お気を落とされませんように、くれぐれもご自愛ください。

エルヴェ・ベルジェ

わたしは指でカードをよじった。われ知らず、最後の診療のことを思い出していた。十二日前。それがはるか昔、前世のことのようだ。またしても過去が、よみがえってくる。二〇一〇年五月十三日。すべてが覆された日。死の床にあった老人が、告白を始めた日。死を目前にして、懺悔《ざんげ》をするように……

それは一時間あまり続いた。一時間にわたる告白を聞いたあと、十三日間、回想にふける日々が続いた。

わたしはカードを引き裂きたい衝動を抑えた。再び記憶の迷路に迷いこむ直前、封筒に目をとめた。

わたしの住所と名前が書かれた封筒に。

ステファニー・デュパン、
シェヌヴィエールの水車小屋、
ロワ街道、
二七六二〇ジヴェルニー

一日目　二〇一〇年五月十三日（シェヌヴィエールの水車小屋）——遺言

82

わたしは水車小屋の居間で待っていた。医者は隣の寝室で、ジャックを診ている。わたしは明け方の四時ごろ、ジャックがベッドで悶え苦しんでいるのに気づき、大あわてでベルジェ医師を呼んだのだった。ガス欠のエンジンがガタガタと空転するみたいに、心臓が止まりかけて血が体にめぐらなくなっているのでは？　部屋の明かりをつけると、夫の腕には青い静脈が浮いていた。ベルジェ医師はほんの数分で到着した。ヴェルノンのブルボン＝パンティエーヴル通りに診療所をかまえているけれど、ジヴェルニーのすぐわきのセーヌ川沿いに、すばらしい別荘を買ったのだ。

ベルジェ医師は三十分ほどすると、部屋から出てきた。わたしは椅子に腰かけ、なにも言わずにただ待っていた。ベルジェ医師は気難し屋ではない。近隣の老人をカモにして、プール付きの豪華な別荘暮らしを楽しんでいるクソ野郎だが、少なくとも率直な物言いだけは評価できる。そんなわけでここ何年も、わが家の主治医をしてもらっていた。べつに誰でもよかったのだけれど……

「もうあまりもたないでしょう。それはご本人もわかってらっしゃいます。せいぜい……あと数日だと。注射を打っておきましたから、それでしばらくは落ち着いているはずです。ヴェルノン病院に電話して、入院の準備をしてもらいました。救急車をよこしてくれるそうです」

ベルジェは革の鞄をつかむと、ためらいがちに続けた。

「ジャックは……あなたに会いたいと言ってます。睡眠薬を飲ませようとしたのですが、あなたに話があるからと……」

きっと驚きが顔に出たのだろう。動転というより、驚きの表情が。ベルジェはあわててこうつけ加えた。

「大丈夫ですか？　気をしっかり持ってくださいよ。何かお薬を処方しましょうか？」

「いえ、けっこうです。どうも」

ともかく、さっさと帰って欲しかった。ベルジェは暗い部屋をちらりと見ると、外へ出た。それから最後にもう一度、沈痛な面持ちでふり返った。いかにも誠実そうな表情で。お得意さんをひとりなくすのだから、笑いたい気分じゃないだろう。

「すみません。お気を落とさないように、ステファニーさん」

わたしはゆっくりとジャックの部屋に歩いていった。そこに何が待ち受けているのか、想像もせずに。夫の告白。何年もの年月のあとに明かされた真実……

話は実に単純だった。

ひとりの殺人犯、ひとつの動機、同じ犯行場所。そして、ほんのひと握りの証人。

犯人は一九三七年と一九六三年の二度にわたり、凶行に及んだ。アメリカ人画家殺しも含めれば、三回だ。目的はただひとつ、自らの財産、宝を守ること。生まれてから死ぬまで、ひとりの女の一生を縛り続けること。

わたしの一生を。

犯人はジャック、彼ひとり。

ジャックはわたしにすべてを語った。何ひとつ、欠かすことなく。この数日間、わたしは回想にふけった。人生のあるときから、また別のときへと一瞬で飛びながら。それはまるで、さまざまな色と光が混ざり合った万華鏡《まんげきよう》を覗くようなものだった。けれども、その細部のひとつひとつが、緻密に組み合わさった悪意の歯車、怪物によって巧妙に導かれた運命の歯車だった。

十二日前。

その朝、わたしはジャックの部屋のドアをあけた。わが運命の闇にむけ、それを閉ざすことになるとも知らずに。

もう二度と、ドアはひらかないとも知らずに。

「こっちに来てくれ、ステファニー。ベッドのわきに」

ベルジェ医師は大きな枕を二つ、ジャックの背中の下に入れていた。だから寝ているというより、ベッドにすわっているような感じだった。顔に血がのぼって頬が真っ赤なのと対照的に、腕は蒼ざめている。

「もっと近くに来て。ベルジェから聞いただろうが、わたしはもう長くない……だから、きみに言っておかねばならないんだ。まだ力が残っているうちに、話さねばならない。救急車が来るまで持ちこたえられるよう、ベルジェに注射を打ってもらった……」

わたしはベッドの端に腰かけた。ジャックはしわだらけの手を、シーツの折り目に沿って伸ばした。腕にはベージュ色の包帯が、分厚く巻かれている。その周囲十センチくらいは、毛が剃ってあった。わたしは夫の手を取った。

「ステファニー、物置にしているガレージに、何年も置きっぱなしの荷物の山がある。狩りの道具やなにかだ。古い上着、鞄、しけった弾薬、それに長靴も。カビの生えた古物《ふるもの》さ。それを全部動かして、床の砂利を足でよけると、あげぶたが見つかるはずだ。そこが床下の空間になっている。うえの荷物をすべて移動させないとわからないが、あげぶたは簡単に持ちあがる。その下に小さな箱があるんだ。靴の箱くらいの、アルミの箱だ。それを持ってきてくれ、ステファニー」

ジャックはわたしの手をぎゅっと握ると、また離した。わたしは当惑しながらも、立ちあがった。おかしいわ、いつものジャックらしくない。こんなふうに秘密めかすなんて。宝探しごっこは彼の柄じゃない。ジャックは人を驚かせるのを好まない、淡々とした性格だ。もしかしてベルジュ医師の薬が強すぎたんじゃないかと、疑ったほどだった。

しばらくして、わたしは部屋に戻った。すべて夫の言ったとおり、アルミニウムの箱はすぐに見つかった。継ぎ目は錆びつき、板面のあちこちに染みが浮いている。

わたしはベッドのうえに箱を置いた。

「南京錠がかかってるけど」わたしは言った。

「わかってる……ありがとう、ステファニー。ひとつ、訊きたいんだが。大事なことなんだ。わたしは口が達者なほうじゃない。それはきみもわかってるはずだ。でも、このことは話しておかねばならない。きみはわたしと暮らして、幸せだったかい？」

そんな質問に、どう答えろっていうのだろう？　余命いくばくもない男に、何と答えろと？　五十年以上、六十年近くも人生を共にした男に。

「ええ、ジャック。もちろん、ずっと幸せだったわよ。あなたといっしょにいて」ほかにどう答えろっていうの？

それでもジャックには、まだ不足だったらしい。

「今、わたしたちは道の終わりに来ている。今なら、お互いすべてを話せる。きみは……何というか……後悔はしていないか？　もっといい人生が送れたとは、思っていないかい？

別な生き方をしたら……別の……」

ジャックは言いよどんで、唾を飲んだ。

「別の男と暮らしたら」

奇妙なことだが、ジャックは長年この質問を、頭のなかで何千回となく繰り返していたような気がした。彼はそれを口にするタイミングを、ずっと計っていたのではないか。でも、わたしは違う。今まで考えたこともなかった。ええ、そう。わたしはもう年寄りだ。今朝、起きたときには、まさかこんなことになるとは思ってなかった。疲れた心から、少しずつ霧が晴れていく。わたしはこの疑問を箱のなかにじっとしまい続け、決してあけないようにしてきたのかもしれない。鍵はなくしてしまった。捜さなくては……どこか、遠いところで。

「わからないわ」とわたしは答えた。「わからないわよ、ジャック。あなたが何を言いたいのか……」

「いや、ステファニー。もちろんきみは、よくわかっているはずだ……答えてくれ。大事なことなんだ。きみは別の人生を送りたかったかい？」

ジャックは微笑んだ。顔全体から二の腕のあたりまで、ピンク色に火照っている。ベルジェの薬が効いているのだろう……血行がよくなっただけじゃないわ。だってジャックは五十年間、こんなことを一度もたずねたことがなかったのだから。妙だ、彼らしくない。これが彼なりの死に方なの？　八十歳を越え、残される妻に、ゴミ屑同然の一生だったかとたずねるなんて。《そのとおり》だと、誰が答えられるだろう？　死にかけている夫に、《そのとお

わ。

ら、わたしは罠の臭いを感じた。なんて芝居じみてるんだろう。罠の臭いがふんぷんとする

り》と答えられるわけがない。たとえ彼は、彼自身は、そう思っているとしても。なぜかし

「別の人生って？　どんな人生のことを言ってるの、ジャック？」

「質問に答えていないぞ、ステファニー。きみはもっとほかに……」

毒気を含んだ罠の臭いは、いっそう強くなった。遠い昔に嗅いだことのある臭い。長年消えていたけれど、決して忘れたことのない、むっとするような臭いだ。わたしは看護師のようにやさしく答えるしかなかった。

「わたしの一生は、自分で選んだものよ、ジャック。それがあなたの聞きたいことだったなら。わたしに見合った人生だった。あなたのおかげで。そう、あなたのおかげで」

ジャックは聖ペテロからじきじきに天国へ入る許可を得たかのように、ほっと安堵のため息をついた。このまま心穏やかに旅立ってしまうのではないかと、心配になるほどだった。

彼は手をあげ、ナイトテーブルのうえを探った。何を捜しているのだろう？　手がグラスにあたった。グラスは床に落ちて割れ、水が少し飛び散った。

わたしは立って破片を拾い、水を拭こうとしたが、ジャックはまた手をあげた。

「放っておけ。グラスが割れたくらい、どうってことない。ナイトテーブルのうえにある札入れのなかを見てくれ」

わたしはテーブルに近寄った。スリッパの下でガラスの破片がきしんだ。

「札入れをひらいて」とジャックは続けた。社会保障カードの隣に、きみの写真があるだろ？　写真の下に指を入れてみてくれ」

ジャックの札入れをあけるなんて、久しくなかった。かつてのわたしの姿が、目に飛びこんでくる。写真は少なくとも四十年前に撮られたものだった。これがわたしだろうか？　薄紫色の大きな目は、本当にわたしのものなのか？　このやさしい微笑みは？　ジヴェルニーのまぶしい陽光を受け、真珠のように輝くこの肌は？　自分がどんなに美しかったのか、わたしは忘れてしまったのか？　ようやく心のなかでそれを認めるには、八十を越えたしわだらけの老女になるのを待たねばならなかったのか？

わたしは写真の下に人さし指を入れた。平たい、小さな鍵がすべり出る。

「ああ、安心したよ、ステファニー。これで安らかに死ねる。今だから言うが、疑っていたんだ。いろいろと疑っていた。でもわたしは、自分にできることをしたまでだ。その鍵で、箱の南京錠をあけられる。何十年ものあいだずっと、肌身離さず持っていた鍵さ。きみならきっと、わかってくれるだろう。でもここはなんとか持ちこたえ、自分の口から説明したくてね」

指が震え始めた。ジャックの指より、もっと震えている。恐怖に押しつぶされそうだった。南京錠に鍵を差しこみ、まわすのにもひと苦労だった。しばらくかかって、ようやく南京錠がはずれてベッドのうえに落ちた。ジャックは手をゆっくりわたしの腕にあてた。もう少し待てというように。

「きみには守護天使がついていた。それに値したんだ。わたしはきみの守護天使として、できる限りのことをした。必ずしも楽な仕事ではなかったけれどね。やり遂げられないかもしれないと、不安になることもあった。でも、ほら、結局は……きみの言葉で安心したよ。まずまず無難にやり遂げたようだ。きみは……覚えているだろうが、ステファ……」

ジャックはしばらくじっと目を閉じていた。

「いや、ファネット……ひさしぶりに、もう一度だけきみをファネットと呼ばせてくれ。七十年以上ずっと、あえてそうしないできたけれど。一九三七年以来だな。あのころのことは、よく覚えている。わたしは忠実で従順で勤勉な守護天使だった」

わたしは何も答えなかった。息が苦しい。さっさとアルミの箱をあけてしまいたかった。どうせなかは空っぽだろう。ジャックの独白はすべて、ベルジェ医師の薬によるうわ言にすぎないと、はっきりさせたかった。

「わたしたちは二人とも、同じ年に生まれた」とジャックは、これまでと変わらない口調で続けた。「一九二六年に。ファネット、きみは六月四日。なんの偶然か、クロード・モネが死ぬ半年前だ。そしてわたしはきみの三日後、六月七日に。きみはシャトー＝ドー通り、わたしは少し離れたコロンビエ通りで。二人の運命は結びついていると、ずっとわかっていた。わたしはきみを守るために、この地上に遣わされたのだと。言うなれば、きみの行く手をさえぎる枝を払いのけるために……」

枝を払いのけるですって？　ジャックのイメージにそぐわないわね。わたしは頭がどうかなりそうだった。もう我慢できない。わたしは箱をあけた。そのとたん、箱は手から滑り落ちた。まるでアルミが白熱していたかのように。中味がベッドに散らばる。わたしの過去が、目の前で炸裂した。

わたしはウィンザー＆ニュートンのペインティングナイフ三本を、愕然として見つめた。柄についた翼のあるドラゴンのマークに見覚えがあった。その両側には、乾いた赤黒い染みが二つ、こびりついている。それから詩集に目をとめた。ルイ・アラゴンの『フランス語で、テクストのなかで』。わたしも一冊持っているが、それは寝室の本棚にあるはずだ。ジャックも同じ本を持っていたなんて、どうして想像できただろう？　わたしがいつもジヴェルニー小学校で、生徒たちに読み聞かせていたこの本が、ジャックの手もとにもあったなんて。小学校で読むのは百四十六ページに載っている詩、「水の精の神殿《ナンフェ》」だ。わたしはその本を聖書さながら恭《うやうや》しく手に取り、百四十六ページをめくった。隅が折り曲げられている。ページの下方に目を落とすと、なんとそこは切り取られていた。何者かが、ページの一部をきれいに切り抜いたのだ。ちょうど一センチほどの幅で、一行だけが欠けている。第十二節第一行。これまで何度となく暗唱した詩文だ……

夢見ることは罪かもしれないと、わたしは認めよう。

どういうことなの。わけがわからないわ。いや、わたしは理解したくなかったのだ。目の前にある事実を、直視すまいとしていた。

ジャックの虚ろな声に、わたしは震えあがった。

「アルベール・ロザルバのことは、覚えているだろうね。ああ、もちろんきみは覚えている。子供のころ、わたしたち三人はいつもいっしょだったから。きみはみんなに、画家の名前からとったあだ名をつけた。きみが好きだった印象派の画家だ。アルベールはポール、わたしはヴァンサンだった」

ジャックの手がシーツをつかんだ。わたしは催眠術にかかったかのように、ペインティングナイフをじっと見つめた。

「あれは……あれは事故だったんだ。あいつはきみの絵を先生のところへ持っていこうとした。今も屋根裏部屋にある『睡蓮』の絵さ、ファネット。きみはあの絵を決して捨てようとはしなかったね。まだ、忘れられないのか？　でも、それはどうでもいい。ポールは、つまりアルベールは足を滑らせた。たしかにその前、喧嘩はしたけれど、あれは事故だった。アルベールは洗濯場のわきで足を滑らせ、石に頭をぶつけた。わたしが殺したんじゃないさ、ファネット。殺すわけないだろ、いくらあいつがきみに悪い影響を与えているからって。きみに対するあいつの愛が、本物じゃないからって。あいつは足を滑らせた……なにもかも、絵のせいなんだ。それはきみにもわかったはずだ。あとになって、はっきり理解したじゃないか」

わたしはペインティングナイフを握った。幅広の刃がついたナイフで、パレットにこびりついた絵具をこそげ落とすのに使うものだ。一九三七年からずっと、ペインティングナイフに触れることはなかった。それは秘められた記憶の一部だった。しかし今、その記憶が脳裏で蠢《うごめ》いている。大きくひらいたクレバスのなかで。わたしはナイフの柄を握りしめた。いくらがんばっても、口から声が出ないような気がした。

「それじゃあ……ジェイムズさんは？」

わたしの声は十一歳の少女のようにか細かった。

「あのイカれたじいさんか？　アメリカ人の絵描きだとかいう？　あいつのことを言ってるのか、ファネット？」

何か答えようにも、声にならなかった。

「ジェイムズ……」とジャックは続けた。「そう、ジェイムズだ。何十年もずっと、その名前を思い出そうとしていたんだ。でも、すっかり記憶から消え去っていた。きみにたずねようかと思ったほどさ」

ジャックは体を震わせ、耳ざわりな笑い声をあげた。背中が枕から少しずり落ちた。

「いや、冗談だよ、ファネット。きみにあのことを思い出させてはいけないと、よくわかっているからね。きみに知られてはいけない。守護天使は慎み深くなくては。そうだろ？　最後までね。それが守るべき鉄則だ。ジェイムズのことなら、気に病むことはないさ。ほら、覚えているだろ。やつはきみに、自分勝手《エゴイスト》になれって言ったんだ。家族やみんなを捨て、遠くへ行かねばならないって。やつのせいで、きみはすっかりおかしくなっていた。影響を受けやすい歳ごろだったからね。十一歳にもなっていなかったんだ。あいつはもう少しで、目的を遂げるところだった……わたしはまず、警告した。やつが眠っている隙に、絵具箱にメッセージを刻んで。なにせ一日中、でっかい毛虫みたいに寝てばかりいたからな。でもやつは、何もわかろうとしなかった。東京やロンドン、ニューヨークなんていう言葉で、きみの心を揺さぶり続けた。だからもう、ほかに道がなかった。きみが行ってしまう。あのころきみはもう、誰の意見も聞かなかったからな。お母さんの言うこともだ。だから、選択の余地がなかった。きみを救わねばならなかった……」

わたしは手をひらいた。巨大なクレバスのなかで、記憶がひとつ、またひとつとゆらぎ始めている。このペインティングナイフ。ベッドのうえにある、赤黒く染まったペインティングナイフ。これはジェイムズさんのものだ。

ジャックはこれを、ジェイムズさんの胸に突き刺した。十一歳のときに……

彼は忌わしい告白を続けた。

「まさかネプチューンが小麦畑のなかで、あの絵描きの死体を見つけるとは予想していなかった。だからあわてて、死体を動かしたんだ。きみがお母さんといっしょに戻ってくる前に。ほんの数メートルだけだった。昔のことで、よく覚えてはいないが。とうてい無理だと思ったよ。あのやせっぽちが、あんなに重いとは思ってもみなかったからね。信じられないだろうが、きみとお母さんはすぐそばを通っていったよ。ちょっとふりむくだけでよかったんだ。

でも、きみはそうしなかった。本当は、きみも知りたくなかったんじゃないかな。きみも、きみのお母さんも、わたしに気づきたくなかった。ともかく、あれは奇跡だった。予兆なんだと思った。あの日以来、わたしはもう何があっても大丈夫なのだとわかった。自分の任務をやり遂げねばならないと。その晩、草地の真ん中に死体を埋めた。子供にとっては、ひと仕事だったよ。イーゼルやカンバスも、少しずつ燃やしたけれど、絵具箱だけはとっておいた。証拠の品として。きみのためならどんなことでもする証《あかし》として。わかってくれるね、ファネット。わたしはまだ、十一歳にもなっていなかったんだ。立派なものさ。そうだろ、きみの守護天使は」

ジャックはわたしが答える間を与えなかった。枕にもたせかけた背を必死に起こそうとしているが、結局じりじりとずりさがるばかりだった。

「冗談だよ、ファネット。本当は子供にも、難しいことなどなかった。ジェイムズはできそこないの老人で、外国人だ。モネの時代に十年遅れたアメリカ人さ。あんなホームレス同然のじいさん、誰も気にかけていなかった。一九三七年は、ほかに気がかりな出来事もいろいろあったし。数日前にもジヴェルニーのすぐ近くで、川船からスペイン人労働者の他殺死体が見つかったばかりで、憲兵隊はその事件にかかりきりだった。犯人が見つかったのは、何週間もあとだった。たしかコンフランの船頭だったな」

ジャックのしわだらけの手がわたしの手を探って、空《くう》をつかんだ。

「すべてを話せば、すっきりする。そうさ、ファネット。わたしたちは二人で、あれから何十年も穏やかに暮らしてきた……わたしたちはともに育ったんだ。きみがエヴルーの師範学校に通っているあいだは、離れ離れだったけれど。そのあときみは村に戻り、ジヴェルニー小学校の先生になった。二人の母校だ。わたしたちは一九五三年、サント＝ラドゴンド教会で結婚式を挙げた。すべて完璧だった。守護天使も開店休業さ……」

ジャックはまた笑った。ほとんど毎日のように、わが家に響いた笑い声だった。テレビを見ながら、新聞を読みながら。粘ついた笑い声。それが怪物の笑いだと、どうしてずっと気づかなかったのだろう？

「けれども悪魔が隙をうかがっていた……そうだろ、ステファニー？　ジェローム・モルヴァルがきみのまわりを、またしてもうろつき始めたんだ。ほら、小学校の同級生だったジェローム・モルヴァル。きみはカミーユとあだ名をつけたね。そう、でぶのカミーユ……クラスいちの優等生で、うぬぼれ屋だ。学校時代はいけ好かないやつだったけれど、彼はすっかり変わっていた。そして泣き虫のパトリシアを、見事ベッドに誘いこんだ。メアリー・カサットにちなんで、きみがマリと呼んだパトリシアを。ところがでぶのカミーユは、やがてパトリシアだけでは満足できなくなった。たしかにあいつは別人になっていた。金ができると人は変わるんだ。あいつはジヴェルニーでもっともすばらしい屋敷を買い、尊大な男になっていた。それが魅力的だと思う女もいただろう。あいつはおおっぴらに浮気を始めた。ジヴェルニーでは誰でも知っていることだ。パトリシアだって、私立探偵を雇って探らせたくらいだ。かわいそうに、パトリシアも！　そのうえモルヴァルは、絵画や資産について弁舌さわやかに語った。流行の画家たちの作品も、ずらりとそろえていた。パリで随一の眼科医だというジェローム・モルヴァルが、ジヴェルニーに戻ってきた唯一の目的。いいかい、ステファニー、それはモネでも『睡蓮』の絵でもなく、美しきファネットだったんだ。小学校のときには、彼に目もくれなかったファネット。そして今、でぶのカミーユはいっぱしの女たらしになって、雪辱を果たそうとした……」

わたしは言葉が喉につかえた。

「じゃあ……あなたが……」

「わかってるさ、ステファニー。きみがジェローム・モルヴァルに惹かれてなどいなかったことは。少なくとも、あのときはまだ。でも、こっちは先手を打たねばならない。ジェローム・モルヴァルは村に住んでいて、時間はたっぷりあるし、悪賢い。学校時代からきみの関心を引くすべはよく心得ていたからな。『睡蓮』の絵やモネの逸話、風景のことなどで……」

またしても怪物は、わたしの手を探った。いやらしい甲虫のように、シーツのうえを這っている。わたしはペインティングナイフをつかんで害虫を駆除するみたいに突き刺したくなるのを必死にこらえた。

「なにもきみを責めるつもりはないさ、ステファニー。二人のあいだに何もなかったのはわかっている。きみはただモルヴァルといっしょに散歩をし、おしゃべりしただけだってことは。でもあいつはいつかきみを誘惑し、目的を果たすかもしれない。わたしは別に粗暴な男じゃない。ジェローム・モルヴァルを、あの哀れなでぶのカミーユを殺したいなんて、少しも思っていなかった。だから忍耐強く、とても忍耐強く対処した。まずはできるだけはっきりと、あいつにわからせようとした。わたしはどんなことでもする男だ、このままきみのまわりをうろついていたら恐ろしい目に遭う、と警告することにした。それで『睡蓮』の絵葉書を送った。モルヴァルは馬鹿じゃない。それが二十数年前の一九三七年、きみに渡すようわたしにあずけた絵葉書だと覚えていた。アルベールが死んだすぐあと、モネの庭で、きみの十一歳の誕生日に。わたしは本から切り抜いたアラゴンの詩の一行も、張りつけておいた。きみが小学校で、生徒たちに暗唱させていた詩だ。わたしもあれが好きでね。《夢は罰せられるべき罪のひとつだ》とかなんとかいう詩だった。モルヴァルはすぐにぴんときた。メッセージの意味は明らかだ。きみに近づこうとする者、きみに害を与えようとする者にはみな危険が及ぶと……」

ジャックは指の先で、ベッドに置いたアラゴンの詩集を探した。指は本に触れたけれど、つかむ力は残っていなかった。わたしは微動だにしなかった。ジャックはまた咳払いをすると、先を続けた。

「ジェローム・モルヴァルは何と答えたと思う、ステファニー？　あいつはわたしの鼻先でせせら笑ったんだ。その気になれば、さっさと殺すこともできた。でも結局わたしは、あいつのことが好きだったんだ。でぶのカミーユがね。だから、もう一度チャンスを与えた。パリの診療所に、ジェイムズの絵具箱を送ったんだ。《彼女はぼくのものだ。今も、これからもずっと》という警告文が刻まれている絵具箱を。そのあとには、十字架の印もついている。

それでもモルヴァルがわからなければ……するとあいつは、会って話そうと言ってきた。そこであの朝、シェヌヴィエールの水車小屋にほど近い洗濯場の前で待ち合わせたんだ。もう、きみのことはあきらめる。てっきり、そう言うのかと思ったら、まったく逆だった。あいつはわたしの目の前で、絵具箱を小川の泥のなかに投げこんだ。きみを侮辱したんだ、ステファニー。あいつはきみを愛していたんじゃない。あいつにとってきみは戦利品のひとつにすぎなかった。戦利品を増やしたかっただけなんだ。あいつはきみを苦しめる、破滅に導くだろう。だったら、わたしはどうしたらいい？　きみを守らなくては……あいつはわたしの言葉を、本気にしなかった。狩りの長靴をはいたわたしを嘲笑った。わたしにはきみを幸せにできない、きみはわたしを愛してなんかいないと言い放った。いつだって、口だけは達者だからな……」

彼の手が再び這い進んで、ナイフの柄にしがみついた。

「もう選択の余地はなかったさ、ステファニー。だからその場で殺した。用心のために持ってきた、ジェイムズのペインティングナイフで。あいつは小川の岸で死んだ。昔アルベールが死んだのと同じ場所で。それからわたしは、現場に演出を施した。あいつの頭に岩を叩きつけ、顔を小川の水につけた。馬鹿げたことだと、自分でもわかっていたさ。そんなことしたら、きみに何か疑われるかもしれないとも思った。とりわけ警察がジェイムズの絵具箱を見つけたときは、ひやひやしたよ。でも幸い、あの絵具箱がきみの目に触れることはなかった。大事なのは、きみに気づかれないよう守ってやることだ。きみのためには、どんな危険も冒さなくては。きみはわたしを信頼していた。それでいいんだ。言っておくれ、ファネット。わたしがこんなにもきみを愛しているとは思ってなかった、わたしがきみのためにここまでやれるとは想像もしていなかったと。思い出しておくれ。モルヴァルが死んだ数日後、きみは警察に証言したじゃないか。あの朝、わたしとベッドにいたと。おそらくきみは心の奥底で、真実に気づいていたのだろう。でもきみは、それを自分で認めたくなかった。誰だって、自分には守護天使がついていると思っているものさ？　礼を言うには及ばない……」

ジャックのしわだらけの手がナイフの柄を撫でるのを、わたしは茫然と眺めていた。正気の沙汰じゃない。彼の老いた体は、この凶器で二人の男を刺し殺した快感に、まだ打ち震えているかのようだった。わたしはもう、我慢できなかった。喉から言葉が炸裂した。

「わたしは……あなたと別れたかったのよ、ジャック。だから嘘の証言をした。あなたが刑務所に入っているあいだに別れたら、罪悪感に苛まれるだろうから」

ジャックの指がナイフに絡みついた。殺人者の指、異常者の指が。やがて指は、耐えがたいほどのろのろと広がった。ジャックはまた少し、下にずり落ちた。ほとんど横になっているも同然だ。体を震わせながら、粘つく笑い声をあげている。錯乱した笑い声を。

「もちろん、そうだろうさ、ステファニー。きみは罪悪感を抱いていた……あのときは、心が混乱していたんだ。でも、わたしは違った。モルヴァルが死ねば、それで二人は静かに暮らせると思った。もう誰も、わたしからきみを遠ざける者はいないと。ところがそのあと、とんでもない事態になった。今、思い返してみると、ほとんどお笑いぐさだけどね。モルヴァルの死体がきみのスカートの下に、あの警官を引っぱりこんでしまうなんて。そう、ローランス・セレナック。最悪の危険人物さ。さすがのわたしも窮地に陥った。どうやってあの男を追い払おうか？　誰にも疑われずにあいつを片づけるには、どうしたらいいだろう？　捕まったら元も子もない。刑務所に入れられ、きみから決定的に引き離されてしまったら、別のセレナック、別のモルヴァルがきみを苦しめにやって来ても、守ってやれないじゃないか。あの警官は初めから、わたしを疑っていた。わたしの内心を見透かしているかのように……あいつは直感に従っていた。優秀な警官だったってことさ。わたしたちは間一髪だったんだ。幸いあいつにも、わたしと一九三七年の事故との関わりまでは見抜けなかった。二十数年前に同じ川で溺死した少年が、わたしたちの同級生だったとはね。それにあいつは、アメリカ人の画家が行方不明になったなんてまったく知らなかった。一九六三年当時、あいつと部下のベナヴィッドは、真相のすぐ近くまで行っていたんだ。でも、こんなこととは想像がつかなかった。わかるわけないさ、誰にも。それでもセレナックはわたしを疑い、きみをふりむかせた。こうなったら、あいつと一騎打ちだ。わたしはあらゆる方向から、問題を検討した」

わたしはシーツの下に、そっと手を滑りこませた。ジャックはあおむけになったまま、体を起こすことができなかった。わたしのことはもう見えず、天井にむかって話している。わたしは再びナイフをつかんだ。ナイフに触れると、禍々《まがまが》しい喜びを感じた。柄にこびりついている乾いた血がわたしの体内にしみこみ、殺人の衝動で血管をふくらませるかのように。

ジャックの苛立たしげな笑いは、しゃがれた咳に変わった。息をつくのにもひと苦労している。体を起こしたほうがいいのだろうが、ジャックは何も頼まなかった。少し声を弱らせながらも、彼は話を続けた。

「もうすぐ終わるから、ステファニー。結局セレナックも、ほかの男たちと同じだった。ちょっと脅しただけで、逃げ出したよ。効果的に脅しをかけただけで……」

彼はまた声をあげた。笑いなのか咳なのか、あるいはその両方か。わたしは黒いワンピースの襞《ひだ》に、ゆっくりナイフを近づけた。

「男なんてみんな、弱いものさ……セレナックはきみに対する大いなる情熱より、警官としてのケチなキャリアを選んだ。でも、非難するにはあたらないさ。そうだろ、ステファニー？　望みどおりの結果なんだから。結局セレナックは正しかった。あいつがずっと意地を張っていたら、どんな事態になっていたことか。あいつはわたしたちのあいだに割りこんだ最後の影だった。最後の黒雲、払いのけるべき最後の枝だった。あれからもう、四十年以上になる……」

わたしは胸の前で腕組みをした。ペインティングナイフを心臓のうえに、ぴったりと押しつけて。わたしはこう言いたかった。こう叫びたかった。《ジャック、教えて。わたしの守護天使だって言うなら、教えてちょうだい。人を刺すのはそんなに簡単なことなの？　人の胸にナイフを突き立てるのは、そんなに簡単なのね？》

「人生なんて、何で決まるかわからないな。もしわたしが、うまくそこにいなかったら？

障害をひとつひとつ、取り除くことができなかったら？　きみを守ってやることができなかったら？　まるで双子みたいに、きみのすぐあとに生まれなかったら？　自分の使命を理解しなかったら？　わたしは満足してこの世を去ることができる。わたしはやり遂げたんだ。きみをこんなにも愛した。そして今、きみはその証拠を手にしている」

わたしは身震いしながら立ちあがった。両腕のあいだにナイフをはさみ、見えないよう胸に押しつけて。ジャックはこっちを見ている。すっかり疲れ果て、目をあけているのもやっとのようだ。彼は体を起こそうとして、脚を動かした。ベッドのうえにあったアルミの箱が床に滑り落ち、耳をつんざく音を立てた。ジャックはわずかに瞬きをしただけだった。しかし音はわたしの頭のなかで、めまいがするほど大きく、こだまのように響いた。部屋がぐるぐるとまわり始めたような気がした。

わたしは必死に歩いた。脚ががくがくして、もう立っていられない。わたしは両腕を広げ、ふんばった。ジャックはまだこちらを、じっと見つめている。まだナイフは見えていない。今はまだ。わたしはゆっくりとナイフを持ちあげた。

そのとき外で、ネプチューンが吠えた。窓のすぐ下で。次の瞬間、救急車のサイレンが水車小屋の中庭を横ぎった。タイヤが砂利のうえできしむ。回転灯の光を受けて白と青に染まった、この世ならぬ人影が二つ、窓の下を通ってドアを叩いた。

救急隊員はジャックを連れていった。わたしは書類の山にサインをした。中身も読まなかったし、何の書類なのかもたずねなかった。朝の六時前。いっしょに救急車に乗っていくかとたずねられたけれど、何時間かしたらバスかタクシーで行くからいいと答えた。救急隊員は、それ以上何も言わなかった。

ふたがあいたアルミの箱は、床に転がったままだった。ペインティングナイフはナイトテーブルのうえに置いてある。アラゴンの詩集はシーツのあいだに紛れこんでしまった。救急車が立ち去ったあと、なぜかふと思った。屋根裏部屋にあがって荷物をひっかきまわし、埃にまみれたあの古い絵を捜そうと。十一歳のときに描いた『睡蓮』の絵を。

わたしはあの絵を二度描いた。最初はロビンソン財団のコンクールに応募するための、まばゆいばかりの光にあふれた絵だった。ポールが死んだあと、それを黒く塗りなおしたのだ。壁からジャックの猟銃をはずしたあと、同じ場所、同じ釘に絵を掛けた。わたしのほかは誰にも見えない、部屋の隅に。

外に出て、少しあたりを散歩しよう。ネプチューンもいっしょに連れて。朝の六時になったばかり。まだあと数時間、ジヴェルニーは閑散としている。わたしは水車小屋の前を、小川に沿って歩くことにした。

昔のことを、思い返しながら。

十三日目　二〇一〇年五月二十五日（ロワ街道）

——前進

83

それが十二日前、五月十三日のことだ。続く毎日、わたしから人生を奪い取った一時一時《いっときいっとき》を脳裏によみがえらせてすごした。想像しがたいことを理解するため、すべてを終わらせる前に、最後にもう一度、過去を目の前に映し出すことにした。

ひとり村をさまよい歩くわたしを、亡霊のようだと思ったことだろう。でも実際は、その逆だった。

わたしこそ、現実の存在だ。

亡霊はほかのみんな。彼らこそ、わたしの記憶から生まれた亡霊だった。わたしは生まれ育ったさまざまな場所に、亡霊たちを住まわせた。どこかに立ち寄るたび、その前で回想にふけった。水車小屋、草地、小学校、クロード・モネ通り、オテル・ボーディのテラス、墓地、ヴェルノン美術館、イラクサの島……

そこには、シルヴィオ・ベナヴィッドから聞いた話も反映されている。ジェローム・モルヴァル殺しが迷宮入りしたあと、わたしは一九六三年から一九六四年にかけてベナヴィッド警部とずいぶん話し合った。ベナヴィッド警部は粘り強く捜査を続けていたが、新たな手がかり、新たな証拠は何も見つからなかった。わたしたちは意気投合した。わたしが彼と仲よくしても、少なくともジャックは嫉妬しなかった。シルヴィオは忠実な夫で、娘のよき父親だったから。母親のお腹から出るのにひと苦労したカリーナに、彼はもうメロメロだった。彼はローランスといっしょに進めた捜査について、詳しく話してくれた。ヴェルノン署や自宅のあるコシュレル、ルーアン美術館、ヴェルノン美術館での出来事について……その後、一九七〇年代の半ば、シルヴィオ・ベナヴィッドはラ・ロシェルへ転勤になった。もう十年以上前のことだが、ベアトリス・ベナヴィッドから一通の手紙が届いた。正確には、一九九九年九月のことだった。ほらね、わたしの記憶力は少しも衰えていないでしょ。手書きの短い手紙には、シルヴィオがある朝心筋梗塞で、ベアトリスとカリーナのもとを旅立ったことが、遠慮がちに記されていた。いつものようにシルヴィオは、自転車にまたがり、オレロン島をひとまわりしに出かけた。毎年秋には島にバンガローを借り、家族とすごしていたのだ。彼はにこやかに出発した。天気も上々で、さわやかな風が吹いていた。そして海の前まで来たとき、ばったり倒れた。ラ・ブレ＝レ＝バンとサン＝ドニ＝ドレロンのあいだの、なだらかな傾斜地で。そのときシルヴィオは七十二歳だった。

それが歳をとるということなのだろう。ほかの人たちが死んでいくのを見るのが。

数日前、わたしはすべてを説明するため、ベアトリスに短い手紙を書いた。シルヴィオの思い出に捧げる義務感から。豊富な資金を有するロビンソン財団は、この殺人事件と無関係だった。アマドゥ・カンディの美術品密売も、モネの忘れられた作品も、モルヴァルの愛人たちも。ローランス・セレナックが初めから考えていたとおり、これは愛憎絡みの事件だった。しかし彼にも想像しえないことがあって、真相にはたどり着けなかった。嫉妬深い犯人は、妻に言い寄る男を殺しただけではなく、幼い子供のころからすでに、恋い焦がれる少女の友達を亡きものにしていたのだ。わたしはベアトリスへの手紙を、まだポストに入れていない。結局、出さないままになるような気がする。

今となっては、どうでもいいことだけど。

さあ、急がなくては。

わたしは不快げに、ベルジェ医師の封筒をゴミ箱に投げこんだ。これであの封筒も、下品なチラシの仲間入りだ。目をあげると、水車小屋の塔が見えた。

これからどうしよう。

脚はもうがくがくだった。イラクサの島まで歩いたせいで、疲れ果ててしまった。最後にもう一度、村へ行こうか？　それとも、このまま家に戻ろうか？　わたしはさっきもエプト川の岸辺で、さんざん思案した。すべてが整った今、どうやって決着をつけようかと。

そして決心した。ジャックの銃を使うのはやめにした。なぜかは、もうわかってもらえるわよね。薬を飲むのも問題外だ。ジャックみたいに、何時間も、何日もヴェルノンの病院で苦しむなんてとんでもないわ。点滴を抜いてくれる人なんか、誰もいないのだし。そう、決着をつけるいちばんてっとり早い方法は、いつもと変わらず静かに一日を終えたら、天守閣のてっぺん、五階の部屋にのぼってゆっくり荷物を片づけ、窓をあけて飛びおりることだ。

わたしはまず、村へ戻ることにした。あと一キロは、どうにか脚ももちそうだ。最後の一キロくらいは。

「おいで、ネプチューン」

通行人でも観光客でもいいけれど、もし誰か、わたしに関心をむける者がいたならば、その顔には笑みが浮かんでいると思ったことだろう。それはあながち間違いではない。最後の十日間をポールやローランスといっしょにすごしたおかげで、最後には怒りも消え失せていたから。

わたしは再びロワ街道沿いを歩き始めた。しばらくすると、睡蓮の池の前に出た。

一九二六年にクロード・モネが死ぬと、庭はほとんど荒れ放題になった。息子のミシェル・モネは、ファッションモデルのガブリエル・ボナヴァンチュールと一九三一年に結婚するまで、バラ色の家に住んだ。彼はガブリエルとのあいだに、アンリエットという娘をもうけている。一九三七年、当時十歳だった村の子供たちは、草地のわきあたりから柵の隙間を抜けて、庭に忍びこんだものだった。わたしは絵を描き、男の子たちは池のまわりでかくれんぼをして遊んだ。屋敷に残っていたのは、地所の管理をしている庭師のブランさんと、クロード・モネの継娘ブランシュだけだった。二人はわたしたちを放っておいてくれた。絵が得意で、かわいらしいファネットに、ブランさんは何もだめとは言えなかった。薄紫色の目をして、髪に銀のリボンを輝かせたファネットに。

ブランシュ・モネは一九四七年に亡くなった。最後に残った相続人のミシェル・モネは、外国の国家元首や芸術家のため、特別な記念日のために、モネの家や庭を例外的に開放し続けた……そして、ジヴェルニー小学校の生徒たちのためにも！　わたしがミシェルを説得したのだ。さほど難しいことではなかった……ファネットは長じて美しきステファニーになった。彼女の望みを、誰が拒絶できるだろう？　睡蓮のような目をした女教師は、絵画にとても詳しかった。印象派のすばらしさについて、村の子供たちに熱弁を振るい、ロビンソン財団のコンクールに参加するよう力強く呼びかけた。生徒たちに伝える情熱に、彼女自身の人生がかかっているかのように。ミシェル・モネはわたしのクラスのため、年に一度六月に、庭を開放してくれた。草木や花がいちばん美しい時季だ。

わたしはふり返り、モネの家や庭をちらりと眺めた。咲き誇るバラの下に集まる人々、画家の家に映る何十もの顔を。一九六三年六月、わたしはローランスと二人きりであの家にいたのだ。居間、階段、寝室を二人で見てまわった。あれは間違いなく、わたしのもっともすばらしい思い出だ。あのときわたしはただ一度だけ、脱出を試みたのだった。

その三年後、ミシェル・モネは自動車事故によりヴェルノンで死んだ。一九六六年二月の初め、彼の遺言書が公になって、ジヴェルニーの家に人々が殺到した。憲兵隊、公証人、新聞記者、芸術家……わたしも、ほかの村人たちといっしょにそこにいた。執行官が家に入ると、アトリエを始め至るところに、なんと百二十枚以上の絵が見つかった。そのうち八十枚はモネの絵で、なかには未発表の『睡蓮』もあった。残りの四十枚はモネの友人シスレー、マネ、ルノワール、ブーダンの作品だった……わかるわよね、信じがたい宝の山だわ。計り知れないほどの財産が、クロード・モネの死からずっとここに忘れ去られていたのだ……村人の多くは、一九六六年以前から知っていた。ミシェル・モネが四十年間にわたり、どれほど価値のある傑作をバラ色の家に放置していたかを。家に入る機会があった者たちは皆、それを目にしていた。もちろん、わたしもだ……一九六六年以降、百二十枚の絵はパリのマルモッタン美術館で鑑賞できるようになった。それは世界で公開されている、もっとも充実したモネのコレクションだ。

わたしはといえば、一九六六年以降、モネの庭に生徒たちを連れていくことはなくなった。庭が一般公開されるようになったのはもっとあと、一九八〇年からだ。結局のところ、これほどの至宝はみんなで分かち合うのが当然だろう。うっとりするほど美しいところなのだから、それを愛でる心のある人々に提供されてしかるべきだ。

その輝きに目を奪われるあまり、夢を焼き尽くしてしまった少女のためだけでなく。

わたしはクロード・モネ通りに入り、右に曲がってシャトー＝ドー通りから村はずれへむかった。

子供時代の家はもうない。
一九七五年に母が死ぬと、家は文字どおりあばら家と化し、やがて取り壊された。パリから隣家に移り住んできた一家が跡地を買って、高さ二メートル以上もある白い石塀を立てた。家があった場所は花壇やブランコ、池になっているらしいが、実際のところはわからない。これからも知る機会はないだろう。塀のうえから、覗かねばならないのだから。

ようやくシャトー=ドー通りの端までたどり着いた。いちばんの難所は終わった。十一歳のころはネプチューンより速く走っていたというのに！　かわいそうに、今はネプチューンのほうがわたしを待って、暇をつぶさねばならない。クロード・モネ通りに戻った。そこはさしずめ、観光客用の高速道路だ。わたしはもう、人ごみのうしろでぼやく気力もなかった。過去の亡霊がみんないなくなっても、ジヴェルニーは姿を変えながら永遠に生き残るだろう。アマドゥ・カンディのギャラリーに闇商売、パトリシア・モルヴァル、それにこのわたしが消え去っても……

わたしは歩き続けた。二十メートルほどまわり道して、小学校の前を通ろうという誘惑に抗えなかった。役場前の広場は白い石も菩提樹の木陰も、ずっと変わっていなかった。ただ小学校の校舎だけは、一九八〇年代の初頭、わたしが退職する三年前に建て替えられた。ピンク色と白に塗られた、いかにも現代風なおぞましい建物だ。このジヴェルニーで、恥知らずにも！でもこんな蛮行と闘う気力は、とっくの昔になくしている。小学校の正面にできたプレハブの幼稚園は、もっとひどかった。どのみち、わたしには関係ないけれど……今でも子供たちは毎日、わたしのほうには目もくれずに、前を走り抜けていく。ネプチューンがあとをついていかないよう、そのたび大声でたしなめねばならなかった。ときおりわたしに何かたずねるのは、アメリカ人の老画家たちくらいなものだ。

　わたしはブランシュ・オシュデ＝モネ通りをくだった。小学校のすぐ隣にあった公務員住宅は、アンティークショップになっている。いかにも鄙《ひな》びた品々を求め、小切手を握りしめてやって来る都会人たちには、丸い天窓がついた屋根裏部屋やほかの部屋も、古めかしい美術館に見えるのだろう。もう誰も、あの丸い天窓から大きな満月を見ることはない。ああ、どれほどの年月、どれほどの夜を、わたしはあの窓辺ですごしたことか。若いころからずっと。まだ昨日のことのようだ……

　アンティークショップの前で大人たちの一団が、日本語だか韓国語だか、わけのわからない言葉を話している。わたしは動物園の恐竜みたいなものだ。さらにクロード・モネ通りを行くと、オテル・ボーディの前に出た。ここだけは昔のままだ。テラスや店の正面、店内のベルエポック風装飾は、歴代の持ち主によって丹念に維持されている。明日にでもセオドア・ロビンソンが戻ってくるんじゃないかと思うほど、そこでは一世紀前から時間が止まっていた。

　クロード・モネ通り七十一番。

ジェローム・モルヴァルとパトリシアの家。

わたしは速足で前を通りすぎた。あの家に入ったのは、七日前のことだ。パトリシアと話をしなければならなかった。彼女とわたしは、昔のジヴェルニー最後の生き残りだ。もうおわかりだろうけど、パトリシアのことはいつだってあまり好きになれなかった。わたしにとって彼女は、今でも泣き虫のマリ、告げ口屋のマリだった。

そうね、たしかに奇妙なことだけど、パトリシアもずいぶん苦しんだ。少なくとも、わたしと同じくらいは。でぶのカミーユがあんまりしつこく言い寄ってくるものだから、パトリシアも最後には彼を受け入れ、結婚した。ところが、人の心に働く皮肉な反比例の法則により、でぶのカミーユが輝かしい医学生ジェローム・モルヴァルになり、ほかの女たちを誘惑し出すと、今度は彼女のほうが執着し始めた。クロード・モネ通り七十一番の家では、一九六三年で時間が止まっている。かつては村でもっとも美しい屋敷だったのに、今ではすっかり荒れ果ててしまった。村役場では、パトリシア・モルヴァルが死ぬのを待っている。あの見苦しい家を、早く撤去するために。

パトリシアには、どうしても知らせねばならなかった。夫のジェロームを殺した犯人の名を知ってもらわねば。わたしは彼女に伝える責任がある……告げ口屋のパトリシアは、最後にわたしを驚かせた。翌日にも、水車小屋に警察が押しかけてくるものと思っていたのに。一九六三年、パトリシアはジェローム・モルヴァルの愛人と思われる女たちの写真を、ヴェルノン署に匿名で送りつけた。そのなかには、わたしの写真もあった。

ところがなぜか今回、彼女は警察に通報しなかった。人は変わるものだと、思わざるをえないわ。パトリシアは甥からインターネットを教わって以来、ほとんど家にこもりっきりらしい。七十歳まで、パソコンに触ったこともなかったっていうのに。だからというわけじゃないが、わたしは最後に一度、怪物に対する憎しみを彼女と分かち合いたかったのだ。あの世に行く前に。

わたしは足を速めた。いや、よろよろ歩きの老女だもの、この表現は正しくないだろう。ネプチューンは三十メートル先を、小走りに進んでいた。クロード・モネ通りはなだらかなのぼり坂になっている。天国へ続く長い道のように。『天国への階段《ステアウエイ・トウ・ヘヴン》』をギターが奏でていたのは、もう二世代も前のことだろうか。

ようやく教会に着いた。クロード・モネの巨大な肖像が、十五メートルうえからわたしを見おろしている。サント＝ラドゴンド教会は改装中で、足場や作業のようすは大きな布で覆われていた。パレットを持った巨匠のモノクロ写真が、そこに印刷されているのだ。墓地までのぼる気力はなかった。けれどもあそこには、人生ですれ違った人々、大切な人々が眠っている。奇妙なことに、葬式の日はほとんどいつも雨だった。ジヴェルニーの明るい太陽が葬儀を照らすのは、慎みに欠けるとでもいうように。一九三七年、わが友ポール、わがアルベール・ロザルバが埋葬された日も雨だった。わたしは泣き濡れていた。一九六三年、ジェローム・モルヴァルが埋葬された日も雨だった。村中の人々が参列した。エヴルーの司教や合唱隊、新聞記者、それにローランス・セレナックまで、何百人もの人々がそこにいた。奇妙な運命だ。一週間前、わたしはひとりきりでジャックの葬儀を行った。

わたしは墓地でも回想にふけった。思い出は雨に濡れていた。

「行くわよ、ネプチューン」


いよいよ最後の直線に入った。ディム通りをくだってロワ街道を左に曲がると、水車小屋の前に出る。わたしは道を渡るのに、延々待たねばならなかった。県道からジヴェルニーを発つ車列は、ほとんど途切れなかった。ネプチューンもわきで、おとなしく待っていた。わけのわからないナンバープレートがついた、左ハンドルの赤いオープンカーが、ようやくわたしを通してくれた。

小川にかかる橋を渡るとき、思わず途中で立ちどまった。そして最後にもう一度、洗濯場の瓦屋根やピンク色のレンガを眺めた。緑色に塗られた橋の欄干や、水車小屋の中庭を囲む塀も見まわした。塀のうえから天守閣の最上階や、桜の木の梢が覗いている。洗濯場のレンガには、数週間前からスプレーでいたずら描きがされていた。白黒で描かれたしかめっ面の絵だ。誰も消す者がいないのは、ただ怠慢なだけなのか、それとも……無名の芸術家たちの反抗的な作品をむげに消すわけにいかないと、ジヴェルニーの住人たちが思っていても不思議はない。そうでしょう?

澄んだ小川の水は、岸辺で繰り広げられた人間たちの馬鹿騒ぎを嘲笑うかのように流れ続けている。かつてこの導水路を、人力で掘った修道士たち。川の流れを変えて池を作り、三十年にわたって睡蓮の絵ばかりを描いた変わり者の画家。わたしに近づく男たち、わたしが愛したかもしれない男たちをすべて殺そうとした殺人鬼。彼らを皆、嘲笑うかのように。

今となれば、そんなことに誰が関心を抱くだろう？　誰に不平を訴えればいいのか？　失われた人生を取り戻すための遺失物係はない。

わたしはさらに数メートル歩き、草地に目をやった。これもたぶん、最後になるわね。駐車場はほとんど空っぽだ。

よく見れば草地は、スーパーマーケットみたいなんかじゃない。もちろん、ぜんぜん違うわ。生き生きとして、変化に富んでいる。季節によって、時間によって、光によって、いろんな表情をしている。びっくりするくらいよ。でもそれがわかるようになるには、自らの死期を悟らねばならなかった。最後にもう一度、しっかり見なおさねばならなかった。そうして初めて、哀惜の念を抱くことができた。クロード・モネ、セオドア・ロビンソン、ジェイムズ、ほかにもたくさんの画家たちがここで立ちどまったのは、決して偶然ではなかった……ええ、そう。すばらしい思い出に満たされている場所だから、景色の美しさが褪せるわけじゃない。

むしろ、その逆だわ。

「そうでしょ、ネプチューン？」

わたしの最後のたわ言に耳を傾けるかのように、犬は尻尾をふった。次にどこへ行くのか、ネプチューンにはもうわかっていた。長年の習慣になっているから。たいていわたしはすぐ裏の小さな空き地をひとまわりし、それから水車小屋の中庭に入る。柳の木が一本に樅の木が二本、生えているだけだが。空き地は街道からは見えない位置にあり、今は柵がめぐらされて観光客が入れないようにもなっている。わたしは先を急いだ。

ネプチューンはまたしてもわたしを引き離して、草のなかにすわって待っていた。ここがどういう場所なのか、心得ているかのように。わたしはようやく到着すると、杖を軟らかい土に突き刺し、それに体をあずけて前を見た。小さな十字架をいただく小さな塚が五つ、並んでいる。

今でもよく覚えている。どうして忘れられよう？　わたしは十二歳だった。いつも力いっぱいネプチューンを抱きしめた。ネプチューンはわたしの腕のなかで死んだ。ポールが溺死した一年後だった。老衰よ、とママは言った。

「苦しまなかったわ、ステファニー。眠ったまま死んだのよ。もう歳だったから」

悲しみは続いた。愛犬と離れ離れになんかなれない。

「別な犬を探しにいきましょう、ステファニー。別の子犬を……明日、すぐに……」

「同じ犬じゃなくちゃいや。同じ犬が欲しいのよ……」

「わかったわ、同じ犬を探しましょう。オートゥイユの農園に行って……名前はどうするの、子犬の名前は？」

「ネプチューンよ！」

わたしは一生で、六匹の犬を飼った。すべてシェパード犬だ。名前もすべてネプチューンにした。孤独で不幸だった少女のわがままを通し続けて。愛犬とずっといっしょにいたい、愛犬だけは死なないで欲しいと願った少女のわがままを。

わたしは顔をあげ、左から右へゆっくり目をやった。ネプチューン、と。十字架の下についている小さなプレートには、すべて同じ名前が刻まれている。違っているのは、名前の下の数字だけ。

一九二二—一九三八
一九三八—一九五五
一九五五—一九六三
一九六三—一九八〇
一九八〇—一九九九

ネプチューンは立ちあがって、わたしに体をこすりつけに来た。今度はわたしのほうが旅立つのだと、わかっているかのように。ネプチューンはオートゥイユの農園が引き取ってくれるだろう。あそこでは、何世代にもわたって犬を育てているから。ネプチューンの母親も、まだ生きているはずだ。きっと快適に暮らせる。餌はどうするとか、子供たちと遊ばせて欲しいとか、死んだらここに埋葬するようにとか、注意書きを残しておこう。

わたしはネプチューンを抱きしめた。犬はいつになく、ぴったりと身をすり寄せてくる。だんだん泣きたくなってきた。急がなくては。このままぐずぐずしていたら、ふんぎりをつけられなくなってしまう。

杖は五つの塚の前に、突き立てたままにしておいた。もう必要ないわ。わたしは中庭まで歩いた。ネプチューンは一センチと離れなかった。動物の第六感だろうか。いつもは桜の木陰で寝そべるのに、今日はずっとまとわりついてくる。おかげで、危うく転ぶところだった。杖を置いてきたのを、一瞬後悔したほどだ。

「ほら、おとなしくなさい、ネプチューン」

ネプチューンは少し体をのけた。もうずいぶん前から、桜の葉に銀のリボンが結ばれることはなくなった。小鳥たちは心ゆくまで楽しんでいる……わたしはいつまでもネプチューンを撫でながら、シェヌヴィエールの水車小屋の天守閣を見あげた。

ジャックは一九七一年に水車小屋を買った。彼は約束を守ったのだ。だからわたしは彼を信じた。彼はわたしのために、夢の家を買ったた。十一歳だったわたしをあんなにも引きつけた不格好な家を。パリからこのあたりに人々が引っ越してくるようになると、ジャックの不動産屋もようやく儲かり始めた。彼はじっと待って、好機をうかがった。水車小屋には以前から誰も住んでおらず、持ち主もようやく売る決意をした。ジャックは真っ先に手をあげた。そして何年もかけて、すべてを改修した。水車、井戸、天守閣。

ジャックはわたしを幸せにできると信じていた。お笑いぐさだわ……牢番が監獄の壁を飾って楽しんでいるようなものじゃない。シェヌヴィエールの水車小屋はもう、わたしを魅了した古い廃墟とは似ても似つかなかった。《魔女の水車小屋》と呼ばれていた、あの家ではなかった。きれいに洗った石、ニスを塗った木板。庭木を剪定《せんてい》し、バルコニーに花を飾り、中庭を掃き清める。さびついた正門には油をさし、周囲にはぐるりと柵をめぐらせた。

ジャックは徹底的に、偏執的なまでにやらないと気がすまなかった。

どうしてわたしに想像できたろうか？

わたしは桜の木を切らないよう、ずっと夫に言い続けた。ジャックもそれを受け入れた。彼はわたしのわがままを、なんでも聞いてくれた。そう、わたしは夫を心から信じていた。

やがて商売の風むきが変わり、支払いを続けるのが厳しくなった。わたしたちはまず水車小屋の一部を貸し、それから村の若い夫婦に売却した。自分たちが住むのに、天守閣だけを残して。夫婦は数年前、シェヌヴィエールの水車小屋をホテルに改修した。経営はうまくいっているようだ。きっとわたしがいなくなるのを、心待ちにしていることだろう。そうすれば、いくつか客室を増やせるから。中庭にはブランコが置かれ、大きなバーベキュー台やパラソル、ガーデンファニチャーも並んでいる。水車小屋の裏の野原を動物公園にしようという案まで出ていて、ラマやカンガルー、ダチョウだかエミューだかが飼われ始めていた。

想像できるかしら、そんなの？

子供たちを楽しませるため、珍しい動物を集めてくるってわけね……

ヴェルノンからロワ街道を通ってジヴェルニーまで来れば、嫌でもそれが目に入る。ここは何十年ものあいだ、魔女の水車小屋だったっていうのに……

残っているのは魔女だけ。

つまりわたしだ。

安心なさい。どうせもう、長くはないから。明日の満月を機に、魔女は姿を消すことにするわ……翌朝早く、桜の木の下で死んでいる魔女を見つけ、みんな空を仰いで思うだろう。ああ、またがっていたほうきから落っこちたんだって。あたりまえよね。とても年寄りの魔女なんだから。

わたしはもう一度ネプチューンの毛に強く手をあてると、天守閣に通じるドアを背後で閉めた。そして悲しげな鳴き声が聞こえないうちに、急いで階段をのぼった。

十四日目　二〇一〇年五月二十六日（シェヌヴィエールの水車小屋）
――銀のリボン

84

　わたしは窓をあけた。ちょうど午前零時を少しすぎたころだ。夜が来てから飛びおりるほうが簡単だろうと思った。几帳面な老人らしく、部屋はきれいに片づけておいた。長年ジャックと暮らしたせいで、彼のこだわりに感化されてしまったかのように。ネプチューンの世話をお願いする手紙は、テーブルに置いてある。黒い『睡蓮』の絵を壁からはずす決心だけは、どうしてもつかなかった。

　別に幻想を抱いているわけじゃないわ。きっとユールの谷から骨董屋どもが、ハゲタカよろしく押し寄せてくる。家具や食器、置物を狙って。なかには、ブランシュ・オシュデ゠モネ通りのアンティークショップに里帰りする品もあるだろう。あそこは、昔わたしが暮らした公務員住宅だったところだから……でも、黒く塗りたくったあの醜悪な絵に、ハゲタカどもが興味を示すなんてありえない。光に満ちたもうひとつの人生がその下に隠されているなんて、誰が想像しうるだろう？

へたくそな絵は、どうせゴミ箱行きだ。

窓から身をのり出しすぎた老女は、墓穴に放りこめ。やさしかった夫の隣に。

誰とも口をきかず、いつもむっつりとして、挨拶すらろくすっぽしない意地悪な老女。そのしわだらけの肌の下に、才能にあふれた少女が隠れていると、誰が想像しうるだろう。天才と言うべき少女が……

それは、永遠に知られることはない。

ファネットとステファニーは、とっくの昔に死んだ……献身的すぎる守護天使に殺されて。

わたしは窓から水車小屋の中庭を眺めた。灰色の砂利が、ポーチの前のハロゲンランプの光を受けて輝いている。もう恐怖はない。ただ、心残りなだけだった。ファネットは心から人生を愛していたのに。

あの少女が、こんなにも気難し屋の老女となって死んでいくなんて、そんなことがあっていいわけない。

85

シトロエン・ピカソが窓のすぐ下にとまった。タクシーだ。いつものことだわ。夜中近くに、よくタクシーが宿泊客を連れてくる。パリからヴェルノンまで最終列車でやって来た客で、トランクには荷物が詰まっている。

もちろんネプチューンはいそいそと近づいた。たいていは車の後部ドアがあくと、家族旅行で興奮した子供たちが飛び出してくる。それを出迎えるのが、ネプチューンは大好きなのだ。

ところが今回は、あてが外れた。タクシーには子供なんか乗っていない。男がひとりだけ。しかも老人だ。

荷物もないし。

どういうことかしら……

ネプチューンは男の前に立った。老人は身をかがめ、犬をいつまでも撫でていた。まるで古い友達と再会したかのように……

まさか！

そんなことってある？

心臓が、目が、頭が、いっきに爆発したような気がした。

そんなことってある？

わたしはさらに身をのり出した。いや、飛びおりるためじゃないわ。とんでもない。すさまじい熱気が、わたしのなかを吹き抜けた。窓辺にたたずむ自分の姿が見える。バラ色の家、モネの家の窓辺にたたずむわたしが。なんだか、前世の出来事みたいだ。わきには男が立っていた。抗しがたいほど魅力的な男。あのときわたしは、彼におかしなことを言った。まさかこの口からあんな言葉が発せられるなんて、思ってもみなかった。

アラゴンの詩のような言葉……そらで覚えているわ。いつでも暗唱できるくらいよ。

《わたしが恋したのはただ、あなたのタイガー・トライアンフT一〇〇なんです》

わたしは笑って、さらに続けた。

《それから、あなたが立ちどまってネプチューンを撫でるしぐさのせいだわ……》

わたしは窓からさらに身をのり出した。塔の下から声が聞こえる。あれから五十年近くになるのに、ほとんど変わっていない。

「やあ、ネプチューン……ずいぶんひさしぶりじゃないか。ここで元気なおまえに会えるとはな……」

わたしは部屋に引っこみ、壁に張りついた。心臓がばくばくしている。ともかく落ち着いて考えなくては。

いつまでも、永遠に。

あれ以来、ローランス・セレナックに再会することはなかった。セレナック警部はとても優秀な警官だった。モルヴァル事件から数か月後の一九六三年末、彼はケベックへの出向を願い出た。そう教えてくれたのは、シルヴィオ・ベナヴィッドだった。地の果てへ逃げ出そうっていうの？　わたしから逃れたいのね。本当は、人を殺しかねないほど激しいジャックの嫉妬心をなだめるためだったけれど。カナダで何年も暮らすうち、彼はローランタンといウあだ名で呼ばれるようになった。ケベックではモントリオールからオタワまで、サン＝ローランの谷の住人をそんなあだ名で呼んでいた。彼の同僚たちも、ローランスという南仏風の名を、ケベック人らしいローランタンという名に、ぜひとも変えさせたかったのだろう。その後、彼がヴェルノン署の署長に返り咲いたことを、新聞の報道で知った。一九八五年、マルモッタン美術館でモネの作品が盗まれた事件のときだ。当時、彼の写真は新聞紙上を飾った。ひと目見て、彼だとわかったわ。ローランス・セレナックは今や公に、ローランタン警視になったのだ。アマドゥ・カンディの話では、ローランタン警視が退職してから二十年後の今でも、ヴェルノン署の署長室に張ってある絵をはがしていないという。セザンヌの『アルルカン』とトゥールーズ＝ロートレックの『赤毛の女』だ……

わたしは木の葉のように震えた。もう一度窓辺に近づく勇気はなかった……

ローランスがここで何をしているの？

ありえないわ……

ともかく、考えをまとめなくては。わたしは部屋をぐるぐると歩きまわった。

ローランスがここで何をしているの？

たまたま来たんじゃない……わたしは鏡にむかった。足が勝手に動いてしまった。

階下からドアをノックする音が聞こえた。

わたしは焦りまくった。シャワーから出てきたところに、恋人が訪ねてきた若い娘のように……いやだわ、みっともないったらない……とっさにパトリシア・モルヴァルのことが頭に浮かんだ。告げ口屋のマリ。ジェロームの寡婦。彼女は一週間前、わたしの腕のなかで泣き崩れた……本当に、人は変わるものね。ときには、いい方向にも。彼女がローランスに電話したのだろうか？　忌わしい真実へと、彼を導いたのだろうか？　でも、あれこれ考えている暇はなかった。

下ではノックが続いている。

ああ、どうしよう……

鏡のなかには、しわだらけの冷ややかな顔があった。一年中、黒いスカーフで髪を包んだ、気難しい、意地悪女の顔だ。

だめよ、彼をなかにとおすなんて、ありえない。

ドアがきしむ音がした。塔のドアがあいたのだ。ここへあがるとき、鍵をかけてこなかったんだ。わたしの死体を見つけた人たちが、作業をしやすいようにと……

馬鹿なことしたわ！

螺旋階段から声が響く。

「おい、ネプチューン、おまえはここにいろ。うえにあがってもいいと、言われていないだろ」

　困ったわ。どうしたらいいの。

　黒いスカーフをむしり取ると、髪がばらりと肩に垂れた。わたしはほとんど走っていた。今度は自分の意思で、足を動かしている。おとなしく言うことを聞きなさい、この老いぼれステッキ！

　サイドボードの二番目の引き出しをあけ、古いボタンや糸、指ぬき、針をあたりに撒き散らした。針が指に刺さるのも気にならなかった。

　たしかここにあるはずだ。

　震える指が、二枚の銀のリボンに触れた。そのとたん、思い出が目の前にまざまざとよみがえった。水車小屋の中庭で、桜の木にのぼったポール。彼は銀のリボンを枝からはずすと、そっと差し出した。ぼくの王女様とわたしを呼びながら。わたしは彼に口づけをし、このリボンは一生大事に持っていると約束した。それから何十年かして、ローランスはわたしの髪に結ばれた銀のリボンをやさしく愛撫した。

　さあ、気持ちを集中させなくちゃ。

　わたしはまた鏡の前に走った。ええ、誓って言うけど、走ったのよ。熱に浮かされたように、大あわてで髪をひとつにまとめ、銀のリボンを結んだ。

　引きつった笑みが浮かぶ。

王女様の髪形。そうポールは言ったっけ。王女様の髪形と……わたしったら、どうかしてるわ。

足音が近づいてくる、
またノックの音がした。今度は、わたしの部屋のドアだ。

早すぎるわ。わたしはふり返らない。まだ、すぐには。

再びノックの音がする。そっとドアを叩く音が。

「ステファニー？」

ローランスの声だ。昔とほとんど変わっていない。わたしの記憶にある声よりも、ほんの少し低いだけで。まだ昨日のことみたいだわ。彼はわたしを連れ去ろうとした。ああ、神様、震えが止まらない。こんなことってある？　まだ、こんなことが？


剝げた金縁の鏡に顔を近づけた。

今でも、微笑むことができるかしら？　にっこり笑うなんて、ひさしぶりなのに……

わたしは笑ってみた。

そして鏡にすばやく目をやった。

鏡に映るのはもう老女ではなかった。

ファネットのにこやかな笑顔だ。

ステファニーの睡蓮のような目だ。
生き生きとした、とても生き生きとした目だった。

訳者あとがき

本書『黒い睡蓮』はフランスの人気ミステリ作家ミシェル・ビュッシの、『彼女のいない飛行機』（集英社文庫）に続く邦訳第二弾である（ただし原著の出版は、本作のほうが前）。『彼女のいない飛行機』はフランスミステリらしいひねりの効いた趣向で読者をうならせ、『このミステリーがすごい！　二〇一六年度版』でベストテン入りを果たしたほか（第九位）、老舗ミステリファンクラブ「ＳＲの会」の二〇一五年人気投票では一位に選ばれるなど、評判も上々だった。早く次作が読みたいと心待ちにしていた方々も少なくないだろう。本書はそうした期待を裏切らない、驚きに満ちた一作だ。本国フランスではミシェル・ルブラン推理小説賞、コニャック・ミステリ・フェスティヴァル読者賞を始め五つの文学賞に輝き、『彼女のいない飛行機』と並ぶビュッシの代表作として、イギリス、イタリア、ロシア、スウェーデン、韓国、ヴェトナムなど、すでに世界二十か国近くで翻訳されている。

舞台はフランス・ノルマンディ地方の小村ジヴェルニー。この名を聞けば、美術ファンならばピンとくるはずだ。そう、印象派の巨匠クロード・モネが後半生をすごし、ひたすら睡蓮の絵を描き続けた場所である。モネのアトリエがあった屋敷や、睡蓮の池がある庭からほど近い小川のほとりで、男の他殺死体が見つかったところから物語は始まる。被害者は村に住む眼科医で、絵画コレクターのジェローム・モルヴァル。彼はとりわけモネの『睡蓮』に執着しており、ぜひとも一枚手に入れたいと、絵画の裏市場にも目配りをしていたらしい。また妻のある身ながら何人もの女と関係を持ち、隠し子がいたかもしれない疑いさえ出てくる。

この事件を担当したのがヴェルノン署の署長ローランス・セレナックと、部下のシルヴィオ・ベナヴィッド警部。南仏出身のセレナックは陽気でおおらかで、捜査も直感型なのに対し、ノルマンディ出身のベナヴィッドは几帳面で、綿密に手がかりを集めて推理を進めていくタイプだ。この対照的な二人が凸凹《でこぼこ》コンビよろしく捜査を進めるさまは掛け合い漫才のようで、それだけでも充分楽しいが、『彼女のいない飛行機』を書いたビュッシの作品としては正直少し物足りないかと思いながら読んでいたら、最後にとんでもないどんでん返しが待っていた。謎めいたプロローグに始まって、語り手の老女の言動にはたしかに不可解な点が少なくなかったが、そこに隠されていた意味がいっきに明らかになったとき、今まで読んできた物語の様相が一変し、悲痛な人生のドラマが姿をあらわす。なるほど、ビュッシは一筋縄でいかない作家だと、誰もがあらためて納得するに違いない。『彼女のいない飛行機』のあとがきであげた作品以降も、『時は殺人者』(Le temps est assassin、二〇一六)、『彼女はむしろきれいだった』(On la trouvait plutot jolie、二〇一七)と、フランスではあいかわらず年一作のペースで新作が発表されている。

本作に仕掛けられた驚愕のトリックについては、あとでもう一度戻ることにして、まずは重要なモチーフとなっているクロード・モネについてまとめておこう。

モネは一八四〇年、パリで生まれたが、幼いころに一家でノルマンディ地方、セーヌ川河口の港町ル・アーヴルに引っ越した。本文中にもあるように、コレージュ（中学校）在学中から風刺画《カリカチユア》で画才を発揮し、ル・アーヴルの名士たちを描いたユーモラスな似顔絵は町で大評判になった。一枚二十フランで絵を売ったお金が貯まって二千フランにもなったというから、大したものだ。

この風刺画《カリカチユア》商売がきっかけで、モネは十六歳年長の風景画家ウジェーヌ・ブーダンと知り合った。ブーダンは少年の才能を高く評価し、戸外スケッチに連れ出すようになる。それによってモネは、光にあふれる戸外の風景を描く魅力を知ったのだった。

十九歳でパリに出たモネは、画家の登竜門であるサロンを目ざして創作に励んだ。当時出会った画家仲間のなかには、ルノワールやシスレーなど、のちに印象派と呼ばれることになる盟友たちもいた。やがてモネは二枚の風景画でサロンへの初入選を果たすが、その後は入選と落選を繰り返すなど、必ずしも順風満帆ではなかった。パリ近郊の町アルジャントゥイユに移り住んで描いた『アルジャントゥイユのひなげし』は、夫人のカミーユと長男ジャンがひなげしの咲き乱れる草原をくだっていく有名な絵だ。

一八七四年、モネはサロンの旧弊な審査に反発し、仲間たちとともに「画家・彫刻家・版画家等無名芸術家協会」を旗揚げして独自の展覧会をひらいた。このときに『アルジャントゥイユのひなげし』と合わせて出品したのが、印象派という名前の由来にもなった『印象、日の出』の絵である。一八七九年、数々の絵でモデルとなった妻のカミーユが、三十二歳の若さで死去。これも本文中で述べられていることだが、モネは妻の死に顔を前にして思わず絵筆を取り、『死の床のカミーユ・モネ』を描きあげた。なんとも芸術家の業《ごう》の深さを感じさせるエピソードではないか。白い屍衣《しい》に包まれたカミーユの姿には、美しくも鬼気迫るものがある。

モネはこのころ、資産家の美術コレクター、エルネスト・オシュデと家族ぐるみのつき合いを始めている。一八七八年からは、ヴェトゥイユの町で二家族十二人の共同生活までするようになった。エルネストが仕事のために単身パリに戻ると、妻を亡くしたモネと二人の息子、エルネストの妻アリスとその二男四女は、ともにジヴェルニーへ移り住んだ。モネは美しい自然の風景に富んだこの村が気に入り、一八九〇年には屋敷と土地を買って終《つい》の棲家としたのだった。一八九一年、エルネストが亡くなると、モネとアリスは正式に結婚する。さらにモネの長男ジャンとアリスの次女ブランシュも結婚し（本文中にもたびたび登場するブランシュ・オシュデ＝モネ通りは彼女の名前を取っている）、いささか変則的な大家族の絆はいっそう強まった。ブランシュは母親のアリスと夫のジャンが亡くなったあとも、献身的にモネの世話を続けた。原田マハの短編「ジヴェルニーの食卓」（『ジヴェルニーの食卓』集英社文庫所収）には、そんなブランシュのモネに対する敬愛の念がうまく描かれている。

モネは一九二六年に亡くなるまで、四十年以上をジヴェルニーですごし、三百点近くの

『睡蓮』を描いた。「モネの家」として知られる屋敷と、睡蓮の池で有名な庭は、主《あるじ》の死後もブランシュが管理を続けたが、一九四七年にブランシュが、一九六六年にはモネの次男ミシェルが亡くなると、荒れるがままに放置された。その後、ジェラール・ヴァン・デル・ケンプ（美術館学芸員で、のちのクロード・モネ財団理事長）の尽力により一九七七年から改修が始まり、一九八〇年には一般公開に至った。今では毎年数多くの美術ファンが訪れる、フランスでも有数の観光地となっている。少々長くなったが、ざっとこんな予備知識があれば、本作がいっそう楽しめるはずだ。

＊最後に、この作品の仕掛けについて簡単に触れておこう。結末を明かすことになるので、ここからあとはくれぐれも本文読了後に目をとおしていただきたい＊

本書を読み終えた方々は、しばしあ然とされたことだろう。訳者も原書を読んでいて、思わず「ええっ」と声をあげてしまったのを、今でもよく覚えている。ここで使われているのは、時間の関係を読者に誤認させる叙述トリック。つまりはAとBという出来事が同時に（並行して）起きているように見せながら、実はAよりもBのほうが前、あるいはあとだったというものだ。逆にAよりもBのほうが前、あるいはあとに起きたように見せながら、実は同時に（並行して）進行していたというパターンもありうる。同様の手法を使ったミステリは、日本作家の作品でもいくつか思い浮かぶが、問題はいかにして読者の目を欺き、誤認へ導くかだ。

そこでビュッシが繰り出したのは、一人称の語り手が回想、あるいは想像している内容を、あたかも目の前で繰り広げられている出来事のように描くという大技《おおわざ》だった。ミステリとして反則すれすれじゃないかという意見もありそうだが、ただ時間の移行を示す指標が故意に示されていないだけで、よく読めば現在と過去はきっちりと書き分けられている。そして真実が明らかになったとき、今まで目の前にありながら見えていなかった女の一生が、一瞬にして浮かびあがってくる。その衝撃こそが本書の狙いであることは、綿密に準備されたプロローグからも明らかだろう。読者の皆さんが果たしてどんな評価をくだすか、訳者としては今から大いに楽しみなところだ。

集英社文庫

黒《くろ》い睡蓮《すいれん》

2017年10月25日　第1刷
2023年3月13日　第3刷

定価はカバーに表示してあります。

著　者　ミシェル・ビュッシ
訳　者　平岡《ひらおか》　敦《あつし》
編　集　株式会社　集英社クリエイティブ
東京都千代田区神田神保町2-23-1　〒101-0051
電話　03-3239-3811
発行者　樋口尚也
発行所　株式会社　集英社
東京都千代田区一ツ橋2-5-10　〒101-8050
電話　【編集部】03-3230-6095
【読者係】03-3230-6080
【販売部】03-3230-6393（書店専用）
印　刷　中央精版印刷株式会社　株式会社美松堂
製　本　中央精版印刷株式会社

フォーマットデザイン　アリヤマデザインストア　　マークデザイン　居山浩二

ISBN978-4-08-760740-6 C0197